历代笔记小说大观

[清] 昭梿 撰 冬青 校点

啸亭杂录 续录

图书在版编目(CIP)数据

啸亭杂录　续录／(清)昭梿撰;冬青校点. —上
海：上海古籍出版社，2012.11(2025.3重印)
(历代笔记小说大观)
ISBN 978-7-5325-6366-1

Ⅰ.①啸… Ⅱ.①昭… ②冬… Ⅲ.①笔记小说-小
说集-中国-清代 Ⅳ.①I242.1

中国版本图书馆CIP数据核字(2012)第045488号

历代笔记小说大观

啸亭杂录　续录

〔清〕昭梿　撰

冬青　校点

上海古籍出版社出版发行

(上海市闵行区号景路159弄1-5号A座5F　邮政编码201101)
(1) 网址：www.guji.com.cn
(2) E-mail: guji1@guji.com.cn
(3) 易文网网址：www.ewen.co
常熟文化印刷有限公司印刷
开本635×965　1/16　印张22.5　插页2　字数305,000
2012年11月第1版　2025年3月第3次印刷
印数：3,201—4,300
ISBN 978-7-5325-6366-1
Ⅰ·2520　定价：58.00元
如有质量问题,请与承印公司联系

校 点 说 明

　　《啸亭杂录》十卷、《啸亭续录》三卷，是清代礼亲王爱新觉罗昭梿所著的一部笔记。

　　昭梿，号汲修主人，又号檀樽主人，是清太祖努尔哈赤次子代善的第八代孙，生于乾隆四十一年（1776）。嘉庆七年（1802）授散秩大臣，三年后袭礼亲王爵号。二十年（1815）因过被革去王爵，圈禁三年。半年后被提前释出。道光二年（1822）任宗人府候补知事，九年（1829）病卒，终年五十四岁。

　　昭梿身为天潢贵胄，仕途虽不得志，但所交大多为皇亲国戚、文武大僚、名儒宿学，加之他又爱读史传之书，善于吟诗作文，见闻既广，形诸笔底，举凡清中叶以前之政治、经济、军事、文化、典章制度、社会习尚等方面，在这本书中均有不同程度的反映，有的还相当详备。后来之研究清代史事者，从此书中获取不少可贵之史料。

　　《啸亭杂录》有结一庐朱氏藏本、光绪初年醇亲王奕譞所刊九思堂刻本、上海进步书局石印本、《申报馆丛书》续集本、《说库》本等。这次标点整理用的底本是进步书局石印本，校以其余各本。各本间偶有个别文字上的异同，则择善而从，概不出校，以免繁琐。

目　　录

啸亭杂录序

啸亭杂录卷一

太宗伐明 / 1

设间诛袁崇焕 / 1

收孔耿二王 / 2

世祖勤政 / 3

世祖画牛 / 3

圣祖拿鳌拜 / 3

爱惜满洲士卒 / 4

解《易》占 / 5

善天文算法 / 5

拜明孝陵 / 6

世祖不兴土木 / 6

宠待大臣 / 7

赏花钓鱼 / 7

朱批谕旨 / 8

杖杀优伶 / 9

纯皇初政 / 9

西苑门习射 / 10

平西域 / 10

重经学 / 11

太宗读《金史》/ 1

用洪文襄 / 2

世祖问喀尔喀使者 / 2

世祖善禅机 / 3

亲定陵寝 / 3

论三逆 / 4

崇理学 / 4

优容大臣 / 5

不改常度 / 5

世宗居藩大度 / 6

理足国帑 / 6

用顾天成当作成天 / 7

察下情 / 8

善禅机 / 8

禁抑宗藩 / 9

圣祖识纯皇 / 9

杀讷亲 / 10

听报 / 11

不忘本 / 11

重读书人 / 12

普免天下租税漕粮 / 12

善待外藩 / 12

土尔扈特来降 / 13

书《无逸》/ 13

不用内监 / 13

翻译 / 14

不喜朋党 / 14

至诚格天 / 14

友爱昆仲 / 15

孝亲 / 15

用傅文忠 / 15

杀高恒 / 16

恶章攀桂 / 16

食鱼羹 / 16

用福文襄 / 16

诛伍拉纳 / 17

雪睿王冤 / 17

定恩骑尉 / 17

绿营定世爵 / 17

哨鹿 / 18

松苓酒 / 18

答钱香树奏折 / 18

纯庙博雅 / 18

纯庙赏鉴 / 19

内湖珠兆 / 19

今上待和珅 / 19

却贡玉 / 20

辛酉工赈 / 20

虔祷风神 / 20

重朱文正 / 20

亲骨肉 / 21

啸亭杂录卷二

淳化帖 / 22

金元史 / 22

本朝文人多寿 / 22

本朝父子祖孙宰相 / 23

本朝状元宰相 / 23

张魏公 / 23

国初定三院 / 24

本朝宗室辅臣 / 24

宗室科目 / 24

宗室诗人 / 25

宋置封椿库 / 25

宋金形势 / 26

吴春麓语 / 26

旭亭家书 / 26

德济斋夫子 / 27

醉公 / 27

元泰定帝 / 28

朱清　张瑄 / 28

国初官制 / 28

汉军初制 / 28

国初尚右 / 29

三王旗纛 / 29

王府属下 / 29

先恭王家训 / 30

经验良方 / 30

先惠顺王神力 / 30

宋太祖解兵权 / 30　　　　　　宋武臣 / 31

五大臣 / 31　　　　　　　　　启心郎 / 31

元顺帝 / 31　　　　　　　　　刘药村 / 32

刘孝廉 / 32　　　　　　　　　鄂尔奇短视 / 32

十王亭 / 32　　　　　　　　　汉军各营旗纛 / 33

范文肃公厚德 / 33　　　　　　成王书法 / 33

褚库巴图鲁 / 33　　　　　　　徐文定公 / 34

史文靖公 / 34　　　　　　　　马彪 / 34

图文襄公用兵 / 35　　　　　　刘海峰 / 35

刘文正公之直 / 36　　　　　　谢芗泉之疏阔 / 36

本朝内官之制 / 36　　　　　　巴延三 / 37

杨武勋王 / 37　　　　　　　　何温顺公 / 37

洪豁尔国 / 38　　　　　　　　刘文清 / 38

卫司空 / 38　　　　　　　　　阿尔萨 / 39

横闸侍郎 / 39　　　　　　　　活佛掣签 / 39

朱文端公救舒文襄 / 40　　　　盛司寇 / 40

阿文成公用人 / 40　　　　　　舒文襄公预定阿逆之叛 / 41

崇政殿 / 41　　　　　　　　　鄂西林用人 / 41

奎壮烈 / 42　　　　　　　　　云梯 / 42

克勤郡王墓 / 43

啸亭杂录卷三

记辛亥败兵事 / 44　　　　　　郭刘二疏 / 46

朱白泉狱中上百朱二公书 / 49　西域用兵始末 / 54

李壮烈战迹 / 59

啸亭杂录卷四

岳青天 / 61　　　　　　　　　昌龄藏书 / 61

马壮节公 / 61　　　　　　　　萨赖尔之叛 / 62

李昭信相公 / 63　　　　　　　乌提督 / 63

孝感之战 / 64　　　　　　　　王文雄 / 65

杨时斋提督 / 66　　　　　　　议政大臣 / 66

领侍卫府 / 67　　　　　　汤文正 / 68

黄文襄 / 68　　　　　　　金川之战 / 69

朱检讨上书事 / 71　　　　王太仓上书事 / 71

佟襄毅伯 / 72　　　　　　王文端 / 73

朱文正 / 73　　　　　　　李恭勤公 / 74

盛京五部 / 75　　　　　　天津水师 / 75

关税 / 76　　　　　　　　广赓虞之死 / 76

松相公好理学 / 77　　　　吉制府之死 / 78

三姓门生 / 78　　　　　　三文敬公拦驾 / 79

曹剑亭之谏 / 79　　　　　汉人任满缺 / 80

啸亭杂录卷五

缅甸归诚本末 / 81

啸亭杂录卷六

平定回部本末 / 106　　　台湾之役 / 110

癸酉之变 / 113　　　　　　滑县之捷 / 122

廓尔喀之降 / 124　　　　　銮仪卫 / 125

绿营虚衔 / 126　　　　　　绿营功加 / 126

伪皇孙事 / 127　　　　　　和王预凶 / 127

恒王置产 / 128　　　　　　安王好文学 / 128

德济斋建园亭 / 128　　　　红兰主人 / 129

果恭王之俭 / 129　　　　　武虚谷 / 129

雒昂 / 130　　　　　　　　梁提督 / 130

张文和之才 / 130　　　　　仲副宪 / 131

啸亭杂录卷七

质王好音律 / 132　　　　　成将军 / 132

洪稚存 / 133　　　　　　　伊将军 / 133

钱文敏 / 133　　　　　　　阿司寇 / 134

孙文定公 / 134　　　　　　尹文端公 / 136

陆中丞 / 137　　　　　　　徐中丞 / 137

裘文达公 / 138　　　　　　傅阁峰尚书 / 139

顾总河 / 140　　　　　　　　宋总兵 / 141

马僧 / 143　　　　　　　　　王公降袭次第 / 145

王府官员制度 / 146　　　　　宗室小考 / 146

宗室婚嫁 / 147　　　　　　　宗室任职官 / 147

于文襄之敏 / 147　　　　　　梁瑶峰 / 148

康方伯 / 148　　　　　　　　嵇文恭公 / 149

尹阁学 / 149　　　　　　　　完颜藩司 / 150

吴达善 / 150　　　　　　　　图学士 / 151

军机大臣 / 151　　　　　　　三品任军机大臣 / 151

军机御史 / 152　　　　　　　高天喜 / 152

黄标 / 152　　　　　　　　　徐端 / 152

博尔奔察 / 153　　　　　　　张太监 / 153

恒公之清 / 154　　　　　　　木果木之败 / 154

傅厚庵 / 155　　　　　　　　艾公知人 / 156

木兰行围制度 / 156　　　　　宋延清 / 157

钱辛楣之博 / 158　　　　　　苏昌 / 158

佟国舅讲《左传》/ 159　　　陆双全 / 159

汉军用满缺 / 159

啸亭杂录卷八

内务府定制 / 160　　　　　　堂子 / 164

额经略 / 165　　　　　　　　札克塔尔 / 166

西山活佛 / 166　　　　　　　法和尚 / 166

阿里玛 / 167　　　　　　　　三焦 / 167

秦腔 / 167　　　　　　　　　王树勋 / 168

画眉杨 / 168　　　　　　　　魏长生 / 169

茅麓山 / 169　　　　　　　　烟兰小谱 / 169

乔道人 / 170　　　　　　　　岳少保之死 / 170

毒死幕客 / 170　　　　　　　闵抚军 / 171

李中丞 / 171　　　　　　　　舒梁阿三公远见 / 171

马侯 / 172　　　　　　　　　信勇公 / 172

仙提督 / 173

富公 / 173

李毓昌 / 174

石仓十二代诗选 / 174

恒侍卫 / 175

傅文忠之谦 / 175

私造假印案 / 176

伊桑阿 / 176

盛京先朝旧物 / 176

洪文襄之降 / 177

黄文襄设幕馆事 / 177

五国城 / 177

礼烈亲王蠹 / 177

桂香东侍郎 / 178

张若瀛 / 178

书剑侠事 / 178

洪文襄款客 / 179

张文端代作诗 / 180

高江村 / 180

内院笔帖式 / 181

裕陵闻香 / 181

蒋文肃入场 / 181

陈提督 / 181

禄相公 / 182

亮总兵 / 182

超勇王 / 183

军营之奢 / 183

李漱芳 / 184

俄罗斯 / 184

熊志契 / 184

阿文成相度 / 185

蔡必昌 / 185

四神祠 / 186

苏相国 / 186

杨诚斋军门 / 186

信庄二王生命 / 187

先悼王善六合枪 / 187

钦训堂博古 / 187

赵护卫 / 188

费武襄公知大体 / 188

啸亭杂录卷九

宁王养菊 / 189

花老虎 / 189

穆富二将 / 190

和相善谑 / 190

赵泰安 / 190

自鸣葫芦 / 191

三杨将军 / 191

鸡公山 / 191

先良王善知人 / 191

先良王大溪滩之捷 / 191

先修王善书 / 192

和真艾雅喀 / 192

玉瓮 / 193

年羹尧之骄 / 193

太和门箭 / 194

王文简公补谥 / 194

莲筏 / 194

娄真人 / 195

戴学士 / 195

诗谶 / 195

诗龛 / 195

韩贞文先生 / 196

仕宦最速 / 196

仕宦最久 / 196

兄弟鼎甲 / 197

神童 / 197

诸葛显圣 / 197

线量美人 / 197

蒜学士 / 197

烟洞山 / 198

神树 / 198

满洲跳神仪 / 198

满洲嫁娶礼仪 / 199

海超勇公 / 200

伊犁疆域 / 200

蒙古儒士 / 201

马太傅 / 201

孔王祠 / 202

绿头牌 / 202

膳牌 / 203

宗学 / 203

八旗官学 / 203

张凤阳 / 204

老年科目 / 204

青年科目 / 204

吴留村 / 205

敬一主人 / 206

安南四臣 / 206

瞿圃状元 / 206

张状元 / 207

权贵之淫虐 / 207

魁制府 / 207

伍弥相公 / 208

窦东皋 / 208

鲍海门 / 208

京师园亭 / 209

程鱼门 / 209

松筠庵 / 209

赵忠愍公祠 / 210

成容若 / 210

甘啸岩 / 210

贾筠城 / 211

姚姬传之正 / 211

何义门 / 211

先礼烈王骹箭 / 212

杨文勤 / 212

谢济世 / 213

永相公 / 213

金海住先生 / 214

英梦禅 / 214

海参领 / 214

费直义公 / 215

汪参军 / 215

韩大任 / 215

赵勇略 / 216

拉傅二公 / 217

巴将军 / 218

曹学士 / 218

都尔伯特 / 218

啸亭杂录卷十

稗史 / 219　　　　　　　　华山道士 / 219

笪侍御 / 219　　　　　　　南征小校 / 220

查相国 / 220　　　　　　　绿营增世袭 / 220

蒋钦 / 220　　　　　　　　忠臣狎妓 / 221

李巨来夙慧 / 221　　　　　刘文定 / 221

刘武进相公 / 221　　　　　权臣奢俭 / 222

周文恭公语 / 222　　　　　滕乡勇 / 222

九大家 / 223　　　　　　　文体 / 223

权臣同列 / 223　　　　　　三王绝技 / 224

书贾语 / 224　　　　　　　本朝理学大臣 / 224

满洲二理学之士 / 225　　　古长城 / 225

海道 / 225　　　　　　　　侍卫教场 / 226

异姓王 / 226　　　　　　　直恪公厚德 / 226

索家奴 / 226　　　　　　　王西庄复明 / 227

山舟书法 / 227　　　　　　勇健军 / 227

车骑营 / 228　　　　　　　帝王入狱 / 229

宫女四万 / 229　　　　　　索明二相博古 / 230

宋人后裔 / 230　　　　　　三年丧 / 230

四布衣 / 230　　　　　　　本朝从祀 / 231

明非亡于党人 / 231　　　　三分书 / 231

折子 / 232　　　　　　　　图尔泰 / 232

朝鲜废君 / 232　　　　　　将军 / 232

世禄品级禄米 / 233　　　　三诏 / 233

岳威信始末 / 233　　　　　阿文成公用兵 / 234

义仆 / 235　　　　　　　　衣衣道人 / 235

清宁宫 / 235　　　　　　　纯皇爱民 / 236

理藩院 / 236　　　　　　　八旗之制 / 238

驻防 / 239　　　　　　　　吴廷桢 / 239

赐奠 / 240　　　　　　　配享 / 240

郊劳 / 240　　　　　　　拉总宪神力 / 241

呼延碑 / 241　　　　　　书法 / 241

叶副将 / 241　　　　　　毕制府 / 242

湖北谣 / 242　　　　　　八大王 / 242

土国宝 / 242　　　　　　王述庵书 / 243

世俗之论 / 244　　　　　嘉庆初年督抚 / 245

嘉庆初年谏臣 / 248　　　苗氏妇 / 250

舒太夫人 / 250　　　　　纪晓岚 / 250

明用度奢费 / 251　　　　噶礼母 / 251

方灵皋之直 / 251　　　　青楼 / 252

应制诗 / 252　　　　　　庚子火灾 / 252

孙文靖 / 253　　　　　　黑经 / 253

苏州街 / 253　　　　　　甘庄恪 / 253

书光显寺战事 / 254　　　章嘉喇嘛 / 256

江阴口谈之诬 / 257　　　毛文龙之杀 / 257

兆武毅公 / 258　　　　　蒋生 / 259

袁子才江赋 / 259　　　　宪皇用鄂文端 / 259

硕制府 / 260　　　　　　姚制府 / 260

施青天 / 260　　　　　　钱南园 / 261

荆州炮 / 261　　　　　　稗史 / 261

季教谕 / 262　　　　　　谢芗泉 / 262

啸亭续录卷一

纯皇后之贤德 / 263　　　大雪 / 263

御营制度 / 263　　　　　祫祭捧帛爵用近支王公 / 264

太庙用王府中太监 / 264　十五善射 / 264

曲宴宗室 / 265　　　　　廷臣宴 / 265

茶宴 / 265　　　　　　　山高水长殿看烟火 / 265

除夕上元筵宴外藩 / 266　大蒙古包宴 / 266

赐福字 / 266　　　　　　　赐荷包灯盏诸物 / 266

派吃跳神肉及听戏王大臣 / 267　　大戏节戏 / 267

端午龙舟 / 268　　　　　　御前大臣 / 268

红绒结顶冠 / 268　　　　　金黄蟒袍 / 269

香色定制 / 269　　　　　　朝服龙团 / 269

四团龙补褂 / 269　　　　　大臣赐紫 / 270

宗室公赐紫 / 270　　　　　赐朝马 / 270

黄马褂定制 / 270　　　　　花翎蓝翎定制 / 271

亲郡王赐三眼花翎 / 271　　双眼花翎 / 271

外官赐花翎 / 271　　　　　赐奠 / 272

赐陀罗经被 / 272　　　　　赐宅 / 272

清字经馆 / 272　　　　　　石经 / 273

千叟宴 / 273　　　　　　　宗室宴 / 273

北郊斋宫 / 274　　　　　　亲祷 / 274

射布靶 / 274　　　　　　　文臣射鹿 / 274

奏事处 / 275　　　　　　　奏蒙古事侍卫 / 275

常朝 / 275　　　　　　　　万寿节 / 275

本朝祧庙之制 / 276　　　　荐新 / 276

射牲 / 276　　　　　　　　皇后入庙之制 / 276

寿皇殿 / 277　　　　　　　安佑宫 / 277

皇史宬 / 277　　　　　　　皇上日阅实录 / 278

喜起庆隆二舞 / 278　　　　武官乘轿 / 278

鹰狗处 / 279　　　　　　　上虞备用处 / 279

虎枪处 / 279　　　　　　　御枪处 / 279

善扑营 / 280　　　　　　　向导处 / 280

蒙古医士 / 280　　　　　　批本处 / 281

翻书房 / 281　　　　　　　上书房 / 281

南书房 / 282　　　　　　　如意馆 / 282

廷寄 / 282　　　　　　　　上谕馆 / 283

国史馆 / 283　　　　　　　本朝钦定诸书 / 283

啸亭续录卷二

韩旭亭 / 287　　　　　　　张云汀 / 287

黄雅林 / 287　　　　　　　尤水村 / 288

超勇亲王 / 288　　　　　　褚筼心 / 289

宁秀生有髭 / 290　　　　　张汉潮渡汉江 / 290

稗事数则 / 290　　　　　　王文靖 / 292

查初白 / 293　　　　　　　先恭王之正 / 293

张夫子 / 293　　　　　　　海神祠 / 294

佟昭毅 / 294　　　　　　　吴六奇 / 294

郭尚书 / 295　　　　　　　赵恭毅 / 295

费襄庄之杀活佛 / 295　　　百菊溪制府 / 295

李仲昭 / 296　　　　　　　李鸿宾 / 297

勒相公 / 297　　　　　　　金司寇 / 298

许壮烈 / 298　　　　　　　张总兵 / 299

成知州 / 300　　　　　　　刘文清语 / 300

佛典属 / 300　　　　　　　刘凤诰 / 301

德尚书 / 301　　　　　　　帽头毡帽 / 301

明参政 / 302　　　　　　　刘清 / 302

小说 / 303　　　　　　　　考据之难 / 303

明人论先烈王 / 304　　　　定数 / 304

海超勇盗马 / 304　　　　　郭汾阳逼娶妾 / 305

元裔之多 / 305　　　　　　本朝待外国得体 / 305

二逆少子 / 306　　　　　　谙达 / 306

荣恪郡王 / 306　　　　　　陈寿山 / 307

顾星桥 / 307　　　　　　　本朝富民之多 / 307

麻状元 / 308　　　　　　　王文肃 / 308

陈文肃 / 308　　　　　　　王功伟 / 309

啸亭续录卷三

明史稿 / 310　　　　　　　晓屏相公 / 310

和相见县令 / 311　　　　　质庄王义犬 / 311

伊总宪 / 311

胡桂画 / 312

关槐 / 312

图文襄公厚德 / 312

刘全母 / 313

王西庄之贪 / 313

铁冶亭尚书 / 313

玉阆峰侍郎 / 314

蒋元亭侍郎 / 314

熊铅山司寇 / 315

陆大司马 / 315

彭氏科目之盛 / 315

鲍双五侍郎 / 315

陶珽卿 / 316

庆丹年相公语 / 316

姚姬传先生 / 316

杨升庵诗 / 317

福文襄王夫人 / 317

明太傅家法 / 317

蔡葛山相公 / 318

王鸿绪 / 318

朱文正宅湫隘 / 318

性情之偏 / 319

古史笔多缘饰 / 319

报应之爽 / 319

盗贼之讹 / 320

舒文襄公末节 / 320

年大将军先兆 / 320

朱文正公之直 / 321

夜谈随录 / 321

松相之谪 / 321

诗文涩体 / 322

服饰沿革 / 322

贵臣之训 / 323

明相国 / 323

安三 / 324

明春二公论战 / 324

朱检讨题词 / 324

谲谏 / 324

流俗之言 / 325

置岁不用闰法 / 325

牧庵相国 / 325

李赓芸之死 / 326

刑部郎官 / 327

阿尔稗画 / 327

煤驼御史 / 327

国朝诗别裁集 / 327

吴制府 / 328

胡合庵 / 328

昼晦 / 328

孙文正取四城 / 329

法时帆谑语 / 329

睿忠王致史阁部书 / 329

洛翰 / 330

侍卫结衔之误 / 330

魏柏乡相公 / 330

乾隆初年督抚 / 331

元初人物之盛 / 331

李御史 / 332

满洲跳神仪合于禘祭 / 332

自鸣钟 / 332

转庵和尚 / 333

佛言须弥山 / 334

名臣论识 / 334

以羊运粮 / 335

史书氏族 / 332

王奋威 / 334

和相后裔 / 334

汤义仍制曲 / 335

啸亭杂录序

　　《啸亭杂录》一书,礼亲王汲修主人所辑也。王讳昭梿,性嗜学而善下,遇名儒宿学辄爱敬,退值读书,于古义之歧疑,品类之纯驳,务商订精确而求其所安。士有一得,不妨反复辩论,采纳折衷焉。王固好善忘势,而时贤亦乐从之游。寻以驭下严获谴,益谦抑韬晦,不欲以名见。平生所作诗文甚夥,率散逸无存者。此篇又其随手编辑,益听其散漫而不惜矣。乙亥春,醇邸得此篇,厌其芜杂凌躐,尽失其真,复求诸其邸,又得若干篇,细加厘正,并原稿而删节之,编次之,凡五阅月而成完书。呜呼!王不欲以名见,而不能禁赝本之流传,是名之终不可掩也。赝本之流传,而仍归于醇邸之厘正,又实之必不容没也。殆亦王嗜学爱士之苦心,有默相之者欤。当醇邸编辑时,按次序任钞录者,德院卿钟、松铨部龄之责。编既成,详校对付剞劂者,则年与潘观察骏德之事也。工竣,爰叙其颠末如右。

　　光绪六年岁在上章执徐皋月,赐同进士出身内阁学士兼礼部侍郎衔蒙古耀年谨书。

啸亭杂录卷一

太 宗 伐 明

天聪己巳，文皇帝欲伐明，先与明巡抚袁崇焕书，申讲和议。崇焕信其言，故对庄烈帝有"五载复辽"之语，实受文皇绐也。帝乃因其不备，假科尔沁部道，自喜峰口洪山入。明人震惊，蓟辽总督刘策潜逃。帝率八旗劲旅抵燕，围之匝月。诸将争请攻城，帝笑曰："城中痴儿，取之若反掌耳。但其疆圉尚强，非旦夕可溃者，得之易，守之难，不若简兵练旅，以待天命可也。"因解围向房山，谒金太祖陵返，下遵化四城，振旅而归。伟哉帝言，虽周武观兵孟津，何以异哉！明人罔知深谋，如姚希孟辈，反谓本朝夙无大志，真蠡测之见也。至本朝修《明史》，本文庙实录为《崇焕传》，其故始白。

太宗读《金史》

太宗天资敏捷，虽于军旅之际，手不释卷。曾命儒臣翻译《三国志》及《辽》、《金》、《元史》、性理诸书，以教国人。尝读《金世宗本纪》，见其申女真人学汉人衣冠之禁，心伟其语。曾御翔凤楼，传谕诸王、大臣，不许褒衣博带，以染汉人习气。凡祭享明堂，必须手自割俎，以昭诚敬。谆谆数千言，详载圣训。故纯皇帝钦依祖训，凡八旗较射处，皆立卧碑以示警焉。

设间诛袁崇焕

本朝自攻抚顺后，明人望风而溃，无敢撄其锋者。惟明巡抚袁崇焕固守宁远，攻之六月未下。高庙怫然曰："何懑儿乃敢阻我兵力！"

因罢兵归。故文皇深蓄大仇,必欲甘心于袁。己巳冬,大兵既抵燕,崇焕千里入援,自恃功高。文皇乃擒明杨太监监于帐中,密札鲍承先在帐外作私语曰:"今日上退兵乃袁巡抚意,不日伊即输诚矣。"复阴纵杨监归。明庄烈帝信其间,乃立磔崇焕。举朝无以为枉者,殊不知中帝之间也。

用 洪 文 襄

松山既破,擒洪文襄归。洪感明帝之遇,誓死不屈,日夜蓬头跣足,骂詈不休。文皇命诸文臣劝勉,洪不答一语。上乃亲至洪馆,解貂裘与之服,徐曰:"先生得无冷乎?"洪茫然视上久之,叹曰:"真命世之主也!"因叩头请降。上大悦,即日赏赉无算,陈百戏以作贺。诸将皆不悦,曰:"洪承畴一羁囚,上何待之重也?"上曰:"吾侪所以栉风沐雨者,究欲何为?"众曰:"欲得中原耳。"上笑曰:"譬诸行者,君等皆瞽目,今获一引路者,吾安得不乐也?"众乃服。乃毛西河谓洪初不降,继命优人诱惑。洪故闽人,夙习好男宠,因之失节。何厚诬之甚! 故明帝初闻其死,设坛以祭,非无因也。

收 孔 耿 二 王

皮岛自诛毛文龙后,众皆解体,孔有德等据登、莱叛,为明将击败,逃入海峤,流离无所归。文皇帝闻之,乃命达文成公等往相抚绥,招孔、耿二王至盛京。上亲迎至都门,赏赉甚厚,即日授都招讨印,命其兵为天祐,故其将卒皆用命。尚平南、沈续顺等相继归降,明皮岛遂墟。

世祖问喀尔喀使者

章皇即位,时甫七龄。时喀尔喀使者来朝,随班祝贺,拜跪失仪。上即宣问。侍臣答以远方使者,未娴礼节,上乃悦。时上在冲龄,即聪慧若此。

世　祖　勤　政

大兵入关时，明臣迎降，睿忠王权宜任之，故胜国弊政，未尽厘正。世祖亲政后，任法严肃，凡大臣专擅如陈名夏、谭泰、陈之遴、刘正宗辈，无不立正典刑。故人知畏惧，夙弊尽革，以成一代雍熙之治也。

世　祖　善　禅　机

章皇帝冲龄践祚，博览书史，无不贯通，其于禅语尤为阐悟。尝召玉琳、木陈二和尚入京，命驻万善殿，机务之暇，时相过访，与二师谈论禅机，皆彻通大乘。惟王文靖、麻文僖、孙学士诸文臣扈从，互相问难，有远公虎溪之风，真天纵夙悟也。

世　祖　画　牛

章皇勤政之暇，尤善绘事。曾赐宋商丘冢宰《牧牛图》，笔意生动，虽戴嵩莫过焉。王文简公士禛曾记以诗云。

亲　定　陵　寝

章皇尝校猎遵化，至今孝陵处，停辔四顾曰："此山王气葱郁非常，可以为朕寿宫。"因自取佩𩊱掷之，谕侍臣曰："𩊱落处定为佳穴，即可因以起工。"后有善青乌者，视丘惊曰："虽命我辈足遍海内求之，不克得此吉壤也。"所以奠我国家万年之业也。

圣　祖　拿　鳌　拜

余尝闻参领成文言，国初鳌拜辅政时，凡一时威福，尽出其门。因正白旗圈地事，以直隶总督朱公昌祚、巡抚王公登联、户部尚书苏公纳海与之龃龉,乃将三公立加诛夷,圣祖不预知也。尝托病不朝,要上亲往问疾。上幸其第,入其寝,御前侍卫和公托见其貌变色,乃急趋至榻前,揭席刃见。上笑曰:"刀不离身,乃满洲故俗,不足异也。"因即返驾。以弈棋故,召索相国额图入谋画。数日后,伺鳌拜入见日,召诸羽林士卒入,因面问曰:"汝等皆朕股肱耆旧,然则畏朕欤,抑畏拜也?"众曰:"独畏皇上。"帝因谕鳌拜诸过恶,立命擒之。声色不动而除巨慝,信难能也。

论 三 逆

国初既定云、贵,因命吴三桂、耿继茂、尚可喜等世守边圉,以为藩镇,后渐跋扈,拥兵自重。圣祖欲除之,召诸大臣谋画,惟富察尚书米思翰首言其兵可撤,明相国珠和之,余皆嘿然。上曰:"吴、尚等蓄彼凶谋已久,今若不及早除之,使其养痈成患,何以善后?况其势已成,撤亦反,不撤亦反,不若先发制之可也。"因立下移藩之谕。三逆果叛,时争咎首谋者,上曰:"此出自朕意,伊等何罪?"故明相感上恩,竭力筹画以致成功也。

爱惜满洲士卒

国初自定中原后,复遭三逆之乱,故八旗士卒多争先用命,效死疆场,丁口稀少。上尝怃然曰:"吾廿年之久,始得一获满洲士卒之用,何可不厚恤也。"故当时时加赏恤,至为之代偿债务,凡抚字之术,无不备施。虽一时不无滥溢,而满洲士卒感戴如天,凡征讨之所,争先致死焉。

崇 理 学

仁皇夙好程、朱,深谈性理,所著《几暇余编》,其穷理尽性处,虽夙儒耆学,莫能窥测。所任李文贞光地、汤文正斌等,皆理学耆儒。尝出《理学真伪论》以试词林,又刊定《性理大全》、《朱子全书》等书,特命朱子配祠十哲之列。故当时宋学昌明,世多醇儒耆学,风俗醇厚,非后所能及也。

解《易》占

噶尔丹叛时,侵犯乌兰布通,其势甚急。上命李文贞公占《易》,得《复》之上六,文贞变色。上笑曰:"今噶尔丹背天犯顺,自蹈危机,兆乃应彼,非应我也。"因立下亲征诏,果大捷焉。

优 容 大 臣

仁皇天资纯厚,遇事优容,每以宽大为政,不事溪刻。厚待儒臣,如张文端英、高江村士奇等,朝夕谈论,无异友生。与李文贞光地谈《易》,每至子夜,诸侍从多枕戈以待。又枉法诸臣,苟可宥者,必宽纵之。如明相虽贪擅,上念其筹画三逆之功,时加警策,终未置之极典。徐健庵乾学昆仲与高江村比昵,时有"九天供赋归东海,万国金珠献淡人"之谣,上知之,惟夺其官而已。尝谕近臣曰:"诸臣为秀才,皆徒步布素,一朝得位,便高轩驷马,八骈拥护,皆何所来赍?可细究乎!"其明通下情若此。

善 天 文 算 法

自明中叶泰西人入中国,而算法、天文精于中土,中土因大统法系许鲁斋所定,故终扼其说不行。仁皇天纵聪明,夙习算法,特命灵台皆以西法为主,惟置闰用中法。以合《尧典》。千年错失,定于一旦,然后乾象昭明,千岁可坐而定。乃知圣人御世,故天预令西法传入中土,使上因之悬象布命,亿万年之景运,固先兆于是矣。

不 改 常 度

仁皇临御六十余年,凡一切起居饮食,自有常度,未尝更改。虽酷暑燕处，从未免冠。见纯皇帝诗注中。

拜 明 孝 陵

仁皇帝六巡江、浙，每至江宁，必幸明孝陵，拜谒如仪。尝曰："明太祖一代人杰，不可亵慢。"其他如辽、金诸陵，亦皆如谒明陵制。其雅慕先代如此。

世宗居藩大度

世宗居藩邸时，一切外间人情物理，无不通彻。凡屏藩外任者，上皆命将其省封域、产殖、丰庶、贫啬等情，具载一小册呈览，是以天下利弊，如指诸掌。理密亲王时为储位，上事之最敬，而王先受宵小言，待上甚薄。及王被罪，圣祖将王缚置空庐，不许人谒见。上亲持汤羹以进，守者遏之，上曰："吾惟知尽昆弟之情，不知顾己之利害也。"圣祖闻而善之。

世祖不兴土木

宪皇在位十三载，日夜忧勤，毫无土木、声色之娱。余尝闻内务府司员观豫言，查旧档案，雍正中惟特造风、云、雷、雨四神祠，以备祈祷雨旸外，初无特建一离宫别馆以供游赏。故当时国帑丰盈，人民富庶，良有以也。

理 足 国 帑

康熙间，仁皇宽厚，以豫大丰亨以驭国用，故库帑亏绌，日不暇给。宪皇即位后，综核名实，罢一切不急之务，如河防海塘等巨费外，皆罢不修，体恤民力。特置封椿库于内阁之东，凡一切赃款羡余银两，皆贮其内，至末年至三千余万，国用充足。每令直省将天下正供籴米随漕以入,故仓庾亦皆充实,积贮可供二十余年之用,真善为政理也。

宠 待 大 臣

世宗夙知大臣禄薄,不足岁用,故特定中外养廉银两以济其用。其外,岁时尚赏上方珍物无算,以通上下之情。鄂文端公召入时,上特命海司空^望为之起第于大市街北,凡器用物具,无不备置。张文和尝小疾,及病痊后,上告近侍曰:“朕股肱不快,数日始愈。”众争来问安,上笑曰:“张廷玉有疾,岂非朕股肱耶!”其优待也如此。陈中丞^{时夏}宦籍滇南,上因其母老,特命云、贵有司,置传送其母至其任所。岳威信公钟琪以边勋置高位,或谤其系岳武穆后,欲复宋、金世仇之语,上特封其奏以示岳公。后公出征西域,上特命其子^濬送至玉门关以慰之,其体下情若此。故一时将相感上威德,无不效力用命,以成一代郅隆之化也。

用顾天成_{当作成天}

上以蔡中丞^嵩依附年党,因籍其家。得顾太史^{天成}《咏星星草》诗稿,疑其语涉讥讽,命蔡索其全集进呈。见《恭挽圣祖》诗云“已过虞舜巡方日,尚少唐尧在位年”之句,上因之泪下,曰:“草莽之间,乃有此忠臣耶!”因召入,特赐编修,命值上书房以示宠云。

赏 花 钓 鱼

世宗驭下严肃,然每假以辞色,以联上下之情。丙午秋,特宴文武大僚于乾清宫,赋诗饮酒。每佳时令节,必赐诸王大臣游燕,泛舟福海,赏花钓鱼,竟日乃散。故当时堂廉之间欢若父子,无不可达之情也。

察　下　情

雍正初,上因允禩辈深蓄逆谋,倾危社稷,故设缇骑,逻察之人四出侦词,凡间阎细故,无不上达。有引见人买新冠者,路逢人问之,告其故。次日入朝,免冠谢恩,上笑曰:"慎勿污汝新帽也。"王殿元云锦于元旦同戚友为叶子戏,忽失一叶。次日趋朝,上问夜间何以为欢,王以实对。上笑曰:"不欺暗室,真状元郎。"因袖中出叶示之,即王夜间所失叶。王制府士俊出都,张文和公荐一健仆,供役甚谨。后王将陛见,其仆预辞去。王问何故,仆曰:"汝数年无大咎,吾亦入京面圣,以为汝先容地。"始知为侍卫某,上遣以侦王劣迹也。故人怀畏惧,罔敢肆意为也。

朱　批　谕　旨

上于即位后,虑本章或有所漏泄,故一切紧要政典俱改命折奏,皆可封达上前,无能知者。上于几暇,亲加批览,或秉烛至丙夜未罢。所批皆动辄万言,无不洞彻窾要,万里之外有如觌面,奖善服奸,无不感浃肌髓。后付刻者,只十之三四,其未发者,贮藏保和殿东西庑中,积若山岳焉。

善　禅　机

宪皇旧邸与柏林寺相近,故上同迦陵上人朝夕谈禅,颇通释理。临莅后,尝告近臣曰:"朕欲治世法十载,然后开明释法。"故于十一年稍讲禅理。所著《悦心集》及谕诸寺院等谕,皆直达上乘,非浮泛之士所可解者。又谓木陈颇通世法,非禅宗正眼,黜其法派。又以皓月所宗以袈裟传派,实为魔道,并着撤其钟版以辨邪正。又以张紫阳虽道教,其《悟真外篇》实通禅理,并著归入《释藏》中,以广法门。皆只眼正见,直达如来之真谛也。

杖　杀　优　伶

世宗万几之暇,罕御声色。偶观杂剧,有演《绣襦》院本《郑儋打子》之剧,曲伎俱佳。上喜,赐食。其伶偶问今常州守为谁者,戏中郑儋乃常州刺史。上勃然大怒曰:"汝优伶贱辈,何可擅问官守? 其风实不可长。"因将其立毙杖下,其严明也若此。

禁　抑　宗　藩

国初入关时,诸王多著劳绩,故酬庸锡类之典,甚为优厚,下五旗人员皆为王等僚属,任其差遣。承平日久,诸王皆习尚骄慢,往往御下残暴,任意贪纵。如两广总督杨琳,为敦郡王属下,王曾遣阉人赴广,据其署内,搜索非理,杨亦无如之何。上习知其弊,即位后,禁抑宗藩,不许交通外吏,除岁时朝见外,不许私谒邸第。又将所属值宿护军撤归营伍,以杀其势。故诸王皆凛然奉法,罔敢为矩外之行。自今上下安便,皆上之威德所致也。

纯　皇　初　政

纯皇帝即位时,承宪皇严肃之后,皆以宽大为政。罢开垦、停捐纳、重农桑、汰僧尼之诏累下,万民欢悦,颂声如雷。吴中谣有"乾隆宝,增寿考,乾隆钱,万万年"之语。一时辅佐之臣如鄂文端尔泰、杨文定名时、朱文端轼、赵泰安国麟、史文靖贻直、孙文定嘉淦皆理学醇儒,见识正大,故为一代极盛之时也。

圣　祖　识　纯　皇

纯皇少时,天资凝重,六龄即能诵《爱莲说》。圣祖初见于藩邸牡丹台,喜曰:"此子福过于余。"乃命育诸禁庭,朝夕训迪,过于诸皇孙。

尝扈从之木兰，圣祖枪中熊仆，命纯皇往射，欲初围即获熊之名耳。纯皇甫上马，熊复立起，圣祖复发枪殪之。归谕诸妃嫔曰："此子诚为有福，使伊至熊前而熊立起，更成何事体？"由是益加宠爱，而燕翼之贻谋，因之而定也。

西 苑 门 习 射

乾隆初，上每月朝孝圣宪皇后于畅春园者九，因于讨源书室听政。己巳秋，天气肃爽，上乃习射门侧，发二十矢，中者十九，侍从诸臣无不悦服。齐侍郎召南曾纪以诗，上赐和其韵，即命镌诸壁上，以示武焉。

杀 讷 亲

上即位初，以果毅公讷亲为勤慎可托，故厚加信任。讷人亦敏捷，料事每与上合。以清介持躬，人不敢干以私，其门前惟巨蘖终日缚扉侧，初无车马之迹。然自恃贵胄，遇事每多溪刻，罔顾大体，故耆宿公卿，多怀隐忌。戊辰春，金川蠢动，张制军广泗率兵攻之，因其地势险阻，不获克捷。上命讷往为经略。讷自恃其才，蔑视广泗，甫至军，限三日克刮耳崖。将士有谏者，动以军法从事，三军震惧，极力攻击，多有损伤。讷自是慑服，不敢自出一令，每临战时，避于帐房中，遥为指示，人争笑之，故军威日损。有三千军攻碉，遇贼数十人哄然下击，其军即鸟兽散。上知其不足恃，然欲其稍有捷音，然后召还，以全国体。讷乃毫无举措，惟日乞增兵转饷，至有欲乞达赖喇嘛、终南道士为之助战之语。上大怒，立褫其职，初尚令其往塞外效力，后因其匿败事闻，立封其祖遏必隆之刀，即于中途斩之。故众皆悚惧，每遇战伐，无不致命疆场，罔敢怀苟安之念也。

平 西 域

乾隆初，既命傅阁峰尚书鼐等与准噶尔议和，互通市易。甲子岁，噶尔丹策零既没,不数年间,篡弑相仍。辛未春,酋长薩喇尔来降,上素谙蒙古语,已悉知其篡弑之情。甲戌秋,辉特长阿睦尔撒纳款关请降,欲请兵收复四卫拉,时诸耆旧狃习辛亥败兵事,皆以不纳为便。上深悉其情,谓"天与人归,时不可失",乃内断于衷,立主用兵事详后卷。三载之间,拓地二万余里,天山雪窟,无不隶我版图。其间虽有成功赏赉之费,然视往昔,边防转饷十不一二,足见上之贻谋宏达,非人臣所及也。

听　　报

上自甲戌后,平定西域,收复回疆,以及缅甸、金川诸役,每有军报,上无不立时批示,洞彻利害,万里外如视燎火,无不辄中。每逢午夜,上必遣内监出外,问有无报否。尝自披衣坐待竟夕,直机密近臣罔敢退食,其勤政也若此。

重　经　学

上初即位时,一时儒雅之臣,皆帖括之士,罕有通经学者。上特下诏,命大臣保荐经术之士,辇至都下,课其学之醇疵。特拜顾栋高为祭酒,陈祖范、吴鼎等皆授司业,又特刊《十三经注疏》颁布学宫,命方侍郎苞、任宗丞启运等裒集《三礼》。故一时耆儒夙学,布列朝班,而汉学始大著,龌龊之儒,自踉足而退矣。

不　忘　本

本朝初入关时,一时王公诸大臣无不弯强善射,国语纯熟。居之既久,渐染汉习,多以骄逸自安,罔有学勤弓马者。纯皇习知其弊,力为矫革,凡有射不中法者,立加斥责,或命为羽林诸贱役以辱之。凡乡、会试,必须先试弓马,合格,然后许入场屋,故一时勋旧子弟,莫不熟习弓马。金川、台匪之役,如明将军亮、奎将军林皆以椒房世臣用命疆场,一代武功,于斯为盛。上尝曰:"周家以稼穑开基,我国家以弧矢定天下,又何可一日废武?"再满洲旧族,其命名如汉人者,上深厌之,曾谆谆降旨,不许盗袭汉人恶习。曾有"汉人以钮钴禄氏为郎者,盖鄙之为狼"之谕,言虽激切,亦深恐忘本故也。

重 读 书 人

上虽厌满人之袭汉俗,然遇宿儒耆学,亦优容之。鄂刚烈公容安不谙国语,上虽督责,然厚加任使,未尝因一眚以致废弃。国太仆柱习为迂缓,尝校射禁庭,国褒衣大冠,侍卫有望而笑者,上曰:"汝莫姗笑,彼为儒士,今乃能持弓较射,不忘旧俗,殊为可嘉也。"其优容如此。

普免天下租税漕粮

上自奉俭约,深惜物力。初即位,不许街市用金银饰,禁江、浙组绣,代以刻丝。御膳房日用五十金,上屡加核减,至末年岁用仅二万余金,近侍虽告匮,不顾也。然攸关民间大计者,则豁然不计有无,西域、金川用兵至一万万零四千余两,河工、海塘以亿万计。曾于丙寅、丁酉、乙卯普蠲天下正供租税三次,辛卯、庚戌、丙辰普蠲五省漕粮四次,每举率以亿万计,而上初不为之吝惜也。

善 待 外 藩

蒙古生性强悍,世为中国之患,虽如北魏、元代皆雄起北方者,然当时柔然、海都之叛,未尝罢绝。本朝威德布扬,凡毡裘月竁之士,无不降服,执玫效顺,无异世臣。纯皇恢廓大度,尤善抚绥,凡其名王部长,皆令在御前行走,结以亲谊,托诸心腹,故皆悦服骏奔。西域之役,如喀尔沁贝子扎尔丰阿、科尔沁额驸索诺木巴尔珠尔、喀尔喀亲王定北将军成衮扎布、其弟郡王霍斯察尔、阿拉善郡王罗卜藏多尔济，无不率领王师，披坚执锐，以为一时之盛。其子孙亦屡登肵仕，统领禁军，以为夸耀。故上宴蒙古王公诗注"其令入宴者，率皆儿孙行辈"，其亲谊也若此。故上崩时，诸蒙古部落皆擗踊痛哭，如丧考妣，新降都尔伯特汗某，几欲以身殉葬，其肫挚发于至诚，不可掩也。

土尔扈特来降

准噶尔本元太尉也速后与徐达战于通州，见《明史》，以元纲不整，遂遁居伊犁，分四部落，曰卫拉特，曰都尔伯特，曰和硕特，曰土尔扈特，各立可汗以为辅车之计。后土尔扈特部落以噶尔丹不道，故率本部落迁入俄罗斯，彼国以其愚戆，时加欺凌。大兵既定伊犁，威布遐迩，土尔扈特部长闻之曰："吾侪本蒙古裔，今俄罗斯种类不同，嗜好殊异，又复苦调丁赋，席不暇暖。今闻大皇帝普兴黄教，奚不弃此就彼，亦良禽择木智也。"遂率其全部涉河而归，绕道行万余里，始达哈萨克。失道行入戈壁，复毙数万人，抵边者十之三。上闻之，命舒文襄公摄伊犁将军篆，往为安置。或疑其中有叛人，舍楞请上勿纳。上曰："远人来降，岂可扼绝？况俄罗斯亦大国，彼既弃彼而南，而又挑衅于此，进退无据，黠者必不为也。"舒既抵边，察其心实恭顺，乃受其降，厚加抚绥。彼既穷窘欲绝，今获意外之惠，乃诚心感化，然后四部落皆为我大清有也。

书《无逸》

上于勤政殿宸间御书《无逸》一篇，以示自警。凡别馆离宫，其听政处皆颜"勤政"，以见虽燕居游览，无不以莅政之要。后暮年少寝，乃默诵《无逸》七"呜呼"以静心。见御制诗注。

不 用 内 监

自世祖时，殷鉴前代宦官之祸，乃立铁牌于交泰殿，以示内官，不许干预政事。纯皇待之尤严,稍有不法,必加棰楚。又命内务府大臣监摄其事,以法周官冢宰之制。凡有预奏事者,必改易其姓为王,以其姓众多,人难分辨,其用心周详也若此。有内监高云从素与于相交善,稍泄机务。上闻之大怒,将高立置磔刑,其严明也如此。

翻　译

上夙善国语,于翻译深所讲习。然尝谓:"国初惟以清语为本,翻译为后所增饰,实非急务。"故屡停翻译科目,自戊寅至戊戌,凡二十年,未尝举行。后阿文成公桂因旗籍出身无所,始奏请开翻译乡场,以勉旗人上进之阶,然非上之意也。

不　喜　朋　党

上之初年,鄂、张二相国秉政,嗜好不齐,门下士互相推奉,渐至分朋引类,阴为角斗。上习知其弊,故屡降明谕,引宪皇《朋党论》戒之。胡阁学中藻为西林得意士,性多狂悖,以张党为寇仇,语多讥刺。上正其罪诛之,盖深恶党援,非以语言文字责也。故所引用者,急功近名之士,其迂缓愚诞,皆置诸闲曹冷局,终身不迁其官。虽时局为之一变,然多获奇伟之士,有济于实用也。

至　诚　格　天

纯皇敬天法祖,乾健不息,践位六十年间,命亲臣代郊者二,余皆亲襄祭祀。己卯夏旱,至六月不雨,上亲自斋宫步祷圜丘,未竟日,甘霖大沛。壬子夏,旱既甚,上宣召九卿科道,召对于勤政殿,下罪己诏,言本朝并无强藩、女谒、宦官、权臣、佞幸之弊,惟土木繁兴,引为己责,命群臣直言以匡救其失。是日申酉时即雷雨大作,四郊沾足。又丙辰、丁巳间,邪匪叛乱,糜烂川、楚三省。上于内寝设几,夜间叩祷吁天,求延国祚,故逆氛日渐屏乏,以底灭亡。

友 爱 昆 仲

　　上即位后,优待和、果二王,每陪膳侍宴,赋诗饮酒,殆无虚日。然必时加训迪,不许干预政事,保全名誉。和恭王少时骄抗,上每多优容。尝命王监试八旗子弟于正大光明殿,日已晡,上尚未退朝,恭王请上退食。上以士子积习疲玩,未之许。王激烈曰:"上疑吾买嘱士子心耶?"上怡然退。傅文忠责王曰:"此岂人臣之所宜语?"王始悔悟。次日免冠请罪,上方云:"昨朕若答一语,汝身应粉齑矣! 其言虽戆,心实友爱,故朕恕之。然他日慎勿作此语也。"友爱如初。果恭王因救火迟误,复交通外吏,事发,上惟给成其宾客,降王为贝勒,事不深诘,以保全之。王惭恶病发,上往视疾,执手痛曰:"朕以汝年少,故稍加拂拭以格汝性,何期汝愧恶之若此?"即日复王爵,慰谕者再。其厚待也天性若此。

孝 亲

　　纯皇侍奉孝圣宪皇后极为孝养,每巡幸木兰、江、浙等处,必首奉慈舆,朝夕侍养。后天性慈善,屡劝上减刑罢兵,以免苍生屠戮,上无不顺从,以承欢爱。后喜居畅春园,上于冬季入宫之后,迟数日,必往问安视膳,以尽子职。后崩后,上于后燕处之地皆设寝园,凡巾栉、桦榓、沐盆、吐盂,无不备陈如生时,上时往参拜,多至失声。又于园隙建恩慕寺,以资后之冥福焉。

用 傅 文 忠

　　上既诛讷亲,知大权之不可旁落。然国无重臣,势无所倚,以傅文忠_恒为椒房懿亲,人实勤谨,故特命晚间独对,复赏给黄带、四团龙补服、宝石顶、双眼花翎,以示尊宠。每遇事必独揽大纲,文忠承志行旨，毫不敢有所专擅，上尚时加训迪。一日御门，文忠后至，踉跄而入。侍卫某笑曰："相公身肥，故尔喘吁。"上曰："岂惟身肥，心亦肥也。"文忠免冠叩首，神气不宁者数日。故当时政治宽厚，无侵擅之弊焉。

杀 高 恒

两淮盐政高恒，以侵贪厘费故，拟大辟。勾到日，上恶其贪暴，秉笔欲下，傅文忠代为之请曰："愿皇上念慧哲皇贵妃之情，姑免其死。"上曰："若皇后弟兄犯法，当如之何？"傅战栗失色。上即命诛恒。

恶 章 攀 桂

淮扬道章攀桂，以吏员起家，人工献纳。上南巡，章司行宫陈设，欲媚上欢，以镂银丝造吐盂设坐侧。上见之，矍然曰："此与孟昶之七宝溺器何异？"心甚恶之，终其身未迁其官。

食 鱼 羹

金川用兵时，累岁未得进，至乙未冬，始克勒乌阿围。文成公桂以捷书进。上方用膳，因念将士用命，潸然泪下，适落鱼羹中。上即命封鱼羹以赐文成，并申明其故。文成泣曰："臣敢不竭死以报上之眷也？"

用 福 文 襄

福文襄王康安荷父庇荫，威行海内，上亦推心待之，毫无肘掣。台湾之役，福戚宗室恒瑞以逗遛失机，上命入京讯质。福以戚故，故缓其行，乃于战阵时首列瑞功，以希免罪。上谕福云："使恒瑞果将材，何以汝未至时，并未睹其专战，而一旦勇健若此，岂以戚婉而祖庇乎？朕深为汝惜也！"福文襄承命之下，战栗失色，花翎动摇竟日。

诛伍拉纳

伍制军_{拉纳}继傅文襄督闽，惟以贪酷用事，至倒悬县令以索贿。故贪吏充斥，盗贼纵横，魁将军伦劾之。上大怒，并巡抚浦霖罢斥，槛解入京。时和相擅柄，故缓其行以解上怒。上计日不至，立命乾清门侍卫某飞骑召入，于丰泽园庭讯。伍、浦皆服罪，立置于法，和亦无能为力。是日冬月，天气和暖，人皆以为刑中故也。

雪睿王冤

大兵平定中原，睿忠王方摄政，定鼎规模，多所裁定，薨后议罪革爵。饶余郡王阿巴泰父子略定河北，征讨吴逆，累功封安亲王。以其后嗣依附廉亲王允禩故，世宗特斥其封。纯皇夙知二王功高，于乾隆戊戌特复睿王封爵，令其五世孙淳颖袭封，并命配享太庙。安王嗣封辅国公，以承其祀，实盛德事也。

定恩骑尉

国初定世爵，自公至云骑尉，凡二十四级，以为赏功之次。然云骑尉甫袭三次，又阵亡后裔与战绩加者，无所区别。上轸念殉节之员，未易代即停封，甚为悯恻。故特定恩骑尉之职，凡阵亡人员，其封爵袭替者，皆赏给恩骑尉，以世其家，真旷典也。

绿营定世爵

国初定制，凡旗员阵亡者，荫以世爵，汉员犹沿明制，惟荫以难荫，官及其身而已。纯皇念一体殉节而有等差，不无偏袒之势。下诏命凡汉员文武各员如有阵亡者,皆荫以世职,虽微员末吏亦得荫云骑尉,故人皆感激用命。三省教匪之役,殉难以数千计,盖上之恩泽沦浃之深也。

哨　　鹿

上搜猎木兰时,于黎明亲御名骏,命侍卫等导引入深山叠嶂中,寻觅鹿群。命一侍御举假鹿头作呦呦声,引牝鹿至,急发箭殪毙,取其血饮之。不惟延年益壮,亦以为习劳也。

松　苓　酒

纯庙时,张文敏照献松苓酒方。于山中觅古松,伐其本根,将酒瓮开坛埋其下,使松之精液吸入酒中。逾年后掘之,其色如琥珀,名曰松苓酒。上偶饮之,故寿跻九旬,康庄日健,有以哉。

答钱香树奏折

上庚寅岁举行六十万寿礼,钱文端陈群献竹根如意。上批札云:"未颁僧绍之赐,恰致公远之贡,文而有理,把玩良怡。今赐卿木兰所获鹿,服食延年,以俟清晤。"其风趣也如此。

纯　庙　博　雅

纯庙天纵聪慧,揽读渊博,万几之暇,惟以丹铅从事。《御制诗》五集,至十余万首,虽自古诗人词客,未有如是之多者。每一诗出,令儒臣注释,不得原委者,许归家涉猎。然多有翻撷万卷莫能解者,然后上举其出处,以博一笑,诸臣无不佩服。尝于《塞中雨猎》诗内用"制"字,众皆莫晓。上笑曰:"卿等一代巨儒,尚未尽读《左传》耶?"盖用陈成子杖制以行也。又出《污卮赋》考词林,众皆误为窳尊。上徐检出,乃拟傅咸《污卮赋》也。彭文勤尝进呈百韵排律,上立读之,曰："某某出韵。"后考之,信然。其博雅也如此。

纯 庙 赏 鉴

纯庙赏鉴书画最精,尝获宋刻《后汉书》及《九家杜注》,心甚爱惜,命画苑写御容于其上。岳氏《五经》,特建五经萃室以贮之。又觅马和之《国风图》,历数十年始全获,藏于学诗堂。其他如韩滉《五牛》,设春藕斋。周铸十二钟于景阳宫,皆有所谓。可知勤政之余,其所以怡情悦性者,皆不凡也。

内 湖 珠 兆

乾隆初,有小内侍夜于御湖泛舟,见神光烛天,自湖中出。因网罗之,得蚌径尺,中有明珠寸余,二颗相连如葫芦形。内监不敢匿,因以进上。上嵌于朝冠,珠晶莹异常。夫御湖非孕珠之地,而能获此奇宝,盖天预为之兆,以肇六十重元之盛也。

今 上 待 和 珅

丙辰元日,上既受禅,和珅以拥戴自居,出入意颇狂傲。上待之甚厚,遇有奏纯庙者,托其代言,左右有非之者,上曰："朕方倚相公理四海事,汝等何可轻也?"珅又荐其师吴穆堂省兰与上录诗草,觇其动静。上知其意,吟咏中毫不露圭角,故珅心安之。及纯庙崩后,王黄门念孙、广侍御兴等先后劾之,上立命仪、成二王传旨逮珅,并命勇士阿兰保监以行,珅毫无所能为。控制上相,如缚庸奴,真非常之妙策。恭读《味余书室稿》中《唐代宗论》有云："代宗虽为太子,亦如燕巢于幕,其不为辅国所谮者几希。及帝即位,若苟正辅国之罪,肆诛市朝,一武夫力耳。乃舍此不为,以天子之尊,行盗贼之计,可愧甚矣!"乃知睿谋久定于中矣。

却 贡 玉

今上亲政时,首罢贡献之诏,除盐政、关差外,不许呈进玩物,违者以抗旨论。论中有"诸臣以如意进者,朕视之转不如意"之语。时和阗贡玉,辇至陕、甘间,上即命弃诸途中,不许解入。故一时珠玉之价,骤减十之七八云。

辛 酉 工 赈

辛酉夏,霖雨数旬,永定河漫口,水淹南苑,漂没田庐数百里,秋禾尽伤。上减膳撤乐,步祷社稷坛祈晴。命步军统领明安广为赒赈,粥厂有所不及,明亲乘木筏,施散饼饵,日以数百万计。特建席棚以处灾黎,凡活者数百万人。又特简大臣四出查赈,截南漕数十万石以备缓急。又筑建永定西堤,上亲为巡视,指定方略,堤遂以成。其忧勤民瘼,实为旷古所罕睹焉。

虔 祷 风 神

癸亥秋,杞县河溢,冲圮衡家楼,上命侍郎那彦宝堵御,经冬未竣。余闻内务府大臣戴公明德言,甲子春,上偶泛湖,值东北风甚骤,上因念北河若得此风助,庶可竣工,乃即于舟中拈香祷之。未逾旬,那公奏北河合龙,信得东北风助,去上祈祷甫三时,非上精虔,何以致此。后闻莫侍郎瞻箓云,此为黄金大坝,康熙中曾漫溢,经数十年始竣工,未能若是之速。信百灵之效顺也。

重 朱 文 正

今上在藩邸时,朱文正为尚书房师傅,朝夕训迪。上深知其醇正,于亲政后特召入都,日加亲信。朱故宿儒,亦持躬勤谨,时有嘉猷入告，故上之行政，惟以仁厚为本。至癸酉林清之变，骈戮百余人，上恻然哀悯，命有司于菜市口筑坛超度，犹秉文正之教也。文正既没，逾年上驻跸赵新店，犹命近臣代奠，有"哀我哲辅，松楸在望"之谕焉。

亲 骨 肉

今上即位后，厚待仪、成诸王，虽不假以事权，每有过失，必宽容之。仪王性刚愎，在上前作尔汝辞。成王遇事模棱，不竭力以报效。上待之如旧。己巳秋，庆郡王游桃花寺行宫。乙亥秋，仪王奉祭裕陵，私回京邸，有司议以黜革，上惟罚锾示惩而已。诸王子孙皆封贝勒、贝子诸爵，至于孩提，皆授以应封顶带。其连枝友于之爱，实后世所罕见也。

啸亭杂录卷二

淳　化　帖

法帖之久，无如《淳化阁帖》。其后鼎、绛、汝诸帖互相仿摹，愈失旧规，近日祖帖收藏家无过而问者。惟大内所藏，系当日所赐毕士安者，篇帙完善，墨渖如新，成亲王曾见之。纯皇帝珍惜如宝，特建淳化轩以贮之。又命于文襄摹刻上石，颁赐诸王公卿，虽不及原帖之善，亦自成一家焉。

金　元　史

自古稗史之多，无如两宋，虽若《扪虱新语》、《碧云騢录》，不无污蔑正人。然一代文献，赖兹以存，学者考其颠末，可以为正史之助。如金、元二代，著述寥寥，金代尚有《归田录》、《中州集》等书，史官赖以成编。元代惟《辍耕录》一书，所载又多系猥鄙之词，故宋、王诸公不得不取材诸碑版、行状等词，其事颇多溢美。如《完泽传》，甫载郭□□劾其贪酷诸款，而后又言其"(公)正廉洁"、"惜名器"、"重士节"诸语。梁德珪，本传载其与相臣比昵为奸，为何炜所劾。而其传又言其"遵守先朝法度"、"谏臣浮竞"、"使其不终其位"等语，臧否如出二手，盖皆碑版之文故也。

本朝文人多寿

王弇州著《文人九厄》，使人阅之，索然气尽。余按本朝文人多寿，可以证王之失。如王文简公_{士祯}七十七，朱竹垞_{彝尊}八十四，尤西堂_侗八十五，沈归愚尚书_{德潜}九十五，宋漫堂_荦七十二，查初白_{慎行}七十八,方灵皋_苞八十二,袁简斋_枚八十二,钱辛楣_{大昕}七十七,纪晓岚尚书_昀八十二,彭芸楣尚书_{元瑞}七十三,姚姬传_鼐八十四,翁覃溪_{方纲}八十余,梁山舟_{同书}九十二,赵瓯北_翼八十二,四公至今犹存。

本朝父子祖孙宰相

王弇州载明代门族之盛,按本朝父子调梅以济升平之盛者,指不胜屈。如阿文端公_{兰泰}之子为傅文恭公_{明安},阿文勤公_{克敦}子为文成公_桂,张文端公_英子为文和公_{廷玉},刘文正公_{统勋}子为文清公_墉,马文穆公_齐之侄为傅文忠公_恒,其子为文襄公_{康安}。高文良公_斌之侄为文端公_晋,其子为参政公_{书麟},皆父子宰相。惟温文简公_达孙为相国_福,其子今相国伯_{勒保},尹文恪公_泰子为文端公_{继善},其孙为今相国_{庆桂},皆三代持衡,为升平良佐,实古今所未见也。

本朝状元宰相

本朝阁臣,最利鳌头。如傅聊城_{以渐}为顺治丙戌状元,吕常州_宫为顺治丁亥状元,于文襄公_{敏中}为乾隆丁巳状元,庄参政_{有恭}为乾隆己未状元,梁文定公_{国治}为乾隆戊辰状元,王文端公_杰为乾隆辛巳状元,戴文端公_{衢亨}为乾隆戊戌状元。今七卿中有潘芝轩_{世恩}、胡希庐_{长龄}、茹总宪_棻、王司空_{以衔}、姚阁学_{文田}凡五人,皆有调羹之望焉。

张　　魏　　公

世之訾张魏公者,皆谓其不度德量力,专主用兵,几误国事。殊不知其误不在佳兵黩武,反在过于持重之故。按宋、金强弱之不敌,夫人知之,魏公即勉力疆场,亲持桴鼓,尚未知胜负若何。今考其出师颠末,富平之败,魏公方在邠州;淮西之失,公方在行在;符离之溃,公方在泗州,皆去行间数百千余里,安得使士卒奋勇而能保其不败哉? 故郦琼对金梁王言"宋之主帅,皆持重拥兵,去战阵数十里外,不如王之亲冒矢石"之语，盖指魏公而言也。

国 初 定 三 院

文皇践祚之初，改内阁为三院，曰弘文，曰秘书，曰内院，皆置大学士、学士等官，盖仿宋昭文集贤之制。入关后仍沿其制，至顺治戊戌，始复从明制，改设中和殿、保和殿、武英殿、文华殿、文渊阁、东阁诸大学士名。乾隆戊辰，特旨罢中和殿大学士，改为体仁阁，以配三殿三阁之名焉。保和殿大学士不常置，惟张文和公、傅文忠公拜焉。体仁阁大学士初以杨节相廷璋、杨节相应琚先后大拜，皆不终位，故戴服堂《藤阴杂记》内谓其名不祥。然刘文清公、今曹相国振镛递相任之，卒无他咎，可知在人不在名也。

本 朝 宗 室 辅 臣

本朝定制，宗子无爵者，与八旗世臣同授朝职，然为辅臣殊不利。康熙初，忠懿公塔拜子班穆布尔善尝拜东阁大学士，以鳌拜党诛。觉罗勒德洪拜武英殿大学士，后以事罢斥。觉罗吉庆以粤督有廉名，授参政，以永安州兵事失机褫职，公自吞烟具死。宗室琳宁继之，以失察书吏事，降官致仕。宗室禄康拜东阁大学士，初以失察舆夫博降都统，复以失察曹纶谋逆事，遣置盛京，皆不终其位。盖以天潢骄纵，易以致咎，故卒无继李汧国、赵忠靖之相业者。

宗 室 科 目

康熙初，尝置宗室科目，不久停止，见紫幢居士文昭诗中。乾隆乙丑复设科目，中达麟图，戊辰中良诚，辛未中玉鼎柱。后以达侍班失仪罢斥，遂停文科目。嘉庆己未，今上亲政，从肃亲王之请，复设乡、会试，壬戌中果齐斯欢、慧端、德明阿三人。果为郑恭王胞侄，慧为简良王曾孙，德即良祭酒子，皆入词林，一时称盛。其后累科皆中二三人。果今洊至户部侍郎，德至左庶子，惟慧以散馆降秩，今任宗人府理事官。

宗 室 诗 人

国家厚待天潢，岁费数百万，凡宗室婚丧，皆有营恤，故涵养得宜。自王公至闲散宗室，文人代出，红兰主人、博问亭将军、塞晓亭侍郎等，皆见于王渔洋、沈确士诸著作。其后继起者，紫幢居士文昭为饶余亲王曾孙，著有《紫幢诗钞》。宗室敦成为英亲王五世孙，与弟敦敏齐名一时，诗宗晚唐，颇多逸趣。曜仙将军永忠为恂恪郡王嫡孙，诗体秀逸，书法遒劲，颇有晋人风味。常不衫不履，散步市衢，遇奇书异籍，必买之归，虽典衣绝食所不顾也。橒仙将军书诚，郑献王六世孙，性慷慨，不欲婴世俗情，年四十即托疾去官，自比钱若水之流。邸有余隙地，尽种蔬果，手执畚锸从事，以为习劳。晚年慕养生术，每日进食十数，稍茹甘味即哺出，人皆笑其迂，然亦可谅其品矣。先叔嵩山将军讳永憲，诗宗盛唐，字摹荣禄。晚年独居一室，人迹罕至，诗篇不复检阅，故多遗佚。近日科目复盛，凡温饱之家，莫不延师接友，则文学固宜其骎骎然盛也。

宋 置 封 桩 库

宋太祖起自布衣，深悉民间疾苦，故平定诸国后，自奉俭薄，积左藏之余，立封桩库。尝欲待足五千万后，捐资契丹，以赎燕云之地。如其不与，则以其资厚赏军士，兴师恢复其土。及澶渊和后，不复讲求，则以其财供土木祠祷之费。至神宗时，日忧国用之不足，王荆公以新法济之，卒招靖康之祸。孝宗天资英敏，复置封桩库以为灭金之资，暮年积钱四千万缗，他物称是，后为韩侂胄取为赏赐燕好之资。至理宗时，国用复绌，以致灭亡。世之如宋太祖、孝宗之举，皆胜夫庸浅之主，而子孙不知爱惜，反消耗于声色土木之间，良足慨惜。然则丁谓、王钦若、韩、贾等，所为可容诛乎？

宋 金 形 势

宋自建隆、开宝后，民不知兵者一百余年，一旦金人以飙迅之势，破京俘主，其势实不可与敌。然建炎之初，河北尚为宋守，河南、淮右，坚城数十，自相保障，使高宗重任宗忠简等，使其固守残疆，渐为恢复之计，则金虽强，无能为也。乃先避敌南下，一闻兵燹，首倡泛海，方自以为得计。明州之役，几不自保其躯，其不为石头之降者，幸耳。使金兵攻破临安即设置郡县官吏，以一旅穷追，虽有智者亦无如何矣。梁王智不出此，乃复仓卒凯旋，致有黄天荡之战，乃金自失其机，非宋人有能御者。其后张、韩、刘、岳等练集士卒，防守边隅，至绍兴庚申、辛酉间，宋兵日见强盛。金兵自入中国，习于安逸，其强不及于前，故韩常每为之忧惧。顺昌、朱仙镇之役，宋人屡次获胜，而高宗狃于见闻，甘心乞和称臣，以致大仇不复，受金人朽木灯檠之欺，良可悲也。

吴 春 麓 语

吴春麓御史_{庚枚}，桐城人，中嘉庆己未进士。性忠悫，颇以理学自命。与余交最笃，尝与余书曰：“奋与偾，盛衰之本。勤与惰，成败之原。贪与廉，得失之林。宽与虐，恩怨之府。静与躁，寿夭之征。忍与激，安危之券。谦与盈，祸福之门。敬与肆，存亡之界。”此数语，真见道之言也。

旭 亭 家 书

韩旭亭先生讳_{是升}，今大司寇桂舲_尊父也。性和蔼，居家勤俭，年四十，即弃儒冠，游食四方。余少及其门。尝语人曰：“天下事多矣，未有骄盈而不败者。”恒以谦抑自居，虽仆夫媪妇，必接之以温颜。其子虽屡任封疆，而先生朴素如故也。尝寄书与司寇云：“余今年秋收

颇佳,所植菽稷,颇足酿酒,笔墨足以代耕,尽有余享。汝所获廉俸丰
朒,其养赡妻孥之余,犹有余资,切勿贪分外之荣,致使七十垂尽之翁
反被汝所累也。"故司寇谨守先生教,始终以敬谨受今上知遇,屡登高
位,皆秉其家范也。

德济斋夫子

本朝宗室任外吏者,以简仪亲王为首称。王讳_{德沛},郑庄亲王之
裔也。少应袭公爵,王让其弟,已入西山读书。怡贤亲王荐于朝,世
宗闻而异之。召见,问王所欲。曰:"惟愿百年后于孔庙中食块冷肉
耳。"上奇其言,即任户部侍郎。后屡任封疆,不名一钱,每到处务立
书院,聚徒讲学。尝谓人曰:"人心为风俗之本,未有人心浇漓而风俗
朴厚者。今世不患乏才,而患人心之不复古,非讲学无以明之。如使
风俗日移,胜纷据于呫哔之学多矣。"尝与河督_{高斌}议论不合,高欲岁
减革扫沙船,王力持之不得。时语先人曰:"古人制度,安可轻易改
革?吾年就衰,恐不及见。汝今年少,应见河患之日增,异日当思吾
语也。"后癸酉秋,水漫张家路头,果如王所料,时王薨已二年矣。其
后河患日增,至竭海内脂膏以供之,犹尚无补于患,则王之先见若何
也。讲学家尊之为济斋夫子云。

醉　公

睿忠亲王嗣曾孙名_{塞勒},性爽伉。嗜糟醨,日夜不醒,虽朝会,
酒气犹熏然,人呼为醉公。然遇大事多直鲠。康熙戊戌,理邸
以罪黜,东宫虚位,圣祖命诸臣集议。时廉王觊觎大器,揆叙、王
鸿绪复左右之,公愤怒起于座,高声曰:"惟有立雍亲王,天下苍生
始蒙其福也。"众为之憬然。后世宗即位,召公责之曰:"当日汝
言,几有危于朕躬。然汝忠鲠可嘉,嗣后慎勿多言也。"公免冠谢
曰:"臣一时直性,不能自遏抑也。"后乾隆戊戌复睿邸,追赠公
王爵。

元 泰 定 帝

元泰定帝乃晋王甘麻剌子，为世祖嫡长孙。南坡之弑，帝虽与闻，然立执其使，驿递以告。其未及达者，天也。即位后，即首戮铁迭等，明示天下，颇有叔孙昭子之风。其视晋简文之拜桓温、宋理宗之宠弥远者，不啻霄壤。崩逝后，青宫践祚，统绪有归。乃燕帖木儿心系周王，乘间夺国，其后文宗卒膺大宝，而以篡杀之罪归之，非公论也。

朱 清　张 瑄

朱清、张瑄，以隶卒之贱，受世祖知遇，以海艘济运。及夫末际，岁运至四百万之多，使太仓陈陈相因，红朽不可食，亦有赖于二人者。何以一旦致罪，乃至身首不保，后世亦未有鸣其冤者，何也？

国 初 官 制

国初甫定辽、沈，官职悉沿明制。其总摄国政者，有五大臣、十大臣之分，其余设总兵、副将、游击、备御之分，而皆阶以等级如一等总兵官、三等游击之类。其后改为国语，无复汉名如固山额真之类。入关后，始改总统旗务者为都统，每旗一员。其参协者为副都统，每旗二员。其下设参领、佐领等官，惟世职名仍沿国语。如一等阿思呢哈番、三等拜他拉布哈番之类。乾隆初，从舒文襄公议，始设汉衔，其一品者为子，二品者为男，三品者为轻车都尉，四品者为骑都尉，五品者为云骑尉，而官名乃厘正焉。

汉 军 初 制

国初时，俘掠辽、沈之民，悉为满臣奴隶。文皇帝悯之，拔其少壮者为兵,设左右两翼,命佟驸马养性、马都统光远统之。其后归者渐多,入关后,明降将踵至,遂设八旗,一如满洲之制。康熙中,平三逆,其藩下诸部落亦分隶旗籍。雍正中,定上三旗,每旗佐领四十;下五旗,每旗佐领三十。其不足者,拨内务府包衣人隶焉,于是其制始定。盖虽曰旗籍,皆辽、沈边氓及明之溃军败卒。今生齿日繁,其从龙丰沛旧臣,尚不能生计富饶,而聚若辈数万人于京华,又无以令其谋生之道,其当轴者宜有远略欤?

国　初　尚　右

国初世沿古制,凡祭祀明堂诸礼仪,皆尚右。祭神仪,神位东向者为尊,其余昭穆分列,至今犹沿其制。故先烈王以宗老,孔定南以藩臣之长,皆居右班云。

三　王　旗　纛

孔定南、耿靖南、尚平南等归顺时,未隶旗籍,文皇名其军为天祐军,特设白、绿、黑诸旗纛以赐之。见《八旗通志》。

王　府　属　下

国初定制,皇帝亲将之旗有三:曰镶黄,曰正黄,曰正白。诸王分将之旗有五:曰正红,曰镶白,曰镶红,曰正蓝,曰镶蓝。其五旗户籍,皆为王公僚属。沿左氏人有十等之制,递为臣仆,凡所升擢,皆由诸王公掌之。其后升平日久,诸王习于骄汰,多有虐其所属不堪言者。世宗习知其弊,故命惟王府护卫诸官仍由本王所擢,其余皆隶有司,诸王之权始绌。然犹许岁时庆吊,趋谒如制。至今护军营操习,仍用各王府旗纛,犹存旧制。近有妄男子身隶王府旗籍,乃声言并非王府臣仆等语,真故违祖制也。

先 恭 王 家 训

先恭王袭爵垂五十年,其勤俭如一日,不好侈华,所食淡泊,出处有恒,虽盛夏不去冠冕。尝曰:"吾心如权,凡事至,皆量其轻重,然后理之。"又曰:"凡执权者,宜开人生路,不可博公直之名,致裁抑仕途,使进取之士壅滞怨望。"时和相当朝,每苛责诸士子,先人每不以为然。尝诫樋曰:"朝廷减一官职,则里巷多一苦人,汝等应志之。"

经 验 良 方

余尝患鼻衄,至流血数斗,竟夕不止,以青黛、紫菀诸物治之,毫无应验。有人送一方,用千瓣石榴花烧灰,以酒调之,塞鼻中,其血立止,屡试果验,因志之。

先惠顺王神力

国初诸王,披坚执锐,抚定辽、沈,先烈亲王诸子中,如克勤郡王、颖毅王诸王,平定山左,各著有劳绩。惟先惠顺王以年幼未经从军,然天授神勇,众罕与匹。生有髭须数十茎,人争异之。顺治中,有喀尔喀使臣至,与近臣角觝,俱莫能撄。王闻之,请于烈王,伪为护卫入朝,杂于众中,使臣与斗,应手而仆。世祖大悦,赏赉无算,时年甫弱冠也。后尝告人曰:"此间殊寂寞恼人,未若诸天乐也。"烈王方讶为不祥,未逾年薨。

宋太祖解兵权

宋祖生于兵间,颇知五代藩镇之弊,故假杯酒解释兵权,使骄兵悍将无所用智,实为一代良法。然聚兵于京师,习为骄纵,而天下州郡不复置兵,一有变乱,皆请兵于朝,故其国势衰微,末年致有靖康之祸。使当时如唐府兵之制，易其将不汰其军，使重臣递相抚御，以为强干弱枝之制，安得坐丧其业哉！

宋 武 臣

有宋一代，武臣寥寥，惟狄武襄立功广南，稍有生色，仁宗置诸枢府，甚为驾驭得宜。乃欧阳公露章劾之，至恐其有他心，岂人臣为国爱惜人材之道？狄公终以忧愤而卒。其后贼桧得以诬陷武穆者，亦袭欧阳之故智也。

五 大 臣

国初太祖时，以瓜尔佳信勇公费英东、钮钴禄宏毅公额亦都、董鄂温顺公何和理、佟忠烈公扈尔汉、觉罗公安费扬古为五大臣，凡军国重务皆命赞决焉。

启 心 郎

国初，满大臣不解汉语，故每部置启心郎一员，以通晓国语之汉员为之，职正三品。每遇议事，坐其中参预之。后多缘以为奸，乃汰去。

元 顺 帝

元顺帝亡国之君，无足置议，然有二三政事远胜前人者。巴延擅权，举国依附，帝能识托克托于行间，密与之谋，一旦立解兵柄，贬谪远方，颇有英飒之姿。明宗被弑多年，帝首发其逆谋，将雅尔特尔穆子孙咸置于法。虽迁逼太后，谋害皇弟，不无太忍，然较唐敬宗敬礼陈宏敬，明天启之不究诘方从哲、崔文昇，反将劾奸诸臣屈陷成狱者，不啻霄壤矣。又能任汉人贺惟一为相，改革蒙古勋臣专擅之风，亦良能也。

刘 药 村

刘药村名大槐,海峰先生之弟也。馆于明太傅第,课子弟甚严。性迂阔,初不知人间有分桃断袖事者,闻之以为人伦大变,作檄以讨论之。又性恶女尼,每于市衢间遇之,必归蒙以红绫被卧竟日,以为厌胜,其迂妄也如此。

刘 孝 廉

吴甡伦学士言,康熙中有刘孝廉名禄,河南人。善风角占卜。仁皇召直蒙养斋,欲授以官,孝廉屡辞。随上北征,粮饷乏济,上命孝廉卜之,曰:"不出三日定至。"果如其言。又从幸滦阳,一日踉跄至宫门,请上速徙居高处,以避水厄。时方晴霁,夜间山水涨发,果冲没行宫。又善风鉴,尝谓张文和公、史文靖公皆异日太平宰相。壬寅冬,乞假归省。至冬月望日,匆命家人制缞服,向北哭之竟日,及哀诏到,正仁皇崩之后二日。后孝廉卒于家。

鄂 尔 奇 短 视

鄂司马尔奇,西林相公胞弟。目短视,性聪敏,读书数十行。显扬后,颇耽声色,与相公异趣,时人比之以大小宋云。相公尝浴足,公仓卒至,相公不及摒挡,加足于怀,司马急以烟筒击之。相公瞿然,公曰:"大白猫何罕物,而兄珍之于怀,何也?"盖以足为猫云,人传以为笑。

十 王 亭

我文皇抚定辽、沈,规模阔大,而集思广益,纳谏如流。造十王亭于宫右侧，凡有军国重事，集众宗藩议于亭中而量加采择。故当时政治肃清，良有以也。

汉军各营旗纛

汉军八旗旗纛，皆用描洒金飞虎。前锋营用五色飞虎旗，香山健锐营用黄色绿蓝，火器营用蓝色绿黄，以辨制度云。

范文肃公厚德

范文肃公文程为宋忠宣公裔，国初仗剑谒军门，太祖曰："名臣后，宜厚待之。"遵化四城之役，公守滦州，独得保全阖郡生灵。大兵入关时，公参决帷幄，劝睿忠王秋毫无犯，为明帝发丧，并护送倪文贞公灵柩南归，凡忠义之士皆褒奖之。时定赋税，有司欲以明末练饷诸苛政为殿最，公曰："明之亡，由于酷苛小民，激成流寇之变，岂可复蹈其所为？"因以万历中征册为准，岁减数百万两，民赖以苏。故其簪组鼎盛，为八旗巨室云。

成王书法

成亲王讳永瑆，为纯皇十一子。善书法，幼时握笔，即波磔成文，少时工赵文敏。又尝见康熙中某内监言其师少时犹及见董文敏握笔，惟以前三指握管悬腕书之，故王推广其语作拨灯法，谈论书法具备，名重一时。士大夫得片纸只字，重若珍宝。上特命刊其帖，序行诸海内，以为荣云。

褚库巴图鲁

褚库巴图鲁姓萨尔图氏，少为先烈亲王牙将，勇绝一时。攻宣化府城，首登其堞，颈为明兵所刃。公左手抚额，右手犹手刃数人，僵于城侧,其气仅属,大兵因以破城。时有善医者云其喉未断,使妇女抚吸其气,犹可望生。时命妓女如法治之,用巨绳缝其颈,公果得复生。至顺治中,从上幸南苑,弯弓逐兽,马蹶,其颈复断,公因之薨。

徐文定公

徐文定公_{元梦},舒穆禄氏,杨武勋王裔也。公父生公时,梦一老叟至,自云徐姓,因以命名为志。公中癸丑文进士,与韩慕庐同榜。高不逾人,鼻艴然为紫缨络,性和蔼,遇大节侃侃。雍正中,廉王允禩、贝子允䄉以觊觎大器,世宗命诸大臣议其罪。公首言“二王之罪,诚不容诛,愿皇上念手足之情,暂免一时之死”等语,情词肫挚,上为之动容。寻以罪谪为中书舍人,公即抱案牍,持铅管从事。诸同侣有逊之者,公曰:“否,此仆之职,敢不黾勉从事。”退与诸舍人讲寅谊,其不苟也如此。其孙舒文襄公,复以勋业见称于世。

史文靖公

史文靖公_{贻直},器量宏大,风度翩然,尝有不时宣召,公雅步如常。或有催促之者,公曰:“天下安有奔迫之宰相耶!”人服其知大体云。

马　彪

马壮节公_彪,固原人。少无赖,尝冲突固原提督仪仗,提督命杖于辕门。公问人曰:“提督品最高,究竟何如人始为之?”人告以由行伍起者。公奋然曰:“吾以提台皆天人耳,若由行伍进,吾犹能力致之。”乃誓曰:“吾不致身此官,终不入此城也。”遂仗剑从军。时大兵进讨回部,公奋身用命,积功至总兵官。路由固原,有邀其入城会饮者,公力辞之曰:“此尚非吾入城时也。”后以平撒拉尔回民功,果授固原提督。公至城门,挥去侍从,步入其闉。至衙中,首命置前提督神主,公朝服祀之,然后接其众乡里父老,设酒欢宴终日,指其牌曰:“吾非为此公所激烈,何能致身至此? 此聊以报德也。"

图文襄公用兵

图文襄公讳_海,马佳氏。辅翊世祖、圣祖二朝,功业卓然。初,公为中书舍人,负宝从世祖之南苑,上心识其人,欲重用之。恐人不服,因谓众辅臣曰:"某中书举趾异常,当置于法。"众以无罪请。上曰:"否则立置卿相,方可满其愿也。"因立授内阁学士。不数年,洊至大学士。康熙初,奏茅麓山之捷。甲寅冬,吴三桂既叛,察哈尔复蠢动,事闻,圣祖忧之。孝庄文皇后曰:"图海才略出众,可当其责。"上立召公,授以将印。时诸禁旅皆南征,宿卫尽空,公奏请选八旗家奴之健勇者,得数万人,公令以翌日聚德胜门外。是日黎明,公已整装至教场,甫检阅毕,即趋以疾行,不许夜宿,每至州县村堡,即令众家奴略掠之,所获金帛无算。不数日至察哈尔,下令曰:"前此所掠,皆士庶家,不足为宝。今察哈尔承元之后,数百年之基业,珠玉货宝不可胜计,汝等如能获取之,可富贵终身也。"众踊跃从事。公率众夜围其穹庐,察哈尔部长布鲁尼不及备,仓卒御敌。我兵无不一当百,卒擒之,公分散财帛,奖励士卒而归。陛见时,仁皇责其虏掠宣府等郡县,以有司劾章示之。公谢罪曰:"臣实无状,然以舆佁之贱,御方强之敌,若不以财帛诱之以壮其胆,何以得其死力? 然上不即诛,待臣奏绩而后责之,实上之明也。"仁皇大悦,曰:"朕亦知卿必有所为也。"因命公复西征焉。

刘　海　峰

刘海峰先生讳大櫆,桐城人。古文名家。少以文谒李穆堂侍郎,惊曰:"五百年无此作者,欧、苏以来一人而已!"其见重如此。举博学鸿词科,鄂文端公业经首选,张文和恶其才,因曰:"此吾乡之浮荡者。"因易以刘文定公,先生遂落拓终其身。居京邸,其弟馆于明太傅家,先生恶其权贵,乃避居朱都统_{沦瀚}宅,破壁颓垣,蔼如也。先恭王重其品,终身执弟子礼甚恭。而先生归乡后,音书杳然,其高傲也如此。

刘文正公之直

刘文正公当乾隆中久居相位,颇为上所倚任。公性简傲,不蹈科名积习,立朝侃然有古大臣风。尝有世家子任楚抚者,岁暮馈以千金,公呼其仆入,正色告曰:“汝主以世谊通问候,其名甚正。然余承乏政府,尚不需此,汝可归告汝主,赠诸故旧之贫窭者可也。”有赀郎昏夜叩门,公拒不见。次早至政事堂,呼其人至,责曰:“昏夜叩门,贤者不为。汝有何禀告,可众前言之,虽老夫过失,亦可箴规也。”其人嗫嚅而退。薨时,上亲奠其宅,门闾湫隘,去舆盖然后入。上归告近臣曰:“如刘统勋方不愧真宰相,汝等宜法效之。”

谢芗泉之疏阔

谢芗泉先生焚车事,另载后卷。其人大节不苟,然性疏阔,其居处几榻,尘积数寸,不知拂拭。院中花草纷披,殊有濂溪“不除阶草”之意。财物奢荡,一任仆人侵盗,毫不介意。性复多忘,尝新置朝衣,借法时帆祭酒著之,罢官后遂不复取。及官仪部,当有祭祀,复欲市取。时帆闻之,故意问之曰:“吾记君尝于某时新置朝衣,去日未久,何得遂无?”谢茫然曰:“此等物弃诸敝笥,安可索取?”法复曰:“或君曾假诸人乎?”谢仍不复记忆。法笑曰:“君于某日曾假余著之,今尚在余笥中,君果忘乎?”谢乃恍悟。其不屑细故若此。

本朝内官之制

世祖抚定华夏,习知前明阉宦之弊,故立铁牌于交泰殿,戒内官不许干预朝政。其官不过四品,皆隶内务府总管,岁时谒见如堂司制,颇有周官冢宰统摄之制。纯皇帝乾纲独揽,防驭内官尤严,有高云从者,稍干涉外事,上遵章皇旨,立时磔死,若辈皆凛然敬畏。和相虽贪黩无状,然制内官最严。其军机随侍尝有背呼梁文定公名者,和闻之,奋然曰:"梁为朝廷辅臣,汝辈安可轻之?"立杖数十,命与梁叩谢乃免。故当时寺人俯首,惟命是从。近日内务府大臣多由僚属骤迁,又无重臣兼领,故敬事房总管辈多与诸大臣分庭抗礼,无复统辖之制。至苏大司空楞额曾对众曰:"今日尚未见吾都堂。"虽一时之谑语,亦可觇风气矣。

巴 延 三

巴延三制府初任军机司员,龌龊无他能,人争鄙薄之。尝当值宿,时西域用兵,夜有飞报至,大臣俱散出,纯皇帝问值宿者,以巴对。上呼至窗下,立降机宜,凡数百语。巴小臣,初觐龙颜,战栗应命,出宫后一字不复记忆。时有上亲侍小内臣鄂罗里,人素聪黠,颇解上意,遂代其起草。上阅之,称嘉者再,因问其名,默志之。数日,语傅文忠曰:"汝军机有若等良材,奚不早登荐牍?"因立放潼商道,不数岁遂至两广总督。巴感激鄂切骨,常以"恩人"呼之。既任封疆,毫无建树,终以贪黩罢归,为鄂怨恚者再。以节钺宗臣,其才反不若阉竖,亦可丑也。

杨 武 勋 王

余外祖舒穆禄武勋王讳杨古利,以开国功臣封王尚主,为异姓诸臣之冠,其功业载余文集中。王末年,从文皇帝征朝鲜,大捷后巡视山谷,天大雾,中伏弩而殒。按《北齐书》,韩贤破韩木兰后,检阅甲仗,有余贼藏尸边,待贤近,举刀斫之,中胫而卒,与王差仿佛也。

何 温 顺 公

高皇初起兵时,满洲军士尚寡,时董鄂温顺公讳何和理者,为浑春部长,兵马精壮,雄长一方。上欲借其军力,乃延置至兴京,款以宾礼,而以公主妻之。公乃率众归降,兵马五万余,我国赖以缔造。萨尔浒之役,卒以败明师者,皆公兵马之力也。其前妻闻其尚主,怒,扫境而出,欲与之战。高皇面谕之,然后罢兵降。故今袭世爵者,皆系公主所出,其前夫人所生者,不许列名。国语呼为"厄吓妈妈",盖讥其鲜德让之风也。

洪豁尔国

今鄂罗斯北有洪豁尔国,国势富强。护军统领百公_顺尝至其境,谓其人善于骑射,有三韩之风。其国自言先世系由索伦迁移者。按《辽史》,西辽耶律大石自天祚被擒后,遂率众西移,凡万余里,自称西辽,其后为爱乌罕所灭。今其国岂其苗裔耶?

刘文清

刘文清公_墉为文正公子。少时知江宁府,颇以清介持躬,名播海内,妇人女子无不服其品谊,至以包孝肃比之。及入相后,适当和相专权,公以滑稽自容,初无所建白。纯皇召见新选知府戴某,以其迂疏不胜方面,因问及公。公以"也好"对之,为上所斥。谢芗泉侍郎颇不满其行,至以《否》卦象辞诋之,语虽激烈,公之改节亦可知矣。然年八十余,轻健如故,双眸炯然,寒光射人。薨时毫无疾病,是日犹开筵款客,至晚端坐而逝,鼻下玉箸垂寸余,亦释家所谓善解脱者。余初登朝,犹及见其丰度。一日立宫门槐柳下,余问朱文正公五矢之目,朱未遽答。公喟然曰:"君子务其大者远者。今君以宗臣贵爵,所学者自有在,奚必津津于象物之微者哉?"宜朱公之不答也。老成之见,终有异于众也。

卫司空

卫司空_{哲治}历任封疆,以廉能著。其抚粤西时,谢侍御_{世济}子犯法,公锻炼其子,因波及侍御,袁简斋太史曾作书规之。刘文清公亦言其"官每高一阶,而其品乃下一级",盖亦不能自守之士。然先恭王亲见其召对,纯皇帝问近日封疆大吏臧否,公自谢其无状。上言:"置汝姑勿论,其外究竟孰为优劣?"公对曰:"惟江西巡抚阿思哈耳。"时阿宠眷最渥,而公敢撄之,亦难能也。

阿　尔　萨

阿相公尔萨以胥吏起家,屡任封疆。不喜科目,尝谓傅文忠公云:"朝廷奚必置棘场,三载间取若干无用人,以为殃民误国之具!"经傅呵斥,颇为士林所讥。然居官清介,籍没时,其家惟黄连数十斤,当票数纸而已。亦近日大吏之所罕见也。

横　闼　侍　郎

雍正初,年大将军羹尧宠眷甚渥。尝入京陛见,世宗因命其于正大光明殿阅朝考卷。时复有所宣召,殿庭深邃,绕出前庭,路颇迂折。年方起座,闻后楹丹扆歘然四扉洞开。年趋视之,则某侍郎横闼于其旁,盖自启扉以便其行。时谓之"横闼侍郎"云。

活　佛　掣　签

西藏喇嘛自宗卡卜兴扬黄教,其徒达赖喇嘛、班禅额尔德尼率言永远转生以嗣其教。行之日久,其徒众稍有道行、为人推许者,亦必踵其转生之说,以致呼尔毕罕多如牛毛。蒙古王公有利其寺之资产者,乃请托达赖喇嘛,指其子侄为的乳,互相承授,与中国世爵无异。纯皇帝习知其弊,因其陋习已久,难以遽革,因命制金丹巴瓶,设于吉祥天母前。遇有呼毕尔罕圆寂者,即拣其岁所生产子之聪慧者数人,书名于签,令达赖喇嘛会同驻藏大臣封名掣之,贿请之弊始绝。时谓之"活佛掣签"云。

朱文端公救舒文襄

乾隆乙亥,阿逆既投诚,舒文襄公_{赫德}时任定边将军,请将其家属分置苏尼特等近地,以为羁质。纯皇帝大怒,谓其分散骨肉,有伤远人之心,命近侍封刀斩之。朱文端公闻命,排扉而入,请召对,力言人材难得,舒某虽一时过虑,然平日办事勤慎,请援议能之典。上曰:"命已下逾日,恐难追转。"公奏曰:"即命臣子成麟追之。"上可其请。公出谓其子曰:"追不及,汝勿返也。"成麟故勇往,即于马前割袍前襟,驰骑而往,甫至潼关,卒追前命而归。时傅文忠公告人曰:"朱公诚仁者之勇,是日虽恒百辈,终无济于事也。"

盛　司　寇

盛司寇_安,满洲人。以科第洊至卿贰。颀然岳立,须眉苍然,以古大臣自命。戊辰春,孝贤纯皇后崩,时有周中丞_{学健}、瑟制府_{尔臣}等以违制剃发伏诛。有锦州守金文淳者,禀命于府尹,然后剃发。事发,纯皇震怒,命立诛之。公叩首请曰:"金小臣,罔识国制,且请命大僚然后剃发,情可矜恕,请上宽之。"上怒曰:"汝为金某游说耶?"公曰:"臣为司寇,尽职而已,并不识金某为若何人。如枉法干君,何以为天下平也?"上大怒,命侍卫反接公赴市曹,与金文淳同置于法。公佯然长笑,惟曰"臣负朝廷之恩"而已。后上悔悟,命近臣驰骑,并金赦之,公施然叩谢如常。时市曹万目共睹,曰:"此真司寇也!"次日,上即命公入上书房傅导诸皇子,曰:"盛安尚不畏朕,况诸皇子乎!"真师保之妙选也。

阿文成公用人

阿文成公屡膺挞伐,平定绝域,为近日名臣之冠。其拔擢人才,或于散僚卒伍以一二语赏识,即登荐牍,故人皆乐为之用。兴将军_奎

以将校从事，公奇其貌，曰："此将材也。"因与之副将札，命其攻克某岭，即日克捷。其后卒为名将。如王述庵司寇昶、韩桂舲司寇崶、百菊溪制府龄、朱白泉观察珪额，皆以微员赏识，其后皆为卿相。闻其于军务倥偬间，惟于幕中独坐，饮酒吸烟，秉烛竟夜。或拍案大呼，愀然长啸，持酒旋舞，则次日必有奇策。其驱使将士，如发蒙振落，其成功者，或奖以数语，或赏以糕果，而其人感激终身，甘与效死。其薨前数日，自知死期，于其诞辰置酒作乐终日。训其子孙，励以纲常名节，曰："余从此长诀，不复训教尔等矣！"病笃时，将其兵书诗文稿尽命焚之，曰："无以此误后人也！"余尝往吊，见其厅第湫隘，居然儒素，较之当时权贵万厦巍然者，薰莸自别，比之李文靖厅前仅容旋马者，未为过也。

舒文襄公预定阿逆之叛

舒文襄公既以分置阿逆家属获罪，降为马卒，公即荷戈执靮，甘与士卒同伍。及闻班忠烈公第密劾阿逆之事，曰："阿逆叛志已决，不可使得其家属傅虎以翼。余虽得罪，曾任大臣，出疆专命之罪，余甘任之。"乃部署士卒，围其营帐。其夜阿逆果率众至，欲虏其家属牧厂。我兵猬集，争先用命。阿知有备，乃踉跄遁去，其家属终为我虏获焉。上闻之大喜，立复其位。

崇　政　殿

高皇初定辽、沈，建立宫室，卑浅其制，殊有茅茨土阶之意。今陪京宫殿，大清门内即为崇政殿，为视政朝贺之所。其后凤凰阁，分限内外。内为清宁宫，内奉神位，即为燕寝之地。其旁六宫分峙，制作极为俭朴，亦可想见祖宗开创之艰难也。

鄂　西　林　用　人

鄂西林相公节制滇南七载，一时智勇非常之士多出幕下。公尝命张制府广泗征花苗，开筵设乐，谈笑竟日而不及用兵事。及薄暮，张不得已请公将略，公愀然曰："老夫误用人矣！夫转运糗粮，备整甲仗，有不备者，惟老夫是问。至于军机难测，转瞬间已自变易，惟在为将临事处决，安有预定机谋而能胜人者哉？"张慑服其言。其他如哈军门元生、董将军芳皆出其幕下，卒为一代名臣。此数人至其家，皆执洒扫贱役，而其家亦佣仆视之，如郭汾阳之于李西平、马北平也。

奎 壮 烈

奎壮烈林为孝贤纯皇后之侄，以椒房甲第，勇力过人。其兄忠烈公明瑞尝殉节滇南，故纯皇帝不欲使其临戎。而公乞恩者再，至痛哭殿陛间，惟愿杀贼复仇，上为之动容。其后从征缅甸、金川，皆以趫捷建功。后任伊犁将军，公乃纵酒指挥，尝集众官饮，其不胜者，仰鼻灌之。至登屋瓦上，与近侍酣饮。有犯法者，公剥其皮，以盐揉之，其人号痛竟日始毙。为海禄所劾罢职。其后复从征廓尔喀，疽发于项，仍力疾从军。孙文靖公士毅往候其疾，公执其手曰："疾何必问，大丈夫不能马革裹尸，乃至殄滞床箦，亦可丑也。"至卒，惟以军务未蒇为忧，语不及他。然性耽书史，好作小诗，有曹景宗之风。尝读《元史》，王述庵侍郎问其所向慕，公曰："耶律文正公非余所及，得及王保保之忠贞足矣。"亦可觇公之志矣。

云 梯

文皇帝时，攻取明人城堡，多以云梯制胜。乾隆戊辰金川之役，其地多筑坚碉于绝壁悬崖上，官军屡攻弗克。纯皇帝阅实录，乃仿其式制造云梯，命八旗子弟日以演习，其后专隶健锐营。再征金川时，卒收云梯之功，始能捣倾贼窟。丙辰间，湖北奸民窃发，毕秋帆制府屡攻当阳不克，上乃命海内绿营皆习其技，以昭文皇帝威德焉。

克勤郡王墓

克勤郡王讳_{岳托}，先烈王之长子也。壬午冬从征山东，薨于途。丧返，文皇帝痛甚。及葬，命开其隧道，以便岁时赐奠，抚柩而哭。故至今未封其圹，以志荣遇。纯皇帝及今上翠华东幸，皆亲往赐奠焉。

啸亭杂录卷三

记辛亥败兵事

康熙丁丑，仁皇帝亲征沙漠，噶尔丹穷蹙自缢，其侄策零多尔济奔窜阿尔泰山北，稽首称臣。仁皇帝受降凯旋，朔漠荡平。其后数岁，策逆休养生息，招徕噶尔丹藩臣，部落渐强，侵犯喀尔喀部落。仁皇震怒，练兵筹饷，为深入计。宪皇帝践祚，欲竟仁皇帝未竟之绪。会策逆死，其子噶尔丹策零嗣立。噶少年聪黠，善驭士卒，诸台吉乐为之用，宪皇帝遂决议讨之。朱文端公_轼、沈总宪_{近思}皆以为天时未至，惟张文和公力为怂恿。时费直烈公嗣爵傅尔丹者，颀然岳立，面微赪，美须髯，有名将风，张荐以为帅。筑大将坛，率满洲、绿营等五万兵讨之，诸蒙古藩臣皆执靮以从。时达忠烈公_福力谏不可，上曰："策零殂落，噶逆新立，彼境分崩之势，何云不可？"达曰："策零虽死，其老臣固在。噶逆亲贤使能，诸酋长感其先人之德，力为扞御。主少则易谏，臣强则制专。我以千里转饷之劳，攻彼效死之士，臣未见其可。况天溽暑，未易兴师。"张文和旁赞曰："六月兴师，载诸《小雅》，君未果知耶？"上曰："达福患暑疾，盍以卤汁灌之！"达词色愈厉。上曰："然则命汝副傅以行，尚敢辞耶？"达语塞，遂叩首出，祸祷于明堂。上亲酌傅公，以宠其行。是日，大雨如注，旗纛尽湿，狼狈出国门，识者以为不祥。时从征为查副将军_{弼纳}，巴将军_赛，副都统戴公_豪、海公_兰、西公_{弥赖}、定公_寿、苏公_图、马公_{尔齐}，侍郎永公_国、塔公_{尔岱}，皆一时将帅之选焉。

八月，会师于科布多城。噶逆遣将伪降，言其国携贰，与哈萨克迭战经年，马驼羸弱，可袭灭其部落。傅公信其言，欲进师，定公寿曰："噶逆闻警，敛师境内，静以观变，其谋可知。我师莫如耀兵境上，以扬我武，全师凯旋，策之上也。安可信俘虏片言，突入敌垒，以黩其武哉?"傅曰:"不入虎穴,焉得虎子? 彼穷蹙之余,安能敌精强之士?不御敌,非勇也,汝何懦怯自损其威也。"定默然出,以袍付仆曰:"汝持此以归葬焉。生子名寿,以志难也。"永公国曰:"国闻用师乘瑕而战,未闻无隙而能致胜者。今噶逆亲亲用能,人惟求旧,选不失材,贤不失位,疆圉远辟,牧养蕃滋。彼虽犯我师旅,尚当良筹以御之,而况敛兵蓄锐,乃可深入自暴其师乎?"海公兰曰:"量敌而入,将之能谋也;知难而退,武之善经也。敌未可轻,武未可黩,俘虏之言奚足为信? 羸师待敌,外夷之故智,君其防之。"傅艴然曰:"我国家之所以无敌者,以武臣不畏死耳。君等安可蹈汉儿之习,自弱其势哉?"因命整军以进。主事何公溥执辔以谏,傅曰:"蕞尔竖儒,安识兵家事!"因以鞭挥何手而去。马公退告众曰:"此师殆哉!"戴公豪曰:"带组具存,何畏死无具也?"查公弼纳曰:"余刀俎余生,受君恩乃不死,今得以马革裹尸,幸矣!"查前因允禵朋党故,廷议大辟,上特宥之,故查益感激用命。及出境数百里,不见贼垒,获侦者,云在博克托岭,傅遣苏公图往剿。未数里,闻胡笳声远作,氈裘四合,如黑云蔽日,傅惧,移师东,陷和通淖尔,华言大泽也。定公谓傅曰:"违众陷师,谁之咎也?"傅默然无语。定公曰:"言在先,敢辞死乎?"遂与马公尔齐率师援苏。兵既接,忽大风蔽日,雹如牛首,我兵血战间后无继师,定公寿中矢殒,苏公等俱没于阵。西公弥赖率本部援之,兵溃身殉。贼遂犯大营,傅命蒙古兵御之。定制,科尔沁王公树红纛,土默特旌树白纛以为志。转战间,科尔沁王某偃旗首遁,土默特公沙津达赖奋身入贼垒,白旌耀然。众知蒙古兵败,曰:"白纛兵入贼队矣!"诸军遂大溃,终夜甲仗声不绝。傅举趾失措,惟抚驭满洲士卒曰:"慎无堕家声也。"永公国刎颈死,戴公豪、海公兰自缢于幕杙上,何公溥儒服雅步曰:"死为国殇,永享俎豆,荣矣!"遇贼而死。有蒙古参领某潜渡淖,遇妇人骑以追,推某河中,水浅得不死。医士汤某,苍黄奔窜,扬言曰:"余有丹药,吸之可以免渴。"卒无应者,陷于贼。傅杂士伍奔窜出,查公弼纳跃马舞刀,贼皆披靡,溃围而出。不见傅,以其已死,恐蒙陷帅罪,曰:"颁白之年,岂可复对狱吏?"遂复入阵而死。达公福殿军被杀,巴公赛血战死之另见下卷。惟塔公尔岱冒锋矢出,中枪穿胫,血殷征衫,蒙古医以羊皮蒙之,三日始苏。贼获诸士卒,皆以皮绳穿其胫,盛以皮袋,载诸马后,从容唱歌而返。蒙古科尔沁王逃匿崔苻中,以千金赂傅,傅受赂,扬言于众中:"蒙古白虆者先败。"乃收公沙津斩之,蒙古士卒皆忿怒。

溃军事闻,上震悼曰:"朕悔不听达福言,今无及矣!"乃厚恤其家。达故权臣鳌拜孙,耻其祖所为,故尽节云。乃斥傅爵,赏恤诸溃卒。后二年,噶逆众大入,赖额驸超勇亲王战于光显寺事另见,其势始衰,遂讲和焉。初,上命傅尔丹与岳威信公钟琪会议进兵策,岳公赴傅穹庐中,见壁上刀槊森然,问傅何所用。傅曰:"此皆吾所素习者,悬以励众。"岳笑而漫应之,出语人曰:"为大将者不恃谋而恃勇,亡无日矣!"后卒如岳公所料云。

郭 刘 二 疏

国朝惩明代之失,罔许言官挟私言事,紊乱纲纪。然遇骨鲠之士弹劾权要,列圣必立加奖劝,以旌其直。如郭华野之劾明、余二相及王、高诸人,刘文正之劾果毅、勤宣,皆侃侃正论,有足取者,备录其疏于左。

郭疏云:"明珠与余国柱背公营私诸款:一,凡阁中票拟俱由明珠指麾,轻重任意。余国柱承其风旨,即有舛错,同官莫敢驳正。圣明时有诘责,漫无省议。即如陈紫芝之参劾张汧,内并请议处保举之人,上面谕九卿宜一体严处,票拟竟不之及。一,明珠凡奉谕旨或称其贤,则向彼曰:'由我力荐。'或称其不善,则向彼曰:'上意不测,吾当从容援救。'且任意增添,以市恩立威,因而要结群心,挟取货贿。至每日奏毕,出中左门,满、汉部院诸臣及心腹拱立以待,即密语移时,上意无不宣露。部院衙门稍有关系之事,必请命而行。一,明珠结连党羽,满洲则佛伦、格斯特及其族侄富拉塔、锡珠等,汉人之总汇者为余国柱,结为死党,寄以腹心。凡会议、会推,皆佛伦、格斯特等把持,而国柱更为之囊橐,惟命是听。一,督、抚、藩、臬缺出,余国柱等无不辗转贩鬻,必索其满欲而后止。是以督抚等官,遇事剥削,小民柔困。遭遇圣主爱民如子,而民间犹有未沾足者,皆债官搜索以奉私门之所致也。一,康熙二十三年学道报满之时,应升学道之人,率往论价。九卿选择时,公然承风,缺皆预定,由是学道皆多端取贿,士风文教因之大坏。一,靳辅与明珠、余国柱交相固结,每年糜费河银,大半分肥,所提用河官,多出指示,是以极力庇护。当下河初议开时,彼以为必委任靳辅,欣然欲行,九卿亦无异词。及上另欲委人,则以于成龙方沐圣眷,必当上旨。而成龙官止臬司,可以统摄,于是议题奏仍属靳辅,此时未有阻挠议也。及靳辅张大其事,与成龙议不合,始一力阻挠,皆由倚托大臣,故敢如此。一,科道有内升及出差者,明珠、余国柱率皆居功要索。至于考选科道,既与之订约,凡有本章必须先行请问,由是言官多受其牵制。一,明珠自知罪戾,见人辄用柔言甘语,百计款曲,而阴行螫害,意阴谋险。最畏者言官,恐发其奸状。当佛伦为总宪时,见御史李时谦累奏称旨,御史吴霭方颇有参劾,即令借事排陷,闻者骇惧。以上各款,俱略指参。总之,明珠一人,其智术足以弥缝过恶,又有余国柱奸谋附和,负恩之罪,罄竹难书。伏祈霆威,立加严谴,天下人情无不欣畅矣。”

其劾王鸿绪、高士奇奏疏云:“皇上宵旰焦劳,励精图治,用人行政,皆由睿裁,未尝纤毫假手左右。乃有植党营私,招摇撞骗如原任少詹事高士奇、左都御史王鸿绪等,表里为奸,恣事于光天化日之下,罪有可诛,罄竹难悉,试约略陈之:高士奇出身微贱,皇上因其字学颇工,不拘资格,擢用翰林,令入南书房供奉,不过令其考订文章,原未假之与闻政事。为士奇者,即当竭力奉公,以报君恩于万一。计不出此,而日思结纳,谄附大臣,揽事招摇,以图分肥,凡内外大小臣工,无不知有士奇之名。夫办事南书房者,前后岂止一人,而他人之声名总未审闻,何士奇一人办事,而声名赫奕乃至如此?是其罪可诛者,一也。久之羽翼既多,遂自立门户,结王鸿绪为死党,科臣何楷为义弟兄,翰林陈元龙为叔侄,鸿绪胞兄项龄为子女姻亲,俱寄以心腹,在外招揽。凡督、抚、藩、臬、道、府、厅、县以及在内大小卿员,皆王鸿绪、何楷等为人居停哄骗,而夤缘照管者,馈至成千累万。即不属党援者,亦有常例,名之曰‘平安钱’。而人之肯为贿赂者,盖士奇供奉日久,势焰日张,人皆谓之'门路真'。而士奇遂自忘乎其为撞,遂亦居之而不疑,曰:'我之门路真。'是士奇之奸贪坏法,全无顾忌。其罪之可诛者,二也。光棍俞子桢在京肆横有年,惟恐事发,潜遁直隶、天津、山东雒口地方。有虎坊桥瓦房六十余间,值八千金,馈送士奇,求托照拂。此外顺治门外斜街并各处房屋,总令心腹出名置买,何楷代为收租。士奇之亲家陈元龙、伙计陈李方,开张缎号,寄顿各处贿银,资本约至四十余万。又于本乡平湖县置田千顷,大兴土木,修整花园。杭州西溪广置园宅。苏、松、淮、扬,王鸿绪等与之合伙生理,又不下百余万。窃思以觅馆糊口之穷儒,而今忽为数百万之富翁,试问金从何来?非侵国帑,即削民膏。夫以国帑民膏而填无穷之溪壑,是士奇真国之蠹而民之贼也。其罪可诛者,三也。皇上圣明,洞悉其罪,止因各馆史书编纂未竟,着解任竣事,矜全之恩至矣!极矣!士奇乃不思改过自新,仍怙恶不悛。当圣驾南巡时,上谕严戒馈送,定以军法从事。惟士奇与鸿绪愍不畏死,于淮、扬等处,鸿绪招揽府厅各官,约馈万金潜送士奇。淮、扬若此,他处又不知如何索诈矣。是士奇之欺君灭法,背公行私。其罪之可诛者,四也。更可骇者,王鸿绪、陈元龙鼎甲出身,亦俨然士林之翘楚者,竟不顾清议,为人作垄断,不以为耻,且依媚大臣,无所不至。即以人之所不屑为者,亦甘心为之而不以为辱。苟图富贵,伤败名教,岂不玷朝班而羞当世士哉?总之,高士奇、王鸿绪、陈元龙等豺狼其性,蛇蝎其心,鬼蜮其形。畏势者既观望而不敢言,趋奉者更拥戴而不肯言。臣若不言,有负圣恩,臣罪滋大。故不避嫌怨,仰祈皇上立赐罢谴,明正典刑,人心快甚,天下幸甚!”

其刘之弹张文和、讷果毅云:“大学士张廷玉历事三朝,遭逢极盛,然而晚节当慎,责备恒多。臣窃闻舆论,动言桐城张、姚二姓,占却半部缙绅。今张氏登仕版者,有张廷璐等十九人;姚氏与张氏世姻,仕宦者有姚孔振等十三人。虽二姓本系桐城大族,得官之由,或科目、荐举、袭荫、议叙,日增月益,以至于今,未便遽议裁汰。惟稍抑其升迁之路,使之戒饬引嫌,即所以保全而造就之也。查得康熙年间,因王奕清等姻眷仕宦最多,仁皇帝曾降旨:‘三载升迁,不许开列奏补。'今可仿其例,请以三年内除特旨升用外,概停升转。"又言:"尚书公讷亲,年未强仕,统理吏、户二部,入典宿卫,参赞中枢,兼以出纳王言,趋承时蒙召对,向用方隆。我皇上用人行政,无非出于至公,讷亲之居心行事,亦当极图报称。但臣虑讷亲以一人之身,承办事务太多,或有疏失。臣虽不能知其所管项何所当去,愿皇上谅其才能,酌量裁去一二项,使其专心机务,得以无所错误。再其任事过锐,逢迎者渐众,请皇上时加训饬,讷亲得以有过知改,常承主眷。"二公疏上,皆得嘉旨,若合符节。

朱白泉狱中上百朱二公书

朱白泉观察原名友桂,涵斋先生孙也,今改名朱尔赓额。涵斋于仁皇帝以绘事供奉内庭。观察虽入赀为郎,性甚刚毅,勇往敢为。屡任封圻,以廉能著,百菊溪制府任倚之如左右手。庚午夏,随菊溪制府、韩桂舲中丞剿抚洋盗张保、张郑氏等,颇树功绩,上特赐孔雀翎。后任江安道,因主议增长苇荡事宜,为河帅陈凤翔所控。上命巨卿往讯。其人本迂愎,为凤翔所蛊惑,卒以冒功不实论罪,谪戍伊犁。白泉与余最善,忆戊午岁冬,夜与白泉及谢芗泉侍御小集绿筠堂,挑灯剪烛,谈论天下古今事,潸然泪下。白泉以王文成自许,二人皆笑其妄,然不期其终以任事犯众怨,自撄其罪。今录其与百、朱二公书,以见其事之颠末云。

其与百制府书云:"盖闻人之穷通有数,事之成败有时,是不必以口舌争也。物理之是非有定评,国家之体统宜共立,是不可以意气用也。额虽不才,然奉教于先生长者之前者,亦已久矣。窃闻辱名为上,辱身次之,是故身泰而名辱,古人以为下。额自上年九月接奉恩命,调任江巡,依持节麾,俾供驱策。受圣祖累世豢养之恩,怀名师特达知遇之感,抚心切齿,罔报涓埃。窃谓料物为河工之根本,苇荡为料物之基业,悉心剔弊,期裨切益,比较正额之外,增出过倍。然拨荡为购,减厅员冒销之利;按束交方,拂营员偷换之欲。额以只身独撄众怨,固已知其祸不旋踵,功废垂成。日昨以陈竹香遣丁京控,蒙钦派巨公前来查讯,验尾帮驳回之料,取船弁挟怨之词,厅营共证,合翻此局。从吏议而诬服,戴覆盆以望天,从古如兹,况在微末。文通有言,若使事非其虚,罪得其实,何以见燕市击筑之夫,对赵北悲歌之士?今以愚昧,于此获罪,所知为之流涕,路人为之叹息。抚躬自问,为幸多矣。此所以含笑而入圜土,长歌而膺徽缧者也。额始谓今年柴荡陆续出运,七堡、顺清河两处漫口藉以堵合,外南、海阜、山安、海防四厅奇险藉以抢护,诚恐自此废束,贻误堪虞。以今思之,成败早迟,皆有期合,实由天定,非关人事也。额于十一年作守潮阳,海氛告警,大帮压境,荼毒生灵,惊怖城市。额捐资集勇,谨守疆场,绝济匪之源,挫触藩之锐,卒能化枭为鸠,闾阎安堵。绎堂制府谓那公彦成以为能,言听谋决。匪目李崇玉以计就擒,大帮朱渍乞命投款,已可旦夕告成,风涛永戢。而绎堂先生旋被严劾,竟坐投荒,时额以居忧,得以漏网。三载之后,老夫子秉节海峤,仍用前策,以贼攻贼,生路既开,输诚踵至,鲸波遂恬,舶帆无恙,此亦乘势待时,事半功倍之明征也。安知苇荡之功,不更待有异日乎?不过为人臣子,有见利于国者,不敢委之时数,而濡滞不前耳。至于宦辙升沉,一官如屣,久已膜外置之矣。抑闻之,物不得其平则鸣,额之所遇,似不可谓得平矣。然昌黎、眉山之伦,余姚、莱阳之辈,斯并义冠云天,文雄霄壤。当其拂逆殊疆,颠沛垂死,不闻有伏阙讼冤,危辞表愤。诚以卿大夫不比齐民,曲直苍黄,非争一口。额待罪监司,通籍中外三十余年,若复效尤竹香,于获罪之后再行申诉,岂不重为天下耻笑?如《汉书》之所谓'贾竖子争言,何其无大体'者乎?惟愿老夫子大人调气颐神,珍重柱石之身,幸勿以额为念。额被谴至重不过谪戍,数年之后,循例邀恩,犹可效其犬马,则额虽在万里,如依函丈。若老夫子以额之故,至烦圣睿,是额之疏拙,不能周详以为师门光宠,而转使慈怀耿耿,则负疚愈深。额远览先圣知命之教,中考昔贤处变之方,近验己身经历之迹,反求本身贞厉之故,区区寸心,伏乞采察。"

其与朱方伯锡爵书云:"窃念弟历官中外,世受国恩,自量移江南以来,思欲稍竭涓埃,勉图报称。再四延访,知江南重务,莫大于防河,而防河机宜,莫先于储料。苇荡营者,国家之官地,料物之所从出也。自齐敏悫齐苏勒开之于前，稽文恭璜守之于后，天产地利，固足金堤。比年以来，苇营废弛，料价翔贵，南河库贮，岁糜金钱数百万。仍复缮堤不完，漫口屡告，皆由工无存料，猝难购买，欲事抢厢，已成冲决。而苇营地亩一万二千余顷，岁产柴千万束，徒令滩棍、狡兵据为利薮，盗卖采割，转贩到工，额诚私心痛之。是以奉委伊始，不自度德量力，奋然欲除此弊。欣逢大府严明，有司效命，果获扫除积习，实收成功，于旧定正额二百四十五万之外，增出余柴四百三十余万束。而众怨沸腾，谤书满箧，吹毛求疵，力翻此局，遂逢吏议，竟挂弹章。若以参词核之，不复少加辩雪，将含垢后世，传笑四方，额实无以自容于天下矣。谨按参词曰'以采樵之刀本采草，而草又不足原估之数，工程不归实用，钱粮尽成虚糜'云云。去年办理苇荡时，左营俱系净柴，右营因有下茂地段，土地瘠薄，所产苇柴、乌获、盐蒿、红草、蒲头五种相间，名五花头，束交工适用，所以照例详定与苇、青、净柴三七匀配。乃星使临工，以为巧立名目，不容申辩，苇船诸人，遂各希指承顺，有'三成苇七成草'之语。不知例载杂草每斤一厘三毫，此采樵刀本，仅发一分二厘一毫。是所办之柴，即不必问五花头与抽改情弊，全以草论，每束折算十六七斤，每蒲草一束，节省将及一分，一百万束蒲草，即节省三万两。何况右营出运之柴三百余万，业经交厅厢用取，有工收册报工段为准。左营未运之柴，现俱存储荡中，委员查验方回，乃欲概行抹煞，而以为不适工用，虚糜钱粮乎！此额之所不解也。又参词曰'尽荡搜括之苦累，樵兵实所难堪'云云。查《工部则例》载，苇营所产之柴，尽数采交，其余柴之余，除量为酌赏外，即行尽数归公。其有私动余柴茎束者，官则从重参处，兵役则严行治罪。自苇营废坏，十队效目勾通附近滩棍，偷漏柴束，转买南河。厅员领购之价，干没其余，效目据官产之柴，因以为利，樵兵人等不过分沾余馥。历来办荡之员，归苦累于樵兵，分私肥于效目。若以功令绳之，则罪将有在矣。然额昨于奉委时，深知其弊，不肯波及前事，但思调剂兵夫，故详定章程，内樵兵给与耕地，借与牛具种籽，船兵月饷仍旧。虽照乾隆以前旧例，设船归厅自运，而船兵随船驾运，并无失业。又另加一柴束给厅员，使厅员挪抵购料，于购价内筹贴食米。是樵船各兵等从前乞怜于效目者,其盗卖之利小,此时取给于公家,其调剂之利大。而况两营樵兵,左营尚属额设,右营多系雇役,向来效目以四五文一束雇采,而今官以十二文一束雇采,食力为佣,加倍得利,何从苦累乎?夫公家之利,知无不为,纵使有司奉行不力,樵兵竟有苦累,亦当备求实惠,重议恤兵以运柴,不得留柴而养兵也。今南河竭天下不足以供,而弃此额产苇柴徒供欲壑,令司农有仰屋之嗟,天府縻水衡之费,又额之所未解也。又参词曰'把总钱永胜据实具禀蒲草,即将钱永胜顶戴摘去,勒令受装蒲草'云云。本年二月十五日,钱把总在荡督装,以'连柴夹草受装出荡,已有一百九十余帮,尚存船八十余帮,现在受装'具禀。额因查荡时,柴束并无蒲草,知系预为抽卖抵换地步,即于十八日接禀严行批饬。后恐荡内耳目难周,果有包蒲夹草等弊,随于十九日据钱把总所禀,札行韩守备,移会王参将,一体严查驳换。又恐承办之人未免回护,添委知县刘平骄专查有无夹草,钱把总并未再有禀白请验柴束。是额之批饬,专为不许受装夹草而设。迨后顺清河漫口抢筑,需料孔殷。钱所运料船,在李工停泊,去工四十里,顺风五六日,观望不前,潜回浦寓。是以会同库道,摘顶示惩。其去具禀蒲草时,案隔半月,仰卷可征。钱把总希图脱罪,巧构南箕,而星使验明批禀,不顾文理之顺逆,以剔除夹草者反为勒装蒲草,遂使海上楼成,台中谳定,此又额之所未解也。又参词曰'汰黄堤运到之柴,经各厅具禀短少'云云。本年八厅共禀称,浚船所带净柴,大捆者俱执以自卖,余柴概不交纳。及拆称垛,计每垛净柴只一万四千余斤,而每垛折短茸草有一万一千余斤。额去冬尽荡搜括时,收买余方之例,业经会库道裁革,船兵何从得有余柴?其沿途抽改无疑。是以各道特奉制、河二宪委审得实,责处目兵。然苇营兵目积弊相沿,旋有山安厅禀请验收到工苇柴。经委员覆禀,验明船兵所交之柴,夹杂短少,每船另有净柴数百束。吊验四束,称重九十余斤,的系荡内原捆。勒令交工,即有老妪幼女跳河拼命。而山安厅自禀,与船目议明,以原捆交工,八折收受,而船兵又以六分改捆抵交,仍要八折收受各等语。众证确然,而乃以为畏惧威势,草率了案。以监司公定案卷为虚,以奸弁挟怨巧言为实,此又额之所未解也。又参词曰'左营荡柴虽无夹草,而每束短少四斤六斤'云云。向来荡内产柴,湿、干、枯递分三种。其初采时,盘籍捆成,以三十斤上下为度。一年之后,内重耐干者,有二十四五斤,不耐干者,即止十五六斤。不过报部之时,彼此牵算,约以二十二斤。其实厅员领帑自购之料,并无此数。今左营荡柴,自去秋以至今冬,存储一年,岂无耗折?而折内既有'堆积愈久,折耗愈多'之语,又曰'荒储荡地,未运至工',此自河道不通之故,岂得以为采柴罪过?且幸而未经出荡,星使犹得以验无夹草。设使河道通行,船兵出运,沿途抽拔改捆,则蒲草亦与右营等耳,观者岂复代为区别哉?不即左营以验右营之无草,转以耗折为斤重之不敷,此又额之所未解也。总之,苇荡之事,非众人之所乐成,而草创经营,亦非一年所能尽善。是以今年围估新届,将下茂五花头不行估采,将二尺四寸箍口加宽四寸,又奏明试行三年,酌中定额,若果司事得人,日臻起色,其于国计民生,岂无裨益?乃棋局一更,大事尽废,今年新估八百万束,随在盗卖,莫复过问。刻下虽奉到谕旨,仍须核实采办,再定章程。而聚讼纷纷,适从谁是,群小泄泄,威令不行,纵有桑榆之效,已见东隅之失,岂不深可痛惜哉!额见收时,星使并未按问,但令随带司员代具亲供。至额将印卷七套呈核,又裁截要证印稿七件,然后发还。菊溪先生深愤不平,额在狱中曾上书菊溪先生,自明成败有时,劝勿仰烦圣虑。迨定拟覆奏后,外间传有折稿,菊溪愈怒不可解。而清河令郭禹修者,与安徽包慎伯盖实始终荡事,见额狱且不测,竟私走春明,欲为诉冤。二人去后二日,额始知之,遣急足数辈,追及汶上而返。会台谏中有劾菊溪先生者为马履泰、吴芸,上命星使密侦于彭城。回奏一疏,具言所劾虚无,并为额洗雪,云'前征洋匪,辛苦备尝,家无余财,人所共知'。或以此重邀天恩,未减罪状。然前此严参乍入,自分立正典刑,乃高厚鸿慈,仅与荷校三月,是圣主好生之德,业已宽无可宽,何敢再行希冀?惟额除弊太骤,众谤群疑,虽执法大臣,亦为所惑。卒之阴察其冤,抗表代白,略不护前,额之愚忠,或尚犹有可取,而三代直道之风,其真至今未泯矣乎!故缕忱布呈,以达区区,伏望阁下于众恶必察之下,存日久论定之识也。"

观察二书,前书隐忍不辨,得人臣引罪之体;后书分条驳诘,以洗涤百世之名,合而观之,可互相发明也。

西域用兵始末

　　准噶尔自光显寺之败_{事见后卷},决意请和,至乾隆四年,和议始成。又许通市及入藏作佛事,人马货物皆限以数。噶尔丹策零于乾隆十四年死,生三子一女:长曰喇嘛达尔札,次曰那木扎尔,又次曰莫克什,女曰乌兰巴雅尔。阿札母贵,蒙古最重嫡庶,国人因立阿札坐床。坐床者,华人言即位也。那木扎尔杀莫克什,喇嘛达尔札自危,乃弑阿札而自立。乌兰巴雅尔与其夫拥戴有功,因其委任疏远,叛去,达又擒而杀之。当是时,大策零_{事见上卷}王孙达瓦齐与辉特台吉阿睦尔撒纳另居雅尔地方,各有阿拉巴图数千户_{华言奴也}。达瓦齐于达尔札为近族,贵而无位。阿逆出身微贱,而狡黠凶狠迥异。诸酋亦皆不平达尔札之所为,与之相抗,不奉教令。达尔札命众讨之,达瓦齐等兵败,窜入哈萨克。达尔札以二人不除,终为祸害,遂遣心腹人率兵六万追之,期于必获。达瓦齐计无所出,日夜涕泣而已。阿逆曰:"与其束以待擒,何若铤而走险,兵法所谓'往扼其吭'者也。"因率精锐卒一千五百人,裹粮怀刃,于山岭僻境绕道入伊犁,乘其不备,禽夜突入其幕。达尔札方围炉拥妾饮酒,阿逆趋而杀之,抚定其部落,迎达瓦齐入,立之。初,策零拉布坦欲叛中国也,以卫藏据其右臂,欲与之和,使无后顾之患。因以其女妻拉藏王子入赘其国,阴说拉藏王颇罗鼐叛中国。颇感仁皇帝之恩,固守臣节。策逆怒,遂亲率师由回部之沙雅尔潜袭卫藏。近星宿海,为导者误入大泽中,沮洳难行,人马多死,穷蹙而归,遂斩其赘婿。其妻有遗腹女,长而适阿逆父。阿逆初生时,满身鲜血,或谓其复仇而来也。达瓦齐既立,不能统驭其属,岁多叛亡,每遇急难,必檄阿逆至,与之调停。阿逆诮让之,达瓦齐不甘,曰:"彼虽才能,终为我之臣仆,何敢以臣凌君,而忘其为己所立也?"其后,达部署渐定,因曰:"不诛阿某,祸终未艾。"因统倾国兵讨之。阿逆不敌,十九年,遂率所部二万余人来降,且乞师往靖乱,欲借我兵力灭达瓦齐而己得据其位也。

　　纯皇帝实知其国内乱之可乘，足以竟先朝数十年未竟之绪。今事会适至，乃天以其国畀我大清，时不可失，遂决意用兵。时举朝不知准噶尔内乱，狃于辛亥败兵之事，不愿劳师动众，惟傅文忠公一人力赞成之。上曰："卿，朕之张华、裴度也。"阿逆入觐，上以抚绥事急，乘马三日而至热河，命王公大臣皆从往陪宴。阿逆行抱见礼，上从容抚慰，并赐上驷与之乘，亲与其分较马射，并以蒙古语询其变乱始末，赐宴而退。阿悚然，时冬月严寒，阿逆汗下如雨，退告其下曰："真天人也，敢不詟服！"傅文忠退曰："余今日胆裂，自不知生死矣！"乙亥春，遂两路进兵：北路以班直义公^第为定北将军，阿逆为定边左副将军副之；西路以陕督董鄂公^{永常}为定西将军，萨赖尔为定边右副将军副之。尽简八旗子弟、吉林、索伦诸精锐士卒从之。所至准夷各部落，大者数千户，小者数百户，无不携酒牵羊以降。兵行数千里，无一人敢抗者。五月五日，齐抵伊犁，达瓦齐阻淖为营，众尚万余。我兵追及之，侍卫阿玉锡以二十二人骑直薄其营，呼噪突入，贼众惊溃。达瓦齐宵走，阴计阿克苏回人伯克霍迪斯为己所立，必不负之，因率亲丁百余骑逃至回疆。去阿克苏四十里，霍迪斯已遣人具牛酒以迎。达瓦齐之党以为不可信，而达以为与其有恩，遂杀牛酾酒，与众酣醉后，霍迪斯尽缚之入城。后承班公檄，献诸军门，并获青海叛贼罗卜藏丹津，先后槛入，行献俘礼。上御午门楼受之。以达瓦齐人固庸恳可悯，特赦之，封以亲王，赐第宝禅寺街，择诚隐郡王孙女配之。然不耐中国风俗，日惟向大池驱鹅鸭，浴其中以为乐而已。体极肥，面大于盘，腰腹十围，膻气不可近。上命为御前侍卫，终优容之。

　　准夷之先，故有四卫拉特，华言四部落也，部各有汗。上初用兵，欲俟平定后，仍其旧设四汗众建之而分其力，如喀尔喀之编七旗，至今长享太平。而阿逆志不在此，上预烛其情，甫出兵，即密谕班公，示以分封四汗之意，以消其妄念。又以额驸色布腾巴尔珠尔为科尔沁亲王，与阿逆言语相通，气类相近，令与之偕行，俾耦居无猜，实阴伺之。乃额驸为其所绐，反与之昵，阿逆遂恃为奥援。既平伊犁，阿逆处事多不禀承将军，生杀自专，置副将军印不用，用其国汗旧用小红钤记。发书邻部哈萨克及俄罗斯等国，皆不言降我朝，但谓率满洲、蒙古兵来定准噶尔。又使其党等流言不立阿逆为汗,终不得宁。班公忧之,鄂襄烈公曰:"吾侪大臣,所谓消患于未萌。昔拉忠烈公诛朱尔墨扎事见后卷,身虽殉死,终膺懋典。吾等可仿而行之,此傅介子请缨日也。"班曰:"阿逆叛迹未见,安可妄诛藩臣,以撄上之怒哉?"遂密以其事驰奏。上命即军中诛之,毋濡忍贻后患。而是时大兵皆凯旋,随二公者仅五百人,余皆新附众,班公遂不敢举事。上先有旨,命阿逆以九月至热河行饮至礼,班公等趣其行,欲使入我境则易擒也。先是六月中,额驸奉旨先归,阿逆私以总统旧部之意乞其代奏,并约以期,如得请旨,当七月下旬至。及额驸归,事已中变,遂匿其奏。阿逆待命久不至,班公迫其行,令喀尔喀亲王额林沁多尔济伴之。阿逆不得已起程,中途迁延,犹有所望也。迨八月中尚无信,疑事已变,入境且得祸,遂阴召其众,张幕请额宴。酒数行,起谓额曰:"阿某非不臣,但中国寡信。今入其境,如驱牛羊入市,大丈夫当自立事业,安肯延颈待戮?"遂命呼酒者再,伏兵四起,旌旗耀日,拥阿逆出营去。阿逆徐解副将军印组,掷与额曰:"汝持此交还大皇帝可也。"遂据鞍驰去。额林沁多尔济瞠目视之,无如之何。阿逆遂寄声伊犁,嗾其叛,又遣其党阿巴噶斯哈丹等掠西路军台,而伊犁宰桑克什木、敦多卜等果蜂起为乱。仓卒兵少,班、鄂二公扼腕无计,鄂曰:"今日徒死,无济于事,有负上付托矣。"班公持剑太息久之,刎颈而死。鄂故书生,腕弱不能下,命其仆剖腹而死。事闻,上以额驸匿情不奏,欲立正典刑,来文端公请曰:"愿皇上念孝贤皇后,莫使公主遭嫠独之叹。"上挥泪太息,贳其死,只褫其爵。额林沁多尔济以元裔故,特与赐死。改命公策楞、公达尔党阿由巴尔坤速进兵。

　　二十二年,参赞公玉保至特克勒,探知阿逆仅距一程,欲急追之。忽有报台吉诺尔布已擒阿逆至,遂驻兵俟之,而不知报信者即阿逆之侦者,以为缓师计,阿逆得从容而去,遂逃入哈萨克。上怒,拜瓜尔佳公哈达哈、钮祜禄公达尔党阿为定西大将军,加大学士衔,以擒阿逆事专委之。复命握二大将军印,使阿逆心以为傅文忠公至,冀其自投罗网。达至哈萨克界,阿逆方借哈萨克兵来拒我兵,击败之,擒其酋长,愿往说其主阿布赍擒阿逆来献。达受其绐,纵之去,卒无音耗。达复使人询之，讫未得要领，而西路降夷巴雅尔噶尔藏多尔济、哈萨克锡喇尼玛舍楞等皆群起叛乱。都统公和起歼焉，兆文襄公惠复有济尔哈朗之围见后卷。上以诸贼甫受封赏辄叛，知厄鲁特人概不可以恩信结，故命喀尔喀超勇王成衮札布出北路，兆文襄公出西路，皆于三月中起行。会诸贼自相蹂践，扎那噶布尔袭杀噶尔藏多尔济，呢玛又欲袭扎那噶尔布不果。阿逆自哈萨克归，会诸贼于博罗塔拉，欲自立为汗。闻我兵将至，又遁去，诸贼皆窜匿。于是兆文襄擒原任内大臣巴桑，鄂博什擒原任散秩大臣厄尔锥，音图伦楚擒原任贝勒纳奇木，海超勇公兰察擒巴雅尔，乌尔登擒呢玛，扎那噶尔布已病死，台吉珲齐达瓦以其首来献，惟阿逆尚未获。六月，兆文襄公使爱将军星阿、阿拉善王罗卜藏等追阿逆至哈萨克，其长阿布赉以为大兵取其部也。锋刃既交，我兵势寡，阿拉善王曰："与其同没，何若冒死说敌，犹可冀免。"因脱帽蹈烟炮驰去，作蒙古语曰："吾来说降。"阿布赉因收军见王，王从容曰："吾亦系也速后王之父阿宝始降本朝，固厄鲁特也。因归降故，荷大皇帝抚绥，裂土封之，永为藩服。今部长蕞尔小国，何可信阿逆之言，自与天朝为敌，是代人受祸也。"阿布赉悟，请降为属国。适阿逆率二十人往投之，阿布赉约以诘朝相见。先使人收其马，阿逆惊，又逃，阿布赉执其兄达什策凌送军门。事闻，上大悦，封罗为亲王，受阿布赉降，令其岁时纳贡如朝鲜、琉球云。

　　阿逆徒步入鄂罗斯，为樵者所得，守卡之玛玉尔官名送往其国。我侍卫顺德讷寻踪往，玛玉尔诿为不知。时廷臣议，又恐挑鄂罗斯之衅，兵连不结，陈文勤公有将帅、粮饷、帑饷三议，史文靖公直欲退守玉门关。上笑曰："皆书生迂语，不足与较。"因命理藩院行文鄂罗斯索之。阿逆患病死，鄂罗斯以其尸送入边。上命素识阿逆之林丕多尔济往验尸，属实，于是阿逆之局始结。上命兆、富二将军择地过冬，明年再尽剿厄鲁特之漏网者。二十三年春，兆文襄由博罗布尔，苏富公由赛里木，如狝场中分两翼合围，约相会于伊犁，凡山陬水涯，可渔狝资生之地，悉搜剔无遗。时厄鲁特慑我兵威，虽一部有数十百户，莫敢抗者。呼其壮丁出，以次斩戮，寂无一声，骈首就死。妇孺悉驱入内地赏军，多死于途，于是厄鲁特之种类尽矣。

　　计自准夷内乱以来,惟杜尔伯特策楞内附,始终无异志。其王策楞临终时,谆谆嘱其子孙报效天朝,百世毋忘此德,故其所部得保全,至今无恙,世袭藩封云。其次则达什达瓦之妻,当阿逆初叛时,正伊犁骚扰之际,独率所部款关来投。上悯其诚,使居巴里坤,后徙热河,编其人为兵,俾资饷以给。若沙克都尔曼吉不从乱,全部内移,依巴里坤近城以居,宜得免矣。值巴雅尔等之乱,上谕巴里坤大臣雅将军_{尔哈善}密察之,如可信,则坦怀以待,勿使疑,否则先发制人,毋令为肘腋患,初非必欲杀之也。雅故书生,不敢保,时饷正乏,而沙请粮不休,雅患本军缺粮而又赍敌,遂令裨将阎师相率五百人入其垒,若失路借宿者,沙屠羊以待。中夜大雪,阎曰:"此擒吴元济时也。"遂以箝为令,袭其卧庐,尽歼全部四千余人。沙被杀时,残灯未灭,其妻睡梦中惊起,不忍其夫之戕于乱刃,裸而抱持之,如两白蛇蜿蜒穹庐中,以至于死。雅以沙谋叛被杀报,上封雅为一等伯。雅归朝日,拜其祖祠,叹曰:"李广以杀降不封侯,至于失道自刎。今我罪逾于广,而反膺五等之爵,祖宗蔑血食矣!"其后果以失机被诛_{事另见}。上于庚戌中咏西域诸故事,犹及雅之滥杀云。其他诸贼既降复叛,自取诛灭,草剃禽狝无噍类,固无论已。此固厄鲁特一大劫,凡病死者十之三,逃入鄂罗斯、哈萨克者十之三,为我兵杀者十之五,数千里内,遂无一人。苍天欲尽除之,空其地为我朝耕牧之所,故生一阿逆以为祸首,辗转以至澌灭也。自此偃息兵戈,垦辟屯田,中原民争趋之,村落连属,烟火相望,陌巷间牛羊成群,皮角毡褐之所出,商贾辐辏,自有天地以来,漠南北之地,未有如今日景象也。

　　惟纯皇帝天亶聪明,乾健不惑,见事机可乘,顺天而行。每军书旁午,应机指示,必揭要领。或数百言,或数十言,军机大臣承旨出授司员,属草率至腕脱。或军报到以夜分,则预饬内监,虽寝必奏,迨军机大臣得信入直庐,上已披衣览毕,召聆久矣。撰拟缮写,动至一二十刻,上犹秉烛待阅,不稍假寐。或一二日无军报,则延望不释,盖数年如一日也。领兵者奏事,大率藏短露长,上即其所奏,勇怯勤惰,洞见肺腑,分别功过,信赏必罚。是以人人效命,有进无退,成此大功。历观史册,汉、唐以来,何代可以比隆者也。

李壮烈战迹

闽中固积富区，自总督雅德、伍拉纳等骄奢贪纵，吏治废弛，下属习为懈怠，海中盗艇猖獗，鲸鲵日盛。闽中水师懦怯，莫敢与撄，提督倪斯得老而耄，不谙纪律，惟令士卒避寇而已。故蔡牵、朱渍等啸聚海滨，兵至十万，于乙丑冬突入台湾，赖浙江提督李公_{长庚}抵死御之，台湾得以恢复。

公同安人，由武科起家，出为浙江副将。福文襄王_{康安}见而奇之。时安南阮光平阴叛本朝，命其夷官等入中国海面掳劫，以充其国帑，王命公往擒之。公曰："官船钉疏板薄，不能冲突波涛，长庚愿倾家造船，以适其用。惟火药非私家所有，愿公赐之，其余不费官丝毫物也。"王大悦，奏署总兵衔，并赐银数万。公乃造海船数十艇，不加镂饰，与客船无异，率兵三千，尾追夷艇。夷人以为客船，遂返舟与之敌。公乃旗鼓突出，声振数里。加以飓风大作，海涛汹涌，公士卒百倍，枪炮骤发，贼舶惊溃，覆船数百殆尽，俘斩数千人，生擒夷伪官伦贵利等以献。王优奖之，请命于朝，任海坛总兵，浙抚阮公_元倚为左右手。公虽武人，好读书，乐静坐，与阮公唱和无虚日。

台湾之役，公已将蔡牵贼艇围于鹿耳门，计日可擒。其时所率多闽兵，公浙中精兵只五百余人，蔡牵以赎钱四百余万遍綮闽中将卒，诸将遂解体，不为力战。数日，牵遣娈童蹈小船伪献降书，欲效郭循之策。公觉之，抵书于地，褫衣刃见，公立诛之。是晚大风雨，蔡牵乘势解缆而去。公方饮酒，立倾杯整队进，闽中兵无不披靡，莫有继者。公太息曰："朝廷养兵百余年，一旦用之，乃反为贼之间谍，诸将帅果何为者？"因全军而归。闽督阿林保置酒与贺，筵间从容笑语曰："海上事易为掩饰，如公以蔡牵假首至，余即飞章露布，不惟公居首功，吾亦当受帷幄之赏。如此则海氛告成，此局易了，岂不胜冲突鲸涛，侥幸于万一哉！"公奋然曰："于清端之捉贼，姚制府之用兵，长庚所知也。石三保、聂人杰之擒，长庚所未解者。皇上之所以委任长庚者，盖欲使永靖海氛，以绥民命，其成功与否，则天也。公以文吏徜徉中外,故宜幸其事,早葳其功,仆则视海舶如庐舍,不畏其险也。公今以逗挠劾长庚之罪,他日以覆舟讳长庚之死,皆惟公命之是从也。仆一武夫,犹知以死报国,公以世臣名族,扬历封疆,纵未娴于军旅,亦罔识'忠孝'二字乎? 公何其浅视仆也?"遂推几而出。其幕客谏曰:"将军误矣。自闽、粤用兵以来,生灵糜烂者几数百余万,皆以蔡牵一人故也。今或假传其授首,以博天颜之喜;或羁縻以官爵,收其桑榆之效,则其局可了。将军宴坐衙斋,缓带投壶,不亦乐乎! 定必冒风涛之险,必欲涸其巢穴,一旦飓风阻路,音耗莫通,粮饷莫继,士卒散亡,纵竭将军一人之力,难以敌獝獢百万之师。倘稍失利,大吏朦胧奏之,将军必遭狱吏之辱矣!"公慨然曰:"君不闻王彦章'人死留名,豹死留皮'之语乎? 仆虽不肖,愿与蔡牵同日死,不愿与其同天生也。"闽督故恨之切齿。至渔山之战,公舶遭风失信,阿遂诬公逃寇不知所之入奏。赖阮公以公受伤入告,上优诏奖之。

　　后于丁卯十二月二十五日战于黑水洋,时蔡牵以三舟舣岛,去公艇半里耳,寇势已穷迫,公因山为垒,以逸待劳,舟师四面围之,计日以擒。而闽督以飞檄催战,动以逗挠为词。幕客劝公封章以奏,公斫舷怒曰:"大丈夫以死报国,不受唾面之辱也!"因整军进。下令军皆持短兵,以为必死计。及战,浙军无不一当百,有卒校跳牵船上,牵几被其擒,以众寡不敌,死之。而牵奴林小猧素识公面,暗中指示,由篷窗中出火枪,中公胸。公茹痛呼诸将部署其事曰:"诸君不杀此贼,老夫死不瞑目矣!"因长号而终。事闻,上震悼,封一等壮烈伯,谥忠毅,祀昭忠祠。

　　公卒后二年,公部将邱公良功、王公得禄等,率公旧卒,建功海上。时闽督易以方保岩制府维甸,与二将合志歼贼。戴文端公衢亨时掌枢柄,凡所请,无不立时俞允,中无阻挠,二将得以用命。蔡牵投海死,其子小仁获而奴之,海氛遂平。然皆由公裹血茹疮,大小百余战,于惊涛怒浪之中,使贼无以休息,其精锐日见耗亡,是以继之者奇功之易薪也。

啸亭杂录卷四

岳 青 天

岳少保起，满洲人。以孝廉起家。初任奉天府尹，前令尹某以贪黩著，公入署时，命仆自屋宇器用皆洗涤之，曰"勿缁染其污迹"也。后与将军某抗，罢官。今上亲政，首起用为山东布政使，俄调任江南巡抚。公以清介自矢，夫人亲掌签押，署中僮仆不过数人。出则驺从萧条，屏却舆轿，瘦骖敝服，居然寒素。禁止游船妓馆，无事不许宴宾演剧，吴下奢侈之风，为之一变，实数十年中所未有者。其驭下甚宽，然不假以事权。尝与客共谈，指其侍从曰："若辈惟可令其洒扫趋走，烹茶吸烟而已。署中政事，乃天子付我辈者，安可使其与闻？从来大吏多不能令终者，皆倚任若辈为心腹故也。"其夫人尤严正，公尝往籍毕弇山尚书产，归已暮，面微醺，夫人正色告曰："弇山尚书即以耽于酒色故，至于家产荡然。今相公触目惊心，方畏戒之不暇，乃复效彼为耶？"公长谢乃已。故吴民至今思之，演为《岳青天歌》，以汤文正之后一人而已。

昌 龄 藏 书

傅察太史昌龄，傅阁峰尚书子。性耽书史，筑谦益堂，丹铅万卷，锦轴牙签，为一时之盛。通志堂藏书虽多，其精粹蔑如也。今日其家式微，其遗书多为余所购。如宋末《江湖》诸集，多公自手钞者，亦想见其风雅也。

马 壮 节 公

马壮节公讳铨，初中乾隆壬申武探花，因与同僚角觝故罢官。入京营为武弁，傅文忠公甚倚任之。复中庚辰探花，世人荣之。荐至四川提督，从征金川。时温相国_福拥兵不进，公慨然曰："金川蕞尔小夷，经大兵两度挞伐，不能获尺寸之利，乃至屯师经年，老师糜饷，安用将帅为也！今相国以台司重臣，不能出险用奇，使彼畏威革面，惟知置酒高会，挞辱士卒，终将何物归报天子？真所谓空摇羽扇、无计请缨者也。"温笑斥其妄。其后木果木之败，公殿后队，手戮数十贼，力尽乃死。同难者有董提督_{天弼}、牛提督_{天畀}，皆不及公之勇烈云。

萨赖尔之叛

　　准夷初乱时，达什达瓦部下有宰桑萨赖尔者，不肯他属，率千户首先降。纯皇帝召见，询以准夷事，萨曰："目今诸台吉皆觊觎大位，各不相下。达尔札以方外之人，篡弑得国，谁肯愿为其仆？况往昔噶尔丹在时，优待下属，亲如骨肉，其宰桑有功者，噶亲酌酒割肉食之。每秋末行围，争较禽兽，弯弓驰骋，毫无君臣之别，故人乐为之用。今达尔札妄自尊大，仿效汉习。每召对时，长跪请命，謦咳之下，死生以之。故故旧切齿，其危亡可立待也。"上悦，授散秩大臣。其后，其国互相篡弑，卒如萨言。及阿睦尔撒纳叩关，萨复奏其为众部所畏服，正可资以前驱，迅扫残孽。上乃拜萨为副将军，率所降众往讨。及伊犁复变，班、鄂二公召萨议之，萨曰："阿逆智勇兼备，何可以撄其锋？不如裹粮先归，覆命天子，将准夷全部畀之，则其祸立解也。"鄂襄勤曰："为王守土之臣，安可以地资贼？当此危急之时，理宜效死弗去，岂可捧首逃窜，致对于司败也？"萨拂然曰："竖儒安知兵家事！"因策马去，改易厄鲁特衣冠以叛。及策公_楞收复伊犁时，萨复腼颜以归，迎大军于土鲁番。上命械至京，陈文勤公请首诛之，上曰："死绥之义，惟士大夫之所宜守，萨赖尔乃藩部孱臣，安知大节？未可苛加责备。如卿所言，反高视萨赖尔矣。"因命其泥首于班、鄂二公之柩前，乃释其缚。后复授内大臣，数年始卒。夫以亡国俘虏，因其归诚之早，乃至谅其苦衷，曲法以贷，亦可觇纯皇帝之宽仁大度矣。

李昭信相公

　　李昭信相国侍尧,为忠襄公永芳四世孙。少以世荫膺宿卫,纯皇帝见曰:"此天下奇才也!"立授满洲副都统。部臣以违例尼之,上曰:"李永芳孙,安可与他汉军比也?"后任广东将军,即转两粤制府,先后几二十余年。公短小精敏,机警过人,凡案籍经目,终身不忘。其下属谒见,数语即知其才干。拥几高坐,谈其邑之肥瘠利害,动中窾要。州县有阴事者,公即缕缕道之,如目睹其事者,故謦咳之下,人皆悚栗。然性骄奢贪黩,竭民膏脂,又善纳贡献,物皆精巧,是以天下封疆大吏,从风而靡,识者讥之。任云贵总督,以受纳下属贿赂故下狱。廷议大辟,上终怜其才,故缓其狱。复历任陕甘、两湖、浙闽诸制府,而贪黩仍如故。其督闽时,值台湾之变,上以常青非将材,恐不能守台郡,令其全师以归,待福文襄王至,再筹进取。公以台为岩邑,一旦失守,非十万兵不易取,恐有失机宜,因将谕节去数语,录寄常青,然后具疏请罪。上大悦,以为处置得宜,有古大臣风度,赐双眼孔雀翎,褒谕奖之。其处大事明决若此,亦未可徒责以素丝之节也。

乌　提　督

　　乾隆甲午,寿张民王伦作乱,孙总兵惟一举兵剿之,众寡不敌。徐中丞绩檄合省兵,与河督姚立德会剿,战于柳川。贼初起事,皆乌合众,见官兵甚畏。徐故书生,纪律颇疏,又令将军器缚载后乘,仓卒遇贼,士卒皆徒手与敌,遂至大溃。宗室某首先逃遁。徐中丞避兵东昌,贼遂猖獗,进围临清。时守将为叶清,故武科子弟,善于诗,书擘窠字,仓卒乘马伤髀。署知州秦震钧与参将乌公大经任守城责,各堞立烽燧,造火器及击木礌石等具,严察奸谍,晓谕居民,令其分地而守。贼屡次攻之,火器骤发,毙贼无算。贼首王伦对城张黄盖,奏鼓乐,指挥其众。公令敢死士数人突出击之,几获伦,其党抵死御之,仓卒奔去。后舒文襄公率禁旅救之,其围始解。舒公召公询其颠末,公应对详明,舒荐于朝。纯皇帝召见,奇公貌,曰:"真将种也。"公故修髯岳立,望之生畏云。后荐擢至甘肃提督,终于任。

孝 感 之 战

癸酉秋,余掌棘闱搜检事,与明参政_亮同事数日,闻其谈孝感战事颇详,故櫽括其词于卷中。

明云:"嘉庆丙辰夏,湖北孝感滋事,毗连三省,贼众蚁聚数万。总统永公保_屡为所败,先后征兵数千,皆全军覆没。余方获罪,以侍卫衔自西域归,纯皇帝命余往代。余行至当阳,路谒毕制府_沅,时惟有固原、西宁兵五百人,毕全畀之。余曰:'今孝感啸聚数月,已伤官兵数千,是其贼中必有知兵之士。若不十倍其众,难以破敌,此王翦之所以请益兵破楚也。今若不谋而后进,以零丁积畏之兵,御锐气方刚之贼,是驱羊入虎,投刺待缚也。'毕无以对。适陕西德镇公_光率其兵三千人至,愿随余往。毕大喜曰:'此天助将军以成功也!其糗粮、器械,吾愿任之。'余大喜过望,鼓励以行。数日至杨镇,民已逃窜,街市空阒。贼闻余至,皆领兵守其寨。余率众守桥,笑谓众曰:'此赢张飞尚可御几许敌也!'众故余旧部下,皆谈笑以答。余命诸将鸣鼓吹角以致贼师,贼果蜂涌至,余据地势,杀伤颇相当。贼诧曰:'吾侪与官军斗,未有不闻声而溃者,此老子殊耐战乃尔。'嗣闻为余,皆相顾歙歙曰:'此老尚无恙耶!此吾侪命蹇故也。'次日,贼绕道上北山,据建瓴以觑我。德镇请战,余曰:'贼勇狠而锐,未易藐视。'因以千人付之。德固未经战阵,既见敌,未鼓而火枪骤发。余闻其声,惊曰:'孺子误乃公事,此军殆矣!非出奇,万无以胜之。'因怒马独出,率将士数十人行荒畦间。绕出数里,畦间骸尸纵横,皆永公兵溃死者。适有江西溃卒二百自德安至,三五散坐黄金庙侧,方爇火聚食。余笑曰:'虽余幕中谋士所资余力者,未必如是之巧,以此破敌必矣!'遂呼其将士至,慰以善言。诸军闻余名,争先踊跃请战。余授以旗鼓,命掩伏山侧,余遂趋贼垒。其垒外松棚下,余贼方瞭望,余骤发矢伤数人,贼错愕间,江西兵展旗鸣箛以进。贼互相践踏,曰:'伏兵至矣。'贼中有红巾者,声扬于众曰:'慎毋惊恐,速发大炮以御。'我兵闻皆披靡。余诳曰:'炮炸矣。'贼固乌合,不解用炮,炮果裂,声震山谷,我兵突烟而入。余因纵火焚其松棚,火光燎然。山上贼闻之,皆退归巢,因阖其四门为避守计。时德镇所率兵亦振旅还。其固原士卒皆争先用命,夺其西壕梁进,贼当门拒之,兵无以入。德镇请用蔡人擒公孙翮计,述《左氏》'多则死二人'之语。余曰:'彼一勇夫,故可施此计。今贼至万人,徒伤勇夫,非计也。'因命积柴。时他门外贼未觉察,适大风霾,因风施火,俄见万厦骤焚,我兵合围其壕。贼无路行,突烟出者咸堕于壕,哭声震天,火光竟夕。火三日始烬,于焦骨中取贼首及骸尸,其贼遂平。捷闻,纯皇帝大喜,复余职而责永,永遂恚且恨。至己未岁,余方逐张汉潮于汉中事见另卷,永为松尚书筹所劾,其私度为余漏言,乃密疏劾余。上命那尚书彦成代领余众。余已擒张汉潮,方振旅而被逮,致使功败垂成,殊可惜也。"其言颠末若此。

　　明故宿将,谈战斗事,形状如绘。简兵储粮,咸如兵法,非他人所易及者。余记丙辰夏间,潘箬舟侍御名绍经,蕲水人。闻明复起用,笑谓余曰:"吾乡人方制肩舆,请明入楚,吾甘心愿为其舆夫也。"虽一时戏语,亦可觇公之威望也。

王　文　雄

　　自嘉庆丙辰春楚匪滋事,当事者过于持重,遂至蔓延三省,用兵十载,方至扑灭。其中殉难者,提臣为王公文雄、花公连布、富公成、穆公克登额,镇臣则诸公神保、朱公射斗、袁公国镇、何公元卿、施公缙、德公光、凝公德、扎公尔杭阿、李公绍祖。其中死尤烈者,以王、穆、花三将为最穆、花事见另卷。王公,贵州人。由行伍荐至通州协副将,率直隶兵往援郧阳。时陕抚为秦公承恩,性懦弱,不知兵事。贼遂猖獗,挺入陕境,至盩厔,秦惟闭城独守,日夕哭泣,目皆肿。公仓卒率直兵绕道击之,陕境保全,公之力也。事闻,秦受上赏。公累击贼,贼皆畏之,恨入切骨。庚申夏,于栈道中猝遇贼。贼觇知公兵力单弱,乃四出纷击。公转战竟日,路既险峻,粮复断绝,遂为贼擒。公喷血痛骂,贼首曰:"此手戮吾三十二头目之人，不可令其速死，以泄吾愤。"乃支解竟日。贼既退，军士于草中寻遗骸，惟余一臂而已。诸大将死节惨者，莫公若也。事闻，上震悼，赐世袭一等子。其嗣开云以世荫任台谏，建白有声，今出为顺德太守。

杨 时 斋 提 督

国家升平日久，提、镇皆由武科积劳以致开阃，初未娴于武略者居多，故川、楚之变，将帅多不知兵，以致败衄。其身经百战而功绩尤著者，以杨时斋军门为最。公名遇春，四川人，由武举入营。红苗之变，公以材官奔走其间，福文襄王见而奇之，曰："此将材也。"因擢至专阃。时宜制府绵督陕、甘，畏葸不前。公谏曰："甘、凉兵为天下劲卒，阿文成公曾将以平西域，今诸将犹有能谈及者。制军据河山之险，拥精锐之卒，自关、陇西下，建瓴之势，破敌必矣。奈何以百战之卒，而畏乌合之众也哉？"宜不能用其策。额经略至陕，倚公为左右手。公修髯伟貌，善抚驭士卒，其部下皆邪匪所反正者，腰悬长刀，形状凶险，而公颐指气使，爱戴之如父母。故十载之间，所至克敌，声价赫然。公有黄骡，日驰数百里，公乘以退贼，未有能及之者，故贼人畏之如虎。其部下诸将如杨公芳、游公云栋、吴公廷刚、祝公廷彪皆由偏裨而公拔至专阃。有郭令公之于李西平、浑太尉之风。白马关叛军之役，官兵业经败北，公独骑至贼队中，说以大义，贼即抛戈而降，其为贼所佩服若此。甲戌春，公陛见来京，上召见，优奖之，赐紫禁城骑马，乾清门侍卫里行，武臣中罕有比者。今镇陕中几十余载，而勇健犹如故云。

议 政 大 臣

国初定制，设议政王大臣数员，皆以满臣充之。凡军国重务不由阁臣票发者，皆交议政大臣会议。每朝期，坐中左门外会议，如坐朝仪。雍正中设立军机处，议政之权遂微，然犹存其名，以为满大臣兼衔。乾隆壬子,纯皇帝特旨裁之。

领 侍 卫 府

　　国初,以八旗将士平定寰区,镶黄等三旗为天子自将,爰选其子弟,仿周官宫伯之制,命曰侍卫。其日侍禁廷左右供趋走,曰御前侍卫。稍次曰乾清门侍卫。其值宿宫门者,统曰三旗侍卫。设领侍卫内大臣六员,外大臣六员,散秩大臣无定员,俱以世荫公侯并王公子弟充之。其班列诸尚书下,侍卫跻三阶。选其才俊者充随邸协理事务,班领十二员每旗四人,掌文书政令诸事。凡其班有六,班分奇偶以为离合。其制凡十二日为一转。每班先于园中值宿四日,后入禁中值宿二日,空闲六日,以为休沐之暇,更番轮值。其行幸驻跸,宿卫一如禁中之制。扈从,后扈二人,于御前大臣内简命;前引十人,于内大臣、散秩大臣及御前侍卫内简命。遇郊、庙诸大祭祀,升殿、庆贺及巡幸启跸、回銮日引导,常日驾出,则以侍卫二十员充前导队豹尾班侍卫。选功臣后裔六十人,日以二十人直后左门,乘舆出入,以十人执豹尾枪,十人佩仪刀侍于乾清门阶下左右。驾出,侍卫殿于后,以领侍卫内大臣一人领之。巡幸方岳、木兰行围,御前大臣侍卫暨乾清门侍卫均随从轮直。侍卫以二班或三班随从,日行以侍卫二十人前导,左右各十人,名曰傍扈,豹尾枪殿如常制。次二班侍卫列队后行,或内大臣、散秩大臣一人,侍卫什长二人率黄龙大纛行,其余仍分令稽察逾越喧哗者。驻跸行营,以内大臣一人、散秩大臣二人入直,分宿御营两厢。御营黄幔城旌,以侍卫二十人四隅分宿,网城门内,以侍卫什长三人率亲军校等三十人环拱宿卫。其御跸圆明园日,以领侍卫内大臣一人、散秩大臣一人,于朝房住宿,其禁城则命内大臣一员代之。朝会班次,岁于十二月将应入坐之一品武大臣、散秩大臣、前锋护军统领,暨外省来京之都统、将军职名开列进呈,恭候钦定。其散秩大臣世袭者数人,为蒙古明安贝勒后一人,佟忠勇公国纲后一人,李懋烈公国翰后一人,觉罗武功郡王后一人,石忠毅公廷柱后一人,杨额驸舒后一人。每缺出时,移咨该旗,将应袭人员开送,引见补授。其兼摄者,为上驷院侍卫,每旗七人。其兼尚虞、鹰鹞房、鹘房、十五善射、善骑射、善射鹄、善强弓、善扑等处侍卫,各有专司,统于三旗额内。汉侍卫其一甲一名者充头等侍卫,一甲二名三名充二等侍卫,二甲内简选三等侍卫,三甲则简选蓝翎侍卫,如文员之编检焉。

汤　文　正

汤文正公斌抚吴时,以清介自励,敦厚风化,其下属有贪酷者,皆善为劝勉,其不改者,始以法惩之。郭总宪琇时任吴江令,以贪黩闻,公檄至省,教以贞廉。郭曰:"琇所以贪酷者,以供前任某抚军之欲故也。今公既以清廉自矢,请宽一月之期,如声名犹若昔,请公立置典刑可也。"归自洗其堂庑曰:"前令郭琇已死,今来者又一郭琇也。"其政治为之一变。公首荐于朝,后卒为名臣。徐中允汧既殉明节,其子俟斋昭法不仕本朝,隐于支硎山中。公重其品,屏除驺从,徒步访之。俟斋辞以疾,公徘徊门外久之,始延入,待以粗粝,公为之醉饱,时人两贤之。仁皇帝初南巡,公引驾自盘门入,以为吴郡中最冷落者,曰:"无得使上知吴奢荡,有损圣德。"又请免漕粮数千百石,吴民至今感之。时纳兰太傅明珠掌朝柄,前抚军某,岁以万金馈之以为常。公终年不投一刺,明衔之。会立东宫,明告仁皇帝曰:"前星春秋方盛,不可不以正人导之,如汤某,其选也。"仁皇帝允其言,遂召公以尚书衔守詹事府事,入辅东宫。公素严正,入朝多所建白,人争疾之。尝待漏朝房,众方促膝欢语,见公至,皆鸟兽散,终日无一人对语者,公笑谓人曰:"吾今入哑人国矣。"明犹恚怨不释,命翁尚书叔元明章劾之,上知其忠,故优容之。一日赴黄木厂查木,归,晚犹健饭如常,次早卒然薨,人以为明遣人阴鸩之也。乾隆中,特旨追谥文正。

黄　文　襄

乾隆中,汉军人登仕版者,多以玩法被罪,其始终圣眷优隆者,惟黄文襄廷桂一人而已。公以武弁历任岩疆督抚,其操纵严切,下吏多不善之,而上眷为独注。其督陕时,西域用兵,投诚之虏酋既宜抚绥,其窃发叛逆又应剿捕。兵出万里,粮运维艰,公以为先安内而后攘外。外夷跳梁,国无大损,若因军需驿骚,致内地有事,则所系者大。乃命运粮车十家抽一,厚其值,许带什物贸鬻,民踊跃争先。又以凡事豫则立,粮待尽而后运则士饥,马待缺而后补则战衄,乃命安西至哈密沿路开池蓄豆,马到行且喂,以故驰千余里愈壮。台站有缺米者,曰:“吾抚兰时,曾买谷三百万石分贮河东、西,正为此耳。”盖公久知纯皇帝之欲西讨也。上倚任如左右手,以鄂侯、刘晏褒之。加太保,封忠勤伯,赐红宝石顶,四团龙补。公素咯血,既理军务,中夜辄起,或张目达旦,致积劳成疾。疾剧时吃语,犹以马驮、粮运、进剿、擒贼诸务喃喃不绝,官吏文武绕榻环听,为之泣下。上以其未及预饮至之礼,深惋惜之。然性阴刻,督江时,值上南巡,公逼诸乡绅,命各出重资办演灯彩,而不为之上达,为钱侍御所劾。又与雅将军尔吉善不睦,故阴绝其粮,使其士卒饥馁,致采青杏叶以食事另见,雅因之获罪。故世以此诟之。

金　川　之　战

金川为汉冉駹地,隋置金川县,唐属雅州,至明隶杂谷安抚司。其地高峰插天,层叠回复,中有大河。用皮船筝桥通往来。山深气寒,多雨雪,所种惟青稞、荞麦。其番民皆筑石碉以居,与绰斯甲布等九土司壤相接。康熙中内附后,莎罗奔以土舍率兵从岳威信公征羊峒有功。雍正元年授为安抚司。莎罗奔既得官号,自号大金川,以旧土司泽旺为小金川,于是有“两金川”之称。莎罗奔寻以女阿扣妻泽旺,旺懦,为妻所制。乾隆十一年,莎罗奔劫泽旺师。十二年,又攻革布什咱及明正土司。时制军庆复用兵瞻对土司,草率完局,颇不当上意。巡抚纪山觊觎其位,遂主用兵进剿之说。纯皇帝壮其请,纪山因命副将张兴仓卒进兵,反为所败。上知纪山不足有为,庆复又以班滚事被逮,因命张公广泗改督川陕,主剿金川。张故老将,初随鄂文端公征苗,所向披靡,因易视金川,与诸苗寨相等夷,遂慷慨覆旨,谓旦

夕可以奏功。调兵三万分两路:由川西进者,攻其河东噶拉依诸巢
穴;由川南入者,攻其河西诸碉卡。副将马良柱已乘胜攻克孙克逊,
贼众慑服,累具禀请降,张公以小丑故,毁书辱使,务期捣其巢穴。又
因马未请命而战,因檄调马还,改以他将。贼乘势建筑巨碉,蓄粮养
锐,我兵阻于险隘,终不得进。张公泥于前奏,不敢据实入告,仍以期
于冬尽殄灭丑类为言。至十三年春,诸将反多失事,张兴为降番所诱
被戕,噶固土兵与贼交,游击孟臣死焉。张公复以增兵练饷为请,上
疑其妄,乃命大学士讷公亲往督师,岳威信起自废籍,授总兵衔。命
岳公由丹坝取勒乌围,张公由昔岭取噶喇依。议甫定而讷公至。讷
故近臣望族,负上恩宠,锐意灭贼,遂谕军中,期以三日取噶喇依,违
者以军法从事。诸将身蹈锋火,总兵任举、副将买国良歼焉。讷自是
不敢言战,仍倚张公办贼。张公复轻讷不知兵,而事权出己上,阳奉
而阴忮之,诸将无所禀承,率观望不前。讷复密劾张公祖庇黔兵,轻
信胡士勇诸款。时莎罗奔之弟良尔吉在我军中,张公为其所愚,倚为
心腹,反为贼之耳目,军中动息,贼悉先知,早为之备。故兵老气竭,
株守半载,无尺寸功。上大怒,立逮张、讷二公,先后明正典刑。命傅
文忠公为经略,将八旗劲旅,复调吉林、黑龙江诸趫捷之士以从。傅
文忠临行时,上亲祷明堂,张黄幔以宴公,亲酌之酒。命于御道前上
马,设大将旗鼓,军容颇肃,命将之典,实近代之所罕觏者。公既至
军,任冶军门大雄为总统,凡张、讷误算者,咸更置之,壁垒为之一新。
又侦知良尔吉之奸,召至幕中,责其二心之罪,立置于法,人皆畏惧。
又于雪夜攻克坚碉数处,察其道路险峻,非人力之所易施,据实奏闻。
上亦知群鼠穴斗,无须劳我兵力,会孝圣宪皇后中降懿旨,以休兵息
民为念,贼亦畏惧,具禀于岳威信公代为乞降。傅文忠公命岳公来会
师,岳公乃袍而骑,从者十三人直入噶喇依贼巢,莎罗奔等稽颡膜拜,
衷甲持弓矢迎。公目莎罗奔,故缓其辔,笑曰:“汝等犹识我否?”众惊
曰:“果我岳公也!”皆伏地请降,争为前马,导入帐中,手茶汤进。公
饮尽,即宣布天子威德,待以不死之意。群番欢呼,顶佛经立誓,椎牛
行炙,留公宿帐中,公解衣酣寝如常。次日,莎罗奔率子郎卡,入傅文
忠公营投降,傅公拥莲幕,诸将士佩刀环侍。岳公引二酋入,跪启事,

傅坐受岳公拜,始呼二酋入,抚以威德。二酋战栗无人色,匍匐而出,谓其下曰:"吾侪平日视岳爷爷为天上神祇,傅公何人,乃安受其拜?天朝大臣,固未可量如此。"金川遂平。傅、岳二公凯旋,上郊劳于黄新庄,行抱见礼。封傅文忠为忠勇公,赐双眼花翎,四团龙褂,宝石顶,紫缰辔;复岳公旧爵,加"威信"二字以宠异之。立碑太学,大赦天下,诏与民休息焉。

朱检讨上书事

朱检讨天保,字九如,满洲人。父朱尔讷,任兵部侍郎。公中康熙癸巳进士,入词林。时理密亲王居东宫,以暴戾故,仁皇帝废之,储位久虚。廉亲王允禩觊觎其位,揆叙、王鸿绪复左右之,欲阴害理密亲王。公隐忧之,具疏曰:"皇太子虽以疾废,然其过失,良由习于骄抗,左右小人诱导之故。若遣硕儒名臣如赵申乔等羽翼之,将左右佞幸尽皆罢斥,则其潜德日彰,犹可复问安视膳之欢。储位重大,未可移置如棋,恐有藩臣傍为觊觎,则天家骨肉之祸有不可胜言者。"疏成欲上,以侍郎公在,徘徊久之。侍郎公察其情,曰:"忠孝未可两全,汝舍孝全忠可也。"因趣之入告。时仁皇帝幸汤山,公早出德胜门,有百数鸦栖其马前,似阻其行者,公挥之去。疏上,仁皇帝歆歙久之。会近臣阿灵阿素为允禩党,因媒孽其间,曰:"朱某之疏,为希冀异日宠荣地步。"上大怒,置公于法,侍郎公荷校死,而理邸卒以寿终。

王太仓上书事

理密亲王既废,储位久虚,仁皇帝因命众王大臣保立东宫。时允禩党羽布满中外,王鸿绪后至,掌书"八"字以示众,众遂共保廉亲王为储位。仁皇帝震怒,问首谋之人,众莫敢对,以马太傅齐首衔,故问拟大辟。因谓众曰:"朕必立一刚坚不可夺志之人为尔天下共主。"盖谓宪皇帝也,众莫能测上意。王太仓相国掞年七十余,自念受恩深,当言天下第一事。又以其祖文肃公锡爵于明神宗时以建储事受恶名,欲干其盅,遂于丁酉五月密奏建太子,恳恳数千言,疏留中。是年冬,又有言建储者,上不悦,遂并发公疏,命内阁议处分。忌公者引马太傅故事,欲陷公以死,公止宫门外不敢入。圣祖顾左右,问王掞何在。首辅李安溪奏掞待罪宫门,上曰:"王掞言甚是,但不宜命御史同奏,有蹈前明恶习。汝等票拟处分太重,可速召其来。"公闻命趋入,免冠谢。上坐乾清宫,手招公跪,耳语良久,人不能知。

后五年辛丑正月,公复疏前事,语加激切。三月十三日,又有御史柴谦等十三人亦上疏如公言。圣祖震怒,召集诸王大臣,降旨责公植党希恩,并令覆奏。时举朝失色,无敢与笔砚者。公就宫门阶石上裂生纸,以唾濡墨奏曰:"臣伏见宋仁宗为一代贤君,而晚年立储犹豫,其时名臣如范镇、包拯等,皆交章切谏,头发为白。臣愚,信古太笃,妄思效法古人,实未尝妄嗾台臣共为此奏。"奏上,待罪五日,诏王掞应谪戍军台,姑念年老免行,着其子奕清随诸御史代往,为父赎罪。当待罪时,满、汉文武,期门宿卫,以至京师之秀士耆民,争来窥观。老相国有爱君之心可敬,然无不咋舌代公危者,虑上怒之不测也,至是齐向公拜贺歌呼。明年元旦,诸大臣上寿,无公,圣祖发还札子,命列公名以进。随赐宴太和殿,再召见西暖阁,赐坐,命起原官,视事如初。是年圣祖崩,宪皇帝即位,召公奖誉久之。公曰:"天生圣人,社稷之福,老臣何敢居功也。"

佟襄毅伯

佟襄毅伯伊勤慎为忠毅公巴笃理嗣。乾隆中任领侍卫内大臣,典宿禁者数十年。先恭王与之交最契,尝言公虽无赫赫名,然驭下最严肃。每早朝,黎明,公独正襟坐中左门,将入直侍卫按簿呼唱,朝服佩刀,率之以入,有迟至者,令其次日自负襆被出以辱之。景运、隆宗二禁门内,非奏事入待旨及上所宣召者,虽王公大臣不许私入。故当时禁籞严警,有终身列部曹而不识乾清门者。自公故后,日渐废弛,至有侍卫旷班,累日不至。每夏日当直宿者,长衫羽扇,喧哗嬉笑。至圆明园诸宫门,乃竟日裸体酣卧宫门之前。余任散秩大臣时,曾告当事者,当事者笑曰:"使其裸背者具全,已为厚幸,君尚何苛责哉?"其玩愒也若此。故追思曩昔,老成之人实有益于国也。

王 文 端

余登朝最晚,不及见诸先达,惟王文端公尚未去位。逾年公始致仕归,故时瞻其丰采。公高不逾中人,白须数茎,和蔼近情,而时露刚坚之气。其入军机时,和相势方熏赫,梁文定公国治为其揶揄若童稚。公绝不与之交,除议政外,默然独坐,距和相位甚远,和相就与之言,亦漫应之。一日,和相执公手笑曰:"何其柔荑若尔?"公正色曰:"王杰手虽好,但不会要钱耳。"和鲢然退。然纯皇帝深倚任之,和亦不能夺其位。今上亲政,公为首辅数年,遇事持大体,竭诚进谏,上亦优待之。其致仕归日,上赐以诗,有"清风两袖返韩城"之句,命皇次子亲为祖饯以荣之。

癸亥春陈德之事,公时已致仕,急入内请安,谓余曰:"德为庖厨之贱,安敢妄蓄逆谋? 此必有元奸大憝主贿以行。明张差之事,殷鉴犹存。吾见上时必当极力言之,以除肘腋之患,聊以尽老臣报主之心可也。"后上召见,公应对如前,上深然之。会某相国恐株连其戚,急治其狱,草率完案,致癸酉秋有林清突入禁门之变。上深思其言,命有司特赐祭焉。

朱 文 正

今上亲政之后,宽仁厚德,不嗜杀人,皆由朱文正公于藩邸时辅导之功良多。公讳珪,大兴人。年八岁,即操觚为文,文体倔聱苍古,与兄竹君学士筠齐名。年十九登进士,为乾隆戊辰科,时大雨连绵三日,盖即为公霖雨兆也。纯皇帝深重其品,刘文正公复荐于朝,曰:"北直之士多椎鲁少文,而珪、筠兄弟与纪昀、翁方纲等,皆学问渊博,实应昌期而生者。"上曰:"纪、翁文士,未足与数。朱珪不惟文好,品亦端方。"数年外擢山西布政使。时抚军为黄检,文襄公之孙也,少年

纨袴，贪黩骄奢，公时匡正之。黄以公为腐儒，不足与谈，因劾公为迂
滞。纯皇帝优容之，改公以学士，入直上书房。时为甲午春季，盖已
为豫教今上计。公欣然就职，日导上以今古嘉猷。侍讲幄十年余，无
一时趋之语，今上甚重之。后以孙文靖公荐，纯皇帝曰："朕故知朱珪
通晓吏治事。"遂授安徽巡抚。公以清介持躬，自俸廉外，毫不沾取。
余业师吴修圃駉为公所取士，尝谒见公，时夏日酷热，公饲吴以瓜，亦
必计价付县隶，其不苟也如此。公经学醇粹，爱惜人才，所保荐如荆
道乾、王秉韬等，其后皆为名臣。掌己未、乙丑二春闱，所取张惠言、
鲍桂星、陈超曾、汤金钊、孙原湘、孙尔准、谢崧等，皆一时知名士。尝
于闱中子夜搜得吴山尊焘卷，再三咏读，大呼曰："山尊在此！"因披衣
叩阮中丞元扉，命其秉烛批点，曰："其佳处在某处，老夫眼方倦，不能
执笔，君可代为之书，此吴山尊文也。"榜发果然，其赏鉴也若此。故
其薨日，上甚震悼，亲临奠醱。世共惜之，以为刘文正公后一人而已。

　　然性纯厚，易为人欺诈，有贪吏某知公嗜好，故为衣服蓝缕状以
谒公，竟日谈皆安贫之论，公深信之。其人以罪遣戍，及赦归，公掌铨
日，力为昭雪，欲复其官。彭文勤公元瑞言其贪状，公艴然曰："若其人
者，可谓忠于朝，友于家，为今世之闵、颜，安可辱之以贪名也！"又取
文尚引据经典，故士子多为盗袭獭祭之学，文风为之一变。素嗜许氏
《说文》，所著诗文，皆用古法书之，使人不复辨识。晚年酷嗜仙佛，尝
持斋茹素，学导引长生之术，以致疽发于背。时对空设位，谈笑酬倡，
作诡诞不经之语，有李邺侯之风。余尝与共宿郊坛，时鲍双五病剧，
余向公惋惜，公岸然曰："彼禄命方长，安得骤死？"若实有先知者。然
双五果病愈，致位通显。则公之仙伎，亦未易窥测也。

李 恭 勤 公

　　本朝汉名臣中，其以赀郎进者二人：一为李敏达公卫，一为李恭
勤公世杰。公贵州黔西州人。少入赀为江南某司巡检。纯皇帝南巡，
公司船跳木，时雨后泥滑，上登舟时偶失足，公遽起扶之。督抚恐，缚
公请命。上笑曰："微员中有如此忠爱者。"命立擢知州。后官至四

川、江南总督，以廉能称职。纯皇帝屡欲以为阁臣，有尼之者，言公不由科目，例不可官内阁，乃中止。公督川时，蜀中自金川用兵以来，府库空竭，又承福文襄王穷极奢侈，后征调赋敛无艺，州郡皆疲敝。公设厉禁，凡府州县无事不复入成都郡，即以公事来者，不过数日。不得蓄音乐，侈宴会，不得饰舆马、衣服。朝珠之香楠、犀碧，蟒服之刻丝、顾绣者，皆有禁。公官总督数年，未尝宴一客。成都将军新莅任，公思不为置酒则太悭，置则破禁，遂乘其家口抵任时，馈一烝豚、一烧羊，使标下武弁婉告曰："本欲屈入署，适闻眷属至，谨以此佐家宴。"属吏于布政使以下，亦未始具一饭。元日，则先饬厨为馎饦十数斛，有下属谒见者，公遣人告曰："知君等劳苦，盍饷以食。"遂设食，饲之毕，公然后出坐堂皇，受礼毕，即令府、厅、州、县等递谒司、道、府、厅，礼毕，告曰："元日俗例，上司属员虽不接见，亦必肩舆到门。道有远近，必日昃始归，徒苦傔从，无益也。况若曹亦有父母妻子，岁首例得给假，诸君何不早归，令若曹亦放假半日乎！"属员皆应曰："喏。"于是元日虚文始革，其风趣也如此。及督两江时，福文襄王征台湾，檄调各督抚府库饷银，他人无不应命，惟公力持不与，曰："不见部文征拨，誓不敢发此饷，有亏朝廷之府库也。"福亦无如之何。其严厉又如此。

盛 京 五 部

章皇帝初定北京，盛京设昂邦章京一员，及驻防官员兵丁若干，以为陪京保障，时未遑设文吏。至康熙初，丁口渐盛，其赋税、刑名、简练士卒等事有饶于昔。因仿明南京之制，初设户部侍郎一员，继而次第设立礼、兵、刑、工侍郎各一员，陪京之制始备。其未设吏部者，以其地官员无多，仍由京中铨选，故不备。其后王侍郎原都请增设汉员以备体制，部议不果行。

天 津 水 师

雍正中，宪皇帝念津门附近京畿，海防綦重，因设满洲水师都统一员,副都统二员,其协领下若干员,兵三千名,守御海口,以防鲸涛不测之变。然满兵虽雄健,不利水师,初设时章程草率,所训练技艺,不及绿营之半。乾隆丁亥,纯皇帝巡幸津甸,是日大风,海船逆势,难以施演。时都统为奉义侯英俊,年既衰老,复戎装繁重,所传令俱错误。兵丁技艺既疏,队伍紊乱,竟操,喧哗不绝。上大怒,因裁革焉。

关　税

直省关税,以乾隆十八年奏销册稽之,共四百三十三万,当时天下最为富饶,商贾通利。其后司事者觊久留其任,每岁以增盈余,至乾隆六十年加至八百四十六万有奇。其数业经倍蓰,故其后每岁日形亏绌。行之既久,司事者预为之计,将亏绌之数先行存贮库中,然后重征其税,将所剩盈余私饱囊橐,而其亏绌数目,乃归正供销算,是以每岁徒有赔补之名,而从无有倾其私橐者。至嘉庆十九年,浒墅关亏缺二十余万,其他关税亏缺称是。而借以正额亏缺为名,日加苛敛,以致商贾倾家荡产,裹足不前,乃使物价昂贵,于民生大有亏损。当管库者,应详细筹画,使轻其征收之苛,而核其实入之数,虽不能及乙卯之丰腴,亦必以乾隆癸酉酌中为则。每岁年销年款,则国课不致虚悬,而贸易者实沾其惠,实上下两益之术也。

广赓虞之死

广侍郎兴,高文端公第十二子,以赀郎补官。少聪敏,熟于案牍,每对客背卷宗如瓶泻水,不余一字。任祠部时,王文端公识为伟器,荐升给谏。嘉庆己未,首劾和相贪酷,今上嘉其直言,立擢副都御史,令掌川中军需。时用兵数载,司事者任意挥霍,不复稽核。侍郎司事数月,力为裁核,每月省糜费数十万,而国帑赖以充裕。当事者恨入切骨,以骚扰驿站入奏,上优容之。又与魁制府伦互相讦劾,乃降补通政卿。居逾年,复任刑部侍郎。时秋曹诸卿,有由久任司员擢者,皆轻渺之。侍郎阅数稿毕,即大声曰:"误矣!"众询其故,侍郎曰:"某条实有某例，而今反称比照。某条实无正例，乃反云照例云云。未审诸公业经阅目与否？"稿首则朱墨淋漓，皆已画诺。侍郎笑曰："不期三十年老妪，反倒绷孩儿若是。"众乃慑服。时上颇加倚任，侍郎亦慷慨直言。当召对时，凡庭臣舞弊诸状及闾阎细事，必详赡入告，每逾数刻。犹忆甲子冬，余与侍郎先后入对，亲聆玉音曰："汝与初彭龄皆朕倚任之人，何以外庭怨恨乃尔？"侍郎俯首称谢。故朝臣颇惮忌，然未有敢首先摇动者。

有内监鄂罗里者，少为纯皇帝近侍，年七十余，尚及见高文定公_斌者。尝至朝廊与侍郎促膝谈，颇以长辈自居。侍郎艴然曰："汝辈阉人，惟当敬谨侍立，安可与大臣论世谊也？"鄂恨入切骨。会以内库绸缎窳败故，鄂即以侍郎私行抽换入奏，上尚优容之，命鄂出以告侍郎。鄂出漫言之，侍郎未省为上旨，坐而辨之。鄂入，即以其坐听谕旨奏之。上大怒，命削职家居。素与侍郎不协者，遂蜂起媒孽其短，豫、齐二抚复交劾之。上亲讯日，尚欲缓其狱，侍郎未省上意，乃辨论不休，初无引罪惩语。上怒，遂置之法，其赃款实皆有司赠馈及侵蚀李姓析产之资，无分毫枉法者。

侍郎性爽朗，少随文端公居两江，久习染南人风度。举趾迂缓，不入时趋，惟以驱奸逐恶为念。遇事诋人阴私，锋铓凛然，人多隐恨。然心无城府，事过即忘，故忌者恨侍郎若仇，而侍郎罔觉也。既得志，骄奢日甚，纵容家人贪鄙，不复稽察。又性耽风月，以致日拥优伶，饮酒终夕，反寄耳目于若辈，识者讥之。初与余交甚笃，后因余屡诤，故日渐疏远，然其礼貌如故。戊辰春，侍郎自山东审案返，余遇于圆明园宫门外，侍郎仰面谈论，旁若无人状。余退告人曰："赓虞既骄且溢，奇祸不旋踵矣！"侍郎果以是冬败，余言不幸而中也。

松相公好理学

自和相秉权后，政以贿成，人无远志，以疲软为仁慈，以玩愒为风雅，徒博宽大之名，以行徇庇之实，故时风为之一变。其中行不阿者，惟松相公_筠一人而已。公性忠爱，幼读宋儒之书，视国事为己务，肝胆淋漓,政事皆深忧厚虑,不慕近功。镇伊犁时,抚驭外夷,视如赤子。凡哈萨克、布鲁特、俄罗斯诸国贡使至日,公皆呼至坐前,询问其国之治乱,亲赐以食,教以忠孝之道,并曰:"我大清国所以立万年基者,惟赖此二字也。"辞行时,厚加赏赉,其丰貂锦币之物,满载而返,故属国爱若父母,涕泣而别。又以国家经费有常,不可以边鄙故,致有绌国用。乃议开屯田数百万顷,皆命满洲士卒耕之,并与以牛粮种籽,厚其赏恤。故人乐为之用,岁省边费巨万。又重于交谊,倾盖之士,与之告匮者,即解囊与之,毫无吝色。故任封疆数十年,而家无担石。上深知其忠正,擢为参政御前大臣。公于召见时,凡民间隐情,街谈巷谚,无不率口而出,毫无隐忌,故人多尼之。癸酉秋,复出为伊犁将军,新疆闻其复来,庆若更生,老稚荷担以迎。公笑抚之曰:"鲰生此行,颇不寂寞也。"其冬擢为首辅,仍兼摄伊犁事。朝中之士君子皆翘首以望其归也。

吉制府之死

粤东制府为天下繁华之区,居是官者,无不穷奢极欲,搜括明珠、翡翠、珍奇、宝玉,载满海舶而归。惟觉罗吉制府_{庆督}粤几十年,不名一钱,几榻萧然,浑如儒素。壬戌冬,博罗之变,公率孙提督_{全谋}极力剿捕,业已蒇事。而抚臣某素暴戾争柄,公屡宽假,而某恐为公所害,因先发制之,密劾公疲软失机数事,上命其究诘。某乃坐高座,呼公至,宣上谕毕,即命公改囚服,并去仆从,银铛絷颈,吏隶诋呵以辱之,并署以谰谩之语。公浩然曰:"某虽不才,曾备位政府,不可甘受其辱,有伤国体。"因引佩刀欲自刭。某素多力,因搤其左腕。公情急,遂取烟壶吞之,逾时而死,某遂以轻生上闻。公子寿喜,袭祖荫散秩大臣,与余同官者二载。余尝往投刺,其家荜门圭窦,初不知为曾任封疆者,则公之清介可知也。

三姓门生

于金坛相国_{敏中}当权时,凡词林文士无不奔竞其门。有探花者,人愚暗，争慕时趋，命其妻拜于妾某为母，情谊甚密。及于公死，梁瑶峰秉枢柄，某又令其妻拜梁为义父，馈以珊瑚朝珠。纪晓岚参政时，作诗讥之，云"昔曾相府拜干娘，今日干爷又姓梁。赫奕门楣新吏部，凄凉池馆旧中堂。君如有意应怜妾，奴岂无颜只为郎。百八牟尼亲手捧，探来犹带乳花香"之句。某惭恶，谢病归。及嘉庆己未，朱文正公内召，某复匍匐其门，腼颜求进。时又有叠前韵者，云"人前惟说朱师傅，马后跟随戴侍郎"之句，时谓之"三姓门生"云。

三文敬公拦驾

余外舅三文敬公保，以翻译进士出身，任两湖、浙闽总督，入拜东阁大学士。公人愚暗，不悉吏事，动为人欺绐。屡任封疆，簠簋不饬，时人比之李昭信，而庸劣过之。然幼读宋儒书，大节不苟。癸未夏，纯皇帝巡幸承德府，公时任直隶按察使，至密云，霖雨数日，潮河水骤发。上欲乘骑渡河，公叩马谏曰："千金之子，坐不垂堂。况万乘至尊，岂可轻试波涛？使御驷有失，虽万段臣等之躯，何可追悔！"上以满洲旧俗，宜亲习劳勚以扬武勇为言，公曰："皇上此行，奉太后乘舆同至，即使上渡河安便，独不识太后之舆安奉何所？"上动容，为之回辔。又督闽时，浙抚王亶望既丁艰，自以督办海塘为言，夺情视事，又不遣眷属回籍。公恶其蔑伦，密疏劾之，王因此获罪。其为上书房总师傅，尝集古今储贰之事，曰《春华日览》，教授诸皇子。词虽弇陋，为成亲王所讥，然不失师保之体。故卒后，上亲谥文敬，盖取责难于君之义也。

曹剑亭之谏

曹副宪锡宝，上海人。成乾隆丁丑进士。任给谏时，和相专擅，其仆刘全尝交接士大夫，纳贿巨万，造屋逾制，僭如王侯规度，公密疏劾之。先商之同乡某，某潜修书驰告和相，和相令刘全拆毁如制。及公疏上，纯皇帝命公率近臣往毁其宅，以奏对不实论，上优容之。公自恨为友所卖,侘傺以死。己未,今上亲政,和相既伏诛,念公往言非谬,因追赠副都御史,特与之荫,以旌其直云。

汉人任满缺

雍正中,满洲副都御史缺出,一时乏人,宪皇帝命九卿密保。鄂文端公保许公希孔宜任风宪,上曰:"彼汉人,碍于资格。"鄂公曰:"风宪衙门所关甚巨,臣为朝廷得人计,初不论定制也。"上乃用许公为满副宪缺,逾年始调汉缺云。

啸亭杂录卷五

缅甸归诚本末

缅夷,古朱波地,自古不通中国。宋宁宗时,史志始有其名。元世祖遣兵三征之,责其贡赋而还。明初设宣慰司,聊以羁縻,间亦尝修贡赋而还,其事详正史。其时缅地不过数千里,附近之提凉、猛养、猛拱、猛密司,蛮暮、木邦、落卓、来卡、猛乃、拥会、金坎、毋得马、大山、宋赛、锡箔、猛樟、猛素、孟艮、整欠、整卖诸大土司,尚非所有。及莽体瑞之子莽应里渐强盛,明所设三宣、六慰大抵皆服属于缅。本朝顺治十五年,大兵破贵州,明主由榔奔缅甸。时定西将军爱星阿、吴三桂等于十八年十一月入缅,师至木邦,白文选降于茶山。康熙元年,缅酋自相篡弑,杀明宗室及黔国公沐天波等数百人。将军等索明主,缅人不与。师至阿瓦,缅人惧,遂献明主。师归,缅人遂不通朝贡,其世次亦不可考。至雍正九年,缅酋与整迈构兵,缅目蟒古叮在九龙江遇守备燕鸣春,有"告知国王,明年进贡"之语。鄂文端公以闻,得旨:"宜听其自然,不必有意设法诱致。"

乾隆十一年,开茂隆厂。云南永昌、顺宁徼外有佧佤,其地北接耿马土司界,西接木邦界,南接生佧佤界,东接孟艮土司界,地方二千余里。其长曰蚌筑,自号葫芦王,不知其所自始。有世传铁印,缅文曰"法龙湫诸木隆",华言大小箐之长也。所居木城草房,戴金叶帽似盔,穿花衣,俱跣足。夷民山居穴处,以布缠头,敝衣短裤,刀耕火种,军器惟刀镖弓弩。又有夷目蚌坎、幸猛、莽恩、莽闷,俱系蚌筑弟兄叔侄,分掌地方,亦不属于缅酋。浣耿马土司罕世屏代禀,称愿归顺。境内茂隆厂自前明开采时甚旺,厂民吴尚贤等议给山水租银,不敢受,请照内地厂例,抽课报税以作贡物。总督张允随奏言:"葫芦乃系化外野夷,输诚内附,请将此项厂课,饬令减半抽收,一半赏给该酋长,以慰远人之心。"得旨允行。

十三年,镇康土司刀闷鼎报缅夷愿通职贡,不许。十四年二月,茂隆厂吴尚贤入缅甸。先是,迤西道承差贾兴儒,奉差往茂隆厂访缉厂犯邹启周、张宽果等,茂隆厂委吴尚贤于十二月丙戌派带练兵一百余人,分起前往访缉。壬辰,吴尚贤带练兵八百余人,贾兴儒随同自厂起身。癸卯,至幹猛。十五年正月朔日乙巳,厂练已擒邹、张二犯至幹猛,押解回厂,吴尚贤带练兵一千二百余人前赴缅甸。时上年缅人所遣土目五人请进贡者,尚在镇康,吴尚贤要令前导。丁未,自幹猛起程。庚戌,至木邦。木邦令头目猛占等八十余人从之。丁巳,至锡箔。庚子,至宋赛。吴尚贤等于所过土司地方,皆有馈遗,遂致书于贵家。贵家者,随明主入缅之官族,其子孙沦于缅,自署曰贵家,据波龙厂采银。贵家头目宫里雁,素与缅甸有隙,因率兵阻之。吴尚贤至麻里脚洪,又遣人致书讲和,贵家羁其来使,吴尚贤遂会缅兵三千余人至德岭城,与贵家数挑战。三月庚戌,贵家出迎敌,诈败,吴尚贤前赴之,为贵家所败,缅甸复遣人和解之。吴尚贤渡麻里脚洪回厂,贾兴儒于五月癸丑带张宽果回大理。尚贤意欲邀功,因谋说缅酋莽达拉遣使入贡。莽亦荒淫无道,众叛亲离,遂从其言,具表来降。十五年七月,葫芦茂隆厂课长吴尚贤禀称:"缅甸国王莽达拉情愿称臣纳贡,永作外藩。命工匠制造金银二钀,篆刻表文;又造贴金宝塔,装载黄亭;毡缎缅布土物,各色驯象八只入贡。又贡皇太后驯象二只、毡缎缅布等物。差彼国大臣一员,头目四人,象奴夷众数十人出境过江,于四月已抵边界,请代奏。"督抚令司道会议,布政使宫尔劝会按察使,粮、盐、迤东、迤西四道议。以前镇康土州刀闷鼎禀报缅酋请通贡,已不许,今禀内绝不言及。且明置缅甸宣慰司,表内未称宣慰旧衔;又有"蚁穴自封,夜郎天外"之言,更不叙明使臣衔名。吴尚贤前禀与今禀又复互异。至木邦乃缅甸所辖,中外攸分,准木邦投诚,木邦即缅甸之叛逆,必至大起衅端,亦有妨于国体。吴尚贤初到厂地,恃强凌弱,今率缅甸来归,实有邀功之意。且外国归诚,亦断无借一厂民为媒进。将来缅甸设有寇警,必另求援兵,不应则失统御之体,应之则苦师旅之烦,恐鞭长莫及,反难善处。况前明频通赋贡,受侵扰者数十年。我朝久置包荒,获宁谧者百余载。边境之攸宁,原不关乎远人之宾服,其不可信及不可行者各四。而巡抚图尔炳阿竟据禀词并表文入告。表文曰"缅甸国王莽达拉谨奏:盛朝统御中外,九服承流,如日月经躔,阳春煦物,无有远近,群乐甄陶。至我皇上,德隆三极,道总百王,洋溢声名,万邦率服。缅甸近在边徼,河清海晏,物阜民和,知中国之有圣人,臣等愿充外藩。备物致贡,祈准起程,由滇赴京,仰觐天颜,钦聆谕旨"云云。十六年六月,得旨准贡,凡筵宴赏赉一应接待事宜,俱照各国王贡使之例,以示绥怀。因遣官伴使赴京入贡,至十月贡使回滇。寻逮吴尚贤。尚贤本无籍马脚,于茂隆山开厂,督臣张允随金委充当课长,积私财捐通判职衔。于厂地制造枪马弓弩,张黄盖以自豪,年来侵酋长赏银三万二千余两。前诬邹启周抢掠外域致死,后令杨么四等于厂外地枪毙客民彭锡爵,经尸弟彭锡禄控告。是岁充通事随缅使入贡,于途挟重资招摇生事,总督爱必达奏请革职。于十六年九月拿审,拟大辟。旨未下,瘐死于狱。

十七年三月,敏家攻阿瓦,破其城。上年十一月,缅国贡使回抵耿马,即闻滚弄江外有警。十二月,耿马土司罕国楷遣人伴送缅使至木邦。先是六月内,缅酋遣子糯喇他蟒左同弟色亢瑞冻至猛乃城迎贡使,未至。是年三月,敏家破阿瓦城,以率敏拖五巴喇扎居之,缅酋避居约提即、戛撒坝等处,居无定所,其子糯喇他蟒左亦避居锡箔。四月,缅使抵猛乃,搭建亭阁,贮敕旨御赐,欲俟其国平定始旋。十八年九月丙寅,木梳头人瓮藉牙与贵家战,胜之,乃令贵家及约提即之兵共五千人围敏家。又景卖卞普幹官之子占朵蟒率众至猛乃,亦欲据缅。十九年正月,缅使及缅酋子遣人赍蒲叶书至耿马,未及回国,缅酋莽达拉即为得楞、锡箔所杀,子色亢瑞冻出奔。缅国无主,瓮藉牙起兵,声言复仇,纠合缅属各土目,击败得楞诸夷,遂自立于木梳城,寻徙阿瓦。凡缅国旧属土司,皆遣人降服之,有不服者,辄治兵攻击无虚日。贵家据波龙厂采银,向有岁币,至是不复输,瓮藉牙击溃之,追至猛乃,获所贮敕书御赐。遣人四出求缅酋子,色亢瑞冻避入木邦,瓮藉牙追之。二十年六月,耿马、孟定等土司以木邦警闻。十月辛亥,色亢瑞冻挈妻喇打那叠玉及亲属头目男妇等八十余人、缅僧二人,渡江入猛卯,总督爱必达、巡抚郭一裕会檄猛卯土司衍玥,遣之使去,越二月始出境。瓮藉牙犹遣人在木邦城征象只,索童女,木邦土司罕蟒底乃置色亢瑞冻于滚弄江内。二十一年二月,复迁至蛮弄寨,建草楼数楹,夷众挈盒馈饔飧焉。益逼近内地之耿马、镇康,督抚会檄防御甚严。六月壬辰,景卖属之猛放缅目波颠遣老缅四人来迎,色亢瑞冻遂挈家由白沙水渡滚弄江而南,波颠率众五十余人迎赴猛放。猛放至木邦计三十余程,此后遂莫知其踪。

二十三年二月,缅酋瓮藉牙攻陷木邦。木邦在耿马外,为耿马、孟定、镇康、孟连之藩篱。落卓土司地大而强,瓮藉牙据有阿瓦,落卓首先归附。于是瓮藉牙寇劫波龙厂,遂威胁木邦索其赂。贵家宫里雁与结些国人纠约厂众至木梳铺劫杀,兵始退。时缅酋莽达喇之族弟占朵莽者,先分居景迈,宫里雁遥附应之。十二月,宫里雁谋攻落卓,会占朵莽及木邦土官之弟罕黑至落卓劫杀,落卓大败,复引缅酋瓮藉牙及各土酋之兵谋攻贵家及木邦,以泄其忿。二十四年三月,落卓先锋兵六千余人至腊戌,是时占朵莽率猛交兵一千人驻猛乃,乘落卓兵练远出,间道已赴落卓。木邦土司罕蟒底闻缅甸、落卓兵至,乃发屯练堵御,遂迁其家属于大桥邦囊,翼日与宫里雁出白小坡与落卓决战。越二日,木邦城陷,罕蟒底奔蟒蔑,家属渡滚弄江至那离,又迁于锡峨。缅兵入踞木邦,人民逃窜,波龙厂众多归于内地,沿边土司拨练防守。宫里雁率兵练男妇二千余人渡滚弄江,奔蛮东、蛮弄,势甚穷蹙。又由白沙水驻南溯,欲假道孟艮、耿马往侘利佤,求占朵莽所在会兵复战。而占朵莽已袭破落卓,率兵练还救木邦,木邦复定。罕蟒底、宫里雁复渡江回永昌,镇府闻报,率兵二百名于四月辛酉出御,行抵姚关,旋即撤回。二十五年,缅酋瓮藉牙死,其子莽纪觉嗣,与各部构兵如故。

二十七年正月,宫里雁被缅酋追杀甚急,由猛榜奔至耿马,又由孟定之邦模、南板入莽旦,穷蹙无归。五月丁酉至猛蔑,并至孟连之猛尹,散处各村寨。初,宫里雁自阿瓦奔出,带练一千三百人,至木邦,拨给占朵莽五百人,实止带练八百人,又胁从阿瓦缅子、木邦摆夷及掳掠男妇共三千余人。既抵猛尹,猛尹头目率众驱之,宫里雁乞内附,寄住孟连地方。孟连土司刀派春遂赴猛尹收其兵器,户索银三两,将其众安插于猛尹各圈寨。宫里雁不欲受土司管辖,已相嗟怨。总督吴达善知其有七宝鞍,乃亡明至宝,太监王坤由北京内库窃去者,向其索取。宫里雁以其祖宗所传重物,吝不与。吴遂挈其妾婢六人赴石牛厂。刀派春率宫里雁之妻攘占及男妇一千余人至孟连城,刀派春又向攘占及头目撒拉朵索牛马童女以贿吴达善。攘占忿,于闰五月丁丑夜,纠众焚杀孟连城,刀派春家属三十余人俱被害,逃免者仅应袭刀派先及刀派春妾二人。戊寅,攘占、撒拉朵率众逃散,至猛养、伴佤各处。刀派春族兄刀派英闻变,率练追剿,而猛养、伴佤两处夷众亦各要路劫杀,攘占大败,逃窜无踪。派英寄信石牛厂民龙得位、王天和等,将宫里雁好为款留,宫里雁实不知也。七月,永昌守杨重谷檄耿马土司罕国楷,带练诱擒宫里雁并其妾婢六人,及另行拿获之余党阿占、阿九二人,囚解赴省。布政使姚永泰曰:“孟连之变,雁不与知,况其夫妻不睦,雁是以避居两地。今若留雁,可以为缅酋之忌惮,不可代敌戮仇也。”按察使张坦麟审称:“宫里雁虽坚供不知情,但势穷来归,先令妻属诡计归服,以致其劫掠,罪有攸归。且连年与缅酋掳杀,既经拿获,断不可仍留夷地之害,应正法。”吴达善以前鞍不与,故切齿于雁,遂左袒张议。适缅酋至木邦,声言前往整欠、景线相战,因遣头目蟒散至孟连,索宫里雁所胁从之缅人。刀派英悉将缅众遣回,益知内地虚实。十月丁未,杀宫里雁,以其妾婢分给功臣。吴达善既遂其志,乃檄缅人,谕以宫里雁业经诛杀,宫里雁之妻攘占及凶目等,当即拿送以靖余孽。时攘占已嫁莽酋弟懵驳,故缅人以为有心羞指其淫行,益加忿恨。会木邦、罕黑勾结,遂滋扰内地之耿马。耿马虽属内地,于缅亦有岁币,缅目普拉布率兵来索,阑入孟定,执土司罕大兴,兵及茂隆厂。时永顺镇田允中调邻近各营官兵亲率进剿,吴达善恐其连兵致败,露其前事,乃飞檄田镇责其轻率,遂还师。耿马土司罕国楷率兵御缅于石牛厂,厂委周德会闻田允中进发,恃为屏障,率其厂练于滚弄江截缅人归路,击杀普拉布。吴达善以周德会为杀良冒功,竟置之于法,而缅人益轻中国。

二十八年十一月,缅人犯猛笼。莽纪觉既兼并诸土司,东之景

线、整卖、孟艮、整欠,皆以力战迫胁附从。复言普洱之十三版纳原隶
缅甸,遣播定斲寄缅文于车里宣慰司,索其贡献。率贼众至打乐隘
口,猛遮拨练御之。遂犯猛笼,劫掠村寨,猛笼不能御,土弁刀乃占、
召拿等被害。普洱镇刘德成领兵至思茅,遣兵前赴九龙江,吴达善饬
调元江土练未至。次年春,缅贼始退。时复分兵至我遮放边外,扬言
来索木邦官,吴达善畏葸,惟戒官兵不与之战而已。会莽纪觉病死,
贼乃退。三十年,莽纪觉死,其弟懵驳嗣,时贼势愈肆强横,其西之结
些,南之白古、大姑拉、小姑拉,悉为其所据。是年贼犯普洱。普洱在
省城之西南,幅员辽阔,与缅甸之孟艮、猛勇、整欠接壤,南通南掌,所
属有九龙江、车里宣慰司及倚邦土守备、六困土守备,猛遮土千总、普
籐土千总,猛阿、猛笼、猛腊、猛旺、整董、猛乌、乌得土把总,大小十三
土司,俗称十三猛,又称十三版纳。其间九龙江、猛遮、猛阿、猛笼、猛
腊并猛遮所属之猛海,及九龙江所属之橄榄坝、小猛仑、猛拿、补角等
处,均逼近外域。上年九月,匪酋召播率众一百三十余人至九龙江,
要车里宣慰司前赴阿瓦会盟。时吴达善已调陕甘,总督为刘藻,老儒
也,不识事体,以"王者须正疆理"为言,命驱逐之。明年春,贼人饱扬
始去。五月,贼众复由整欠渡九龙江,至猛腊、乌得、猛乌、整董、猛
旺,各土弁率众驱逐。贼踞猛腊、猛拿,普洱镇刘德成遣土目擒获贼
目叭信、波半、阿泡等,解审正法。是时缅酋虽恣肆,亦不敢抗官兵,
实遣人于十三猛索赋。十三猛系雍正年招降,而亦输赋于缅,叭信三
人传为在十三猛之贸易人,悉歼之,贼因愤而思逞。十月,缅贼复由
整欠入猛拿。整欠头目召教、其子召渊,与车里宣尉司为一族。车里
所辖之猛拿头目叭先拿,召教恶其不逊,遂纠缅贼攻之。孟艮头目召
丙、召散,以同祖弟兄分掌其地,召丙逐召散,召散约头目召猛照同攻
召丙。召丙逃入内地之镇沅府乞降,召散遂有孟艮之地。后结缅贼
追逐召丙,于是缅贼益出入九龙江一带矣。十月,提督达启由会城巡
阅赴普洱,十一月抵普城,即闻贼耗。普洱镇刘德成,率本镇兵八百
名前往思茅一带弹压,提督移知总督亦前往,刘藻即移兵茨通,提督
达启亦进驻思茅。刘藻闻缅人入犯,先遣后营游击明浩赍银三千两
备犒,复遣标兵八百人,以甫抵任八日之参将何琼诏及员弁三十八人

率之,前往援剿。时缅贼西由孟艮入打乐,至猛遮、九龙江;东由整欠至整哈渡,至橄榄坝,猛阿之整控渡亦复有贼。达启分兵四出堵御,何琼诏、明浩及守备杨崑带兵一百人前赴猛阿。何琼诏等素无备,止于江干,守备杨崑率四十人,于子刻先济整控渡,何琼诏等从之。至午刻,官兵悉渡,甫行数里而杨崑兵已覆,琼诏兵猝遇贼,各仓皇避匿。刘藻遂以何琼诏阵亡告,而何琼诏及军众等后先由威远所属蒙撒江归。刘藻复以闻,上察其诈,切责督臣,命鞫琼诏等。

三十一年,总督刘藻自杀。刘自遣标兵后,屡接提镇启禀,知贼势已猖,欲躬往,按察使良卿复从臾之,止挈丞令陈元震、唐思等数员,午夜猝发,于除夕抵普洱,进驻思茅,乃檄调各营兵数千。是时琼诏等已失事,贼势日炽,传烽逼近思茅城,刘乃退于普洱府治。刘本懦弱,既已前奏失旨,时分调各路兵之檄时发时止,人莫知所从,以致漫无经画。会上以陕甘总督杨应琚调任,而降刘为巡抚。刘益惧,无所措手足,因于三月癸酉中夜,挑灯默坐,驱侍者出,自刭不殊,宛转于床榻间,七日乃死。三月,所调兵已集。楚姚镇华封具报以召丙为向导,率兵由猛遮克孟艮,召散逃遁无踪。普洱镇刘德成具报以叭先彝为向导,率兵由橄榄坝至猛彝。副将孙尔桂具报由车里至猛笼,会攻整欠,克之,召教降。提督达启由猛笼攻猛勇,召齐降。时瘴疠大作,贼众亦退。是月丙戌,总督杨应琚至普洱。是日以捷闻,请赏给召丙、叭先彝三品指挥使职衔,管理土务。孟艮、整欠各留兵八百名,猛散留兵二百名驻守。五月,提督达启卒于军。启捍御边城,颇有劳绩,时在孟艮,受瘴疠卒。滇人思之,宾从无一存者。以李勋代。李至数月,亦受瘴卒。九月,猛龙沙人暨猛勇、补哈、猛撒等相继内附,而总兵华封复招抚景线、整卖、孟艮小头目等诣军门投诚。

是年四月,杨应琚既绥定普洱回省城,以前巡抚常钧有“莽案事毕,即办木匪”之奏,爰饬调文武及习熟外域情形者至省商办。腾越副将赵宏榜首陈木邦、蛮暮各土司愿内附,缅酋势孤易取状。腾越之西南为南甸、干崖、盏达三土司,是即所称三宣者,为腾越之屏翰。三宣之外为蛮暮,蛮暮之西为戛鸠、猛拱、猛养,东为猛密、波龙。自腾越关外,复有止丹、弄种各山寨,野人族类甚繁。是时闻各土司乐于内附，又传言懵驳之母劝其子臣服，时有机可乘。赵宏榜，楚人，少为波龙厂丁，习缅事，野人头目皆与之善。总督杨应琚初弗听，曰："吾官至一品，年逾七十，复何求而以贪功开边衅乎？"赵宏榜复怂恿之，杨信其言，于是令道镇府州官各议。迤西道陈作梅、永顺镇总兵乌尔登额、永昌知府陈大吕皆议以贼势甚大，边衅不可开。腾越知州陈廷献则锐意进取。杨应琚怒阻议者，陈大吕惧，改初议。乌尔登额阻益力，书凡七上，杨滋不悦。而陈大吕、陈廷献革职。开化同知陈元震即驰檄缅甸，号称合各国精兵五十万，大炮千尊，有大树将军统领以震慑之。又密布牒分遣通事至各土司说降。初，杨应琚议檄调官兵八千人，至是只调三千人，俟八月到永昌，蛮暮、木邦降后，其附近各土司再相机办理。

六月，赵宏榜带兵五百名抵铁壁关，陈元震遣人至蛮暮。时土司瑞团赴阿瓦未归，其母、妻及弟坤商以所属五六十寨三千余户请降。宏榜遂率二百人袭蛮暮之新街，一鼓克之。坤商率头目于七月甲午赴永昌，途次为赵宏榜要至军营。宏榜于关外抚止丹、弄种、六醋、喇痛、邦领、蚌林、暮习、鲁缅、喇同、草朵、习董各山寨野人。八月乙卯，陈元震以戞鸠、允冒投降，头目线蒇、猛猛捧瓮撒老安等男妇五人解报。陈廷献报猛密土司亦欲乞降，遂关请永顺镇调集兵马，欲领赴猛密。未行，而赵宏榜先于七月内赴新街。瑞团自缅甸回至速帕请降，猛密所属之猛连坝头目线官猛赴新街军营请降，赵宏榜又遣人招抚猛拱、猛养。九月，木邦降。先是木邦既屡遭兵而属缅酋，立困相为头目，又执木邦土司罕宋法之弟罕蟒立于阿瓦城以为质，复立者皆以监之。者皆者，缅官名也。既而罕宋法杀困相等三十余人，乞内附。会罕宋法即死，时者皆尚在木邦，木邦夷众请立其弟线瓮团。缅酋不允，又执其土舍法坤象，传闻于内地，缅宁通判富森招之，然瓮团亦未敢骤降。未几，其侄线五格为质于阿瓦，闻木邦变，杀守者窜归，瓮团于是内附。富森并招抚缅宁以外佧佤，带其长至永昌，俱加褒奖。时缅酋已调遣贼众数万，分道四出，一由蛮暮，一由猛密、猛育，一由木邦，一由滚弄江，于木邦之猛樟、大视罕、锡箔、宋寨等处皆驻有重兵，我兵定议以御之。是月，总督杨应琚赴永昌受降。时陈大吕等以蛮暮之新街踞缅甸水陆之冲,自新街下速帕,水路四五日可到缅甸,自猛密、波龙,陆路七八日可到缅甸,计日可望成功。

赵宏榜兵前已在新街,新街在铁壁关外江干,为互市之所,兵丁受暑者多。缅贼于八月中旬遣头目觇军营为乞降状,赵宏榜不察,犒而遣之。时新街兵少,各路警报时至,杨应琚乃饬永顺镇都司刘天佑、腾越都司马拱垣,领兵四百余自翁冷出关,于九月庚午到新街。丁亥,赵宏榜方祭纛犒士卒,缅贼乘船猝至,帆樯衔接,倏急蜂拥蚁屯者数千人,登岸攻栅。翌日,贼势益张,都司刘天佑死之。赵宏榜力战,相持者两日一夜,官兵被困不能御,赵宏榜收病伤各兵同军械,于草房内焚烧,乃与马拱垣等溃围,间道由野人寨退驻铁壁关。瑞团至铁壁关,赵宏榜安置于陇川,其族属人民,遁出关外野人村寨。时总督杨应琚方行次永平县之太平铺,闻警报即遘疾,乃加调官兵分剿。

十一月,永北镇朱仑进攻楞木,不克,退守陇川。是时东路永顺镇乌尔登额带兵至宛顶,欲进攻木邦。西路永北镇朱仑带兵驻铁壁关,欲进攻蛮暮以复新街。云南提督李时升于十一甲月戊自永昌起程,辛巳至铁壁关。缅贼自新街至林冈固守,我兵四千余人,亦于楞木山头分布七营。壬午,朱仑出铁壁关,癸未,至楞木。缅贼请于次日会战。甲申卯刻,贼约二万众喊叫前进,我兵营栅踞山之巅,向下施放枪炮,杀贼甚众。贼复缘箐盘绕,向上仰攻,我兵施放连环枪炮,杀贼数千而不退。朱仑见贼势猖獗,至丁亥,相持者四日,请援甚急。提督李时升拨宛顶兵七百名赴援。是日我兵出栅下攻,贼佯败,山腰炮火起,官兵受伤者二百余人。戊子,贼张橡皮挡牌,自辰至午,方放连环枪,挡牌忽撤,已立营栅一座,益逼近大营。李时升告急于杨应琚,不应。己丑,官兵坚壁不出。庚寅,贼诈为乞罢兵,杨应琚乃以楞木之捷入告。是时贼甚众,又限于林谷阻深,朱仑既不能克复新街,而缅贼先犯万仞关,竟入盏达矣,蔓延遂至户腊撒。贼氛四炽,烧劫村寨,李时升又调楞木之兵二千名应援。万仞关在腾越西,与神护、巨石二关并列。时神护、巨石每关仅兵一百余名,万仞驻兵二百名,都司马拱垣领之。马拱垣以拿解奸犯,回至干崖。十一月己丑,缅贼约二千余众由戛鸠遂犯万仞关而入。时都司张世雄领兵四百名驻盏达,赴铜壁谋与驻守之游击班第会攻贼众,贼益近至盏达,焚掠土司城及太平街民居。壬辰,贼抵铜壁关下,班第等于翁冷立栅抵御,贼众仰攻,相持者竟日,贼旋纵火焚烧,官兵撤回关上。甲午,贼众潜逾关,在山岭架炮于树下击,火光四起,官兵溃散。班第出关外,贼兵蹑其后,死之。张世雄间道回营,贼遂踞铜壁关。时李时升驻铁壁关,闻警。临沅镇总兵刘德成领曲寻镇兵七百、寻沾营兵二百,游击清泰领抚标兵四百,游击郝壮猷领督标兵八百,已于丙戌出曩宋关至南甸。李时升遣游击马成龙、守备马云、沈洪等带兵九百名由户撒前攻,檄催总兵刘德成等从后夹击。刘德成既拥兵干崖,迁延不进,马成龙等复迟回海巴江外,不能径渡,李时升差把总田荣督战。戊子,马成龙等始渡江,水没腰,火药皆湿。伏贼突起冲杀,游击马成龙阵亡,守备汪纪亦于坝尾阵亡,兵丁伤亡者众,仅存未及渡江之七八十人。

　　十二月丁酉,贼渡江至户撒,李时升遣游击邵应泌、守备刘世雄等,带官兵一千二百名前赴户撒救援,贼连营扎驻于平原。壬寅,李时升遣副将陈廷蛟、都司陈斌,抽拨楞木官兵六百名。甲辰,李时升又遣游击刘国良,都司张璋、周印,守备程辙等,带兵一千名,均赴撒山头,树立营栅。贼众来攻,我兵随枪炮拒敌。时刘德成尚驻干崖,饮酒高会,掳妇女,纵兵淫虐,取富户资以为缠头费。李时升连檄七次,刘德成拥兵不进,作跋扈语。总督杨应琚闻之,遣缅宁通判富森持令督战,不从则以军法从事。刘不得已,始于乙巳日领兵抵盏达。贼见户撒兵渐加添,而又惧刘德成之击其后也,是夜于营外添设号火,散放马匹,仍作疑兵,贼已潜退。我兵不知,尚枪炮竟夕,至晓践入其栅,皆空垒也,始觉其遁。总督杨应琚遂以大捷奏闻。是时缅贼方议乞和,而兵复至。先是李时升以兵寡故,屡檄楞木兵,时朱仑遂以欲攻其外先清其内为辞,决意撤兵。十二月己亥,缅目莽聂渺遮复至参将哈国兴营外,愿吃咒水乞罢兵。壬寅,朱仑放火烧寨撤兵。甲辰,退回铁壁关,派兵一千五百名驻铁壁关外之板橙坡防守。癸卯,侦报者称有贼至。酉刻即放火焚烧粮食,火药声振山谷,乘夜仓皇疾走,村寨四处皆火起,枪炮之声不绝于耳。黎明始退抵陇川,而楞木之众又由南库弄河、板橙坡犯铁壁关矣。于是提督李时升、总兵朱仑退至杉木笼山,而由户撒退回之贼众,尚盘踞铜壁关下。十二月壬子,刘德成抵翁冷,贼设伏诱战,德成扎营,坚壁不动。癸丑丑刻,贼乘月落雾起,统众来攻,官兵放连环枪,贼不能进,杀贼众三百余人,贼退至铜壁。甲寅,出关而遁。乙卯,刘德成遣守备黄化等领兵进剿,闻贼遁,乃令黄化领兵六百名驻铜壁关,各关俱添兵防守。总督杨应琚自途次遘疾,渐若失心,巡抚汤聘以闻。上命两广总督杨廷璋来滇。比廷璋至,而杨应琚之疾渐愈。时杨应琚方以捷闻,且恃前和议,谓已受降蒇事,杨廷璋遂返粤。前此,上遣侍卫傅灵安来视疾,傅灵安,大学士忠勇公傅恒子也。往还数四,奉旨即以总兵补用。

是时贼犯铁壁关,入陇川乞降,总督杨应琚许之。复犯猛卯。户撒之东四十余里为陇川,总兵朱仑既退驻陇川,提督李时升恐缅贼之横截我军于外也,乃退至杉木笼山。缅贼之由库弄河、板橙坡犯铁壁关入也,李时升调游击邵应泌户撒之兵二百名,檄催朱仑领兵三千名,前赴铁壁堵剿,并令刘德成饬副将陈廷蛟带兵一千名,赴弄贯要截贼归路。朱仑、邵应泌等既不遵调遣,俱回杉木笼山,刘德成复执守关之议,于翁冷顿兵不进。贼众四千余人遂至弄贯,连营树栅,分兵四出,焚掠村寨,掳掠我弁兵者十余人。旋据陇川,扎营缅寺,陇川河外亦结营六七座。乙卯,朱仑领兵至陇川。次日午刻,贼以马骑挑战,我兵分翼袭之。越二日,李时升遣游击豆福魁领兵七百名来会,朱仑派兵设伏,定议进攻。戊午卯刻前进,贼分兵三路迎拒,我兵奋勇攻敌,伏兵分路拒杀,贼败,我兵围之。庚申午刻,贼骑自弄贯来援,突于丛林冲出,官兵惊溃,贼营亦乘机鼓噪而出,追逐数里。时领兵参将哈国兴,游击毛大经、刘国梁、豆福魁,都司张璋、周印,守备孙梦贵、魏嵘、程辙等俱不听总兵朱仑之令,悉撤回营,军械枪炮遗失者多,总督杨应琚仍以克捷奏闻。

是时,李时升分檄临元镇刘德成由户腊撒出陇川,永顺镇乌尔登额由户思朗出陇川,三面会攻,不果行。总督杨应琚遣副将孙尔桂赴朱仑军营。镇沅府龚士模革职,开化同知陈元震从之,传令剿抚相机速办,盖阴示以和了局也。辛酉,至朱仑军营。是日,缅目莽聂渺遮在陇川河,于都司张璋营外乞和。癸亥,求见哈国兴。贼目至陇川河西,哈国兴出营,在陇川河东,各遣通事一人,于河中土墩传说。逾一二时,贼献哆啰呢四匹、腌鱼三担,哈国兴犒以绸缎银两,贼定时日撤兵回巢。总兵朱仑报之,总督杨应琚遂以"缅酋孟毒之四胞弟卜坑,领兵土目莽聂渺遮诣军营乞降,恳赏给蛮暮、新街,以为贸易资生之路"入告。是日,贼还我弁兵八人,撤至弄贯,迁延未去。提督李时升檄饬总兵朱仑侦探贼信,贼已以其资重运送铁壁关,赴新街下船。朱仑不识兵机,复遣精骑追之。贼以为败盟也,于除夕日由邦中山复犯猛卯。

三十二年正月丁卯,贼既据猛卯城,时提督李时升驻杉木笼山,总兵朱仑、副将孙尔桂移兵弄贯。戊辰,李时升遣副将哈国兴,游击刘国梁,都司田万镇、周印,守备温廷秀、魏嵘、程辙等领兵一千二百名,副将孙尔桂、游击毛大经等领兵一千名、土练三百名,俱赴猛卯。贼众已赴底渡扎筏,城虚无人,哈国兴、孙尔桂遂率兵练二千人,入猛卯城居之。贼众将济,闻我兵至,决以为败盟,悉反攻城下。我兵旋复堵塞,施放枪炮,贼攀城而上者用沸汤注之,杂击以石块。哈国兴登城督战,枪伤左腮,穿落牙齿者十一。把总朱才进受枪破脑而死。贼遂连营城下,围困我官兵者七日。哈国兴遣兵丁觅间道至李时升陇川军营请援。李时升先已调刘德成领兵一千四百名将至陇川,令乌尔登额领兵二千名由宛顶渡速养江,以击贼后。时贼兵盘踞,分布要隘,乃遣素克金泰领兵八百名,由虎踞一带小路前进,陈廷蛟领兵二千余名,由邦中山前进。乌尔登额先已至速养渡,沿江邀截。贼往御之,战于对岸,闻我援兵既至,复回迎敌。丙子巳刻,我兵至猛卯山脚,遇贼,战胜之。至城下,土练三百名先缒城出,乘势掩袭,贼兵溃散。是夜官兵宿城外,遣人援梯通信。丁丑,城始开,官兵会合追剿,贼兵迎敌。次日追至底麻江边,悉力拒敌,游击毛大经、都司徐斌、守备高乾陷于泥泞,被贼镖枪阵亡,贼遂浮江而遁入木邦。

总督杨应琚、提督李时升以"猛卯边外匪众七八千人欲至木邦滋扰,官兵攻杀,贼已败遁,现在追剿"以闻。是月辛卯,总督杨应琚以猛卯贼退,境内已宁,将议止。而前所奏将蛮暮、新街赏给贸易,经上察其伪,屡奉严旨,责其粉饰欺罔。乃遣总兵朱仑、乌尔登额,楚雄游击莫淳、邵应泌等领兵八千人,沙练、波龙厂练一千人前进木邦。朱仑二月丁酉自弄贯起营,途次迁延,越二十四日辛酉始至木邦。时贼据木邦者万余,是日午刻,即与我兵迎敌。孙尔桂持令督战,杀贼甚众。贼退,据江留营九座。是日,木邦所辖村寨俱被贼焚掳,夷民逃窜。军糈均藉内地挽输,委游击袁梦鳞、李文广领兵八百名分布各台,护送粮运。袁梦鳞等均于内地之分星塔、三台山、弄伍分驻,外域只景阳兵一百名,暮董、底麻兵各五十名,其孟撒、蛮黑、南库弄三处并无兵练运粮。拨雇牛马四千余匹,委粮员威远同知张遐龄、效力知州徐名道随营供支。贼众截阻粮道,三月丁卯至南库弄,辛未日至蛮黑,劫掠牛马粮食,杀死马夫。壬申,总兵朱仑奉旨逮问,官兵以孙尔桂、乌尔登额统领之。三月,哈国兴退自新街。先是新街贼众已退,李时升抵铜壁关,进抵野牛坝。李时升奉旨提问,哈国兴率赵宏榜,参将四十一,游击郝壮猷、雅尔姜阿、吴大士等领兵三千余名前进,庚午抵蛮暮,贼众百余人遁去。甲戌,抵新街,并无一贼。总督杨应琚复据哈国兴禀报,以克复新街奏闻。是时炎瘴已炽,官兵染病者相继,哈国兴禀请撤兵。总督杨应琚遣迤西道陈作梅、永昌府陈大吕赴新街会勘确情,哈国兴遂自新街撤兵,驻杉木笼山。

是月癸巳,云南提督杨宁至木邦军营。杨宁素以勇敢著,任广东将军,时奉命速赴任。至是抵营攻贼,夺获旧寨,嗣相持者久,而孟艮之贼已犯孟连矣。贼知我师粮绝,于四月戊戌数接战。贼情狡诈,出没无定。壬寅,至篆金塔劫运粮牛马,杀伤官兵,沿途阻隔,粮运不继。己酉,又至蛮暮,贼拥众攻击甚急,我兵已七日无粮,不能支。提督杨宁下令撤兵,兵即溃,游击莫淳、俊德死之,杨宁遂于是日至蛮暮。壬戌,入黑山门。时乌尔登额已被劾,即逮入都。入孟连之贼,于三月癸酉自木邦入境,孟连土练及佤伍之练不能抵御。贼据孟连,烧劫募乃厂,应袭土司避居景杏。乙酉,贼破孟连之黑河。丙戌,至上猛尹、猛猛,拨练于辣蒜江御之,不克。贼至猛猛,入耿马、孟定,四出焚劫。夷民仓猝不知贼至,尚贸易于街场,力作于田亩,均被掳掠。是时顺宁府城兵甚单,木邦之贼未退,总督杨应琚调发木邦官兵由滚弄江前赴攻剿，不能即至。顺云营参将苏国富领兵亦在滚弄江浒，缅宁居民震恐，拨练于那椒河、大蚌江、打雀山各安隘防守，凡盘踞二十余日，贼始由滚弄江两路而去。是月，缅贼复据整卖、景线、孟艮。先是三十一年七月，总督杨奏请将整欠兵六百名、猛撒江兵二百名撤回。九月，又请将孟艮、整欠兵全撤，留楚姚镇华封协同普洱镇宁珠驻守。缅贼忿整卖、六本、景线、孟艮、整欠之背己也，谋以报之，遂据整卖、六本，蔓延至景线，逼孟艮，又由老本趋整欠。十二月，六本土司召猛斋闻缅贼欲至六本，征调景线、景海土练。景线集练九百，景海集练四百从之，而缅贼先以破六本，景海土守备召罕彪同回景线防守。

三十二年正月，缅贼至景海，召罕彪等领练迎战，不克，退回景线。甲午，缅贼至景线，景线宣抚司呐赛同召罕彪等合力攻战四日，不克。呐赛、召罕彪奔孟艮，孟艮指挥使召丙亦挈族远徙。是时，楚姚镇华封驻扎普洱，乃与普洱镇宁珠同遣驻防打乐，猛混之游击司邦直、守备潘鸿臣带兵九百名进守孟艮，游击权恕带兵二百名赴打乐策应。时止把总韩荣，外委赵喜、马伯贵三员带兵二百名驻打乐，司邦直等均在猛混，观望未进。而缅贼已据孟艮，前趋打乐、老本一路之贼众亦至猛勇。猛垒弁冶进前往迎之，被贼围困受害，贼遂犯猛垒，欲入猛笼。整欠头目召教之子召渊敛银赂贼，谋结内犯，诸猛震恐。二月辛酉，缅贼至打乐。时把总韩荣、外委卜发等及二百余名住打乐，闻警，韩荣即派卜发领兵三十名，住三岛垒路堵御。贼猝至，韩荣及兵众皆战死，生还者三四人。游击司邦直遣潘鸿臣领兵二百往援，途遇受伤兵，知打乐已陷，引军回。邦直、鸿臣及游击权恕俱遁回九龙江驻札，缅贼遂入猛混、猛笼。时华封已出九龙江，遣都司甘其卓赴整控堵御。猛笼之贼欲赴整欠，叭先捧乞救甚急，贼遂渡整欠江，逼近猛舝。华封自九龙江前往补角，遣司邦直驻小渡口，权恕至橄榄坝以御之。缅贼之由孟艮窜入打乐也，司邦直等遽行退避，转以接阵杀贼捏报。

时总督杨应琚之次子重英以江苏按察司来滇，有仿古监军之名。乃会同云南巡抚汤聘劾奏，守备潘鸿臣先瘴身故，总兵华封、宁珠，游

击司邦直、权恕,都司甘其卓俱拿问,邦直、恕、其卓俱正法。是月,革
大学士总督杨应琚职,逮入都,以承恩公明瑞代。四月,巡抚鄂宁至
普洱,汤聘赴贵州。鄂宁即劾杨重英骄纵,去监军号,以道府衔从征。
巡抚鄂宁旋以"瘴气大作,普洱无可办事,应回省"具奏。得旨嘉奖,
令赴永昌会办进剿。五月,总督明瑞至省,即赴永昌,巡抚鄂宁亦偕
往。明瑞以将军兼制府,给满洲兵三千,调川、贵及滇省兵二万余,以
副都统额尔景额为参赞,给关防。调河南开归道诺穆亲为滇盐道,陕
西汉中道钱受毂为滇迤东道,及军机司官傅显、冯光熊襄军事,议大
举剿贼。

　明瑞至,则首发杨应琚欺罔之罪,疏略言:"缅甸,土人呼为老缅,
或呼为莽子,盖指前酋之姓。木匪乃今酋,原为木梳长,是一非二。
至木邦等土司,种类繁多,杨应琚以莽已绝灭,引为己功,误木缅另为
一事。新街亦民、夷交易之所,原无庐舍,其荒唐妄诞之处,不可胜
数。以致调拨毫无意见,一闻议降,旋即撤兵,动失机宜。滇兵积久
废弛,无斗志,将领亦未谙阵战,遗失炮位军械无算。"复奏劾李时升、
朱仑、刘德成及乌尔登额、赵宏榜罪,皆报可。李时升、朱仑、刘德成
皆伏法,乌尔登额、赵宏榜下狱。六月,解前总督杨应琚至避暑山庄,
命廷臣鞫得实。上大怒。暴其罪于天下,令自裁。是时杨应琚长子
前永昌府知府重毂解湖北任,奉旨省亲至滇,因索玩器于瘴故前腾越
州知州陈廷献之家人,杖杀之,论抵。是月,逮贵州巡抚汤聘。

　是月,总督明瑞条上大举机宜,略曰:"前次办理,种种草率,动失
机宜。如永昌、腾越、顺宁、威远、普洱沿边土境二千余里,迤西七关
八隘,旁通侧出,绝少险要可守之区,若处处驻兵,二三万众亦不敷分
派。今臣亲督劲兵,鼓勇进剿,贼必救护巢穴。其各土境阨要总区,
如九龙江、陇川、黑山门等处,自应留营,派委妥员,慎选兵练,侦探贼
警,随时剿逐,知会就近土司应援。其余崎岖小路,只令各总兵驱将
弁使人长川游巡备御。如此则防守之兵大减于前,而声势不分,较为
得力。先于新街水路上游,量为伐木造船,使船料木片沿江流下,先
声牵缀。彼知将长驱水道,必于此设备以分其势力。兵自永昌、腾越
两处出口,由宛顶、木邦一路作为正兵,其余或分两路三路,由猛密等

处并进，俾得联络声援，出奇设疑，使贼疲于奔救。前所需兵粮，系雇觅夫马设站滚运，拨兵护送。此次进剿，不若裹带为便，细核购办牛只驮载，所费且有节省。官兵出口后，自黑山门、遮放以内，仍照例安设台站，备递文报至军前。遇有奏报，即于进剿官兵内择妥干马壮者数十员名，长川送至黑山门交递。如经过外夷部落，有诚心归化者，酌留官兵数十或二三百名，作一大台站以资递送。倘得依此相机酌办，更属周妥，递事亦较便易。"并条列军械、粮运、驮载各款，俱报可。是月，又查办遮放运粮官员，奏逮同知胡邦佑、守备陈谟下狱。寻释，令随营赎罪，考订舆图中地名。七月，劾曲寻镇总兵索柱，以其称疾偷安也。得旨落职，效力自赎。是月，以提督杨宁办军务多舛，奏请以贵州提督谭五格调补。杨宁寻亦革职。是月，复劾永昌府知府陈大吕，以其勒买军粮，纵衙役短价也。是月，补罕朝玑为把总。罕朝玑者，耿马土司罕国楷之从子也。先是，二十八年，土司罕国楷禀其子不孝及通谋周国惠，审讯无实，留会城，以随征功授土把总。兹复以去岁有功，且通夷、汉语，授把总。是月，复查粮员逃入者，以提督李时升呈出书稿内有"粮员吴等纷散去"语也，革典史夏之璜职。其吴楷、张志元、胡绍周、陈正楷等，皆以原无派拨护粮官兵得宥。福灵安卒于永昌。七月，整欠召教率缅贼陷猛弄，追叭先捧，遂犯猛腊，至九龙江。先是，缅贼由打乐入者，据猛遮之猛混未散，由猛勇入者，据猛笼札营盘踞。德保已授普洱镇，同开化镇书敏于四月丙午先至九龙江军营，调到官兵四千二百名。正值烟瘴炽发，钦奉谕旨，轸念士卒，乃令停兵，蓄精养锐，将领分遣弁兵于补角、小猛仑、橄榄坝、茨通驻札防守。

　　猛勇之召工既附缅贼，整欠之召教、召渊恶叭先捧之授指挥使而并得管辖其整欠也，务谋执叭先捧以泄其忿。六月癸巳，召工、召教、召渊率贼众二三千人至猛弄，叭先捧与之力战经旬，景线呐赛、景海召罕彪集练助之。奈军粮匮竭，火药铅弹俱无，夷民困饿难支。丙午，猛弄遂陷，叭先捧遁入茶山之漫了寨，呐赛、召罕彪等窜入内地。是时开化镇书敏驻小猛仑，普洱镇德保驻九江之大渡口，召工等追摄叭先捧，遂入猛腊。七月辛卯，缅贼三百余人及附从之猛勇、整欠、孟艮摆夷约千人,贵家余党二百余人,至小猛仑,书敏隔江施放枪炮。日既午,书敏病笃,遂回缅寺,留官兵堵御。至晚,缅贼从上游而渡,官兵冲散,书敏奔茨通之小寨,令都司那苏泰带兵二百名堵御蛮赖。闰七月乙未,贼由通茨至蛮赖,那苏泰死之,书敏由倚邦至旧垒,病故。德保在九龙江闻风逃遁,率四达色等,徒跣历九昼夜回至思茅,住二日,率将官等复赴九龙江。缅贼三百余人至橄榄坝、小猛养,焚烧掳掠,由整哈渡而退至孟艮盘踞。普洱知府及参将报知总督明瑞,即参奏德保,解京正法,书敏戮尸枭示。乃饬署普洱镇七十一、昭通镇佟国英率兵分驻小猛养、补角,凡外域投诚之难民寄居各猛者,俱行赈恤。

九月,将军兼总督明瑞议进剿。时领队大臣内廷侍卫率满洲官兵,川、贵镇协率川、贵将领弁兵,及本省派出之官兵,俱抵永昌。四川、广东、广西解运之牛马,滇省各府、州、县所办之粮马亦陆续到齐。及定议分为两路,将军明瑞率大兵由木邦进取锡箔,参赞额尔景额由老官屯进取猛密。时从征者员外郎富显、冯光熊,道员诺穆亲、钱受毂,道府杨重英、郭鹏冲、萧日章,革职知府陈元震、胡邦佑,同知图敏,提督谭五格,镇将得宝、李全国、柱达兴阿、王玉廷、哈国兴、本进忠、长青,及文武员弁。以李经朝、翁得胜等为通事,充向导。线瓮团、线官猛、线五格等俱在军。二路约相会于阿瓦。乙巳出师,会天大雨,三昼夜不绝,人马俱立泥潦中,饥且冷,多疾病,糇粮又尽湿,裹粮以牛,行不能速。至潞江,人众船少,不能毕济。十月壬戌,始渡毕。至营分兵,将军明瑞以庚午师次宛顶,越八日,整队入木邦,军容甚盛。时参赞珠鲁讷以十日至腾越,进木邦,即留守,给以兵五千,俾为声援。以杨重英、郭鹏冲及陈元震、胡邦佑司印务粮饷。十二月,参赞额尔景额卒于老官屯军中。时景额亦于十月癸卯抵腾越,与提督谭五格率官兵于十一月壬辰出虎踞关,趋猛密。越六日至老官屯,贼已立木栅,进攻不能克,日与接战,亦不能胜。我兵久屯于坚栅之下,人亦多疾病,额尔景额幽恚以死。上优叙之,以其弟额尔登额代。

是月,将军明瑞率万二千人抵锡箔江,结浮桥以渡。至蒲卡始遇贼之前哨,擒数人,询知贼聚于蛮结,遂进攻蛮结。贼果立十六栅以待,领队大臣观音保麾众先据山之左臂,贼来争,不得上。翌日,两军相持未决,而顾贼栅甚坚。其法立木为栅,聚兵于其中,栅之外又开深壕,植竹木于旁,皆锐其末而外向。贼有栅自护,我枪炮不能伤,而贼从栅隙处发鸟枪击我辄中,此贼之长技也。哈国兴请分三路登山,俯趋而薄之,军士皆奋。时出边已逾月未见贼,至是始与贼遇,无人不欲杀贼也,一呼而直逼其栅。有黔兵王连者先跃入,十余人继之,贼惶乱不知所为,多被杀。遂破一栅,乘势复攻得其三,而十二栅之贼乘夜尽遁。盖贼自新街交兵以来,从未经此大创,已首窜嵥伏,不敢复抗矣。明将军亦一目中伤几殒,越数日始稍愈。领队大臣观音保、札尔丰阿等咸劝乘胜退兵至木邦,整旅复进。明将军负锐气,欲直抵阿瓦。观音保曰:“我兵出师时已失军装,今军器日见其少,粮饷不足,恐难深入以受其给。”明忿然曰:“汝气馁否? 非夫也!”观音保傲然曰:“若非满洲丈夫,吾侪共将军死可也!”因进军象孔,去阿瓦只七十里。失道,而军中粮已匮,明将军集诸将议,诸将惩前言,莫敢有言退者。明瑞念粮既断,势不能复进,而又虑猛密路之师或已先入,而将军转退兵,则法当死。闻猛笼有粮,且地近猛密,冀可得猛密路消息,于是定计就粮猛笼。贼探知我兵不复向阿瓦,又我病兵为贼所掠者,询知军中粮尽,纠众来追,及我于章子坝。至是无日不战,明瑞与哈国兴、观音保等更番殿后。至猛笼,果多粮,军士赖以济。会岁暮,即其地度岁,共驻兵七日以行,而猛密之信杳如也。是月,参赞额尔登额以九千众攻老官屯木栅,不克。师久顿,贼众日增,王玉廷阵亡,时锡箔路音信已断。得旨,令前赴应援,乃与提督谭五格撤兵回。时仓卒撤兵,又不设殿,贼得以袭我之后,军器亦失。乃入关,贼即尾随入户撒、拉撒二处,恣抢掠。时副将孙尔桂、王振元俱由关退回驻札,贼闻有备乃退。额尔登额侦猛卯及邦中山梁有贼,不敢进,乃旋师至陇川所属之猛笼,迂途月余,由龙陵出宛顶。

三十三年春,明瑞自猛笼取道大山土司以归。猛笼粮尚多,而牛马俱尽,无可驮运。人各携数升,余皆火之。将至大山,又有蛮化之捷。先是,贼之缀我也,每夕驻营犹相距十余里,不敢近。至是,我兵营于蛮化山巅,贼即营于山半。明瑞浩然曰:“贼轻我甚矣,若不决一死战,益将肆毒于我,无噍类矣。"贼久识我军号令,每晨兴,我三吹螺而启行,贼亦起而追我。明日仍吹螺者三,而我兵尽伏于箐中以待,毋得有一人留营者。令既下,翌日三螺毕,贼果谓我兵已行也,争蚁附而上。我兵万众突出,枪炮声如雷,贼惶遽不及战,辄反走,趾及顶背,自相蹴踏,死者无虑二千余人,我兵乘势击杀又一二千人,坡涧皆满。是役我兵伤者数人,总兵李全受伤死。自是贼不敢近数日,每夜在数十里外轰大炮数声而已。而贼之先一日过者,已栅于要路。明瑞留五日,以所得牛马分犒军士毕,行至其处,则已攻不能拔。有波龙人引以间道,始得出。过波龙老厂,新厂是贵家所采银处,居民遗址尽数十里,计当日厂丁不下数万,已皆为贼冲散尽,怅然者久之。而贼复增兵追至。是月,木邦兵溃。上年十二月,珠鲁讷驻师木邦,分拨参将王栋赴锡箔摆台站,索柱赴宋赛摆台站,守备郭景霄于天生桥摆台站,丁丑皆起程。甲申,索柱侦得有贼兵至语,即前进,遇贼战,路阻。丙戌,退守锡箔桥。正月辛卯,贼数百来攻,次日贼数千至,以大炮攻。守备郭景霄方渡河接索柱营,见贼四面来攻,即溃,参将王栋营兵亦溃。索柱等冲出。次日,总兵胡大猷之师复溃于葫芦口,索柱阵亡。辛丑,贼锋及木邦,参赞珠鲁讷誓死率文武七十人出御,乃付印及御赐将军之宝匣于陈元震,言我死汝以是归。元震惧,即偕郭鹏冲逃入内地。珠鲁讷出师,隔河遇贼,归而欲以印征兵,而元震已赍印遁。因移知巡抚鄂宁,鄂宁即参奏。得旨以叛论,置极典。明日壬寅,贼大至,珠鲁讷自刭,执杨重英,我兵大溃,总兵胡大猷与胡邦佑咸阵殁,广南府经历许景淹亦自刭死。木邦一路台站俱断,其贼首乘胜率猛密、木邦二路之众,毕集于明将军垒。

明瑞行抵小猛育,贼已猬集,不下四五万人。我兵当分七营,而环视四围,皆贼也。而额尔登额尚驻兵宛顶,去小猛育仅一舍,竟拥兵不救。明瑞遣卒探路,曰:"路旁已有贼栅矣。"乃命诸将达兴阿、本进忠等率军士乘夜出,而身自拒贼,相从者领队大臣观音保、札尔丰阿,总兵哈国兴、常青、德福及巴图鲁侍卫数十人,亲兵数百人。及晨,血战于万贼中,无不一当百。已而札尔丰阿中枪死,巴图鲁侍卫皆散,副都统德森保竟降贼。观音保发数矢连殪数贼,尚余一矢欲复射,忽收而策马向草深处,以其镞刺喉死,恐矢尽无以自戕而被执也。明瑞身负数伤,亦虑落贼手,力疾行,距战处已二十里,气仅属,乃从容下马,手自割发授家人使归报,而自缢于树下。家人以木叶掩其躯而去。二月之十日也。计自章子坝与贼接战,贼日增,我兵日少,孤军无援,转战五六十日,未尝一败。明瑞晨起即躬自督战,且战且撤,及昏时归营,勺水犹未入口。粮久绝,仅啖牛炙一脔,犹与亲随之战士共之。所将皆饥疲创残之余,明瑞体恤备至,有伤病者,令士练舁以行,不忍弃,故虽极困惫,无一人有怨志。及其死也,非不能自拔出,盖以阿瓦未平,惧无以返命。上亦有"全师速出"之旨,而路阻不得达,遥望阙庭,进退维谷,故徬徨展转,决计以身殉。又不忍将士之相随死也,结队徐行,持重自固,使贼不能覆我。直至小猛育,去宛顶不过二百里,计将士皆可到,然后遣之出,而自以身死贼中。呜呼!此意良可悲矣。方军势日蹙时,斗愈力,尝谓诸将曰:"贼已知我力竭,然必决死战者,正欲贼知我国家威令严明,将士用命。虽穷蹙至此,无一人不尽力,则贼知所畏,而后来者易于接办。"此其谋国之深猷,尤非徒慷慨赴死者所可同日语矣。癸酉,兵将至宛顶者已多时,巡抚鄂尚未知将军阵亡的耗,即将"额尔登额、谭五格逗遛不进失误军机,及得将军声息并不通知内地,实属有心贻误"具劾。奉旨俱逮问。越数日,得将军凶问上闻。上震悼,赐恤立祠。后于四月中,命侍卫兵弁及将军明瑞之家人数人,赴猛育寻收将军遗骸,归葬京师。额尔登额解赴京,上亲讯,额尚以无粮对。上愈怒,廷讯时,谭五格自称老臣,上命侍卫挞至数百,额尔登额论磔刑。明瑞丧到日,上亲奠于郊,即用额尔登额以享之,谭五格亦正法。是月,命协办大学士阿里衮来滇协办军务,即授为参赞,以鄂宁为总督,调江苏巡抚明德为云南巡抚。

三十三年二月丁亥,授大学士忠勇公傅恒为经略,阿里衮、阿桂为副将军,舒赫德为参赞。傅恒俟将次进兵再行前往,阿里衮已赴滇,舒赫德即驰驿遄行。是月,派荆州满洲兵一千五百名,成都满洲兵一千五百名,赴云南,以荆州将军永瑞统之。是月,派京兵来滇,时以进剿。于去岁三千兵之外,复派健锐营营兵一千,火器营兵二千,前锋护军二千,令将校率领,陆续来滇,其前锋护军二千,旋停止。是月,以五福为云南提督。是月,副将军阿里衮抵云南,时幕府为郎中明善、员外郎萨灵阿。三月,参赞刑部尚书舒赫德抵永昌,会同总督鄂宁密奏筹办情形,略以每兵千名应需马三千九百,非马十万不足济用,又称现已设法招致缅匪投诚。疏上,得严旨发原折命廷臣遍阅,饬其乖谬可鄙可笑之处。下部议,革尚书职,得旨,给副都统衔前赴乌什,令总督鄂宁复奏。是月戊戌,猛勇召功率其弟召糯腊及缅贼目布足挞喇带缅子三百人,猛勇、整欠摆夷三百人,由猛勇、猛笼遂至九龙江外。越二日,昭通镇佟国英,护普洱镇七十一,率兵于蛮红接战,炮击佟国英手掌,官兵奋勇阵亡者数十人,贼众退至猛混。乙巳,缅贼节盖率缅子一百余人,孟艮召散率摆夷四百余人,由大猛养进,猛遮土弁刀召铃伏弩截杀,次日亦退至猛混,与召坎等会合。己酉,出打乐陇退归孟艮。寻奉旨,荆州、成都兵俱赴普洱。是月,副将军阿里衮等请调邻近各省道、府来滇,办理军务,派出道三员,知府六员,其丞、倅、州、县、佐杂每省各派四五员。晦日,都司哈廷标于宛顶遇大山土司之从子阿笼,云二月间随伊季父于猛烈地方谒见将军明后,于猛育冲杀相失。副将军阿里衮、总督鄂宁奏准暂为养赡,俟进兵时往勘情形酌办。四月,撤随将军明瑞进剿之兵回京,其老官屯一路之兵仍留滇。

是月,缅酋差我兵之被俘者许尔功等八人,具蒲叶缅文求和,并赍杨重英禀一封,称"缅王不杀,屡有投诚之意,且缅国各头目俱愿投诚,是以苟延至今。同客长李万全、尹士玢等宣谕我国德威,极力招抚,仍照旧例办理"。与守备程辙、卢怀亮、马子健、王承瑞等同具。副将军阿里衮以闻,不许。五月,总督鄂宁复奏云:"舒赫德称廷论复剿缅匪一事,急切不能前驱扫穴,贼匪投诚,即遣人探去,亦未为不可。实因冒昧误称设法招致。"得旨,二人所见乖谬,彼此原属相等。下部议,革总督鄂宁职,奉旨鄂宁降补福建巡抚,以阿桂代。时阿桂在伊犁,总督印务以阿里衮署行。宥乌尔登额、宁珠、华封、赵宏榜罪,令在军营效力。赵宏榜行次河南襄城县,中痰,至七月卒。是月,巡抚明德赴永昌。是月,以滇兵恇怯积懦,拨贵州兵五千名来滇拨补。是月,木邦酋苗温差人至猛古地方之蛮遮寨头人金猛处,令送字与遮放土司,恳内地八土司代乞求和,并侦探从前八人具书求和之信。其缅文内有"天朝四位大臣来滇,可否准和"之语,副将军阿里衮据奏。七月,奉旨:"普洱今岁不必进兵,驻札普洱将军永瑞等加意防守。"是月,严奸民贩货出缅之禁,汰滇冗兵,议改曲寻、楚姚、永北三镇为副将,改定营制,于大兵事竣后行。总督阿里衮、巡抚明德修省城至永昌一路倾颓道路。八月,调四川马五千八百,驼载马骡二千。九月,总督副将军阿桂抵滇,时幕府为革职郎中王昶、中书赵文哲。十月,副将军阿里衮驻兵于腾越,遣侍卫达里善至南坎,杀二百余人。海兰察至顿拐,亦杀二百余人。袭戛鸠前锋,抵江边焚其寨栅,又杀贼六七百名,以马力不足,未渡江而还。具奏,巡抚明德以经理马匹不善,得严旨。十二月,广东、广西营马及购买马共一万,于下旬陆续起程,期于明岁春间抵滇。奉旨查讯"本年二月,乌拉撒地方被兵一事,前巡抚鄂宁何以奏报并无一贼,副将军阿里衮等奏称房屋未经焚毁,抢去四百余人及牛马"。寻落巡抚鄂宁职,给侍卫衔,军营效力。是月,派索伦兵二千名来滇。明年春,复派一千,吉林兵一千,盛京新满洲西楔兵一千。

　　三十四年正月,奉旨令台湾总兵叶相德选福建水师兵二千赴滇。戊申,阿里衮、阿桂俱授为副将军,其总督以明德补授,巡抚以喀宁阿补授。二月庚午,大学士忠勇公经略傅恒自京起程。是月,复派厄鲁特兵一千余名。三月,命伊犁将军伊勒图来滇。提督五福、将军永瑞率兵巡边,行次打乐遇贼,剿杀出境。是月,经略抵滇,即驰赴永昌。先是滇省颁布谒见经略仪注,自平夷至永昌修馆舍,戒仆夫以待。时从行之幕府为侍读学士毓奇、侍读孙士毅、给事中刘秉恬、郎中博卿额、主事惠龄。是役也,前后征调本省兵一万六千名,四川兵七千名有奇,贵州兵四千三百名,满、汉兵共三万有奇,议以九月二十日以前抵永昌,以待进取。是月,降云南总督明德为江苏巡抚,以彰宝为总督,经略奏留暂办总督事。寻以阿思哈为总督,复奉旨令阿思哈于新街扼要之地驻守。以彰宝为云南巡抚,调喀宁阿为河南巡抚,俟彰宝到任,再赴新任。是月,令护军统领伍三泰、副都御史富显等赴野牛坝。时船料钉铁已备，至秋初，船造成，而富、伍俱以瘴卒。五月，续派京兵一千名，即先派前锋护军之半也。六月，奉旨："阿思哈到滇后，其巡抚印务原著明德署理，阿思哈带兵前进后，总督印务亦着明德署理。"七月，降荆州将军永瑞、云南提督五福为三等侍卫。寻革职，以开化镇调驻思茅之兵丁张国宁因奸被杀，约束不严也。以本进忠为提督，旋卒，以长青代。

经略既至永昌，越八日，两阿将军及伊犁将军伊勒图偕至。南徼地多瘴，群议宜俟霜降后出师，经略迟之，谓"若是须坐守四五月，既縻饷，且军初至，当及锋而用，久则气懈，非计也"。其进兵之路，以阿瓦城在大金江之西，若从锡箔，则阿瓦仍隔江外。惟腾越州西戛鸠江即大金江之上流，过江则为猛拱、猛养两土司。前明王骥征麓川，追思机发到此，刻石江边，所谓"石烂江枯，尔乃得渡"者也。由猛拱、猛养可捣其木梳之老巢，由木梳至阿瓦又皆陆行，步骑可直抵城下。乃定议大兵渡戛鸠而西，其偏师先议在普洱为声势，后改议从猛密夹江而下，造舟于蛮暮以通往来。部署既定，七月二十日，经略大兵起行。阿里衮时病痁不能行，经略请留养疾，阿里衮誓从征，乃留阿桂于蛮暮督造战船。经略至戛鸠，集舟结筏，凡十日乃毕。师次猛拱，土司官浑觉先遁，絷其小妻招之，乃来降，献驯象四，贝叶书一，牛百头，粮数百石。至猛养，亦有牛米之献。于是所历二千余里，皆不血刃而下。惟途间忽雨忽晴，山高泥滑，一马倒，则所负粮粆尽失，军士或枵腹露宿于上淋下湿之中，以致多疾病。猛拱、猛养虽缅属，非缅腹地，故缅酋不遣兵来。而缅俗以八月前刈禾，至中秋则集兵出。九月下旬，阿桂造百船成，所调闽、粤习流之士亦至，将由蛮暮江出大金江。贼已列船扼江口，阿桂击败之，贼目宾雅得诺被创死，由是江路无阻。伊勒图往迎经略，遇于哈坎，经略以十月朔渡江回蛮暮。是役也，奔走数千里，疲乏军力，而初无遇一贼，经略之声名遂损，因羞恚得病。贼轻我兵，遂以大众水陆来犯。阿桂将步兵，哈国兴将水兵，陆路之贼先沸唇至，旌旗蔽野，势张甚。阿桂麾兵以鸟枪连环进，弓矢继之，骑兵又从旁踩之，贼不支，遂大溃，我兵追杀无算。哈国兴率舟师顺流下，贼犹列舰以拒。有闽兵跃入贼船，一贼泅水遁，闽兵即入水斩之。贼夺气，我兵欢而奋，因风水之势蹴之，贼船自相撞击，多覆，凡杀溺死者数千，江水为之赤。江之西亦有贼，结栅自固，阿里衮提兵往攻之，连破二栅，余贼皆逃。

是时诸路军皆大捷，会经略病重，诸将遂欲以是蒇功，阿里衮曰："老官屯有贼栅，前岁额尔登额进攻处也。距此仅一舍，不往破之，何以报命？"策马先行，经略以下皆随之。贼栅据大坡，周二里许，自坡迤逦下插于江，栅木皆径尺，埋土甚深，遇树则横贯之以为柱。栅之外掘深濠三层，濠外又卧横木之多枝者，锐其末于外，名曰木签，守御甚备，我兵阻旬余不得进。先用大炮击之，栅木甚坚，不折，有折者，贼辄补之。哈国兴斫箐中老藤长数百丈者，系铁钩于端，募敢死士夜往钩其栅，三千人曳藤以裂之，为贼觉，斫藤断而罢。经略又命火攻，先制挡牌御枪炮，一牌可护数十人，以两人舁而前，十数人各挟薪一束随之，百余牌同时并举，如墙而进。拔签越濠，至寨下，方燃火，忽西北风起，火反烧我军，遂却回。最后遣兵穴地，至其栅底，实火药轰之。栅果突然起高丈余，贼惊绕，喊声震天。我军挺枪抽刀，以待栅破而掩杀。无何，栅忽落而平，又起又落，如是者三，不复动，栅如故。盖立栅之坡斜而下，而地道乃平进，故坡土厚不能迸裂也。然贼自是惧。其栅之插入江者，开水门以通舟，运粮械不绝。阿桂谓如是则贼终无坐困之日也，拨战舰五十，越过其栅截之。时阿里衮已病甚，犹力疾攻栅，视枪炮最多处辄当之。经略虑其伤，令统舟师以息劳，战舰整列，贼粮械不得入，由是益惧。其酋帅曰眇枉模者，遣人来乞和，愿结栅于两军适中之地，请将军等往莅，眇枉模亲来面受要约。经略不许，诸将以兵多染瘴，日有死亡，争劝受降撤兵。乃遣哈国兴往责眇枉模以进表、纳贡，返土司地诸事。议未决，眇枉模左顾而去，哈国兴单骑入其栅责之。眇枉模不敢见，别遣人出请如约，经略遂凯旋。

三十五年春，谒上于津门，自请罢劾。上怜其疾，优容之。傅文忠因之忧患而卒。总督彰宝遣守备苏尔相往责前之约，乃被拘留。上大怒，复议兴师，以前副将军阿桂首倡罢兵议，因褫其职，以白衣从军。会金川蠢动，遂罢南征议。逾四年，金川平，上复命阿桂往云南会总督李侍尧相机进兵。会缅酋纵苏尔相还，其事乃已。至五十四年,缅酋懵驳被弑,其弟孟陨初为僧,国人立之,因遣使输诚纳贡,遂纵杨重英还。重英自陷缅,独居萧寺几二十年,未改本朝冠服。上大喜,受降,召缅使朝见于避暑山庄,优赉之,许其十年一次入贡。复重英道衔,比以苏武之节,御制《苏杨论》以旌之。重英寻卒。缅酋从此感化臣服,如他属国焉。

啸亭杂录卷六

平定回部本末

大和卓木波罗泥都、小和卓木霍集占者,其先世本叶尔羌、喀什噶尔回酋,自策妄阿拉布坦时,即令率其回人至伊犁种地出租赋,遂因于地牢者数载。我兵平伊犁时,释使归,俾仍长所部。二十一年,将军遣侍卫托伦泰往,未能定要约。阿敏道先使人往招抚,波罗泥都谓霍集占曰:“我家三世为准夷所拘,蒙天朝释归,得统所部,此恩何可忘也?”霍集占曰:“我方久困于准夷,今属中国,则又为人奴,不如自长一方。”乃诡词诳阿敏道入库车城,拘系之,弗使归。时方讨阿睦尔撒纳,兼有青滚杂卜之变,未暇问及也。已而阿敏道复为彼所害,是其负恩肆逆,不可不讨。

二十三年春,以兆惠、富德尚剿洗厄鲁特余孽,乃用雅尔哈善为靖逆将军。五月,兵至库车城,贼目阿卜都克勒木据城守,于是趣兵进攻。回人素懦怯,然守城遵古制。雅固书生,未娴将略,惟听偏裨等出策,令不画一。霍集占来救,率最精巴拉鸟枪八千,由阿克苏之戈壁捷径而来,与我兵遇于城南,鏖战竟日,大败入城。其城依山冈,用柳条沙土密筑而成,炮攻不入。时提督马得胜献掘地道计,于城北一里掘入,已及城矣,而将军急于收功,严令昼夜力掘,回贼瞥见灯光,其机遂泄。贼匪自内用水灌之,士卒尽没,雅将军咄嗟无他策,惟严守之,待其自毙。新降回目鄂对告曰:“语云:‘困兽犹斗。’今霍集占困守危城,食力已尽,必不坐而待缚。其必乘我不备以兔脱之,返其巢穴,整兵复来,其事未可量也。今城西渭干爱曼,水浅可涉,又有北山口要路通戈壁,走阿克苏,若于二路各伏兵一千,则贼酋成擒矣。”雅以其言叵信,唯下令并力攻取。一日暮,索伦老卒于城下牧马,闻城中驼鸣似负重状,归奔告将军曰:“其驼鸣高且健,贼将遁矣。"将军时饮酒,笑曰:"健卒,尔何知!"酌酒如故。其夜霍集占开西门,由渭干爱曼涉水遁,果如鄂对言,而我兵未知觉也。后数日,阿拉难尔等开城降。先是,霍集占入库车城,怨鄂对之不附己也,凡其亲属皆杀之。其妻依热木亦被获,方少艾,霍集占欲纳之,依热木不从,因缚其二子一女,掷城下扑杀之。囚依热木于高楼,日加窘辱,依热木乘间逃匿阿克苏。库车既降,鄂对手刃其仇三十余人焉。

事闻,纯皇帝以雅尔哈善坐守军营,听贼去来自如,略不设备,乃革其职。命尚书纳木札尔代之,侍郎三泰参赞军务,皆驰驿往。又以兆文毅公剿伊犁贼将尽,命即以其兵自伊犁径赴回地。上复念兆所统兵久劳于外,皆已疲,乃预调索伦、察哈尔往济师。兆文毅至军,库车已降于雅将军,阿克苏亦遣人迎降。八月二十四日,兆文毅遇雅将军偕入,传旨斩顺德讷,即前守卡纵霍集占遁去也。逮雅将军送京,择城中伯克鄂对随军,而留哈密回目玉素富及总兵阎师相率驻兵守。时舒文襄方为兵,效力军前,亦令留阿克苏赞画诸务。兆文毅即起程,有乌什城伯克霍集斯者,即前缚送达瓦齐者,遣其子呼岱巴尔氏来迎。九月朔,兆文毅至乌什,以霍集斯熟回部事,与同进叶尔羌,分遣侍卫齐凌扎布偕鄂对往抚和阗六城。十月,兆文毅至叶尔羌。其城周十余里,霍集占已坚壁清野,凡村庄人户悉移入。初六日,我军分七队进,贼两门各出四五百骑来迎,我兵击败之。贼又从北门出数百骑,索伦兵歘然遁,赖健锐营兵数百,岸然不动,我兵得以济,又败贼众。贼入城不复出。

兆文毅以兵少不能围城,欲伺便取胜,乃择有水草处结营,即所谓黑水营也。闻纳、三二将军将至,遣爱隆阿以兵八百迎之。又侦知贼蓄在城南棋盘山,欲先取之以充军实。十三日,由城南夺桥过河,甫过四百余兵,桥忽断,贼出四五千骑来截,步贼万余在后。我兵阵而前,骑贼退,步贼以鸟枪进,我兵方击步贼,而骑贼又从后夹攻,兼有自两翼冲入者。兆文毅马中枪毙,再易马又毙。我兵为贼所截,散落成数处,人皆自为战,无不以死自誓,杀贼无算,而我兵阵亡者亦数百人,受伤者无算,总兵高天喜、副都统三保、护军统领鄂实、监察御史何泰、侍卫特通额俱战殁。日暮收兵,归护大营,过河者亦泅水归,马力疲乏，不能冲杀，遂掘壕结寨守。所掘濠既浅，垒亦甚低，贼可步屧入，遂日夜来攻。我兵处危地，皆死中求生，故杀贼甚力。贼惧我兵致死，欲以不战收全功，别筑一垒于濠外，为长围守之，如梁、宋所谓夹城者，意我兵食尽当自毙也。而营中掘得窖粟数百石，稍赖以济。贼又决水灌营，我兵泄之于下游，其水转资我汲饮，已而随处掘井，皆得水。又所占地林木甚多，薪以供爨，常不乏。贼以鸟枪击我，其铅子着树枝叶间，每砍一树，辄得数升，反用以击贼。惟拒守日久，粮日乏，仅瘦驼羸马亦将尽，各兵每乘间出掠回人充食。或有夫妇同掳至者，杀其夫，即令其妻煮之，夜则荐枕席。明日夫肉尽，又杀此妇以食。被杀者皆默然无声，听烹割而已。某公性最啬，会除夕，明忠烈公瑞、常中丞钧皆至其帐聚语，屈指军粮过十日，皆鬼箓矣。某公慨然谓："吾出肃州时，有送酒肴者，所余饩饤今尚贮皮袋中。"呼奴取出供一啖。时绝粮久，皆大喜过望，既饱而去，则私谓曰："某公亦不留，此事可知矣。"不觉泣下。盖自十月中旬被围，已将百日，无复生还望也。纳义烈公木札尔、三公泰亦以十三日至爱隆阿军，闻兆文毅等战，率二百骑冲入，为贼所杀。兆文毅告急之文，遣索伦兵五人，各持一函至阿克苏。舒文襄公以事急，不暇自计其身之为兵也，即飞章驰奏。

　　时富将军德尚在准噶尔搜捕余孽，上命为定边右副将军，速往援。会预调之索伦兵已在途，而巴里坤大臣阿里衮先接兆文毅信，选兵六百，马二千，驼一千往赴。舒文襄守阿克苏，能和辑诸回目无异志，乌什则霍集斯妻子及总兵丑达驻守，鄂对往抚和阗六城，亦俱降。十二月，索伦及内地兵已到二千余，舒文襄先率以行，富将军德闻兆文毅被围之信，亦速赴，二十五日，与舒文襄会于巴尔楚克。二十四年正月六日至呼尔璊，贼五千余骑迎战，我兵仅二三千，且马少，皆步行，发枪矢毙贼甚多。然贼恃其众，战不解，我兵进击辄退，甫收兵又来攻，凡转战四日夜，碛地无水，皆嚼冰以解渴。初九日之夜，拒守于沁达尔，势阻不得进，又几殆。适阿参政里衮偕鄂博什及马驼至，爱隆阿亦以兵从，望见灯火如繁星，知我兵与贼相持处也。阿参政大呼突进，千余兵噪而应之，驼一千、马二千蹴地声又壮，贼骇夺气。阿参政从左,鄂博什从右入,援兵骤合,富将军德乘势掩杀,贼始大奔,然犹未知兆文毅之存殁也。先数日,兆文毅军中见贼之围守者日渐少,继又闻数十里外枪炮声,知援兵已至,遂冲垒而出。先使人探报,得达富将军德垒,诘朝两军相见,将军以下皆无恙。计自去年十月至今,孤军在万里外陷重围者三月,卒得全,莫不喜极涕出,额手颂圣主如天之福。且因先事调兵,得应期赴援,益服睿算之不可及也。整队回阿克苏,贼见我两路兵合,势益盛,不复敢邀截,惟远在数里外觇望而已。途次闻和阗六城,其二城已陷于贼,兆文毅遣瑚尔起往援之,富将军德继进,二城寻复。

　　闰六月,内地所调兵饷俱集阿克苏,遂两路进师,兆文毅往喀什噶尔,富将军德即由和阗往叶尔羌。两和卓木已率其眷属党与先遁,两城旧回目遣人至军前送款。十四日,兆文毅至喀什噶尔,十八日,富将军德至叶尔羌,各回人皆具鼓吹,进羊酒,迎以入。盖两酋虽为其部长,然在准噶尔久,惟伊犁种地之回人同羁旅相倚赖,而旧部本不联属。及归,又虐用其民,以伊犁同归之人及厄鲁特避兵来投者为亲兵,故其窜也,皆相率随之,旧部人莫有从者。兆文毅既抚定喀什噶尔,寻驻叶尔羌办善后事。富将军、阿参赞、明忠烈、阿文成等追贼,七月七日,及之于阿尔楚尔,大败之。二十五日,及之于哈喇库勒,又大败之。八月十日,至伊西洱库尔淖儿,乃拔达克山部落接界处也。贼先据山麓以待,富将军等麾兵进击,自巳至未,贼犹以死拒。乃选鸟枪精利者四十人,自山北而上俯压之。贼辎重有攀援过山者,有阻于淖儿岸者,方惊惧失措,霍集斯、鄂对大呼“降者不杀”,于是回众数千各率其眷属乞降,声如奔雷,霍集占禁之不能止,遂遁。是役也,降者万二千,牲畜万计,器械无算。两酋向拔达克山逸去,富将军德等追入,檄谕其汗素尔坦沙缚以献。二十八日,两酋果往投,素尔坦沙执之,而遣人为两酋乞命,谓我回部经教,凡派罕帕尔子孙,不得执送人也。富将军德等胁以兵威,谓不献,则大兵即入。素尔坦沙乃杀两酋,以霍集占首来献,其波罗泥都首为其从人窃去。素尔坦沙旋来降。遣使入觐。

　　回部平,武功大定,颁诏天下。兆文毅公班师归时,上郊劳于杨武村,行抱见礼,赏赉优厚。封兆文毅为一等公,富将军德为一等侯,余迁秩有差。自此叶尔羌诸部慑服如内地臣民,自今甲子周浃,而恭顺仍如故也。

台 湾 之 役

台湾自古不通中国,《文献通考》云:"泉州之东有岛曰澎湖,澎湖旁有毗舍耶国。"盖即是也。明末,为荷兰夷人所据。国初时,明将郑成功自江南败归,遂取其地以为国。及其子经当三逆叛时,屡乘间入犯海疆,先良亲王遣吴兴祚、姚启圣等收复金、厦二门。康熙二十二年,靖海将军施琅克澎湖,经愤悒悒卒,子克爽降,台湾乃隶版图,特设台湾府及台湾、凤山、诸罗三县。其地东倚山,西傍海,北至鸡笼城,南至下淡水,长千余里,东西阔四五十里或十余里。山之东则层峦叠嶂,皆生番所居,打鹿为生,不隶版籍也。康熙六十年,奸民朱一贵叛,水师提督蓝廷珍荡平之。雍正元年,以诸罗北境辽阔,增设彰化县及淡水同知。六十余年以来,地大物博,俗日益淫侈,奸宄遂媒孽其间,官斯土者,又日事朘削。会漳、泉二府人之侨居者,各分气类,械斗至数万人,官吏不能弹治,水师提督公黄仕简率兵至,以虚声胁和,始解散。自是民狃于为乱,竖旗结盟,公行无忌。淡水同知潘凯者,方在署,忽报城外有无名尸当验,甫出城,即为人所杀,并胥吏歼焉。当事者不能得主名,则诡以生番报,谓番性嗜杀,途遇而戕之也。使人以酒肉诱番出,醉而掩杀之,奏罪人已伏法,而杀人者脱然事外。于是民益轻官吏,而番亦衔怨次骨。

乾隆五十一年,彰化县有林爽文者,恃其所居大理杙地险族繁,恣为盗贼囊橐。闽、广间故有所谓天地会者,为奸徒结党名目,爽文借以纠约群不逞之徒,啸聚将起事。太守孙景燧至彰化,趣县令俞峻及副将赫生额、游击耿世文率兵役往捕。不敢入,驻营于五里外大墩,谕村民擒献,否则村且毁。先焚数小村怵之,被焚者实无辜也。爽文遂因民之怨,集众夜攻营,全军覆没,赫、耿、俞皆死焉,时十一月二十七日也。明日,贼乘势陷彰化,孙守及都司王宗武、同知长庚、前同知刘亨基、典史冯启宗悉为所杀。十二月六日,又陷诸罗,县令董启埏死之,淡水同知程峻亦为贼所害。凤山县有庄大田者,亦盗魁,乘乱起。十三日,陷县城,县令汤大奎自刎死。惟府城有总兵柴大纪及监司永福、同知杨廷理等率兵民固守,贼屡攻之不能破。而彰化之鹿港,贼已遣伪官来监税,有泉民林凑等起义擒之,是以府城、鹿港两海口俱未失。

闽中闻变,时总督雅德被逮,将军常青本以宁王府长史起家,老而耄,以和相私人故,得署督印。时毫无措置,惟檄黄仕简及陆路提督任承恩入台擒贼。时黄病初愈,策杖而行。任为金川殉难总兵官任举之子,少年世荫,素不知兵。二将军仓卒入台,仕简由厦门渡海入府城,承恩亦由蚶江渡海入鹿港,俱以五十二年正月初旬至,贼势稍敛。仕简卧病冰簀,因命大纪北取诸罗,总兵官郝壮猷南取凤山。大纪骁将也,率乡兵数百,说以大义,转战贼寨间,屡擒其首,遂恢复诸罗,固守之。壮猷南出二十里,为贼所阻。任承恩之至鹿港也,距大理杙贼巢仅四十里,亦观望不敢进。壮猷顿兵几五十日,二月二十一日始进凤山。凤山空无人,招民复业,贼即潜入其中,与外贼相应。三月十日,城复陷,游击郑嵩死焉,壮猷等遁归府城。先是,二月中,上见两提督彼此观望,恐不能速殄贼也,有旨命常青往督师。青不得已,迁延入台,踞府城。百姓以青为督府,当知兵,人心稍定。闽督李侍尧甫莅任,即预约广督孙士毅调兵四千备缓急。而凤山再陷之信至,立即趣兵往,遂以三月末悉抵台。贼方攻城急,赖以不陷。李侍尧又奏调浙兵三千,上益以驻防满兵一千,令将军恒瑞为参赞赴府城,提督蓝元枚亦为参赞,分浙兵二千赴鹿港。有旨以失律诛郝壮猷,于是诸将咸思进兵。而常青畏葸,日夜惟涕泣而已。时贼虽猖獗,势力尚未甚大,各村民俱未为所胁也。而诸将以五月二十四日出师,城中士民咸设犒酒以待。甫交绥,常青战栗,手不能举鞭,于军中大呼曰:"贼砍老子头矣!"即策马遁,诸将因之即退,贼大欢啸而归。青入城,即令闭关,又请兵一万。贼得以暇,蚕食各村,不从者辄杀,于是遍域皆贼矣。庄大田驱以扰府城,林爽文驱以扰诸罗,势益炽。迨官兵从邻省调至闽,又守风过海,凡两三月,则我兵仅增万,而贼已增十万矣。

诸罗为南北之中，林爽文必欲陷之，自六月中攻围，连日夕不止。大纪指挥诸将云："语曰：'有城守责者，生死以之。'大纪虽武夫，敢弃天子所付之封疆乎？誓与此贼始终可也。"因置酒召诸将饮，席间亲酌之酒，挥涕拜诸将曰："君等如能坚守固佳，否则斫大纪以降贼，无使苍生遭锋镝也。"诸将感激用命，日夜防守甚严，时出军扰贼营。贼用吕公车以数百人牵之，击城北堞，城上用飞炮碎之。贼复用火箭射雉楼，诸将预蓄水桶，随手扑灭。贼日夜喧噪以乱军心，城中鼓角应之，使不得闻，如是者凡百日。诸义民鼓于忠节，各皆出饷劳军，城赖以济。大纪数遣敢死士突围出，请救于常青。青笑曰："若是呆汉，适足以予贼，始快余心也。"终不发兵救之。副将蔡攀龙请行，上复严旨督责，青不得已，命屠弱兵数百，使攀龙率之往援，咸殁于敌，惟蔡仅得入城。诸罗之围益密，入者不能再出，大纪告急之文，用小字书寸纸，募人间道夜行，始得达府。而贼禁粒米不得入城，城中士庶，已饥疲不能支。上谕大纪命拔身出，大纪以士庶已共守久，恐遭贼屠戮，誓死不出。奏闻，上垂泣曰："大纪忠诚，虽古名将何以复加！所谓我君臣各尽其道也。"因封大纪为一等嘉义伯，世袭罔替，赐银一万两。念诸罗被围久，特改名嘉义，以旌士民。

时常青在府城，欲弃城遁者再，赖诸将护持，因密札哀乞和相，请以他将往代。和相晏见奏之，上亦预烛青必偾事。六月中，即调陕督福康安为将军，及领侍卫内大臣海兰察来统兵，并发明诏，声言调兵十余万来灭贼。冬十月，所调蜀番及粤西兵共五千先至，有旨官兵不必至府城，当即往鹿港进。会飓风不得渡，守风于崇武澳。二十八日，忽得顺风，一昼夜数百艘尽抵鹿港海口，樯竿如栉，列数里。贼闻之，不测多寡，谓真有十万兵至，始惧。十一月八日，福康安等起行，贼方列拒于崙仔顶，海兰察率巴图鲁侍卫发矢殪数十贼，贼大惊曰："是何老骑兵，强壮乃尔？"遂即披靡。海兰察笑曰："此一群犬耳，何畏之有！"遂麾兵入。盖时常青伪造蜚语，谓贼有异术，实不可撄。福康安亦先惑其言，至是始知其妄，乃沿路复击杀之，伺隙者至朱稠山，再败之，即以是日抵嘉义。城中官民出迎，饥羸无人色，见福至，无不歔歟啜泣,喜其来而悲其晚也。惟大纪以功高,与福康安抗行宾主礼,康安衔之,遂密奏其人奸诈难信。会侍郎德成自海上监修城垣归,复媒蘖大纪之短。上信其言,遂以前贪纵事,逮大纪及永福入,先后正法。而大纪部下诸将李长庚、王得禄、邱良功等,后皆有所建树,立功海上,盖承大纪训也。

　　嘉义城北有山名小半天者,四面陡绝,贼遁而聚于此。十八日,福康安率将士百道仰攻,又克之。贼自猖乱以来,狃见常青畏怯,以官军不足畏,不虞此次之难抗也,遂遁归大理杙。贼巢已筑土城坚固。二十四日,官兵至,贼犹数万出拒,退而复集者数次。既夕,我兵伏沟坎间,贼执炬来索战,我兵在暗中,贼不能见,而我兵视贼,则历历可数,发枪箭无不中贼。贼自知失计,遽灭火,复击鼓来攻。我兵又从鼓声处击之,杀死无算。黎明进兵,遂克其城,林爽文已携孥走,据守集集埔。其地前临大溪,溪之上就高岸垒石为陡墙,长数里,其所预营,厄险处也。十二月五日,官兵腾而上,杀千余人,于是贼党皆溃。林爽文先匿其妻孥于番社,惟与死党数十人窜穷谷丛箐中。十三日,先获其孥,福康安又遣使入大山,怵以兵威。生番惧,遂献爽文出。而庄大田虽与林爽文同逆,又各自号召不相下,乘官兵未南,益焚掠聚粮为抗拒计。已又思出降,计未定,而福康安已于十六日抵牛庄,大田仓猝出拒,败而走,官军连蹑之,累战皆捷。极南有地名郎峤者,负山临海,最辽阻,庄大田力不支,与其党潜匿焉。福康安先遣水师由海道绕而截之于水,自以大兵环山围之,贼冲突不能出,阵杀者数千,溺海者数千,擒而戮者亦数千,庄大田遂就获,台湾平。

　　上大喜,封福康安为一等嘉勇公,赐宝石顶,四团龙补服,紫缰罾以旌之。其余将士皆优赉焉。常青以失机被逮,复以重贿赂和相,和以其年老多病语奏,上宥之。逾年,复为礼部尚书,卒终于任,至今台民犹有余憾焉。

癸 酉 之 变

　　白莲邪教起自元末红巾之乱,明季唐赛儿、徐鸿孺等相沿不绝,盖由狐怪所传,其经卷皆盗袭释氏之文,而鄙亵不成文理。又以"真空家乡,无生父母"八字为真言,书于白绢,暗室供之。其教以道祖为重,又有天魔女诸名位,以持斋修善为名,而暗蓄逆志,谋为不轨。其教自京畿迤南,学习者众。乾隆中,傅文忠任九门提督时,曾捕获黄村妖妇某氏伏法,其党惩治有差,其风稍息。而蔓延至楚、豫、秦、蜀诸省,遂有嘉庆丙辰楚北揭竿之乱,兵兴九载,然后扑灭。其传习京畿者,久而益炽,又变为八卦、荣华、红阳、白阳诸名,大吏相安无事,不复根究。

有林清者,本籍浙江人,久居京邸,住京南宋家庄。幼为王提督^炳弄童,随王于苗疆久,颇解武伎,遂为彼教所推,尊为法祖。其人颀身鼃面,髯张如猬,自以智谋过人,其实愚鲁异常。因掌教久,积募银米,家业颇丰,遂蓄不逞之志。大内太监多河间诸县人,有刘金、刘得才等,其家即素习邪教者。选入禁中,遂与茶房太监杨进忠等传教,羽翼颇众,因与林清交结。会辛未秋,彗星出西北方,钦天监又奏改癸酉闰八月于次春二月,诸贼乃以为预兆。又其经有"八月中秋,黄花落地"语,遂附会其说,以为本朝不宜闰八月,故钦天监改之,而不知康熙戊戌久有之也。杨进忠颀而长,面目凶险,遂以铸军器为己任,暗于宣武门铁市中铸刀数百柄。林清邀结其党数千人,其中祝现、屈五、刘第五、刘呈祥、支进财、陈爽、李五等为巨魁,遂与刘得才等暗约,于九月十五日午时入禁城起事。有汉军独石口都司曹伦者,侍郎曹瑛后也。家素贫,尝得林清伙助,遂入贼党。适之任所,乃命其子曹福昌勾连不轨之徒,许为城中内应。福昌欲于十七日起事,盖以是日上驻跸白涧,诸王大臣皆往迎銮,乘其间也。而林清狃于经言,未及改期。本欲聚数百人入,而诸逆监以为大内地不广阔,难容多人,又妄恃林清果有邪术可以致胜,而清又倚赖诸逆监谙熟禁中路以为导引,遂以二百人为额。然其人皆市井无赖,初无智略,又其谋不慎秘,颇为人知。林清尝步行街衢,风开其袂,露悬坎卦腰牌,为市人所窥见。又饮于友人室,醉后露大逆语。然诸有司皆以株连太监,故不敢究诘。至黄村同知张步高与林清结为昆仲,以希他计。吁,可怪也!其党祝现者,本豫王包衣人,居桑垡村,充豫王府庄头,家颇丰。其弟祝嵩庆颇不善兄所为，知其反期已决，奔告豫王。豫王裕丰初欲举发，会有尼之者，豫王于壬申年上大阅南海子日，亦曾寓宿林清家中，故匿不敢奏闻。芦沟司巡检陈绍荣，因居民逃窜，访知其谋，于数日前申报宛平县。县令某已有签派弓兵会同擒剿之札，既而不果。步军统领吉伦，贪吏也，营员久相申报，吉伦以事干禁籞，不肯究讯。数日前，方携酒游香界寺，吟咏竟日，托言迎銮白涧，是日驺从出都门。有左营参将某，攀舆以告曰："都中情形大有所叵测，尚书请留，以为民望。"吉伦正襟厉色曰："近日太平乃尔，尔作此疯语耶？"挥舆竟去。

十四日，林清贼党分二队：其东自董村至者，以祝现、屈五为首，约由东华门而入；其西自黄村至者，以李五、支进财为首，约菜市口齐集，由西华门而入。正阳门外开庆隆戏园刘姓者，亦其党羽，曾授逆职为巡城御史。是日延李五等入其戏园观剧，酣饮竟日，而营坊诸官莫有过而问者，其去木偶几希矣。十五日午，太监刘得才引祝现等由东华门入，会有卖煤者与之争道，贼脱衣露刃，为司阍官兵觉察，骤掩其扉，贼喧然出刃，阑入者陈爽等十数人，屈五等皆遁逃。有今礼部侍郎觉罗公宝兴者，侍直上书房，甫退直出，适遇贼舞刀入，白光灿然，宝踉跄奔入。时署护军统领为杨述曾，汉军人，由参领起家，初无智略，因率数护军御之，杀数贼于协和门下，而官兵受伤者亦多。宝侍郎遂命掩景运门，入告皇次子。皇次子从容布置，命侍者携鸟枪入，并严命禁城四门，促官兵入捕贼。刘得才引二贼入苍震门，欲手刃太监督领侍常永贵，泄其夙忿，为太监顾某击擒之。其由西华门入者，时仓卒门不及阖，遂全队入，杨进忠与其徒高广福引之。尚衣监为制上服处，杨尝乞其补缀而不与值，司衣者拒之。杨以是隙，遂引贼入，全行屠害，存者无几，有老妇数人藏于荆棘中获免。遂入文颖馆，杀供事数人。陶凫芗编修梁方校书，闻门外履声橐然，突然问曰："金銮殿在何所？"其愚蠢也若此。陶仆骆升方提茶榼至，遂以身障凫芗，贼伤数刃，凫芗得以免。其贼遂丛集隆宗门，门已阖，有护军某知事急，怀合符于身，亦被数刃，憭然卧阶下，合符得以保全。贼由门外诸廊房得逾墙窥大内，皇次子立养心殿阶下，以鸟枪击毙二贼，贝勒绵志亦趋入，随皇次子捕贼。复有二贼潜入内膳房屋中，众内监击杀之。

时诸王大臣闻变，皆由神武门入，余在邸方与僮手弈，闻变，骋马入。至神武门，庄亲王绵课、贝子奕绍亦先后趋至，闻贼已聚攻隆宗门。纳兰侍郎玉麟方迎驾归，短衣跣跗入，皆聚集城隍庙门前，时官兵至者未逾百人，余皆仆隶而已。众错愕无策，镇国公奕灏，勇士也，掌火器营事，因曰："是日火器营官兵，皆聚集箭亭以备拣出征时有滑县之变，可招而至也。"余应声曰："君言大是。"伊乃骋骑去。时镇国公永玉、护军统领石瑞龄曰："禁内隘窄，恐有不测之变，可速备车乘，以备后妃之行。"余亦是其言。宗室原任大学士禄康首拂其论，曰："此系何等语，乃敢出口耶？"众皆默然，其心实叵测也。成亲王永礼后至，时已被酒，乃大呼曰："何等草寇，敢猖獗乃尔！贼在何处？俟吾手击之。"因脱帽露顶，势甚雄伟。时内监有言贼甚凶猛，已攻中正殿门，入者约计二百余人，盖即其党也。亦实有醇良辈登延薰阁数十人，眺览于外，屡促官兵，声泪俱下，惜不知其名也。须臾，奕灏率火器营官兵入，凡千余人，鱼贯横枪，意甚踊跃，实祖宗百年涵养之功也。庄王因率百余人，并矛手数十，从西城根进。余在后督率官兵后至者，励以大义，皆奋勇前进。副都统公安成者，超勇公海兰察子也，少年勇锐，时方徐行，余抚其背曰："君乃勋臣世荫，不可有坠家声。"安乃奋勇而前。遥闻枪声訇然，知官兵已对敌也。时有数十贼入慈宁宫伙房者，庄王首射一贼，应弦而倒。官兵复枪伤数人，贼遂披靡。庄王同安成、奕灏先后追至隆宗门，贼首李五、祝现方积直宿者之襆被于檐下，意欲纵火。庄王率众攻之，擒获数贼，其余皆由南遁去。时副都统苏公尔慎、钮钴禄公格布舍方衔命南征入京整行装者，闻警趋入，亦首先杀贼。有侍卫那伦者，纳兰太傅明珠后也。少时家巨富，凡涤面银器，日易其一，晚年贫窭，一冠数十年，人争笑之。是日应值太和门，闻警趋入。时有劝其缓行者，那故迂直，曰："国家世臣，当此等事，敢不急赴所守耶？"因急趋至熙和门。门已闭，那方徬徨间，适贼蜂至，遂被害。高广福时杂于众贼中，因引贼由马道上城，腰出白旗摇展，或书"大明天顺"，或书"顺天保民"，皆庸劣可哂，以白布裹首，呼号于雉堞间。奕灏、苏尔慎因上城驱逐，高广福持旗呼众间，奕灏弯弓射之，自城楼坠殒,众声欢忭如雷。有御书处苏拉某,乃导李五匿于御刻石榻间。余督后兵自武英殿复道进,有理藩院员外郎岳祥,海兰察之婿也,貌甚勇健,与余路遇,愿从杀贼。时贼有迎拒者,镶蓝旗护军校常山以枪击之,坠于御河,山即入河擒之。余即与之手绢以为识。众愈踊跃,时擒毙贼数十,官兵之势愈盛。贼有自投御河死者,有匿于城堞草中者,有匿于五凤楼者,如鸟兽散。时天殆黑,与今礼部尚书穆公克登阿遇,穆骤曰:"天已昏黑,奈何?"余曰:"今十五夜,有月光照曜。"盖安众心也。穆固长者,不解余意,因曰:"月光终不及日。"余即指心以示,穆乃改曰:"月光固皎如昼也。"时诸王大臣皆黾勉从事,然亦有日落始至者,亦有逍遥雅步于御河岸者。以天潢贵胄之近,而漠然如越人之视,亦可谓无心肝人矣。钮钴禄宗伯庆福,修髯垂腹,公服挂珠,正襟坐于军机处阶上。人问之,曰:"今日望日,敢不公服?"其迂执也若此。时庄王等皆入隆宗门内,余念西华门为贼突入之所,恐其乘夜夺门出,因率火器营兵数百屯于门侧。会成王命护军统领石瑞龄、义烈公庆祥、散秩大臣绵怀、副都统策凌分守四禁门,庆公祥乃率其所管正蓝旗护军营弁兵至西华门,会英诚公福克谨、原任礼部侍郎哈宁阿皆偕至。庆固多才智,其营参领赶兴,为缅中失节之德森保子,人亦勇健,思干父盅,因与余露宿驰道上。中夜时,有太监张泰者,即于己巳春同鄂罗里共倾陷广赓虞侍郎者,时亦通贼,由城堞蛇行,伏于东华门马道上,为奕灏所擒,始知有内监通贼状,此十五日事也。

至五更,月色皎洁如昼,余与庆公命岳祥率数十兵上城巡眺,庆公又命长枪手数十拒守西华门洞,终夜间寒风凛然。内务府衙门中尚有伏贼,砍某郎中肩逃去。闻大城内柝声丛杂,竟夜不绝,盖玉念农侍郎率步兵巡逻,甚严密。天殆明,乌云自西北起,霹雳耆然,人皆辟易,俄而大雨如注,军士火绳俱灭。闻五凤楼中有人沸声,余命火枪齐发,然雨势甚大,因退屯咸安门下。是时兵弁无不怨雨非时者,后知是夜逸贼匿于五凤楼者,欲于是时纵火突出,会闻雷声惊溃,雨复灭其火种,固国家无疆之福,天有以佑之也。天始明,有南薰殿人报其中有贼者,余率兵十数人入其栅内,余立土墩上指挥其众。有正红旗火器营护军校福禄者,冒险入,擒数贼出。贼有攀树逾垣者,亦为兵弁所获。有名史进忠者，人甚黠，余因命岳祥以善语诱之。其始言姓刘，盖以刘得才为可恃也。久之始得林清名姓，及李五、祝现率众入西华门语。会庄王率长枪手数十人拥至，余告其故。王曰："适才奕公灏亦于锡庆门前讯问陈爽，供与之合。"余因与之筹画兵食，王蹙额曰："内务府仓中现不发粮，奈何？可命余护卫向街巷中市饼饵，聊充竟日之餐可也。"因率众巡逻去。今户部侍郎宗室果齐斯欢至，衣襟尽血，云："余适才巡至五凤楼，见一贼匿于扉侧，余往擒之。贼挺刃至，被余手刃之。"气色甚壮。果为壬戌宗室进士，勇健乃尔，不负维城裔也。因耳语余曰："闻有内监通贼者，王慎勿泄。"余首肯者再。庆公因问，果告如初，因共嗟叹。刑余之辈，历代无状乃尔。本朝立制綦严，乃敢萌叛逆之心至此，恨不共餐其肉也。时天已晴霁，余因亲同岳祥上城巡视，见正红旗兵列营于西华门，军容甚肃。余凭堞问，乃康逼军修队也。午间，庄王亲至散给饼饵，数人共一枚，不足充饥。余与庆公议，因修书寄家中，命运米数十石以供军食，从门隙投出。至晚米始至，军士饱餐欢然。日落时，有火器营领札某，入御书处巡视，闻石隙中有人语，出呼兵入。庆公命赶兴持刀首入，众兵弁随之，余与庆、福二公往拒其门。贼出与斗，官兵踊跃擒捕，如巢中捕雀焉，鱼贯累然擒出凡二十四人，首谋之苏拉亦与焉。余讯之，彼战栗无人色。李五甚狡捷，与官兵格杀，被伤甚重，是夜毙焉。官兵欢声如雷，士气益壮。闻是日，豫王裕丰及原任大学士禄康托言出购军食，竟开东华门出，须臾乃徒手归，言无炊饭处，竟不知作何状也。黄昏时，讹言有贼犯西长安门者，庆公与余同鼓励将士，命列队以待，兵士有惊诧者，余欲正法，众乃帖服。久之，始知为古北口提督马瑜率兵由密云至京，城北尘土蔽天，致有此讹传也。晚间，庄王入告督领侍常永贵，因擒刘得才数十人出，皆俯首服罪，此十六日事也。

次日昧爽，上遣和硕额驸超勇亲王拉旺多尔济、和硕额驸科尔沁郡王索诺木多布斋、固伦额驸固山贝子玛尼巴达尔、今大学士托公津、今吏部尚书英公和先后入京，盖于路次闻警报也。命八旗都统各于界域中擒捕逆匪，恐有逸贼潜大城中也。时各都统闻命皆趋出，惟成、庄二王及奕灏、安成等数人未动，殊有识也。时庄王已将林清名姓居址密札告玉侍郎麟，会英公和至，已授步军统领，因命番役张吉、高铎、徐永功三人往宋家庄擒捕林清。会有宋某举发其事，因命为引导。时由东华门溃散者，已归告林清，清踌躇竟夕不寐，绕床嗟叹，然犹希冀曹福昌之逆党应承于十七日起事者，或有所徼幸，因未逃遁。黎明时，张吉等三人已至其家，扉尚阖，张扣扃久之，林清着燕服出。张吉伪告曰："城中事已有成，奉相公命，延请入朝。"清大喜过望，欲登车，其姊闯然出曰："事吉凶未可知，不可独往。"张、高等推妇仆地，遂驱车返。妇踉跄归，命数十人追之，车已入南苑门，门随掩，追者无及，返。是日亭午，忽传上自燕郊回銮，逾时遍禁城皆知之。贝勒绵志持钥立东华门楼上伫望，景运门皆洞开，久之声迹杳然，盖即福昌之党所为也。余方假寐，闻之不及着靴趋出，庆公曰："事关巨大，我等有守城责，不可擅离，恐有他故也。"余心是其言。是时诸王大臣于各偏僻处搜捕，先后又获十余贼。有刘姓者缚卧隆宗门侧，闻火枪声，自相怨艾曰："吾早言是物凶狠，终不能成事，若辈不听好语至此。"可见贼众皆乌合而至也。然始终不获祝现、刘呈祥二人，或曰死于东华门，着青衣者类呈祥，然无左验。至祝现踪迹诡密，必有逆党藏匿之者，其事不可深诘也。是日，谕旨至，深奖皇次子之功在社稷，封智勇亲王，贝勒绵志以扈跸功，亦封郡王职衔，赏食俸银一千两。又择于十九日回銮，命诸王大臣毋庸远接，以靖人心。是日，庄王率兵出巡九门归，人心稍定。晚间骤闻禁城外喧哗声，俄时遍满街巷，讹言太平湖在城西南隅。业经接战，又云西长安门已破，遍都城人声沸腾。时科尔沁贝勒鄂尔哲依图有母丧，闻变，墨缞守神武门外，纪律颇严。俄有冠五品顶戴花翎人驶马至，云欲调官兵出禁城御贼，鄂询之，即趋去。又有骑白马人沿街传呼有贼，盖即福昌之党羽，期于是夜举事者。果益亭侍郎守西栅栏，有其营兵校报贼至者，果立缚杖之。时大僚有欲启神武门出兵者，幸为庄王所阻。守午门之策凌闻变，竟率兵开门首遁。赖皇次子遣安成巡察至午门，阒无一人，归报皇次子，改命公舒明阿代守之。舒招集前兵固守，得以无虞，此安成亲告余者。是夜，余闻变，亦愀然变色，赖庆公抚御士卒，列队以待，命岳祥、赶兴上城瞭望，谓余曰："此队文武二员殊可嘉也。"俄而大风翕翳，新寒侵骨。至夜半，人声渐息，实无一贼焚掠，盖贼党煽惑，使我兵自践踏也。闻是夜北城有兵家，其夫出守禁城，而家无一人，其妻闻变自缢者。又闻有全家殉节者，惜不知其名。最可诧者，策凌之逃，合朝无人举劾，而是夜倡乱者，惟擒曹福昌一人，余皆不为究诘。司寇讯曹伦父子时，亦未有一人问及此夜之事，反代林清云"欲俟滑县李文成贼至"之语，以诳君父，此余之所未解者。此十七日之事也。

　　至次早，北风凄紧，日色无光，士皆披裘立，尚寒栗无人色。所擒贼有冻毙者，其余哀号之声不止，庆公曰："余不忍闻也。"余曰："此皆碎尸不足以泄吾愤者，君可谓'孑孑之仁'也。"庆亦鞭然。时同至文颖馆，始知陶岚芗尚在，匿于柜中，绝粮已三日矣。至晚，秋卿始命司员录诸贼生供，然后启神武门，递送诸贼于狱中。是日，余至克勤郡王寓中，始食秋梨数枚，前此食不下咽也。此十八日事也。

　　明日，余同诸王公迎驾于朝阳门内，常服挂珠，用兵礼也。辰刻，上乘马入都门，夹路士卒欢拜，重睹圣颜，余不禁潸然泣下也。上抚御士卒，缓辔入宫，即下罪己诏。诸王公大臣集乾清门跪读，不禁呜咽失声，唯铁冶亭宗伯云："我辈若此尽职，而皇上惟言丛脞何也？人知其志荒矣。"上立命开内外城诸门，以安人心，又特赐将士食，命御前侍卫等视食毕，然后复命。又命庄王及贝子奕绍等入太庙、社稷诸宫殿，搜捕余贼。次日，召王公大臣于乾清宫面谕："近日诸大臣因循怠玩，有为朕宣劳者，众必阴挤杀之，以致有此大变。"余首奏曰："皇上此言真切中今日之病。然臣等世受国恩，乃使今日有此等事，真愧死矣！"上首肯者再。又言："前日朕闻报时，即命回銮，皇父陵寝在咫尺间，亦不能谒。前讹言有贼三千直犯御营之语，朕谕御前王大臣不必惊惧，俟贼果至，汝等效死御之，朕立马观之可也。"因言："我大清以前何等强盛，今乃致有此事，皆朕凉德之咎。"众皆呜咽痛哭，叩首请罪。成王因言："皇上如此圣明，百姓纵不能爱戴如父母，何以疾之如寇仇？此必有所致祸之根，容臣密奏也。"上可曰："兄可急缮奏闻，王大臣中如有能摅忠悃者，可缮折以奏，待朕裁定。"众叩头谢。上又曰："此中亦真有为朕出力者，朕习知之，不必因此生怠也。"众又叩首出。时有欲合避邪丸药，使诸内监服之以却其邪谋者。继又作尔汝之辞,上皆笑而不答。既出,余笑谓成王曰:"此何异杨武陵默诵《华严》却贼之故智也?"成王艴然曰:"伊之才何得譬武陵,直郭京、申甫流耳!"因脱帽掷床上,众皆轩渠。是时拉旺多尔济等奉旨率健锐营兵弁往剿东董村及宋家庄诸处,贼已弃巢逃窜,超勇王遂聚火焚其室,终夜火光燎然。京兆尹以贼人啸聚,请独对,而超勇王等适率劲旅凯旋,其漫无闻见至此。巡城御史曹恩绎、陆泌遣侦者巡逻于右安门,获太监杨进忠家书,始知其通逆谋。盖伊引贼入,见庄王率劲旅至,伊即逃入直房,闭门晏寝。至是事定,始遣仆通信于其家,乃被获,实天意也。上命承恩公和公_{世泰}至其家搜刀布出,乃伏法。

二十三日,上御丰泽园,亲讯逆党,诸御前侍卫佩刀环立,威仪甚肃。上命庄、超勇二王坐于御座侧,引刘得才、刘金至,上问曰:"汝等皆朕内侍,朕有何待错汝等,乃萌此逆谋也?"二阉贼俯首称主子饶命者再。上笑曰:"汝既顺林清,应与朕作尔汝之辞,何得尚称君上?"二贼无词。上因命夹打毕,牵去。复引林清至,上问其何故蓄逆谋,林清曰:"我辈经上有之,我欲使同辈突入禁门杀害官兵,以应劫数。"上又讯问其党,清曰:"有包衣人祝现为党中巨魁。"上因回顾刑部诸臣,问祝现何在。尚书崇禄奏曰:"业经正法。"侍郎宋公_镕奏曰:"尚未缉获。"上首肯之。因顾庄王曰:"外间讹言太监皆叛,今日审明除此数逆外,朕之内侍非尽叛也。"玉音申谕者再,盖安反侧心也。因命将林清等即时正法,遂起立,众扈从入宫。余是日亦佩刀随往,目击其事。后乃有妄言林清有诸邪术及诸悖逆不服之言,皆齐东语也。其后步军统领、五城御史等,陆续捕获从逆贼党,上优赉升擢有差。乃革吉伦、玉麟职。其日未及入禁城之大臣,大学士刘权之、刑部尚书祖之望、礼部尚书王懿修等,皆命致仕。副都统杨述曾以其协和门捕贼功,宥死,戍于边。护军统领明志以是日入直者乃其所属,亦革职,发往东陵赞礼郎上行走。后于十月间,步军统领英公_和因访获曹福昌从逆有证,遂逮其父曹伦至,御讯于丰泽园,即时正法。以失察故,革禄康、裕瑞职,发往盛京居住。曹福昌临刑时告刽子曰:"我是可交之人,至死不卖友以求生也。"此英诚公_{福克进}亲闻知者也。逾年,裕丰匿告事发,革其王爵。其党虽陆续就擒,然祝现、刘第五至今逋逃漏网,尚未明正典刑,殊使人愤悒也。

呜呼!林清一妄男子耳,焉有当此海宇升平之日,聚数百不逞之徒,乃欲直犯禁阙,图谋不轨,洪荒以来,有此事乎?而凶狠之辈,听其怂恿指挥,甘罹危险,以图侥幸于必不能成之计,亦可谓至愚矣!

滑 县 之 捷

河南滑县,地邻直、东三省,易于藏奸。有李文成者,素习白莲教,为若辈所推服,与林清相勾通,约于九月中起事。有县吏牛亮臣、主计冯克善,皆与逆谋。又有宋元成,身躯壮伟,多黠智,乃勾通东昌、曹州、大名诸逆贼。时又有曹福昌、刘得才党羽内应之举,诸贼恃为泰山,有司有知之者,皆不敢举发。滑县知县强克捷,陕西韩城人,中戊辰进士。人素忠梗,乃收捕李文成于狱,根究结党逆谋。上司有阻之者,强不为所撼。牛亮臣、宋元成遂纠结贼众,于九月初九日劫狱入署。强闻难,朝服立于堂中,以大义责之曰:"汝辈皆朝廷赤子,奈何崇信邪教,甘谋不轨?自古红巾,几见有为帝王者?乃为此灭族之计,吾为汝父母官,应代为悲也。"众有感其惠者,不忍戕害。宋元成首犯强公,因屠害家属数十人。其媳徐氏,美而艳,贼欲犯之,徐瞋目大骂,怒啮贼背。贼怒,醢其躯。劫文成出狱,遂据城叛。时欲结队北上,有教谕吕某佯降贼,因绐之曰:"昔川、楚教匪蔓延九年,所以终为官兵扑灭者,因其不据城池,无所固守故也。今可高筑雉堞,闭关自守,以待他郡接援,然后会师北上,始能保万全也。"贼信其说,遂屯聚道口诸村堡,以为声援计。

事闻,上命直督温承惠为总统,率古北口提督马瑜及护军统领富兰、副都统格布舍、苏尔慎等,率直隶、河南等处绿营兵以讨之。温驰至正定,闻禁城变,复率兵归保定。上以其失察林清及逗遛故,褫其职。改命陕督那彦成督师。命简健锐、火器二营兵二千名,命侍郎公庆祥,副都统御前侍卫桑吉斯塔尔,副都统积德、长庆等率之往。时山东东昌亦有应之者,赖盐运使刘清,副将马建纪、张拱辰等率兵抵御,诛夷无算。上又命固原提督杨遇春率陕中兵讨贼。杨固宿将,所统兵皆降贼,技勇熟练,身经百战者,杨善为抚驭,得其死力。时河南巡抚高杞被围于浚县,富兰等统兵救之,围乃解。那绎堂驰至军,请申明纪律,檄调各省兵马。上责其逗遛,那谓人曰:"不教而战,是殃民也。昔川、楚之所以失事者,皆兵力未集而遽与之战,反为所败。是以人心震慑,不敢复撄其锋,以致蔓延日久也。今吾当厚集兵力,一鼓灭之。"遂屯河阳未进。杨遇春领关西兵至,先率数骑驰入贼垒,遍观形势,曰:"乌合之众,易擒也。"会吉林、黑龙江劲旅至,遂于十一月二十日攻破道口诸贼垒。

时李文成于官兵未合围时已驱车遁,以被知县强公夹伤,故迁延不能速行。那绎堂命总兵特顺保、杨芳,副都统德英额等追之。李文成遁入林县司寨,山中径路曲险,赖获土人导之以进。官兵有溃散者,赖杨芳斩数骑,人始用命。四面合攻,自辰至酉,贼势稍衰,我兵得以前进。贼皆溃散,坠涧壑死者无算,尸与涧平,我兵踏贼腹背以进。李文成知事急,自焚死,司寨之贼始尽。其据城者,犹日将白旗招扬,以期外援。时将林清等之首示之,贼皆以为伪,以林清内有奥援,其事定当早成,其愚暗也若此。宋元成遂遣冯克善潜出围北上,以侦林清事之成败,及号召其党羽,至河间旅店中,为知县张翔所获。时上命令大学士托公津驰赴大名,率富兰、马瑜等讨长垣诸贼,以次扑灭。那绎堂用杨时斋提督掘地道计,初于城西北掘之,为贼所破。复于西南隅掘之。既爇,城轰然崩溃,杨时斋持皂旗首登堞,桑吉斯塔尔继之。会城隅关帝庙被焚,火光照如白昼,我兵乘胜,无不用命。那绎堂与高公杞登土阜,督率进兵,至天明,屠戮贼人殆尽,于破屋中擒牛亮臣、徐安国二贼首。贼畏惧,无不延颈受戮,积尸若山阜。凡九十日,滑县乃平。教谕吕某亦自缢死。

事闻,上大悦,封那彦成三等子,赐双眼花翎,杨遇春二等男,高杞一等轻车都尉,余皆优赍有差。近年用兵,未有若是之速者。因恤强公,赐谥忠烈,建专祠以祀之。贼初起时,余告当事者,即忧其四出奔突,难以追逐,后闻其据城自守,已知其无能为。明参政亮初虑亦与余合,后知其计左,因谓余曰:"贼自趋灭亡,孤城致毙,此兵法所最忌者。此时虽命余呼贼为兄,亦所情愿也。"余亦大笑。后果符余二人所料云。

廓尔喀之降

廓尔喀自古不通中国,乌斯藏以西一大部也。乌斯藏即古佛国,今分为前、后两藏。自蜀省打箭炉西行七十二驿,至前藏,又十二驿,至后藏。又十二驿,至济陇,又三十驿,至石宿桥,为后藏极边地。过桥以西,则廓尔喀矣。前藏有胡土克图曰达赖喇嘛,相传为宗卡布及门高徒,世世转轮为之。每将死,则自言其往生处,其弟子如言物色之,得婴儿即奉以归,谓前喇嘛所托生也,其真伪不可知。而准噶尔、喀尔喀及内部落各蒙古王公皆尊信之,为佛教大宗。后藏班禅额尔德尼,其名位视达赖喇嘛稍次,而诸蒙古、番人亦崇奉惟谨。此二藏古吐番地,元世祖时,有八思巴专为帝师,明成祖时有哈麻立册为大宝法王,未尝待以属礼也。我朝文皇帝时,达赖喇嘛知大东有圣人出,遣使万里相朝贺,其后为厄鲁特所劫去。圣祖仁皇帝命皇十四子允禵为大将军,统兵入藏,收复其地,拥达赖喇嘛归,坐床于布达拉,以为绥安蒙古之计。初,有番目颇罗鼐,以功封王爵,统两藏事。其子朱尔默特叛见后卷,遂不复封王。以藏事统归达赖喇嘛及班禅管理,于是以教主兼国王之事,尤倚天朝以为重。

有丹津班珠尔者,本班禅部下头人,以罪被黜,窜入廓尔喀,结其酋喇特木巴珠尔。复以通商事,后藏人倚班禅势不与其值,遂相结怨,其人突入后藏据之,此乾隆五十三年事也。纯皇帝命川督鄂辉、成都将军成德统兵剿之,又以理藩院侍郎巴忠通谙番人语,遂命监其军。巴忠自恃为近臣,不复为鄂、成二人所统属,遂自遣番人与廓尔喀讲和,愿岁纳元宝一千锭以赎其地。廓尔喀欲立券约以为凭信,时达赖喇嘛以为不可,而巴忠欲速了其局,遂如约而归。逾年,廓尔喀头人索岁币,达赖喇嘛吝不与,其有呈进表文,语不恭顺,复为驻藏大臣普福匿不以闻。廓尔喀头人遂劫藏中头目玛尔沁以为质,复构兵入后藏,掳掠而归。驻藏大臣保泰拥兵不救,并欲弃前藏归,赖达赖喇嘛不肯轻弃重器以免。事闻,上震怒,巴忠畏罪,投河自毙。乃命褫保泰爵，改名俘习浑，国语所谓贱役也。乃命粤督福康安、领侍卫内大臣海兰察为大将军，统索伦、吉林及川、陕诸路兵入讨之。其粮饷则命大学士孙士毅主藏东路，驻藏大臣和琳主藏西路，济陇以外则惠龄主之。

五十七年春，福康安由青海路进兵。时青草未茂，马皆瘠疲，粮饷屡绝，运粮布政使受和珅指，欲绝其饷以令其自毙。赖福康安行走速疾，于四旬至前藏，以四月乙未出师。先遣领队大臣成德、岱森保由聂拉木进，总兵诸神保驻绒辖，防其抄袭后路。福康安、海兰察二人与贼战于擦木，战于玛尔辖，直抵济陇。成德亦由聂拉木转战而入，凡贼所侵后藏地悉复。六月庚子，遂入贼境，贼举国来，据于噶多溥。福康安分前队为三，令海兰察统之。又分前队为二，福自统之。遣护军统领台斐英阿在木古拉山与贼争持，福康安由间道冲贼营，海兰察又绕山出贼营后，与福相合势。共克木城、石卡数十，追奔至雍雅，俘其头人某，成德亦克铁索桥，进至利底。福康安又檄诸神保亦至利底，以壮军威。于是举国汹惧，遣人乞降。福康安曰："是缓我兵也，弗可听。"严檄斥之。七月庚子，裹粮再进，历噶勒拉、堆补木、特帕朗古桥、甲尔古拉、集木集等处七百余里，凡六战皆捷，所杀四千余人。至热索桥，福康安以为势如破竹，旦夕可奏功，甚骄满，拥肩舆挥羽扇以战，自比武侯也。我兵皆解橐鞬负火枪以休息，贼乘间入，我兵狼狈而退，台斐英阿死之，武弁亦多阵亡者。贼复遣人乞和，福康安遂允其请。贼献所掠金瓦宝器等物，令大头人噶木第马达特塔巴等赍表恭进驯象、番马、及乐工一部，上鉴其诚，乃许受降。八月丁亥班师。

是役也，巴忠既辱国于前，福康安复偾师于后，犹赖夷人畏葸，为国家威德所慑，故尔献表投诚，以结其局。后之用兵绝域者，应引以为戒欤。

銮　仪　卫

本朝銮仪卫相沿明锦衣卫之制，而不司缉探之事。掌卫者一人。

其属凡七所：左所掌辇辂，右所掌伞盖、仪刀、弓矢，中所掌麾、幡幢、节钺、仗马，前所掌扇、拂、炉、盒诸物，后所掌旗、瓜、吾仗，驯象所掌仪象、骑驾、卤簿、《铙歌大乐》，旗手所掌金钲、鼓角诸物。设衙于刑部之次，其属校尉舆隶等仪，犹相沿明制。凡冠军使等官之任，拜印升堂，吏皂趋贺，悉如大部制，故其秩虽次领侍卫府，而威仪过之。钟鼓司司谯漏，城北钟鼓楼，每夕委官及校尉直更。神武门钟楼，凡上驻跸圆明圆，则每夕鸣钟记更漏，上在宫日则已。午门钟鼓，凡上祀郊庙受朝贺，则鸣钟鼓以为则。其属员，国初俱设汉员，后以满洲侍卫间之，名曰銮仪卫侍卫。雍正中，厘正官阶，改汉员为汉军，满洲侍卫亦改定冠军、云麾等名。惟汉武科甲侍卫仍旧名，其后许外放绿营武弁。汉军人员视为捷径，每多委托，掌卫者复有苞苴之纳，故其风日颓，不可挽回。至今上亲政初，大加整饬，复特简大臣挑取，其弊始革焉。

绿营虚衔

国初沿明制，绿营总兵官有勋劳者，递加都督佥事、都督同知、右都督、左都督诸名目，盖明五军府官也。其最优始加将军之名，如赵良栋勇略将军，潘育龙绥远将军，杨捷昭武将军是也。至乾隆十八年，纯皇帝厌其名近虚伪，乃皆裁革，定提督为从一品，官阶始厘正焉。

绿营功加

八旗定制，凡从军有功者，视其功之优次，与之功牌。分三等级，凯旋日，兵部计其叙功，与之世职。绿营则有功加之目，凡临阵奋勇者，与之功加一次，然核计功加二十四次，始叙一云骑尉。较之八旗功牌，殊为屈抑，是以其世袭寥寥，武弁不肯用命，职由此也。近日纯皇帝恩旨，将其阵亡人员，一体与之世职。然功加之制，尚未有奏及者，亦有司之责也。

伪皇孙事

庚子春,纯皇帝南巡,回銮时,驻跸涿州。有僧人某率幼童接驾,云系履端王次子,以次妃妒嫉,故襁褓时将其逐出,僧人怜而收养,至于成立。初,履端亲王讳永珹,纯皇帝第四子,出继履恭王后。其侧福晋王氏,王素钟爱,有他侧室产次子,上已命名。时王随上之滦阳,而次子以痘殇告,其邸人皆言为王氏所害,事秘莫能明也。上亦风闻其故,故疑童子近是。讯其嫡福晋伊尔根觉罗氏,嫡妃言"其子殇时,余曾抚之以哭,并非为王氏所弃者",言之凿凿。上乃召童子入都,命军机大臣会鞫。童子相貌端庄,颇敦重。坐军机榻上见诸相国,端坐不起,呼和相名曰:"珅来,汝乃皇祖近臣,不可使天家骨肉有所湮没也。"诸大臣不敢置可否。保励堂侍郎成时为军机司员,乃傲然近前批其颊曰:"汝何处村童,为人所绐,乃敢为此灭门计乎?"童子惶惧,言系树村人,刘姓,为僧人所教者,其谳乃定。时人以保有隽不疑之风。事闻,斩僧人于市,戍童子于伊犁。后又于其地冒称皇孙,招摇愚民,为松相公筠所斩。然闻其邸太监杨姓者云:"履王次子痘时,实未尝殇,王氏暗以他尸易之。而命王之弄童萨凌阿负出邸,弃之荒野。嫡妃所抚哭者,非真也。"然则僧人之教伪童,盖亦有所凭藉,非无因而至者也。

和王预凶

和恭王讳弘昼,宪皇帝之五子也。纯皇帝甚友爱,将宪皇所遗雍邸旧资全赐之,王故甚富饶。性骄奢,尝以微故,殴果毅公讷亲于朝,上以孝圣宪皇后故,优容不问,举朝惮之。最嗜弋腔曲文,将《琵琶》、《荆钗》诸旧曲,皆翻为弋调演之,客皆掩耳厌闻,而王乐此不疲。又性喜丧仪,言人无百年不死者,奚必忌讳其事。未薨前,将所有丧礼仪注皆自手订。又自高坐庭际,像停棺式,命护卫作供饭哭泣礼仪,王乃岸然饮啖以为乐。又作诸纸器,为鼎、彝、盘、盂诸物,设于几榻,以代古玩。余尝睹其一纸盘,仿定窑式而文致过之,宛然如瓷物,亦一巧也。及王薨后,其子孙未及数年相次沦谢,亦预凶之兆所感应也。

恒王置产

恒恪亲王讳弘晊,仁皇帝孙也,幼袭父爵。性严重俭朴,时国家殷盛,诸藩邸皆畜声伎,恢园囿,惟王崇尚儒素。其俸粲除日用外,皆置买田产屋庐,岁收其利。人以吝啬笑之,王曰:"汝等何无远虑? 藩邸除俸粲田产外,无他贷取之所,不于有余时积之以待后人之储,则子孙蕃衍时,将何以为析产赀也?"然诸邸以骄奢故,皆渐中落,致有不能举炊者,而王之子孙富饶如故。人始识王之先见也。

安王好文学

安节郡王讳玛尔浑,安亲王岳乐子也,少封世子即好学,毛西河、尤西堂诸前辈皆游宴其邸中。著有《敦和堂集》,又尝选诸宗室王公诗,为《宸萼集》行世。今杭大宗《道古堂集》中载延接阎百诗,误以为宪皇帝事。盖宪皇居藩邸时,谨介持躬,育德春华,从不引见外人,见朱批谕旨甚明。况御制集中亦无赠阎百诗诗。盖王曾受业于阎百诗,故于送终之礼甚备,而俗呼安王邸为四王府,以致相沿讹传为宪皇也。

德济斋建园亭

德济斋夫子嗣简亲王爵时,邸库中存贮银数万两。王见,诧谓其长史曰:"此祸根也,不可不急消耗之,无贻祸于后人也。"因散给其邸中人若干两,余者建造别墅,亭榭轩然。故近日诸王邸中,以郑王园亭为最优,盖王时建造也。

红兰主人

红兰主人讳岳瑞，安亲王子，安节王弟也。善诗词。崇德癸未时，饶余王曾率兵伐明，南略地至海州而返，其邸中多文学之士，盖即当时所延致者。安王因以命教其诸子弟，故康熙间宗室文风以安邸为最盛。主人喜为西昆体，尝延朱襄、沈方舟等为上宾。方舟妻某，迟方舟久不归，作《杭州图》以寄之，当时传为佳话。主人尝选孟郊、贾岛诗，为《寒瘦集》以行世。以宗藩贵胄之尊，而慕尚二子之诗，亦可谓高旷矣。

果恭王之俭

果恭王讳弘曕，宪皇帝第七子也，嗣果毅王后。善诗词，幼受业于沈确士尚书，故词宗归于正音，不为凡响。居家尚节俭，俸饷之积，至充栋宇。王每早披衣起，巡视各下属，有不法者，立杖责之，故众皆畏惧，无敢为非者。壬午夏，九州清晏灾，王后至，与诸皇子接见，谈笑露齿，为纯皇帝所窥见。会其门客有干请政事者，上乃褫王爵，降为贝勒。王乃闭门谢客，抑郁生疾。上往抚视，王叩首衾褥间，惟谢过自责而已。上感怆，呜咽失声，归即加封亲王。会以疾薨，上特谥曰恭，盖取楚共王之意也。

武虚谷

武虚谷亿，河南偃师人。中庚子进士。任山东博山县县令，有德声。甲午秋，寿张王伦倡乱，为舒文襄公所扑灭，或传伦实未死，潜匿于他方。庚戌间，山西人董二告王伦藏匿山西某县。和相时专柄，欲希封赏，乃授意觉罗牧庵相公长麟，令其侦缉。牧庵拂其意，以虚妄对，和相觥然。其属番役某，欲获和相欢心，因献计仍向齐省缉访，或可得踪迹。和相乃密签役往山东，至博山县，其役恃和相势，擅作威福。公擒至署中，取捕役签票视，票惟书二公役名，而同伙行者凡十五人。公督责之,捕役抗横无礼,公大怒,以大杖责数十。役归告和相,和相怒曰:"县令疯耶!乃敢杖吾胥役。"乃授意于山东抚臣,以他事劾罢公职,公归装惟书数十箧而已。嘉庆己未,有荐公于朝者,上命昭雪,复公职。而公已先时卒,士论惜之。

雏 昂

嘉庆己未,上亲政时,首下求言之诏。九卿台谏等纷纷白简言事,四方布衣之士亦有上书于乾清门以希进用者,然率皆急功近名之士,初无觥觥见事业者。惟雏太守昂,以从九品末职,上书言教匪事,上以其言中肯綮,命乘传从军。太守即短衣匹马从诸大帅后,随同捕贼,以勇略见长于额经略,屡登荐牍,数年间置身司马。今任荆州太守,亦旷达士也。

梁 提 督

梁提督朝桂,少为黔中步卒。从征金川时,勒乌围为贼垒之险峻处,两次挞伐,皆阻于其险,不能进攻;阿文成公围之经年,未得进取。梁公奋然进曰:"朝桂闻将恃斗才,不藉斗力。今贼垒坚碉丛立,我兵仰而攻之,彼据建瓴之势,下以击我,人非木石,焉能抵枪炮之险,是殃民也。今不若觅他岭嶂为贼所不守者,绕道以攻其后,可使贼进退失险,我兵合以击之,可收功于旦夕,此狄东美所以下昆仑关之故策也。"阿文成公奇其言,与之数百卒,立授参将札付公。因率众卒,草衣卉服,自丛岚叠嶂间以刀掘路,士卒各怀一铁钉,踵迹相接,攀钉而上。至夜半,抵贼垒,于营后攻之。贼以为自天而降,仓卒奔窜,官兵仰攻其下,贼遂尽歼。后公洊至广西提督,台湾时亦著劳绩云。

张 文 和 之 才

张文和公辅相两朝,几二十余年,一时大臣皆出后进。年八十余,精神矍铄,裁拟谕旨,文采赡备。当时颇讥其祖庇同乡,诛锄异己,屡为言官所劾。然其才干实出于众,凡其所平章政事及召对诸语,归家时灯下蝇头书于秘册,不遗一字。至八十余,书尝颠倒一语,自掷笔叹曰:"精力竭矣!"世宗召对,问其各部院大臣及司员胥吏之名姓,公缕陈名姓、籍贯及其科目先后,无所错误。又以谦冲自居,与鄂文端公同事十余年,往往竟日不交一语。鄂公有所过失,公必以微语讥讽,使鄂公无以自容。暑日,鄂公尝脱帽乘凉,其堂宇湫隘,鄂公环视曰:"此帽置于何所?"公徐笑曰:"此顶还是在自家头上为妙。"鄂神色不怡者数日。然其善于窥测圣意,每事先意承志,后为纯皇帝所觉,因下诏罪之,逐公还家。致使汪文端、于文襄辈,互相承其衣钵,缄默成风,朝局为之一变,亦公有以致之也。

仲　副　宪

仲副宪永檀,山东济宁人。中乾隆丙辰进士,为鄂文端公得意门生。时步军统领鄂善受商人俞某之贿,公首发之,鄂遂伏法。又劾大学士赵国麟、侍郎许希孔等往工部胥役俞姓家吊丧,有失大臣之体,诸人为之降黜有差。纯皇帝嘉其敢言,由御史立擢副宪,以旌其直。时张尚书照以文学供奉内庭,尝预乐部之事,公劾之,有"张照以九卿之尊,亲操戏鼓"之语。张衔之次骨,乃谮公泄禁中语,下狱。上知其枉,立释之。张恐其报复,因用其私人计,携樽往贺,暗置毒酒中,因毙于狱。傅文忠时为户部侍郎,大不服张所为,欲明言于朝,以公尸如常,事无左验乃已。逾年,张病噎,告假旋里,卒于济宁舟中,盖见公为祟也。

啸亭杂录卷七

质王好音律

质恪郡王讳绵庆，质庄王子也。幼聪敏，庄王督之甚严，初不解何所谓度曲者。与余交最密，自童丱时即日相亲谊。尝劝余性之卞急，至于再三，至有众叛亲离之言。语虽激切，实中余之过失。又余有狠仆某，王默告余曰："其人多白眼，瞳子眊焉，非醇正者。"余初不信其言，后果为其所卖，故余终身感王之德。王自辛酉夏始亲音律，其后九宫谱调无不谙习，较之深学者尤多别解。时有优童王月峰，髫龄颖俊。王每佳时令节，于漱润斋红牙檀板，使月峰侑酒而歌，王亲为之操鼓，望之如神仙中人。体颇孱弱，后复有芮公虞之事，故抑郁而终，年甫二十六。上悼惜之，特赐银五千两以为赙焉。

成　将　军

成将军德，姓钮钴禄氏，额直义公族孙也。幼从阿文成公征金川，颇多战绩，阿尝曰："裨将中知兵者，惟成某一人而已。"其后征廓尔喀、苗疆，亦多战绩。后征楚中教匪，时总统为楚制府福宁，性暴愎，每失将士心。攻旗鼓营、凉山诸贼匪，株守经年，无尺寸功。公随其军，心甚抑郁，其戚某往探公，公设酒待之。将饮，公笑曰："席上无可欢者，可以数贼匪之心肺侑酒。"因下令出战，公结装去，闻火枪声，须臾擒数十贼归，酒尚未寒也。公因掀髯浩叹曰："若此草窃，较之金川番匪，实十不当其一二，何难灭此朝食？而当轴辄以养贼自重，真不解其何心。老夫此生功名，终于此矣！"因潸然泪下。不逾年，公以疾告归，颐养林泉者数载，然后终。其子提督穆克登额，亦勇猛有父风，累破贼匪，贼人畏之如虎。后殉节于川中，上甚悼惜，特赐世袭一等男以旌之。

洪　稚　存

洪稚存编修亮吉，阳湖人。中庚戌探花。性狂妄，嗜酒纵饮。善考订，其著《乾隆中府厅图志》及《东晋疆域考》、《南北朝疆域考》，学问渊博。戊午大考翰林，公上《平邪教疏》，深中当时窾要，人争诵之。朱文正公招之入都，欲荐于朝。先生乃于朱座首斥其崇信释道，为邪教首领之语，朱正色曰："吾为君之师辈，乃敢唐突若尔？"先生曰："此正所以报师尊也。"又讥王韩城相公为刚愎自用，刘文清公为当场鲍老，一时八座，无不被其讥者。后裹装欲归，复上书于成王及朱石君、刘云房二相公，多诽谤朝廷语。成王以其书上闻，上悯其书生迂鲁，戍于伊犁，未逾年，即放归田里，以其书常置御座旁，曰："此坐右良箴也。"上之宽大也若此。先生既放还，亦纵酒自娱，不数载，卒于家。其所著古文，多载本朝名臣嘉言善行，有裨于世教焉。

伊　将　军

伊将军勒图，少贫窭，几不能举餐。充侍卫，尝代人持豹尾枪以食其赁赀，人争贱之。从征西域有功，阿文成公尝与论伊犁疆域，公言其要隘某某处，如聚米为山状。阿文成异其人，及归，即荐公代其任。公抚绝域先后二十余年，驾驭得宜，抚恤番夷，辄以至诚怵其天良，番夷感激用命。外藩如安集延、哈萨克等处，皆畏威怀德，至呼为父。公性廉洁，馈羊至十数，即不收取，而赏赉倍优渥。又定开屯田、练士卒、犒夷众诸制，至今遵之。纯皇帝喜其守边宁谧，尝赐诗，比之赵充国、班定远焉。后卒于任，番夷悲恸，至有劙面文身者。上悼惜之，封其子为一等伯以旌之。

钱　文　敏

钱文敏公维城，中乾隆乙丑状元，选为清书翰林。公性聪敏，以国书为易学,遂不复用心,至散馆日,辄曳白。纯皇帝大怒曰:"钱维城以国语为不足学耶,乃敢抗违定制若此!"将置于法。傅文忠公代请曰:"钱某汉文优长,尚可宽贷。"上召至阶下,立命题考之。公倚础石挥毫,未逾刻辄就。上异其才,命南书房供奉。后遂洊升至户部侍郎,宠眷甚渥云。

阿　司　寇

觉罗少司寇_{阿永阿},以笔帖式起家,任刑部侍郎。性聪敏,善词曲。尝定秋审册,公扬笔曰:"此可谓笔尖儿立扫千人命也。"纳兰皇后以病废,公欲力谏,以有老亲在堂,难之。其母识其意,喟然曰:"汝为天家贵胄,今欲进谏当宁,乃以亲老之故以违汝忠荩之志耶?可舍我以伸其志也。"公涕泣从命,因置酒别母,侃然上疏。纯皇帝大怒曰:"阿某宗戚近臣,乃敢蹈汉人恶习,以博一己之名耶?"特召九卿谕之。陈文恭公曰:"此若于臣宅室中,亦无可奈何事。"托冢宰_庸曰:"帝后即臣等之父母,父母失和,为人子者何忍于其中辨是非也?"钱司寇_{汝诚}曰:"阿永阿有母在堂,尽忠不能尽孝也。"上斥之曰:"钱陈群老病居家,汝为独子,何不归家尽孝也。"钱叩谢。上乃戍公于黑龙江,命钱司寇归终养焉。逾年,后既崩,御史李玉明复上疏请行三年丧礼,亦戍于伊犁。二公先后卒于边,未果赦归也。

孙　文　定　公

孙文定公_{嘉淦},字懿斋,太原县人。公父以侠闻,杀人,公年十七,与其兄日行三百里,出奇计脱父于狱。中康熙癸巳进士。雍正元年,公以检讨上封事三,曰:亲骨肉,停捐纳,罢西兵。宪皇帝壮之,立召对,授国子监司业,累迁吏部侍郎,仍兼祭酒事。荐教习某,宪皇帝不用,公争益坚,上掷笔与之曰:"汝书保状来!"公持笔欲下,大学士某呵之曰:"汝敢动上笔耶?"公方悟,捧笔叩头。上大怒,反缚置狱,拟斩。已而谓大学士曰:"孙嘉淦太戆,然不爱钱,可银库行走。"公出狱,不抵家,径趋库所。果毅亲王疑公故大臣,黜必慊于怀,不屑会计事;又闻蜚言,谓公沽名,收银有缩无盈。乃出不意,突至库视公。公方持衡,伛偻称量,与吏卒杂坐,劳苦均共。问所收银有不足乎,公曰:"某所收别置一所,请覆之。"王宰榷良久,无丝毫盈绌,如衡而止。王大奇之,即为转奏。上亦愈信公,命署河东盐院。纯皇帝元年,擢左都御史。上《三习一弊疏》,大旨以为人君耳习于所闻,则喜谀而恶直;目习于所见,则喜柔而恶刚;心习于所是,则喜从而恶违。自是之根不拔,则机伏于微而势成于不可返,黑白可以变色,东西可以易位。臣愿皇上时时事事常存不敢自是之心,引文王望道如未之见,孔子可以无大过为喻。上嘉纳之,一时传诵焉。后督直隶,以近畿土地皆为八旗勋旧所圈,民无恒产,皆仰赖租种旗地以为生。而旗人自恃势要,增租直,屡更佃户,使民无以聊生,因建旗地不许增租夺佃。有刁民故为抗欠者,许讦之官,官代为征收,解旗分领。至今旗、民赖以相安无事。后以讯谢侍御^{济世}事不实,免官。傅文忠秉政后,力荐于朝,召补副都御史,寻迁吏部尚书,协办大学士。傅文忠尝延公会食,公往谒其邸,未入座,遽趋出。傅怪问之,公曰:"某处设反坫,某处建螭头,阀阅,皆王邸制度,公不宜居此,嘉淦将速归缮疏劾之也。"傅公长跽,请立改其制,公乃入席,欢饮终日,其严直也若此。

公内峻外和,相对者如登泰、华,坐春风,非不阳和熙熙,贮在颜间,而业已置人于青云上,虽有下界诼谇语,不特不敢出于口,亦并不能生于心。好静坐,退食之余,一经相对。公既负直声,屡蹶屡起,晚年物望愈隆,朝中略有建白,天下人咸曰得非孙公耶。遂有匪人伪奏疏一纸,语甚悖,托公所为,穷治经年,始得主名。天子知公忠,无他肠,宠遇益隆。而公终不自安,以为舍他人而我假,必其致之者有自。遂自此食不甘,寝不寐,情怀忽忽,一切所以补塞晏、参密勿者,弥口不宣,即家庭间亦寂然无复知者。薨时,上甚悼,谥文定。今上即位,念其忠梗,诏荫其孙鎏为员外郎,以旌其直云。

尹 文 端 公

尹文端公继善,字元长,姓章佳氏,世居盛京。其父文恪公泰罢祭酒家居。宪皇居藩邸时,命祭三陵,天会雨,因宿于公家,与文恪公语,奇之,问:"有子仕乎?"曰:"第五子举京兆。"曰:"当令见我。"及公试礼部,将谒雍邸而宪皇已践祚,乃中止。公亦登雍正元年进士,引见,上喜曰:"汝即尹泰子耶,果大器也。"选入翰林,未逾年,即授广东按察使。甫抵任,迁副总河。未半年,迁江苏巡抚,去释褐甫六载耳。公白皙少须眉,丰颐大口,声清扬远闻,着体红瘢如朱砂鲜,目秀而慈,长寸许。年三十余即任封疆,遇事镜烛犀刻,八面莹澈,而和颜接物,虽素不善者,亦必寒暄周旋之。其督南河也,上命开天然坝,公不可。适浙督李敏达公卫入觐,过清江,传旨严饬,且云:"卫已奏明,黄水小开固毋妨。"公覆奏:"李卫不问河身之深浅,而但问河水之大小,非知河者也。倘河浅坝开,宣流太过,则湖水弱,难以敌黄之强。"方草奏时,幕中客齐为公危,有治装求去者,公不为动。宪皇帝喜曰:"卿有定见,朕复何忧?"辍御衣冠赐公,而加公太子太保。

纯皇帝登极,公屡任中外,先后督两江几三十年。民相与父驯子伏,每闻公来,老幼奔呼相贺。公亦视江南为故乡,渡黄河辄心开,不侵官,不矫俗,不蓄怨,不通苞苴,严肃廉从,所莅肃然。将有张施,必集监司下属曰:"我意如此,诸君必驳我,我解说则再驳之,使万无可驳而后可行,勿以总督语有所因循也。"以故公行鲜有败事。所理大狱,雍正间江苏积欠四百余万,乾隆间卢鲁生伪稿及各省邪教等案,皆株连万千。而公部居别白,除苛解娆,不妄戮一人,人皆服之。

公清谈干云,而尤长奏对。宪皇帝尝告公曰:"汝知督抚中当学者乎,李卫、田文镜、鄂尔泰是矣。"公应声曰:"李卫,臣学其勇,不学其粗;田文镜,臣学其勤,不学其刻;鄂尔泰,大局好,宜学处多,然臣不学其愎也。"其敏捷也若此。公貌类佛而不喜佛法,闻人才后进,则倾衿推毂,提训孳孳,如袁简斋太史、刘绳庵相国、秦涧泉状元,皆公所提唱者也。后拜文华殿大学士,仍督江省。次年召还,临行时,吏民环送悲号，公不觉凄怆伤怀，过村桥野寺，必流连小住，慰劳送者。其再督江省时，吴民有"吉甫再来天有眼"之谚云。年八十余，卒于位。其家三代宰辅，世人荣之。

陆　中　丞

陆中丞讳燿，字朗夫，吴江芦墟人。生即端悫。六岁受《孝经》、《论语》，以古贤圣自期。乾隆壬申举京兆，补中书。入军机房，傅文忠公倚为左右手。屡迁州郡，以廉直称。公风骨秀整，静气迎人，虽恂恂谦谨，造次必于儒者，而临大事则屹不可动。甲午，寿张王伦作乱，距运河甚近，人情汹汹。有欲闭城者，公不可，曰："寇未至，先闭城门，是示之怯也。且乡民争入城，何忍弃之？"乃募乡兵拒守，而身坐城闉，弹压稽察。贼知济南有备，乃不敢南向。已而官兵奏捷，一城鸡犬不惊焉。后屡迁至湖南巡抚。公事母孝，初选守大理府，再迁甘肃监司，俱以亲老调近省。抚楚时，见属吏有笃老亲犹来赴补，恻然悯之。奏官员凡亲年七十，虽有次丁，俱许终养，一时中外人归养者千余人。临终前一月，犹奏湖南社仓谷业已敷用，其息谷请免征收，奉旨允行。批到日，方伯秦承恩捧札子启告枢前，慰公泉下爱民之心，时公已殁二十余日矣。公所著《切问斋丛书》，皆选本朝诸名臣奏疏见诸施行者，各分门类，其注疏尤详备，为后世之绳墨焉。

徐　中　丞

徐中丞讳士林，山东文登人。父务农。公幼闻邻儿读书声，乐之，跪太母前曰："愿送儿置村塾中。"许之。遂中康熙癸巳进士，累迁至福建汀漳道。漳俗，斗杀人，捕之辄聚众据山。或请用兵，公曰："无庸。"命壮士分扼要隘三日，度其食且尽，遣人深入，怵以好语曰："垂手出山者免。"如其言，果逐对出。乃伏其仇于旁，仇大呼曰："为首者某也。"立擒以徇，众惊散。嗣后捕犯，犯无据山者。迁江苏布政使，丁父忧，诏夺情不起，服阕入都。纯皇帝问："山东、直隶麦何如？"曰：

"旱且萎。"问："得雨如何?"曰："虽雨无益。"问："何以用人?"曰："工献纳者,虽敏非才;昧是非者,虽廉实蠹。"上深然之。寻迁江苏巡抚。公于要路不通一刺,而于乡会师门惓惓不忘,曰："此人生遇合之始也。"治狱如神。有宿松民孀田氏,事姑孝,兄某利其产,逼嫁之,与群匪篡焉。妇刭于途,诬以坠水。公坐堂上,见黑衣女子啾啾如有诉,召兄某质之,则毛发析洒,口吐实情。公深愧以鬼道设教,而满庭胥吏皆有见闻,不能掩也。凡谳,决宪于辕垣,绝人影射。守令来谒,命判试其才,教曰："深文伤和,姑息养奸,戒之哉。夫律例犹医书《本草》也,不善用药者杀人,不善用律者亦如之。"性廉信而绝不自矜。尝贺长至节,天寒裘秃,按察使包括以貂假公,公披之如忘,涕唾交挥,家人耳语曰："此包公衣也。"公大惭谢过。少顷,论公事快,挥洒如故。听讼饥,家人供角黍,且判且啖。少顷,髭颐尽赤,盖误硃为饴糖,笔箸交下,不能复辨也。晚坐白木榻,一灯荧荧然,手披目览,虽除夕元辰勿辍。幕下客怜之,治具邀公,公猛啖,不问是何膳饮。其平素精神癯寐、偃仰唾涕,知爱民忧国,惟日不足而已。故于服食居处,人以是供,公以是受,不容心于丰,亦不容心于俭也。抚吴未逾年,以疾乞归养,舟次于淮安卒。其遗疏云："愿皇上除弊政,毋示纷更,广视听而中有独断,爱民勿使之骄,用人先求其直。"章上,人以比朱文端公云。上悼惜,赐祀贤良祠。年五十八。

裘 文 达 公

裘文达公讳曰修,字叔度,江西新建人。乾隆元年,以廪生荐博学鸿词。四年,中进士,大考翰林名最高。迁侍读学士,任九卿者三十余年。公貌清整,眉有浓翠,顾盼间精神渊映。居恒喜宾客,工谐谑,搜奇语怪,了无倦色。而遇事神解超释,每诣一曹,受一职,手文书嘿然,数日后判决如流。二十一年,王师征伊犁,公面奏军务机宜,纯皇帝大悦,以其才似舒文襄,即赐御衣冠,乘传至巴里坤传宣圣意。会逆酋莽阿里克遣其弟诡称押送诸番,探信卡伦,公与哈密镇臣祖云龙缚界总督发其奸。哈密兵少,有赴巴里坤种地者七百人,公请暂留为卫,拨沙洲五卫麦石添备支放。其剩余者,公散各塘路站平粜之,上皆奖许。公以一书生,冒矢石行万里外,与陕甘督抚、满洲诸将军计议密勿,而能下协边情,上符睿算,近代儒臣所未有也。

公听视机警,受大任举重若轻。上爱其才敏,倚若股肱。凡有事于四方,与大学士刘文正公先后奔走,前命未覆,后命又至,半途回车,竭竭东西。虽侍内庭,领六部,而英荡款关,足迹常遍天下。公所谳决,无苛严,亦无纵舍。尤善治水,常奏治水当先审其受病之由,再论治病之法,就一县一府而言,病有其处,合一省而言则不然。就一省言,病有其处,合数省而言又不然。若仅于一处受病处治之,而下流之去路未清,则为患滋甚。上深然之。所治黄、淮、沁、济、伊、洛、沁、汜等共九十三河,疏排浚瀹,贯穿原委,俱有成效,可为后法。凡遇政事,诸大臣或探圣意,嗫嚅不前,而公独抗声有犯无隐。上鉴其诚,虽忤旨时加严训,不逾时恩礼如初,亦与舒文襄公相似。年六十二病噎,上赋诗存问,医药不绝于道。加太子少傅。薨时,赐谥文达,入贤良祠。

傅阁峰尚书

傅阁峰讳鼐,号爽斋,姓富察氏。世以武略起家。公眉目英朗,倨身而扬声,精骑射,读书目下数行。年十六,侍宪皇帝于藩邸,骖乘持盖,不顷刻离。雍正元年,补兵部右侍郎。年大将军以骄汰诛,穷其党,公谓廷臣曰:"元恶已诛,胁从罔治。"鼐侍上久,能知上之用心。倘诸公心知其冤而不言,非上意也,诸王大臣以公言,平反无算。隆科多以罪诛,公言其子岳兴阿无罪。上疑公与隆有交,故为岳地,谪戍黑龙江。公闻命,负一箧步往,率家僮斧薪自炊。先是公在上前,尝谕准噶尔形势,上不以为然。用兵数年,所言验,乃召公还,予侍郎衔。上违和,医药皆公掌之。十年春,命公监大学士马尔赛军。会贼为超勇襄亲王败于光显寺事见后卷,由拜达理遁,公请于马曰:"贼败亡之余,可唾手取也。鼐远来,虽马疲,犹能一战,愿大将军给轻骑数千助鼐。事成,归功将军;事败,鼐受其罪。"马嘿然不出师。再三言不应,公长跽以请,马戚副帅李杕曰:"违将令者可斩也。"公愤激,自率兵开城门出,而贼已先时遁,以马病不能穷追。事闻,上大悦,赐孔雀翎,移佐平良郡王军,斩马尔赛徇于军。

会贼有求降意,而盈廷诸臣皆欲遣使议和罢兵。上问公,公叩首曰:"此社稷之福也。"上意遂定,即命公同都统罗密、侍郎阿克敦往。时战争连年,疠氛甚恶,穷沙万里,雪没马鼻,行人迷路,认人畜白骨而行。公闻命,不办严,径上马驰抵策零部落。噶尔丹策零坐穹庐,红氍毹为褥,金龙盘叠高五尺,侍者貂蝉持兵,女乐数行,弹琵琶献酒。公从容宣诏,音响如钟。贼酋伏地,观者以万计,皆膜手指夷言曰:"果然中国大皇帝使臣好状貌也。"诏划阿尔泰山为界,策零曰:"阿尔泰山不毛之地,中国奚用! 且我先人披荆棘,厉血刃,与喀尔喀争来之地,宁忍弃之?"公曰:"以为若不念先人耶! 若肯念先人,至善。昔我圣祖征噶尔丹,通好尔国,尔国主伐叛助顺,缚噶尔丹来献,在途病死。尔国震于天威,即献阿尔泰山地方,中国受之,置驿设守有年矣。今犹有是言,是非背大皇帝,乃是背其先人,岂非大不祥乎?"策零语塞。思以利害动公,乃集十四鄂托、十四宰桑,合而见公,曰:"议不成,公不归矣。"公叱曰:"出嘉峪关而思归者,庸奴也。某思归,某不来矣! 今日之议,事集,万世和好;不集,三军暴骨,一言可决。而诙诙如儿女子,吾为尔王羞也。"诸酋相目以退。翌日,策零如约缮表,求公转奏,并遣宰桑同来,献橐驼、明珠等物,和议乃定。

纯皇帝即位,迁刑部尚书,以事免。公宽于接下,太杂;刚于事上,太戆。伉爽自喜,好声矜贤,简节而疏目,故每撄其祸焉。果毅亲王任事时,謦欬所及,九卿唯唯。公在坐,伺王发声,听未毕,辄拒曰:"王误矣?"王不能堪。宪皇帝责公曰:"汝知果亲王何语而又误耶?"公亦不能答也。

顾　总　河

顾总河琮,姓伊尔根觉罗氏,太傅公八代子也。太傅为宪皇帝授经师,故宪皇帝厚待其家。公以荫起家,乾隆中,累迁至河东总河。公性梗直,好宋儒书,每日恒置一篇相对,灯火荧荧,如课读诸生也。所期高远,以古名臣自命。每大事,侃侃正论,不避利害,人以"铁牛"呼之,鄂文端曰:"是真为铁汉也。"果于友谊,公之督河时,前督完颜伟病于署中,家属已先行,公为之守护汤药,旬日无倦。完颜公谢之,公曰:"吾辈共事君父,即与昆仲无异,安有兄病而弟不为之经理者乎?况公家属已去,今无亲者在旁,琼敢不黾勉从事乎?"完颜公感激垂涕曰:"弟来生补报之可也。"后完颜公卒于署,公即董其丧事,含殓从厚,人争称之。所统河上兵卒,教以兵法技艺,皆狷捷英俊少年。尝与李敏达公遇,李素以知兵自负,其亲随皆关西壮伟之士,笑谓公曰:"若此脆薄之物,何以御敌?"公笑曰:"狄武襄以少俊为西夏所轻,故制渗金具戴以接战,恒多奇捷。如用吾部下兵,可效狄公之法可也。"因命与敏达公部下用兵角抵,李兵将应声而倒,公大笑。李惭而谢,其知兵也如此。

宋　总　兵

宋总兵元俊,字甸芳,江南凤县人。以武进士任四川城守营守备,迁阜和营游击。乾隆三十六年夏,金川酋索诺木袭杀革布土司,其党小金川酋僧格桑亦发兵侵明正土司,据斑斓山阻官兵进路。被害者相继告急,总督阿尔泰知公素得夷心,命抵贼巢责问原委。至刮耳崖,索诺木迎谒,诡以革番内变为词。公知其诈,归告阿公曰:"两酋角抵为奸,虽阳顺而阴怙恶,非一大创不可。如兴师,当先取小金川。"即献三路进兵之策:一从斑斓直探小金川门户;一从尧碛截取甲达金山梁,救达围而趋美诺;一绕小金川尾闾,由约查进攻逊克宗。阿公以其计奏闻。上命副将军温福、提督董天弼分路进兵,总督阿尔泰驻扎后路,居中控制。当是时,蜀中粆宁日久,文武恬熙,一旦军兴,相顾喘嘘。两金川地势奇险,碉卡柴立,兵将未言色沮。公独能聚米借筹,历历指画,于是将军运粮出战,一切惟公是询。公探知小金川所占明正之达岭山梁与巴底巴旺相连,密令参将薛琮挟巴酋暗击山梁,而自统兵从甲楚渡河攻之。贼腹背受敌,大惊奔溃,收复纳顶碉寨百余。即用纳顶土百户为前导，直捣约咱。贼愈困，闻大兵至，即走遁。时提督董天弼破甲金寨，副将军温福收复斑斓山，再克卡丫。上大喜，擢松潘总兵，赏花翎，时三十七年正月十日也。计剿小金川未及五月，而侵地全收，圣谕褒美。公益感激，将直捣贼巢，旋奉将军命调回筹办什咱事宜，受代而行。方攻夺河东时，小金川求救于索诺木，索许之，将袭我后路。公得巴酉密报，遣使至刮耳崖责问之。索诺木知情得，撤回原兵，于要隘处增碉固守。公请于制府曰："大金川逆形已露，不可不诛。然犯险强攻，徒伤士卒，不如即用革布逃酋。其人有报仇雪耻之心，尤悉形势，可使也。"遂密遣番酋乘夜逾山，约诸酋连结各寨为内应，而自率游击吴锦江等，由节木郭渡河据勺藏桥。举炮为号，革番从内突出，与官兵合力夹攻，斩千余人。进围丹东角洛，收复革境三百余里。事闻，上愈嘉奖，赐荷包宠异之。先是，公别遣守备陈定国，潜约绰斯甲布土司屯兵甲尔垅坝上，听候调遣，人莫知其意。及革境全平，金川酋畏绰土司之蹑其后，不敢倾巢出战。大兵虽在东南，而制胜在西北，甲尔垅坝上虽按兵不动，而金、革两处已扼咽喉，公算略深沉，皆诸将所莫及。时上意大兵乘胜即可擒取索诺木，而公言兵少未可轻进，为制府桂林所劾。调回大营，随即革职。公长身岳立，音响如钟，髯尺许，望而知为伟人。料敌审势，毫忽不爽。初收复革番，所用兵不过千计，及进攻金川，公建议北路必需三万人，当事者疑公怯，不听所请，卒无成功。后副将军明亮广集汉、土兵三万人，先通路，后进兵，其言始验。

公待士信，用法严。与参将薛琮交最厚，攻小金川时，制府重公，命以游击领兵，节制诸将。公磨利刀与薛约曰："某地某日会，我后至，君斩我。"及公至所期处，而薛逾二刻始来。公遣飞骑持刀呼取薛参将头，薛望见笑曰："薛头与贼，不与公也。"奋前夺数碉反，公犹手缚之见制府，以功论赎乃已。先是驭番者，平时视若草芥，及蠢动，又畏如虎。国家所赏缯帛，易以窳滥，酋叩首领去，归视大恚，笑掷于路。公有赏必佳物，其人辄喜相告。或舁公抵其巢，率子若女环视左右，公赐以茶烟簪珥，儿子畜之。小不循法，立加笞呵，悚息听命。打箭炉边关以外官将行李，俱畏夹坝出没，惟公与果齐盛太守之箱箧，

蛮夫争为背负，或遗于路，必擎送行幄。诸番小有动静，先来告公，以
故凡所料判，动合机宜，是以所向有功。后川督桂林拥兵不战，又私
以银与番夷，归赎溃兵，为番夷所姗笑。公与前督阿尔泰连名劾之，
上持疏曰："阿封疆老臣，所言必不误。桂林乃负恩若此，法不可贷。"
时有袒桂者，乃曰："元俊介胄小臣，乃敢于连名者，恐阿为宋所绐。"
上惑其言，使某贵臣勘之。贵臣左袒桂林，因劾公狂戾状，公抑郁而
死。死之日，番夷劙面环哭，声振岩野。平居以忠义自许，思立功名，
然性刚，能恤下不能事上，偶有议论，慷慨迅厉，旁若无人，以致谗忌
者众。身后籍没，两子戍边。有张芝元者，以走卒隶公麾下，拔参将。
四十一年春，大将军阿文成公平定金川，凯旋时，芝元书公战状，抱一
册哭陈辕门。阿公代为之奏闻，邀恩赦其子归。人莫不叹张之能报
德，公能知人也。

<h1 style="text-align:center">马　僧</h1>

　　江宁严星标、常熟徐芝仙，皆以耆士在大将军年羹尧幕府。雍正
元年，青海罗卜藏丹津不顺，宪皇帝命年为抚远大将军，岳钟琪为奋
威将军，率兵讨之。功成，年亦骄抗，二生恐为所累，以年衰辞归，年
厚赠金币送还。宿蒲州，有两骑客来，状虓猛，所肩行李担，铁也。天
明行，晚复来宿，心悸之，卒无如何。又客馆逢二僧，皆猲黠少年。二
叟目之，一僧吴语曰："谁无眷属，何看为？"始知其一为尼，急乱以他
语出。不敢按站，行十余里即宿。僧来，排闼踞上坐，扬其目而视之
曰："我疑若书生也，乃亦盗耶，囊内赤金二千从何来？"二叟骇曰："天
下财必为盗而后得耶？朋友赠何妨！"僧曰："若然，二君必年大将军
客也。"曰："然。"曰："几杀好人。"起挟女尼走东厢，酌酒饮，倚而歌，
听之，秦声也。抵暮，两骑客亦来，解鞍宿西舍。庭月大明，二叟闭门
卧，僧独步檐外，啧啧曰："好马，好马。"亡何，两骑客去。僧闯然叩
门，严窘，挺身出曰："事至此，尚何言？行李、头颅，都可将去，但有所
请于和尚。"指芝仙曰："此吾老友，七十无儿，杀之耶？释之耶？"僧笑
曰："我不杀汝。先去之两骑客，乃杀汝者也。"诘其故，曰："凡绿林豪

测客囊，皆视马蹄尘，金银铜分量，望尘了然。两盗雏耳，虽相伺而眼眯，误赤金为钱镪，故不直一下手。然非我在此，二君殆矣。"

问僧何来，曰："余亦从年大将军处来也。公等知将军平青海是谁助之功耶？余故吴人，少无赖，好勇，被仇诬作太湖盗，不得已逃塞外。随蒙古健儿盗马久，性遂爱马。亡何，见岳公钟琪所乘，彪彪然名马也，夜跳匿厩中，将牵其缰。未三鼓，公起视，自饲马，四家僮秉灯至，余不能隐，被擒。公上下视，问：'行刺者乎？盗马者乎？'曰：'盗马。'问：'白日阑入者，夜逾墙者乎？'曰：'逾墙。'公微睨，若有所思。秣马讫，命随入室，案上酒肴横列，公饮巨觥，而以一盏见赐。随解衣卧，大鼾。迟明，公起盥沐毕，唤盗马人同往大将军府。公先入，良久，闻军门传呼曰：'岳将军从者某，赏守备衔，效力辕下。'岳旋出上马，顾曰：'壮士努力，将相宁有种耶？'亡何，余醉与材官角斗，将军怒，赐杖。甫解裤，岳公至，曰：'我将征西藏，为汝乞免，汝从我行。'时雍正二年二月八日也。公命副都统达鼐、西宁总兵黄喜林各领兵先，自领五百人为一队，约某日会于青海界之日月山。至期天暮，公立营门谕二将曰：'此行非征西藏也，青海酋罗卜藏久稽天诛，昨其母与其弟红台吉二酋密函乞降，机不可失。'手珠宝一囊，金二饼，顾余曰：'先遣汝召贼母来。贼所驻穹庐外有网城，结金铃于上，动辄人知，非善逾者不能入。贼营帐四，上有三红灯者，其母也。对面帐居罗卜藏，左右居丹津、红台吉二酋，珠宝与金将以为犒。此大事，汝好为之。'解腰下佩刀授余，余受命叩头出，公起身入。天大雾，余乘雾行三十余里，至贼网城，果如公言。余腾身而入，果帐烛荧然，母上座，二酋侍侧。母六十许，面方，发微白，披红锦织金袍。叱余何人，余曰：'年大将军以阿娘解事，识顺逆，故遣奴来问好。囊宝贝奉赠，金二饼馈两台吉。'二人闻之喜，叩头谢。余知功将成，诈曰：'将军在三十里外待阿娘，阿娘速往。'三人相顾犹豫。余解佩刀插其座氈，厉声曰：'去则去，不去，我覆将军。'其母曰：'好蛮子，行矣。'上马与二酋随十余骑，行不十里，岳公迎来，将其母与二酋交达、黄二将分领之。须臾前山火光起，夹道炮发，斩母与二酋，回入军营。次日，谍者来报，罗卜藏丹津已逃准噶尔部落。岳公命竿三头，徇三十三家台吉,皆震悚乞降。二十二日,至年大将军营,往返才十五日。三月朔凯旋,岳公首举余功,大将军赏游击衔。余诣军门谢岳曰:'某杖此仅半月耳,大丈夫何颜复来?愿辞公归,别图所报。'公笑曰:'咄,吾知汝终为白首贼也。'厚赐而别。归次泾州,宿回山王母宫。昵妓女金环,年余资用荡尽,不能归。忆幼时习少林寺手搏法,彼处可栖,遂与金环同削发赴中州。苦无马,逢两盗骑善马,故夺之。"二叟不信,曰:"彼不受夺奈何?"僧笑拉二叟出视厩,则夜间已将肩铁担屈而圆之,束二马首于内,不可开。二盗气夺,故遁去。言毕,挟女尼,舒其担,牵马门外,拱手作别曰:"二君有戒心,勿北行,可南去。凡李卫、田文镜两总督所辖地方,毋忧也。"

后三十余年,二叟亡。严之孙用晦过河南登封县,遇少林僧论拳法,曰:"雍正中异僧来传,技尤精,然无姓名。好养马,因称马和尚。后总督田文镜禁严,僧转授永泰寺环师。今环师亦亡,其徒惠来者,能传其术。"用晦心知马和尚即此僧,环师者金环妓也。欲访惠来,以二寺相距十余里,天大雪,不果往。

王公降袭次第

国初开创辽、沈,凡宗臣贵位,统名贝勒。崇德元年,定亲王、郡王、贝勒、贝子,镇国、辅国二公,皆冠宝石顶,以补服翎眼为差次,统名曰入八分王公,盖即加九锡之意也。其未入八分公以及镇国、辅国将军,皆冠珊瑚顶。奉国将军视武臣正三品,奉恩将军视武职正四品,秩皆与流官同。旧例,亲王嫡子封郡王,郡王以下嫡子,皆递降一等封。亲王众子封辅国公,亲王庶子封辅国将军,郡王以下递降同。故安王诸子皆封僖勤诸郡王,盖沿明制也。康熙中,以宗禄繁重,乃改亲王无论嫡子、众子皆封未入八分辅国公,郡王以下递为减等。而考以翻译、马步射,其伎皆优等,然后授以本职,否则递相降等授爵。其亲、郡王皆世袭罔替,贝勒以下皆降袭,至辅国公然后世袭。而辅国公又无复降袭之例,其未入八分辅国以下,皆降至奉恩将军,世袭罔替。而无论军功、恩封,皆一例办理,故杜度、彰泰诸贝勒有开创大功者,亦皆一体降袭,未免无所区别。纯皇帝笃念宗亲,故特分定军功、恩封之例,其有勋劳者,无论王、贝勒,皆世袭罔替。其恩封者,亲王递降至镇国公,郡王递降至辅国公,贝勒递降至未入八分镇国公,贝子递降为未入八分辅国公,镇国公递降至镇国将军,辅国公递降至辅国将军,皆世袭罔替。然后宗爵始厘正焉。

王府官员制度

定制:亲王长史一员,头等护卫六员,二等护卫六员,三等护卫八员,四、五、六品典仪各二员,牧长二员,典膳一员,管领四员,司库二员,司匠、司牧六员。世子减二、三等护卫各二员,余如故。郡王减二等护卫二员,三等护卫三员,四品典仪二员,牧长一员,典膳一员,余如故。长子减头等护卫三员,余如故。贝勒减头等护卫四员,而增设司仪长一员,二等护卫二员,减五品典仪一员,司牧、司匠等皆裁减焉。贝子减二等护卫六员,而增设三等护卫一员,减六品典仪二员,而增设七品典仪二员,八品典仪二员。镇国公等减三等护卫二员,余如故。其包衣参、佐领、亲军校、护军校、包衣骁骑校,皆视其佐领亲军马甲之多寡,以递设之。惟怡贤亲王以赞襄世庙,庄恪亲王以辅翌高宗,封双亲王,其护卫皆倍增之。嘉庆初,上谕仪、成二王,皆增设头、二、三等护卫各二员。定亲王、庆郡王皆增设头等护卫一员,二、三等护卫各二员,盖俱旷典,非定制也。

宗 室 小 考

乾隆中,上尝召见宗室公,宁盛额不能以国语应对。上以清语为国家根本,而宗室贵胄至有不能语者,风俗攸关甚重,因增应封宗室及近支宗室十岁以上者之小考。于十月中,钦派皇子、王、公、军机大臣等,亲为考试清语、弓马,而先命皇子较射,以为诸宗室所遵式。诸宗室视其父之爵,列次考试。其优者,带领引见,上每赐花翎缎匹以奖励之。其劣者,停其应封之爵以耻之。故诸宗室无不谙习弓马、清语，以备维城之选焉。

宗室婚嫁

乾隆中，纯皇帝笃念宗室贫乏，以致失产无以自活，因命宗人府堂官详为抚恤，分以等第。其最贫者，赏银三百两；其次者，半之，命其回赎田产，以资生理。又念其婚丧事件无所瞻仰，故特命王公中赐其行辈最尊者，命司宗室红白事件。遇有婚嫁者，特赐银一百二十两。死丧者，特赐银二百两，以为妆、赙之费，实体恤天潢，无所不至。而近日宗室中每有不循正轨，至屡烦圣谕教斥者，真罔有知识之人也。

宗室任职官

国初宗臣，皆系王公世荫，无有任职官者。康熙中，仁皇帝念宗室蕃衍，初无入仕之途，乃钦定侍卫九十人，皆命宗室挑补。雍正中，裁汰宗人府满洲司员笔帖式之半，皆命宗室人员充补。乾隆中，又设宗室御史四员，以为司员升擢之阶。嘉庆己未，今上亲政，特设宗室文翻译乡、会试诸科目，又于六部、理藩院增设宗室司员若干员，以为定额。然后宗室入仕之途，视为广裕，而亦皆鼓励以思自振也。

于文襄之敏

乾隆初，军机大臣入参密勿，出览奏章，无不屏除奔竞，廉直自矢。如果毅公讷亲，其人虽溪刻不近人情，而其门庭阒然，可张罗雀，其他人可知矣。惟汪文端公由敦爱惜文才，延接后进，为世所訾议。然所拔取者，皆寒畯之士，初无苞苴之议者。于文襄敏中承其衣钵，入调金鼎，初尚矫廉能以蒙上眷，继则广接外吏，颇有籧篨不饬之议。再当时傅文忠、刘文正诸公相继谢事，秉钧轴者惟公一人，故风气为之一变。其后和相继之，政府之事益坏，皆由公一人作俑，识者讥之。

然其才颇敏捷，非人之所能及。其初御制诗文，皆无烦定稿本，上朗诵后，公为之起草，而无一字之误。后梁瑶峰入军机，上命梁掌诗本，而专委公以政事，公遂不复留心。一日，上召公及梁入，复诵天章。公目梁，梁不省。及出，公待梁詟默，久之不至，问之，梁茫然。公曰："吾以为君之专司，故老夫不复记忆。今其事奈何？"梁公愧无所答。公曰："待老夫代公思之。"因默坐斗室中，刻余录出，所差惟一二字耳，梁拜服之。故其得膺天眷，在政府几二十年，而初无所谯责者，有以哉。

梁　瑶　峰

梁文定公_{国治}，中乾隆戊辰状元，入直南书房。累任学使，后以粤东事免。复擢湖南巡抚。入继于文襄辅政，故当时有"于梁"之称。其实公醇谨持躬，不敢滥为交结，与文襄异趣也。其抚湘时，其家人索属下贿不遂，故意阻其膳脯以激公怒。而公枵腹终日，初无怨嗟，惟吸烟草而已，亦不知为其奴所绐也。在军机时，和相以其懦弱可欺，故意揶揄，至用佩刀剃公发以为嬉笑，公亦欢容受之。亦可觇公之度矣。

康　方　伯

康方伯_{基田}，山西兴县人。久任江南，由县令以至方伯，未出省界，故于河道颇熟。其任河道时，督率将卒防守河堤，动以军法从事，其稽延时，立加枷杖，故人皆怨嗟，然河汛赖以无虞。邳、宿河溃，公立埽上指挥士卒，俄而狂澜大作，埽为之欹，众为公畏，而公声色愈厉，漫口因之堵塞。李香林河帅告人曰："康公真天人也。"著有《河防筹略》，洞悉历代水利，如在指掌，后人颇以为法。嘉庆己未，公任河帅时，弊窦山积，恐为公所揭出，故不肖官吏阴纵火焚积料以掩其迹，公因之罢官。后上复赐公太仆寺卿衔，命督办河务，而为要路扼腕，不能施为，公因告病归京邸。公素服海参丸，老年体力轻健，步履如飞,年九十余始卒。

嵇文恭公

嵇文恭公璜,文敏公曾筠子也。少以大臣子赐进士出身,数年即
洊卿贰。公貌清癯,遇事端谨,颇有识见。为史文靖公所推,继程
聘三相公为相。时于、和以贪刻闻,而公以和平处其间,初无所建
白。然和相素加谗愬,纯皇帝召见,尝戒之曰:"曹、莽之为,非人臣
之所宜效。"故公益加寅畏。年八十余重赴琼林,为近代之盛事,时
人荣之。然遇大事颇不苟,台湾道永福初与柴义勇公龃龉,故加以
姜菲之语,柴因之获罪,福亦以贪酷故,同下狱。勾决日,廷臣皆左
袒之,上顾公,公抗声曰:"永福为守土大员,不可轻纵。"上乃勾决,
闻者快之。公暮年,上有温旨,遇躯不适则免朝。公每早起,必自
揉伸其躯久之,曰:"今日舒畅。"登朝如故。人皆笑之,然亦忧谗畏
讥之至矣。

尹阁学

尹阁学壮图,云南蒙自人。成丙戌进士,久历部曹,始洊至内阁
学士。时和相专擅于内,福文襄豪纵于外,天下督抚习为奢侈,因
之库藏空虚,民业凋敝。公夙知其弊,故上疏详之,纯皇帝为之动
色。和相忌公所为,因奏即命公驰传普查天下府库亏空,而令侍郎
庆成监之。庆固贪酷者,每至省会,初不急为盘查,而先游宴终日。
惟公枯坐馆舍,举动辄肘掣,待其库藏挪移满数,然后启之权对,故
初无亏绌者。庆以公妄言之,降为主事,公即告终养归。当其草
疏,夜秉烛危坐,竟夕抄录,其弟英图代为之危,屡窥其户。公笑曰:
"汝照常困眠,不必代兄忧虑,区区头早悬之都市矣,汝代余养老亲
之天年可也。"其忠鲠也如此。今上即位,召之入都,温谕久之,加
给事中衔。以其亲老,命乘传归。复与奏折匣钥,命其遇事条奏,
久之乃卒。

完颜藩司

完颜藩司岱，满洲人，河帅伟之孙也。以甲科任献县令，颇著廉声。后历任为河南藩司。时白莲教初起，所在蜂拥，势难阻遏。巡抚景安素懦怯，性复刚愎，故累为贼所驱逐。惟公率羸卒数千，守双沟数月。公性慷慨，凡所经费，皆早裕为筹备，不问出入，故人皆踊跃，乐为之用。贼屡犯豫界，悉为公所击去，自丙辰九月至丁巳仲春，大小百余战，无不堵御得宜。时淅川有蠢动者，公告之景，景即命公捕获之。公曰："萑苻小寇，易为扑灭，中丞可往奏功绩，以抒朝廷之忧。襄、汉间诸贼匪势颇凶恶，非岱无以御之。"景惑于初起者难于抵御，而双沟有险可恃，因促公往。公急为掩击，贼尽数就擒。景贪其功，因弃双沟而蹑公后，诛杀难民，以大捷闻，遂膺伯爵之封，而公惟议叙而已。其襄、汉诸贼，遂乘其不备，大队阑入南阳，由卢氏出武关，与川匪合，其逆焰遂不可制，皆由景安贪夺公功之咎也。公卒以劳瘵卒于军，上悼惜之。余向得公行状，其载淅川功颇详悉。后为友人取去，不复记忆，故聊书其梗概，不足尽公之勋也。

吴 达 善

吴制府达善，满洲人。其先世由辽左移驻西安。初未至京都，以公贵始入，迁其族入旗。公以丙辰进士，累任陕甘、两湖、云贵总督。其督陕甘时，继黄文襄之位，办理军需，无不循其章程，故屡邀上眷注。其督云贵时，以谋宫里雁珠鞍不遂故，乃妄加刑戮，以致构起边衅，颇为人所訾议。又乘其时丰庶，遂任意贪纵，民多怨畏。然其督楚时，继爱必达宽纵之后，吏治玩弊，盗贼充斥，公乃严加整饬。命营员构线，擒获江湖大盗凡数百名，皆立加诛夷，悬其首于江干，累累相望如旌旗然。故一时盗贼戢迹，不敢纵横，商贾便之，亦严吏中之铮佼者也。

图　学　士

图学士塔布,满洲人。中戊辰进士,官至侍读学士。公貌清癯,懒婴世情,中岁即以疾见告。筑室于西郊外数里,篱扉茅檐,轩窗精雅,院中叠石为山,奇峰崒嵂,路径迂折,饶多清趣。其后圃艺花种蔬,公亲为之灌课。每春秋佳日,同曹宗丞学闵遍揽西郊诸兰若。尝风雪中共策蹇行,访潭柘、戒坛诸名胜,短裘笠帽,人望之如神仙中人。好吟咏,颇不修栉字句,有靖节、放翁之风。后即筑墓于舍旁,病剧时,告妻孥曰:"死即埋我于此,不必移置城中,反劳往来仆仆也。"言讫端坐而逝,其夫人从公之志。门下士争为吊唁,戒坛僧感其惠,筑专祠以祀之,亦近日独行之士也。

军　机　大　臣

国初设内三院外,其军国政事,皆付议政诸王大臣。然半皆贵胄世爵,不谙世务。宪皇习知其弊,故设立军机大臣,择阁臣及六部卿贰熟谙政体者兼摄其事。并拣部曹、内阁侍读、中书舍人等为僚属,名曰军机章京,其升擢仍视本秩。然后机务慎密,议政之弊始革。其行走班次,皆视其班秩,故张文和在内廷居傅文忠公上,近日董太傅诰亦居托相国津上,无论满、汉也。所掌银印龟纽,藏于内府,有应用印者,皆立时请印出,大臣监视用毕,随即缴还,盖防偷换弊也。其下役,皆选内府中之童子,惟司洒扫,旧例及冠时即更易。今因循日久,有久隶其役,而大臣喜其熟练者,仍姑留之。然犹呼为小么儿,盖沿旧名也。

三品任军机大臣

自雍正中设立军机后,皆尚书、侍郎摄其职。惟乾隆乙卯,军机大臣乏人,时戴文端衢亨、吴制府熊光以久任军机章京,熟习政事,纯皇帝特擢为军机大臣。以资格故,赐三品顶戴,时人荣之。

军 机 御 史

军机为枢密重地,非特有诏旨,不许擅入。故军机司员至今不叩年节礼,犹沿旧制。自和相专擅后,其所属繁多,无地画诺,故皆丛集军机处阶下待之。相沿日久,皆直入堂中回稿,视为泛常,故政事易为泄漏。今上习知其弊,特命满、汉御史二员,每日轮流立军机处阶上。有阑入者,即时纠劾,然后人不敢私谒,纪纲始严肃焉。

高 天 喜

高总兵天喜,其先为准噶尔部人。雍正中为我兵所掳,有高姓者抚以为子,故冒其姓焉。双颧凸出,须髯猬刺,每饮酒日以石计,犹不醺然。当兆文毅公被困济尔哈朗时事见后卷,数月音问不通,当事者遣使侦之。时风雪凛然,人皆惮行,惟公慨然应命,往返数千里,以十日还,卒通兆公之信。上大喜,立擢游击。未逾年,即任至总兵官。兆文毅公复被困黑水,公率本部兵援之,力战而死,上甚悼之。

黄 标

福文襄王督粤时,简练水师,募奇才异能之士,优为赏擢。有守备黄标者,由水师步卒,以善泅水著。其能于海洋中出没月余,视波中之鱼鳖,历历可数。王奇其才,立擢参将,后洊至翼镇总兵官。捕获海盗,尤多伟绩云。

徐 端

乾隆中,自和相秉政后,河防日见疏懈。其任河帅者,皆出其私门,先以巨万纳其帑库,然后许之任视事,故皆利水患充斥,借以侵蚀国帑。而朝中诸贵要，无不视河帅为外府，至竭天下府库之力，尚不足充其用。如嘉庆戊辰、己巳间，开浚海口，改易河道，糜费帑金至八百万；而庚午、辛未，高家堰、李家楼诸决口，其患尤倍于昔，良可嗟叹。惟河帅徐公_端，自河工微员以廉能著，受今上知，特擢河东副总河，寻复即真。公久于河防，习知当事之弊，尝浩叹国家有用帑财，不应滥为糜费。每欲见上悉陈其弊，同事者恐其将积弊揭出，所株连者众多，故每遇事尼其行，使其终身不得入都陛见，以致抑郁而死。至贫无以殓，而所积赔项至十余万，妻子无以为活，识者悲之。继公者为陈凤翔，以直省贪吏入赀为永定河道，复有大力者为之奥援，立擢河东总河，其去天津县令任未期年也。后以妄放潴水故，为张制府_{百龄}所劾，上命立枷河上，闻者快之。凤翔复遣其家人入都讼冤，当事者力缓其狱，得以释回。未几以惊悸死于河上廨中，无人不欣然也。

博尔奔察

纯皇帝抚视臣庶，阔怀大度，有时加以狎谑，以联上下之情。有内大臣_{博尔奔察}侍上最久，善嬉谑。辛未春，扈从南巡。至镇江口，上放烟火，有被烟熏嗽者，博笑曰："此乃素被黄烟所熏怕者，故望而生畏也。"时黄文襄公督责过严，故公寓言之。又有较射而弓落地者，上震怒。公在旁曰："此皆因引见故，昨日射箭良多，以致臂痛不能引弓也。"上乃释然。又上一日较射，多不中侯，人皆畏惧。时修髯人至，公望而笑曰："汪都统之弟至矣。"汪都统_{札尔}故修髯如戟，上抚掌大笑。上尝行窄巷，有步军校积石为山于其厅侧者，上望而问之。公骤马奏："此步兵花园也。"上大笑。又上书"福"字，公立于侧，上笑谓曰："汝亦识此中佳否？"公应声曰："知之。上所书福，黑且亮也。"上大笑。其谲谏皆若此者，亦东方朔、简雍之流也。

张太监

嘉庆初，有宫殿监督领侍张进忠者，人严厉，驭下整肃，好批小内监之颏，人皆以"嘴巴张"呼之。然性忠鲠，尝奏事内庭，上偶欹坐，张捧黄匣不入。上询之，张曰："焉有万乘之主，卧览天下奏章理也？"上立正襟危坐。张乃捧疏入，上甚嘉之。其他端方之行，皆类是也。

<h2 style="text-align:center">恒 公 之 清</h2>

宗室辅国公_{恒禄}，简仪亲王侄也。素禀王之庭训，故以廉洁著。其任吉林将军时，俸饷外毫无沾染。尝危坐小阁中，将每岁出入之账簿手录封之，人问之，曰："以待籍没时以为证也。"故当时人皆畏法。产参甚旺，无敢私贩之者，国家每岁增消数千票，辽兵兵饷赖以接济，初不转运太府财也。有当事者索貂褂数衣，公售其辽东旧产以偿之，初不索诸商贾，其清励也若此。

<h2 style="text-align:center">木 果 木 之 败</h2>

明参政_亮谓余曰："兵家之事，宜于乘锐直进。若不审敌势，坐失机宜，使兵心至于溃败，虽欲振起，不易得也。往昔温将军木果木之败，可为殷鉴。昔宋总兵元俊_{事见本卷}乘胜直捣美诺，若当时厚集兵力，一鼓歼灭，金川可以早定。乃温公狃于易胜，不复调檄各路兵马，惟日与董提督天弼辈置酒高宴。额驸色布腾巴尔珠尔屡次劝阻，温公反以其煽惑军心，致登白简，上召还额驸。护军统领伍岱者，辽东骁士也。见温公所为，浩叹曰：'吾闻速拙，未闻迟巧。焉有屯兵贼境，而日以宴会为务者？吾固辽海健儿，未审兵法有若此而能致胜也。'温公大怒，罗织伍以他罪致戍，以至人心不服。温公性复卞急，遣绿营兵三五十人共取碉卡，有致伤者，温反督责之，人心益为怠懈。海超勇公_{兰察}至，扣刀诮温公曰：'身为大将，而惟闭塞高卧，苟安旦夕，非夫也。今师虽疲老，使某督之，犹可致胜。若公终不肯出战，不若饮刃自尽，使某等各竭其力可也。'温公拂袖起，亦无有所指挥也。又迁延月余，贼人侦知我兵疲弱，乃整劲旅数千，直攻营寨，我兵不战自溃。海公初对敌，即诧曰，云：'气

已颓散，不可与战，余马首欲东，可与诸公期会于美诺寨也。'因驰马破围去。温公方雅服督战，为贼所擒，董公天弼、牛公天畀、张公大经等皆死之。师遂大溃，我兵自相践踏，终夜有声。渡铁锁桥，人相拥挤，锁崩桥断，落水死者以千计。吾方结营美诺，见溃兵如蚁，往来山岭间。吾遣人止之，溃兵知吾在，止者数千，吾为之收留犒赏。兵方安眠，适有持铜匦沃水者，误落于地，有声铿然，溃兵即惊曰：'追者至矣！'因群起东走，势不可遏，其丧胆也若此。故吾与阿文成公收兵养锐，至逾二载后军心始振，然后用以克敌。大将用兵，慎勿使其心颓丧至此也。"明故宿将，非久历戎行者不能作此语也。因笔记之，以为易于谈兵者戒也。

傅　厚　庵

乙卯春，湖南苗疆蠢动，毗连三省。时福文襄王为滇督，因率兵讨之。时贵州提臣花连布，骁将也，立解永绥之围，苗颇惊畏。王惑于幕客言，欲养贼自重以邀封拜，乃顿兵不进，与川督和公琳日夜饮酒听乐。苗匪因玩视王师，煽惑勾连者日众，加以山崖险阻，我兵不能寸进。又有不肖将士兴言以价赎地，苗益肆无忌惮，日相焚掠。二公受瘴相继死，继之者为明参政亮，复以湖北教匪故，匆匆北归，未及创惩。傅厚庵鼐者，浙江人，以吏掾仕湖南。习知苗中情形，文襄王重倚之，明参政因荐公凤凰厅同知。公受命时，乾州、凤凰各厅苗民出没，居民逃窜。公剪荆棘，招逃亡，团练乡勇数月，曰："可以用命。"因率兵攻苗寨。苗目笑曰："往昔夙将如福王者，尚不敢撄吾锋，藐尔微员，何足污吾刃也？"因转战数旬，苗民大败，奔还其寨。公率众围之，苗民请降，公与之约曰："嗣后有阑入汉界者，吾当檄及诛之。有匪不与，吾必阖寨屠夷，不汝贷也。"苗匪稽首，惟命是从。公乃厚加抚恤，曰："叛即吾仇，降即吾子也，忍不抚育之耶？"苗民益感激。公在任十年，苗民无敢出寨滋事者。上大喜，加公按察使。因陛见归，触暑暴疾，殂于途。上甚悼惜之，加巡抚衔以旌之。

艾公知人

英诚公_{艾星阿}，扬武勋王之孙也。同吴三桂入缅，擒获明主由榔，有功绩，任领侍卫内大臣。初，索相国_{额图}以椒房擅宠，明太傅_珠时为侍郎，因交结索公，得以见知于仁庙。艾公谓索曰："吾视明公才智，皆出君上，今虽因君见用，而其志殊有所畏懦，盖忌公同事故也。他日齮龁公者，必明某也。"索不悟其言。其后明太傅招引高江村、徐健庵辈结为朋党，索终为其所挤落职，抑郁以终，果如艾公之料云。

木兰行围制度

木兰在承德府北四百里，盖辽上京临潢府、兴州藩地也，素为翁牛特所据。康熙中，藩王进献，以为搜猎之所。其地毗连千里，林木葱郁，水草茂盛，故群兽聚以孳畜，实为天界我国家讲武绥远之区。故仁庙每岁举行秋狝之典，历朝因之，绳法先猷，永远遵行也。

其行围时，蒙古、喀尔沁等诸藩部落，年例以一千二百五十人为虞卒，谓之围墙，以供合围之役。中设黄纛为中军，左右两翼以红、白二纛分标识之。两翼末，国语谓之乌图里，各立蓝纛以标识之，皆听中军节制。凡管围大臣，皆以王公大臣领之，而蒙古王、公、台吉等为副，两乌图里则各以巴图鲁侍卫三人率领驰行。行围之制有二：一行围。只以数百人分翼入山林，围而不合，谓之行围。合围之制，则于五鼓前，管围大臣率领蒙古管围大臣及虞卒，并八旗劲旅，虎枪营士卒，各部落射生手，齐出营盘。视其围场山川大小远近，纡道绕出围场之后，或三十里、五十里，以及七八十里，齐至看城，则为围合。合围后，自乌图里处虞卒脱帽以鞭擎之，高声传呼玛尔噶口号。按玛尔噶者，蒙古语帽也。声传递至中军，凡三次。中军知围已合，乃拥纛徐行，左右指挥以俟上入围，则日已辰末巳初矣。合围数十里，渐促渐近，出林薄，至冈阜，离驻跸行营约略二三里许，惟视高敞处设黄幕幄,中设毡帐,是之谓看城。比至看城时,虞卒皆马并耳,人并肩。广场不过三里许,自围墙外至放围处,即重设一层,乃虎枪营士卒及诸部落射生手等,专射自围内逸出之兽,而围内例不准射也。日出前,上自御营乘骑先至看城稍息,俟两翼乌图里蓝纛到后,乃自看城出,御櫜鞬,诸扈从大臣、侍卫及亲随射生手、虎枪手等拥护,由中道直抵中军。在中军前半里许,周览围内形势,瞭如指掌,而行围之疾徐进止,口敕指挥,凡二三十里间射飞逐走,左右是宜。诸藩部落、蒙古仰瞻圣武,莫不欢欣踊跃,以颂“一人有庆”也。或遇有虎,则围暂不行,俟上看殪虎毕,然后听敕而行。每围场收,至看城,则上即驻马,惟观诸王、射生手等驰逐余兽而已。或值是日看城场内兽集过多,则奉旨特开一面以逸之,仍禁围外诸人不准逐射。猎罢,上回跸大营,谓之散围。诸部落各按队归营,日甫晡,而一日行围之事奏毕矣。

若哨鹿日,制与常日不同。上于五更放围之前出营,凡侍卫及诸备差人等,分为三队。约出营十余里听旨,停第三队;又四五里停第二队;又二三里将至哨鹿处,停第一队,而侍从及扈卫之臣,只十余骑而已。渐闻清角声扬,远林呦呦,低昂应和,倏听枪声一发,咸知圣武神威,命中获鹿矣。群皆欣然引领,听旨调遣,而三队以次皆至上前矣。其行围所有奏章,皆俟上还营后,披览发出,毫无遗滞。或有时上引诸文士赓唱终夕,以示暇焉。诚为良法,垂远百世,宜所遵慕者,实非汉、唐诸君较猎于上林、骊山,惟知驰骋田猎之为娱者,所可比拟于万一也。

宋　延　清

勒相国保督黔、滇时,南笼诸苗叛逆,毗连粤西,时川、楚教匪蠢动,川、黔将士昭檄以北征,滇中士卒微弱。公善于抚驭,虽骑兵走卒,公皆能呼其名,有功罪者,立为惩赏,故人皆为之效死。有宋延清者,山东人,其父为刘文清公舆夫。延清乃骁勇无敌,勒相视为骨肉,每饮宴,间邀与同坐。延清尝入苗寨杀贼,竟日不出,公设酒以待。

至日暮时,延清持双刀,背负首级十余颗,以绳贯之,其甲裳尽赤,彳亍而行,如酒醉者。公望而喜,手酌以赍之,然后命其易服,饮酒竟夕。后延清复入苗寨,为贼所害,公悼惜之。其后为经略时,所有帐下裨将,如桂涵、罗声皋、罗思举、马瑜、施缙等,皆由将校擢至开阃,卒赖以平贼焉。

钱辛楣之博

钱辛楣先生大昕,江南嘉定人。中甲戌进士。幼聪敏,过目成诵,凡天文、地理、经史、小学、算法,无不精通。所著《经史答问》数卷,其畅发郑、贾之学,直接嫡孔,非他稍知皮毛之可比者。近时考据之儒,以公为巨擘焉。又习蒙古语,故考核金、元诸史及外藩诸地名,非他儒之所易及者。成王言其在"上书房时,质庄王尝获元代蒙古碑版,体制异于今书,人皆不识。因询诸章嘉国师,倩其翻译汉文。因命吾题跋端末,吾方挥毫,先生过而见之曰:'章嘉固为博学,然其译汉文某字句有错误者。吾有收藏元时嵘嵘所译汉文,可取而证之。'因归寓取原文出,章嘉所误处毕见,故人皆拜服"云。闻其归后,曾著《元史续编》,采择颇精当,惜未见其本焉。其所著小学诸书,翻切颇为精当,惟所讲字书,株守许氏《说文》,别解者皆遭排斥,故取择颇褊窄焉。

苏 昌

苏昌,满洲人。以翻译进身,累任浙闽、两粤总督。其材具庸下,为僚属所揶揄,坐拥苞苴,初无善政。其子富纲,为滇督几二十年,其贪婪倍于其父。目不识丁,凡有文稿,皆倩吏胥讲释,合省传为笑柄。后卒以贪婪正法,人皆快之。然苏昌督粤时,其属县有巨室横毙人母,反诬其子殴死者,其案久具勾决,本已下。昌疑其冤,复亲鞫之,得其实,乃上疏自劾。纯皇帝奖谕之,因将县令抵法。亦当时督抚之罕能者,秉节钺者宜法效焉。

佟国舅讲《左传》

佟国舅_{国维}为孝康章皇后之幼弟。人谨恪，虽屡膺重任，不以揽权为要，暇时惟延学士讲文艺以为乐。故其殁后，宪皇帝手书"仁孝勤恪"之额，表于墓道以旌之，盖有以也。其论最疵谬者，尝告人曰："左丘明之文果神妙，世间有疯马牛共驰之，焉能相及也！"人皆捧腹，而公未之觉也。

陆双全

广赓虞侍郎当权时，好畜声伎，凡酒宴间，每掷缠头以千百计。余尝规劝之，侍郎殊不以为然。有陆郎双全者，苏州人。貌韶秀，为侍郎所钟爱，每燕寝间，非陆侍侧，则终夜不寝。侍郎被罪时，其声伎皆逃窜，惟双全随之入狱，视其饮膳甚谨。侍郎临刑日，双全奔赴市曹，以重贿付刽子，速使其毙，免诸痛楚。及后双全抱尸痛哭，几殒，遂眠薬市侧数日。送侍郎至兆域，有其族人阻葬者，双全戟手骂之，卒葬侍郎于其先人冢侧。侍郎子遣戍，双全复送出关，然后涕泣而别。亦伶人中之守义者，故表出之。

汉军用满缺

汉军，国初时定制皆用汉缺，至于六部司员，则自有专缺，汉人选法不致壅滞，而其升转亦易。雍正中，尽裁汰其额，并入汉员中，是以汉军升转，倍觉烦难。纯皇帝时，汉军破格有用满缺者，范时纪曾任满缺户部侍郎，范宜清曾任盛京工部侍郎，李侍尧曾任热河副都统，孙庆成曾任满缺户部侍郎兼护军统领。今上时，范建丰曾任满缺吏部侍郎，李毓秀曾任热河都统，张百龄曾任满缺刑部尚书，后调左都御史，皆旷典也。

啸亭杂录卷八

内 务 府 定 制

自古宫禁，服御、饮食、燕好，必须有专司之者，惟《周礼》分设各官统属冢宰，所以合宫府为一体，其制实为良美。后世人主皆委宦寺掌之，故阉人得以专擅，因之越俎犯章，干预国柄，皆因督御仆夫，不得其人故也。我朝龙兴之初，创立内务府，以往昔之旧仆专司其事。入关后，复以明三十二卫人附丽之，凡内廷之会计、服御、物饰、宫御、武备等皆统属于内务府大臣，纪纲严肃，与周制统属于冢宰之制相符。其阉人寺宦，则惟使之供给洒扫之役，毋得任事，将汉、唐、宋、明历代诸弊政，一旦廓而清之，其法度之精详，规模之宏远，尤为超越千古矣。

其职掌：广储司。凡库有六，曰银库，曰缎库，曰衣库，曰茶库，曰皮库，曰瓷器库。各有专司，惟茶库兼收人参，为六库中之最要。初名御用监，顺治十八年改设专司焉。其初，本府进项不敷用时，檄取户部库银以为接济。乾隆中，上亲为裁定，汰去冗费若干，岁支用六十余万两。其后岁为盈积，反充外府之用，较诸明代，每勒取金花银两，徒充阉人之囊橐者，真不啻霄壤之别也。

会计司。掌领皇庄田亩诸事。田地各有等第，盛京庄八十有四：一等庄三十五，二等庄十，三等庄八，四等庄三十四。山海关外庄二百十有一：一等庄六十六，二等庄四，三等庄二十，四等庄百二十一。喜峰口、古北口外庄百三十八，均一等。归化城庄十有三。畿辅庄三百二十有二：一等庄五十七，二等庄十有六，三等三十八，四等二百十有一，半庄七十一。每庄设庄长一人，瓜田菜圃置长亦如之。庄赋共地一万三千二百七十二顷八十亩有奇，赋粮九万三千四百四十石，菽二千二百二十五石，刍八万一千九百四十束各有奇。凡编比壮丁，每三年一次，盛京及关外、口外各庄，由总管、将军、都统等，畿辅由府委官，各具册于府，由府汇册奏闻。凡皇子分封，各按爵秩给以庄地、人丁，公主郡主赠嫁亦如之。选宫女，于内府三旗佐领内管领下女子年十三以上者，造册送府，奏交宫殿监督领侍等引见。入选者留宫，余令其父母择配，其留宫之女，至二十五岁遣还择配。凡收录内监，由礼部册列姓名、籍贯移府，总管太监察其来由无异，乃委年老内监一人验实具奏，候旨分拨。年老者听其回籍为民。凡支领内监月费，执事人匠役饩廪皆隶之。

掌仪司。凡飨奉先殿之礼，于大内景运门之东，建奉先殿，朔望瞻拜，时节荐新，生忌祭享，出入启告，以展孝思。前殿、后殿均九间，中为穿堂以联，前后缭以周垣，供奉列圣、列后神牌。凡朔望、万寿圣节、元正、冬日及国有大庆，均恭奉列圣神牌，前殿祭飨，礼成还御后殿寝室。其礼仪祭器，一如太庙之制，惟不设牲俎，不行饮福受胙礼，王公不陪祭。其乐名《贻平》、《敉平》、《敷平》、《绍平》、《光平》、《乂平》诸名，异于太庙之奏，其遣官行礼，亦与太庙仪同。凡遇列圣、列后诸圣诞、忌辰及元宵、清明、中元、霜降、岁除等日，于后殿行礼，神位前设有灯酒脯果实焉。寿皇殿尊奉仁皇帝、宪皇帝、纯皇帝御容，凡遇圣诞及忌辰，皇上躬率诸皇子及近支王，展谒行礼，其岁时奠献，一如事生仪。凡燕外藩之礼，岁除及正月十五日赐外藩蒙古宴，奏请钦命进酒大臣、内管领备筵九十席，宴于保和殿及正大光明殿。届时鸿胪寺、理藩院引蒙古王、公、台吉入，领侍卫内大臣序王公班次，八旗一二品武职亦预焉。皇上升殿，奏《隆平》之章，蒙古王公武大臣各就席，行一叩礼，座。尚茶正升迓御筵，降乃进茶丹陛清乐作，奏《海宇升平》之章，尚茶正率侍卫等举茶案由中道进，至檐下正中北向，跪，注茶于碗。进茶大臣奉茶入中门，群臣皆就本位跪，进茶大臣由中陛升至御前进茶，退立于西。上饮茶，与宴之臣僚咸行一叩礼。进茶大臣跪受茶碗，由右陛降，出中门，众皆坐。侍卫等分赐与宴臣僚茶，皆于本位一叩，饮毕，复行一叩礼。尚茶正撤茶案，退，乐止。展席幂，乃进酒，如进茶仪。进酒大臣出，尚膳正率尚膳进膳。殿廷清乐奏《万象清宁》之章，尚膳正奉旨分赐食品于各席遍，乐止。奏《庆隆舞》、《扬烈舞》仪见后卷。以次毕，殿内奏《喜起舞》毕，上简召王公大臣赐酒，群臣咸跪受，一叩，卒饮。朝鲜国俳进，百伎并作，退。尚膳正升，撤御筵，降，与宴之王公大臣等谢宴，行一跪三叩礼。丹陛大乐作，奏《治平》之章，皇上还宫，鸿胪寺、理藩院引外藩及百官以次退。皇子成婚，公主下嫁，设宴其邸，与内廷宴同。凡皇子婚礼，先期移文钦天监，诹吉以闻。乃命夫妇偕老之大臣传制曰："以某官女某氏作配皇几子为福晋。"福晋父率阖族谢恩，行三跪九叩礼。择吉简内大臣侍卫随皇子诣福晋家行定亲礼。福晋父率阖族彩服迎于大门外，延皇子入至正寝。于福晋父母前行三叩礼毕，皇子回宫，福晋父率族人送大门外。诹吉行纳采礼，以内务府大臣宫殿监督领侍充使。及门，福晋父迎入中堂谢恩，行三跪九叩礼，与宴大臣陪福晋父及族人之在官者宴于中堂，内务府命妇女官同陪女眷宴于内室毕，内务府大臣暨宫殿监督领侍回朝复命。成婚先一日，皇子于皇上、皇后前行礼，福晋母率诸妇至皇子所居宫中，设床帐妆奁，工部于宫门及皇子所居宫皆悬彩。届吉时，于皇子宫设锦褥二，东西向，设酒馔案于前，置两爵两卺于案。请皇子西面，福晋东面，相向行两拜礼，各就坐。执事者执金瓶，女官以卺爵酌酒，合和以进，皇子与福晋皆饮，乃进馔。酒馔三行，皇子与福晋皆起，仍行两拜礼，撤馔案。次日，皇子偕福晋朝见皇上、皇后，女官二人引皇子居左稍前，行三跪九叩礼，福晋居右稍后，行六肃三跪三叩礼。公主下嫁亦如之。王公之女奉旨授为和硕公主、郡主暨宗女抚养中宫者，其下嫁之礼，各视爵秩以别差等，筵宴会礼部办理。其进时宪书，进春牛，皆如礼部仪。凡妃嫔大事，皆会礼、工二部按例遵行。

都虞司。掌内府兵卫等事。凡训练内府护军、骁骑，岁以春秋二季，由该管官督率操演，各赏罚有差。凡宿卫大内，护军统领宿神武门内，掌顺贞门钥，其大内后复道中，皆内务府护军直宿。其直宿西华门北者，合护军、骁骑、步军及三旗服役人、銮仪卫校尉别立班次，曰防范兵，专司戒火。凡皇后内廷主位出入，以内务府总管或散秩大臣一人，司官八人，内府护军统领一人，护军参领四人，护军校十人，率护卫豹尾班执枪者十人，佩仪刀者十人，翌卫护军百人导引扈从。

皇子、福晋出入，递减骑从。凡畿辅行宫，京东七处，京西四处，京北六处，口外十三处，各设千总若干人，分隶汤山、盘山、黄新庄、热河各总管管辖。凡捕牲乌喇官弁亦隶属焉。

慎刑司。专理太监、苏拉等词讼。凡审谳内府所属人犯，罪在杖一百以下者，本司依律议结，杖以上者，皆移送刑部定拟，如事干宫禁者，请旨鞫问。凡内监私逃，按其次数，分别自首、被获，治以枷杖之罪。

营造司。凡匠役均有定额，内府所属人在官执艺者，于佐领管领下选取，招募民匠，于工部咨取。又设司匠领催以督率之，缺则取补，惰则革除。凡修造紫禁城内工程，小修、大修、建造皆会工部，大内缮完，由内监匠人，皇城墙垣有应修理者，奏交工部，均由钦天监诹吉兴工。

庆丰司。凡牧所定额，设内三圈于西华门外，养骟牛十有二，驾牛六，牡牛三，青牛一，乳牛无定数。设三外圈于南苑。设羊六圈于丰台，设牛羊群牧于张家口外，各牧所牛羊，均由该管官烙印。凡典牧，设厩长、厩副若干人，厩丁、司刍等夫，以递增减。口外牧群，设总管一人，副管二人，牛羊群协领、牧长、牧副、牧丁若干人，隶张家口外总管管辖。大凌河牛群隶盛京将军管辖。凡郊庙祭祀，皆用厩牛焉。凡出牧，岁以三月十五日后四月初一日前，均于南苑宽闲丰草之处牧放，停止刍菽。以九月二十日后十月初五日前，各归原圈饲养。凡劝惩内外各圈，视牛犊毙损之多寡以别功过。游牧诸群，每三牛三年孳生一犊，三羊三年孳生二羔，于定数内缺少者治罪，定数外孳生者，由该总管奏闻。

上驷院。凡围牧设内厩于皇城，外厩于南苑，设牧群于盛京及张家口外。以畜马蕃庶，籍其数而颁之，凡出牧惩劝稽查，与庆丰司牛羊同。凡供直马，以内厩御马四，齐其毛，具鞍辔立院门外。行幸驻跸，以御马六，立圈门右如之。凡遇车驾巡幸日，以十马备上乘御，由内院大臣奏请于御马内。拣其尤良者以从，其需用驾车马、公马及橐驼之数，附疏以闻。其扈跸之各执事官役、内监所乘之马，由所司行院，如数以公马拨给。凡祷马，岁春秋二祭祷马于神，系帛于御马鬣尾以为识,凡三十四。附养四色马四十匹,令祭堂子,率以十匹诣神前受釐,系丝帛亦如之。

奉宸院。掌御园亭河道,南苑、西山稻田诸事。凡网户,沙河二十六人,霸州四十六人,江南六人,岁给银米有差。其河道应通浚者,知会工部修理。凡稻田,玉泉山十有五顷,供上方玉食,余田三十余顷,皆征租赋。御河、三海诸处,岁各有莲藕之租,均量地薄征,以供内庭葺植花卉之用。

武备院。掌上甲胄、弓矢、兵仗及鞍辔行帐诸事。凡御盖,皇上御殿,设绣盖,巡幸卤簿,设黄罗销金九龙三檐曲柄华盖。凡设褥,上春冬用黑貂,夏秋用黄龙绮,均于换季日更易。凡兵仗,皆由院敬谨修造。御用弓矢,皆选盛京之良楛砮石造成。凡采办物料,岁支崇文门税务银千两,交各省敬谨采办。以上皆内府之所专司。若内务府大臣得人,则宫府之禁綦严,纪纲整肃,实为超轶汉、唐诸制多矣。

堂　子

国家起自辽、沈,有设竿祭天之礼。又总祀社稷诸神祇于静室,名曰堂子,实与古明堂会祀群神之制相符,犹沿古礼也。既定鼎中原,建堂子于长安左门外,建祭神殿于正中,即汇祀诸神祇者。南向前为拜天圆殿,殿南正中设大内致祭立杆石座。次稍后两翼分设六行,行各六重,第一重为诸皇子致祭立杆石座,诸王、贝勒、公等各依次序列,均北向。东南建上神殿,南向,相传为祀明将邓子龙位。盖子龙与太祖有旧谊,故附祀之。岁正朔,皇上率宗室、王、公、满一品文武官诣堂子,行拜天礼。凡立杆祭神于堂子之礼,岁以季春、季秋月朔日举行。祭日悬黄幡,系采绳,缀五色缯百缕,楮帛二十有七,备陈香灯。司俎官于大内恭请神位,由坤宁宫以彩亭舁出,行中路至堂子,安奉于祭神殿内东向,陈糕饵九盘,酒琖三。圆殿陈糕饵三,酒琖一,楮帛如数。司俎官以赞祀致辞行礼。大内致祭后,越日为马祭神于堂子如仪。凡月祭,孟春上旬三日,余月朔日,大内遣司俎官率堂子官吏于圆殿奠献糕酒,行礼如仪。是日,内管领一人,于上神殿献糕酒楮帛，亲、郡王各遣护卫一人，于上神殿献楮帛。凡浴佛之礼，岁以孟夏上旬八日，司俎官率执事人等，自大内请佛至堂子祭神殿，陈香灯献糕酒，王公各遣人献糕。执事设盥盘，赞祀二人浴佛毕，六酌献，三致祷如仪。是日大内及军民人等不祈祷，不祭神，禁屠宰，不理刑名。凡出师展拜堂子之礼，皇上亲征如仁皇帝征噶尔丹事，诹吉起行，内府官预设御拜褥于圆殿外，及内门外御营黄龙大纛前，兵部陈螺角，銮仪卫陈卤簿，均如仪。皇上先诣圆殿，次诣纛前，均行三跪九叩礼。六军凯旋，皇上入都门，先诣堂子行礼。命将出师，皇上率大将军及随征将士诣堂子行礼，仪均与亲征同。凯旋日，诣堂子行告成礼，均与古之祃禂告功明堂之礼相同。实国家祈祷之虔，百神之所佑庇，与商、周之制若合符节，所以绵亿万载之基也。

额 经 略

额经略尔登保，吉林人。少以侍卫从福文襄王征台湾、廓尔喀、苗疆诸部落有功，洊至护军统领。楚苗之役，公受瘴得疾，时福文襄、和宣勇相继卒，亦有传公已故者，其家已为之设位祭，久之始知其讹。嘉庆己未冬，授经略，督办三省教匪。公虽武人，为富尚书德甥，故夙知兵法，待下过严厉，然遇有功者，必亲为抚视。又延胡学士必显为幕客，凡出师皆请其参酌，故每战必胜，贼皆畏惧。闻庆总宪溥言，公行师川、楚时，如数日不遇贼，则抑郁不乐，鞭挞士卒不已。闻鼙鼓声，即踊跃据鞍，指挥三军，欣然从事。及凯师归，公必命烹肥羊，呼众将士至，邀与同食，公亲持刀为之割削，视诸将如骨肉。言语质朴，如违其制，则当筵谩骂，初不少贷。一日，游总兵云栋违公节制至败衄，公骂之曰："汝何畜产，乃敢违乃公令以致败辱！如杨遇春小儿，断不致若此。"时杨方在坐，而公初不顾忌，其真率也若此，故人皆为之用命。甲子春归朝，任御前大臣。余于朝廊遇之，高不逾中人，性和蔼，初不意其勇烈若此也。乙丑秋病笃时，上遣庄亲王往视，王嘉其勋绩，公瞪目曰："吾有何功可计，殊愧死矣！"其谦冲又如此。然性好杀戮，擒贼至，无论老稚尽皆歼灭，尝曰："毋留此贼种，致他日更生事变也。"

故卒无嗣,人皆为之惜云。

札 克 塔 尔

札克塔尔,金川番部人。其父某为索诺木所杀,故公自弱冠投诚。因秘献入番捷径,阿文成公得以进兵成功。纯皇帝念其幼稚,命近臣抚视之,后洊至护军统领。公虽外夷,性敏捷,川、楚之役,公每膺师旅,未尝败北,军中敬畏之,呼曰"苗张",无敢撄其锋者。丙寅秋,瓦柴关兵变,公首趋赴。时西安驻防兵已为贼冲溃,势甚猖獗,公怒马独出,手杀数贼。贼有识之者,诧曰:"苗张至矣!"因皆奔溃。杨时斋提督继至,为之抚慰,贼皆弃甲请降。是役往返不逾二十日,皆二公之功也。壬申春病卒于邸,上悼惜之,赐金币,令人董其丧焉。

西 山 活 佛

乾隆乙巳、丙午间,有顺义民妇张李氏,善医术,兼工符箓祈祷之事,病者服其药辄瘥。又有宦家妇女为之延誉,争建西山三教庵、西峰寺与之居,虔为供奉,号为"西山老佛"。后烧香者既众,男妇杂沓,颇有桑间濮上之疑,为有司所惩治,将张李氏伏法,其风始息云。

法 和 尚

乾隆中,有法和尚者,居城东某寺,势甚熏赫。所结交皆王公贵客,于寺中设赌局,诱富室子弟聚博,又私蓄诸女伎日夜淫纵,其富逾王侯,人莫敢撄。果毅公阿里衮恶其坏法,乃令番役阴夜逾垣擒之,尽获其不法诸状。阿恐狱缓,为之缓颊者众,乃遍集诸寺僧寮,立毙杖下。逾时要津之托始至,已无及矣,人争快之。至于市井间绘图鬻之,久之未已也。

阿　里　玛

国初有骁将阿里玛者，能自握其发足县于地，又能举盛京实胜寺之石狮，重逾千斤。战功甚巨。入京后，所为多不法，章皇帝欲置于法，恐其难制，有巴图鲁占者，其勇亚于阿，因命其擒之。占至阿邸，故与之语，猝握其指。阿怒，以手拂占，掷于庭外数十武，因数之曰："汝何等人，乃敢与吾斗勇耶？"占以上命告。阿笑曰："好男儿安惜死为？何须用绐计也！"因受缚，坐车中赴市曹。至宣武门，阿曰："死则死耳，余满洲人，终不使汉儿见之，诛于门内可也。"因以足絓城门瓮洞间，车不能行。行刑者从其语，阿延颈受戮，其颈脉如铁，刀不能下。阿自命占以刀割其筋，然后伏法，亦一奇男子也。

三　焦

医家载十二经之脉，其所言手少阳三焦者，人莫能指其定处，诸医家或分上、中、下三俞为三焦以敷衍之。然六阳经络皆为六腑之所系，故命为阳，未可统指背俞，漫无定所。盖三焦男子藏精之处，为肾脏之外腑。肾赋形有二，故膀胱三焦分为其腑，即命门之关键也。或有被磔刑者，见其膀胱后别有白膜，包裹精液，此即三焦之谓也。世之盲医不察而妄相指拟，致使十二经之名殊缺其一，亦古今行医者之所宜晓也。

秦　腔

自隋时以龟兹乐入于燕曲，致使古音湮失而番乐横行，故琵琶乐器为今乐之祖，盖其四弦能统摄二十八调也。今昆腔北曲，即其遗音。南曲虽未知其始，盖即小词之滥觞，是以昆曲虽繁音促节居多，然其音调犹余古之遗意。惟弋腔不知起于何时，其铙钹喧阗，唱口嚣杂，实难供雅人之耳目。近日有秦腔、宜黄腔、乱弹诸曲名，其词淫亵猥鄙，皆街谈巷议之语,易入市人之耳。又其音靡靡可听,有时可以节忧,故趋附日众。虽屡经明旨禁之,而其调终不能止,亦一时习尚然也。

王　树　勋

王树勋,江都人。其父某曾任微职。树勋幼入京应试,不售,乃于广慧寺为僧,法名明心。性聪悟,剽窃佛氏絮语,以为直通圆觉。又假扶乩、卜筮诸异术,京师士大夫多崇信之。树勋以重贿赂诸人之阍者,故多探刺其阴私事而扬言于外,故人愈尊奉之。蒋予蒲、庞士冠等以词垣名流,甘列弟子之位,其余达官显宦为其门人者无算。朱文正公,正人也,亦与之谈晤,其他可知矣,为和相所访拿,树勋复以重贿赂司员吉伦,为之袒护,因末减其罪,勒令还俗而已。树勋后游荡江湖间,时值川、楚教匪倡乱,松相公筠时督师湖北,树勋杖策军门。松公故喜佛法,树勋投其意指,公大赏鉴。因命易装为道士,入某寨中说贼降,公大悦,奖以七品官衔。树勋复从军数载,积功至襄阳太守。尝入都引见,刑部尚书金光悌,贪吏也,因其子病剧,延树勋医治。树勋怵以祸福,光悌至长跪请命,人哄传为笑谈。为御史石公承藻登诸白简,上下其章讯之,得实,上奖之曰:"真御史也。"因褫树勋职,遣戍黑龙江。光悌以先物故,得免置议,蒋予蒲、宋镕等黜降有差。夫树勋以一浮荡僧人,乃敢以口舌干请诸大僚为之荐引,致身二千石之贵,其虽遭遣戍谪,死穷荒,不无厚幸。诸名士以翰墨名流,而甘为缁衣弟子,以至遭其笞挞之辱,亦可谓斯文扫地矣。

画　眉　杨

京师有善作口伎者,能为百鸟之语,其效画眉尤酷似,故人皆以"画眉杨"呼之。余尝见其作鹦鹉呼茶声,宛如娇女窥窗。又闻其作鸾凤翱翔戛戛和鸣,如闻在天际者。至于午夜寒鸡、孤床蟋蟀,无不酷似。一日作黄鸟声,如睍睆于绿树浓阴中,韩孝廉崧触其思乡之感,因之落涕,亦可知其伎矣。

魏　长　生

　　魏长生,四川金堂人。行三,秦腔之花旦也。甲午夏入都,年已逾三旬外。时京中盛行弋腔,诸士大夫厌其嚣杂,殊乏声色之娱,长生因之变为秦腔。辞虽鄙猥,然其繁音促节,呜呜动人,兼之演诸淫亵之状,皆人所罕见者,故名动京师。凡王公贵位以至词垣粉署,无不倾掷缠头数千百,一时不得识交魏三者,无以为人。其徒陈银官,复髫龄韶秀,当时有青出于蓝之誉。长生既蓄厚资,乃抽身归里,陈遂继其师业。当时百官殷富,习俗奢靡,故二子得以媚取。为和相所觉察,因荷校银官于缇帅署前以辱之,为缓颊者,皆谪贬有差。乃逐陈银官归川中,其风稍息。银官不知所终。嘉庆辛酉,长生复入都,其所蓄已荡尽,年逾知命,犹复当场卖笑。人以其名重,故多交结之,然婆娑一老娘,无复当日之姿媚矣。壬戌送春日,卒于旅邸,贫无以殓,受其惠者为董其丧,始得归枢于里。长生虽优伶,颇有侠气。庚子南城火灾,形家言西南有剑气冲击,长生因建文昌祠以厌胜。又纳兰太傅孙成安者,初与其狎昵,后遇事遣戍归,贫无以立,长生尝赠恤之,亦其难能也。

茅　麓　山

　　茅麓山在郧阳界,毗连三省,广数千里。明末时,流贼余党郝摇旗等窜入其中,复有明疏宗某,郝等崇奉为主,恃险假息。康熙初,命图文襄公海为督师,同川督李公国英、护军统领穆公哩玛率三省兵会剿。诸将皆于层岩陡壁间,草衣卉服,攀援荆葛而进,逾年始荡平其巢穴。故今京师中谚语有其事险难者,则曰:“又上茅麓山耶!”则当日之形势可知矣。

烟　兰　小　谱

　　自魏长生以秦腔首倡于京都,其继之者如云。有王湘云者,湖北沔阳人。善秦腔，貌疏秀，为士大夫所赏识。有宗臣某，尝拆其园中楼阁，为其偿逋债。湘云性幽蔼，善绘墨兰，颇多风趣。余太史集为之作《烟兰小谱》，以纪一时花月之盛，以湘云为魁选云。后湘云改业为商贾，家颇富饶，至今犹在云。

乔　道　人

乾隆庚戌、辛亥间，有乔道人自陕右至。貌清癯鹤立，面微晕红，自云数百岁，曾经明末鼎革事，与孙百谷、周忠武相交。言皆妄诞，然谈兵家事历历如绘。或云为年大将军之溃卒，曾经青海战事，故所言了了，然无左证也。今漕帅李公奕畴深为崇奉。乔居一小庵中，饮啖如常，毫无他异。壬戌五月中，卒于旅邸，亦卒无他奇验，盖如《抱朴子》所言古强类也。又有某道士居西城红庙玉皇阁，能预知和相死期。辛酉夏大雨，钮钴禄缇帅明安尝延其在海淀寺中筑坛祈晴，颇有小验。上以其惑众，命逐出境外，亦不知其所终。

岳少保之死

昔苏东坡以不及见范文正公为恨，盖不同朝故也。岳少保起入为少宗伯时，余已任散秩大臣，因直宿中禁，不得常至西苑，故未能与公一会，至今心犹耿耿。闻公入都时，已抱沉疴，京中素无邸舍，因寓居友人家中。后病笃时，迁于某寺中，龛灯缞帐，浑如旅客，实近日大僚中所罕见者。其夫人赖友生为之置室，亲纺织以度日。而其本旗都统某，因公有代属员分赔款项，立逼夫人鬻室充公，人皆为之切齿。未逾岁，某卒以贪事败死。

毒　死　幕　客

有某江督任苏抚时，其父为福建将军。某岁出洋船数百艘，名为其父饮膳之赀，实阴鬻米于外洋以获重利，皆幕客某为之经理。后江督高文端_晋闻客练达幕事，欲亲为延聘。某公恐泄其阴事，因延幕客会饮，置毒酒中，以灭其口。至今苏人犹能言之。

闵　抚　军

闵抚军_{鹗元}，乌程人。中乙丑进士，累任安徽、江苏巡抚。初任皖时，以廉洁自重，布衣蔬食，接见僚属必谈性理，《近思录》诸书背诵如泻水状，人皆慑服。袁简斋先生笑曰："如其廉洁果实，不过高辛氏之孽子流耳。况外木强而内多狡诈，不近人情，乃王荆公之絮余，徒贻害苍生耳。"人皆以其言为过当。及抚吴日，颇改前节，苞苴日进，动逾千万，人始服袁之言。时李昭信相国以贪墨获罪，上严谕令各督抚议其罪。人皆希上旨以为可诛，独闵探知上有怜才意，乃以议贵议功为言，复以诸督抚养廉实不敷用，必须受诸陋规始足以充公项等语。上虽严斥，心是其语，李相因之末减其罪。时以其弟获罪，降为三品顶戴。故吴人谚曰"议贵议功一言活，昭信中堂，难逃青史；伪仁伪义三品留，江苏巡抚，无补苍生"云。后以庇属员冒征案获罪遣戍，人争快之。其家置产券约，皆惟书"文"字，盖预防籍没也，其用心溪刻如此。

李　中　丞

李中丞_湖，江西人。屡任封疆，以廉能著。抚粤时，海盗充斥，边民为之逋薮，督臣巴延三性懦怯不能制，公设关禁，严为查究，谕将士泛重洋，冒波涛，严为捕缉。未逾年，擒盗数千人，公诛首恶，其余皆纵之，曰："此亦吾民，何忍使撄白刃也！"故民皆感服，舆人诵曰"广东真乐土，来了李巡抚"之语。卒以劳瘁卒，上甚悼之，谥恭毅，荫其子为中书。

舒梁阿三公远见

乾隆初，政令宽大，一时辅翼大臣，皆忠正有远略。尝见梁文庄_诗

正掌户部时上疏稿,核计度支盈绌,如在指掌。略言"每岁天下租赋,除官兵俸饷各项经费外,惟余二百余万,实不足备水旱兵戈之用。今虽府库充盈,然乞皇上以节俭为要,慎勿兴土木之功,黩武之师,以为持盈保泰之计"。当时人皆咎其言利。至嘉庆初年,河水屡溢漫口,川、楚教匪用兵九载,国帑为之告匮,始服公之远识预定于五六十年前也。壬辰、癸巳间,纯皇帝以八旗火器未备,因建营于蓝靛厂间,欲令鸟枪兵丁皆携家往住,以便演习。舒文襄公上言:"火器为国家要务,不可使尽居城外,以致内城无备,仓卒用之,难以立至。"上从其言,因分为内外二营。至嘉庆癸酉秋林清之变,有赖内营火器,始能即时扑灭。又西域初定,公上言命商贾贩绸缎往新疆,皆令官与之平准,而命其携银以归,不许私置货物入关,以干禁令,盖预防内地银两有所亏缺也。又乾隆庚子,上以天下殷富,乃议改绿营名粮。名为公费,而招募补实其额,以为足兵之计。阿文成公力言不可,和相希上意,乃改巡捕五营之制,天下督抚因而议行,岁糜费国帑三百余万,国用因之不足。甲戌春,今上从廷臣议,始复旧制。若三公者,可谓谋虑深远,得辅相之道矣。

马　　侯

奉义侯马兰泰者,元裔也。其祖某,国初时归降最先,故膺五等之封。雍正中,北征准噶尔,马为副将军,屯察汗赤柳。军中无以为娱,马乃选兵丁中之韶美者,傅粉女妆,褒衣长袖,教以歌舞,日夜会饮于穹幕中。为他将帅所举发,夺爵遣戍焉。

信　勇　公

信勇公玛木特,厄鲁特人。初为准噶尔宰桑。乾隆癸酉,都尔伯特汗策凌来降事见后卷,达瓦齐遣公追之。既入边,复逸出,副都统达青阿诱公擒之。纯皇帝谕曰:"玛木特倘召之不至,或至而心怀不服,则擒之可。今遣使往辄至,不明惩其罪,反诱擒,非也。"诏宥罪遣归,给衣冠。公感上恩，稽首而还。后我兵入，公感激前事，且念达瓦齐不足事，乃赴副将军萨拉尔军，请内徙。因入觐，上念归志诚信，授内大臣。时议征达瓦齐，以阿睦尔撒纳为左副将军，以公为参赞。公密奏曰："阿睦尔撒纳豺狼也，虽降不可命往，往必为殃。"上以不逆诈谕之。军抵伊犁，公多赞画功，封三等信勇公，赏双眼孔雀翎，四团龙服。命守扎哈沁，以疾留伊犁。闻阿逆叛事见前卷，将脱归之兵卫，为逆党擒赴阿逆所，阿逆慰之曰："准噶尔与天朝疆域殊异，尔欲内向何也？不如归我，当善视之。"公怒唾而言曰："天下岂有无君之国哉！达瓦齐篡而虐，圣天子讨其罪，噶尔丹策凌嗣已绝，我不内归将焉往？且天朝已擒我，不即诛复释还，此所谓生死而肉骨也，何忍背之？尔先我往，圣天子待尔厚，尔乃谋逆。今既擒我，我何惧？死则死尔，大军至，将礫汝，犬犹不食尔肉也。"阿逆惭，缢杀之。事闻，上震悼，御制《烈士行》以奖之。公生长穷荒，乃知忠义若尔，实为中原士大夫之所宜景行者也。

仙　提　督

仙提督鹤翎，山东人。甲午秋，王伦叛逆，时公为千总，随副都统尹公吉图入汪家小楼搜缉王伦。尹公骤抱伦背，为贼党刀剑丛至，尹公仆地。公奋身前，救尹公出，因背受刃伤如画，三日乃苏。舒文襄公奏闻，上立擢为守备，后洊至湖南提督。征苗匪时，有劳绩焉。

富　　公

宗室辅国公富春者，敬谨庄亲王裔也。任杭州将军，时抚军王亶望，贪吏也，性耽声色。元旦日拜圣牌，王以困酒故，日中始至。公正色责曰："元日履端兹始，拜牌臣子礼仪，安可迟延若是？殊玩愒于时日也。"王长跽请谢。公退谓人曰："王公其不久乎！为人臣者不以笃敬将事，能无遭天谴乎？"逾年，王果以贪纵败，卒如公言。

李　毓　昌

李县令_{毓昌}，山东即墨人。中嘉庆戊辰进士，拣发江苏试用。淮安报水灾，大吏遣公往查核。故事，凡委员往，漫不省察，惟收其陋规而已。山阳令王伸汉，贪吏也，有冒增户口事，为公访察，将欲举发。伸汉惧，乞太守王某代为缓颊，公力拒之。伸汉乃遣其仆包祥，乞公从者李祥、顾祥、姚升等，私以贿进言。公正色曰："今岁某赴科场，皇上所命题，即以德本财末为言。某虽不肖，敢欺君纳贿耶？明日并以此禀诸制府可也。"李祥等赧颜退，告诸包祥。包祥惧，因以其贿赠顾祥、姚升等，命谋害公以灭口，顾祥等许诺。是晚公赴太守宴归，明早即欲解缆。时公寓古寺中，寂阒无人。夜间，公独酌自遣，仆等因以毒酒进。公饮觉之，遂停杯，血流于颐。仆等愈惧，因以帛勒死之，以自缢闻。王伸汉并贿通检验者，遂朦胧通禀。公柩归家，公叔某于亵衣中睹血迹，因上控都察院。上大怒，会缇帅缉获姚升，尽得其实，然后逮伸汉入，鞫供如前。因立置典刑，包祥、顾祥、李祥、姚升等皆正法。赠公知府衔，荫其子为举人，上复御制诗以旌之。或云公柩归时，其家已释然，公托梦于其叔，言其屈枉，已授江都城隍神位，箧中有血衣可证。其叔如其言，启箧视之果然，因而成讼。其语近诞，不足信也。

石仓十二代诗选

《四库全书提要》云：《石仓十二代诗选》五百六卷，曹学佺著。学佺工诗，去取颇有别裁。其明诗分初集、次集，《千顷堂书目》尚有三集、四集、五集、六集，三百八十四卷，近佚云。今余家所藏则一千七百四十三卷，较《四库》所收多至千余卷矣。古逸诗十三卷，唐诗一百卷、拾遗十卷，宋诗一百七卷，元诗五十卷。明初集八十六卷，次集一百四十卷，三集一百卷，四集一百三十二卷，五集五十二卷，六集一百卷，七集一百卷，八集一百零一卷，九集十一册，十集四册，续集十册,再续集九册,三续集五册,三四续集、四五续集一册,五续集三册,五六续集一册,南直集八册,浙集八册,闽集八册,社集十册,楚集四册,川集一册,江西集一册,陕西集一册,河南集一册。九集后不分卷,以册代卷,其曰三四续、四五续,义例难通,而雕镂完好,制印清楚,自是闽中初拓精本,法时帆祭酒颇加赏鉴,以为近世难觅之本。惟七集、八集中数卷为王功伟明经携去,以致遗佚,不复得为全豹,殊堪扼腕也。

恒　侍　卫

宗室侍卫公恒斌,字纲文,太宗文皇帝第十子辅国公韬塞裔也。充三等侍卫。父萨喇善,官吉林将军。以事谪伊犁,方卧病不起。公奋然曰:"古人有身代父役者,吾何不为?"遂陈情当事乞代奏。有旨责其沽名,褫职,仍命从父行,纯皇帝殊恻然也。公竟行,昼夜侍父疾,至废寝食。父每怒其愚,公无几微怨。抵伊犁,父疾以瘳。阿文成公时为伊犁将军,贤其行。寻哈萨克新附,遣使入贡,奉旨择贤员伴送,阿公因命公充伴送官入京,途间驭陪臣,忠信得大体。上召见加慰藉,仍授三等侍卫,留京供职,盖特恩也。公请毕伴送事,仍往伊犁侍父,上允之,擢二等侍卫。三十年,乌什回人叛,公随明忠烈公瑞由伊犁倍道进抵乌什,战屡捷。三月朔,领兵为左翼,阵城南山下接战,贼更麇至,公奋勇邀击之,所向披靡。贼惧,隐城壕诱公,公怒马前,万镞齐发,不及御,殁于阵。事闻,上轸惜,因有其父罪还京,赐恤如例,荫云骑尉。

傅 文 忠 之 谦

傅文忠公恒以椒房勋戚,当朝轴者几三十年,惟以尊奉前辈,引擢后进为要务,故一时英俊之士多集于朝。如孙文定嘉淦、岳威信钟琪、卢巡抚焯等,皆起自废弃田里;毕制府沅、孙文靖士毅、阿相国尔泰、阿文成桂皆公所赏识者,后皆为封疆大吏。其子文襄王复以英年拥节,屡镇边隅。累世三公,门多故吏,殊有袁氏之风。闻公款待下属,每多谦冲,与其同几共榻,毫无骄汰之状。汪文端公死,公为之代请,得荫其子_{承霈}为部曹。舒文襄公籍没遣戍,公代赎其宅,俟其归而赠之,故皆感佩其德,久之不衰。然于恩怨分明,有诋之者,务为排挤。又颇好奢靡,衣冠器具,皆尚华美,风俗因之转移,视诸卢怀慎布衣脱粟,吕蒙正之休休有容者,殊有愧于昔也。

私造假印案

嘉庆己巳冬,工部有书吏王书常者,私镌假印,冒支国帑。其于钦派岁修工程,皆假捏大员名姓,重复向户曹支领,每岁耗银至数十余万两。久之为工头某告发,始置书常于法,大吏降黜有差。夫水曹支领银两,必须诸司空签押毕,关知户曹,度支大员复加查核,然后发帑,定例本为详慎。乃诸部曹夤缘为奸,伺大员谈笑会饮时,将稿文雁行斜进。诸大员不复寓目,仰视屋梁,手画大诺而已。更有倩幕友代画者。其习已久,故使奸蠹胥吏得以肆其奸志。嗟夫!于照常供职之事,尚复泄沓若此,又安望其兴利除弊,致吾民于熙皞之世也哉?宜夫我皇上屡降明谕,谆谆之告诫也。

伊桑阿

贵州中丞_{伊桑阿},高文端公兄子也。累任封疆,以贪黩闻,为下吏举发。上命初颐园侍郎往讯得实,解京正法。上怒其暴虐,复遣侍郎_{瑚图灵阿}于中道赐死。伊初闻旨,以为诈伪,不肯受命。瑚使人缚之,乃叩头乞贷须臾,以待恩命之至。瑚笑曰:“曩昔威望,皆何处去也?”因以帛勒毙。夫以封疆世族,至于玩法致罪,已无颜以对人,乃摇尾乞怜如犬彘就死状,真不知是何肺腑也。

盛京先朝旧物

盛京清宁宫贮文皇帝时糠灯,屡见纯皇帝之诗。又崇谟阁藏高皇帝旧履，以牛皮为之舄，护以绿皮云头。又有先朝登山负物木架，所持拐杖，皆白木为之，制甚朴素。想见祖宗开创之艰，公刘走马之什，古今如合符节也。

洪文襄之降

文皇之收服洪文襄事，已详前卷中。闻范冢宰建丰言，洪被擒时，文皇命先文肃公往说，洪谩骂不已。文肃以善言抚之，因与谈论今古事，时有梁间积尘落洪襟袖间，洪屡拂拭之。文肃遽辞归，奏文皇曰："承畴不死矣，其敝衣犹爱惜若此，况其身邪！"后文襄果降，如公所料云。

黄文襄设幕馆事

黄文襄事迹，已见前卷。闻公督陕甘时，正值西北用兵，公督师肃州，乃设一公馆，凡藩、臬、兵备道、州、县等，所司军旅事者，皆寓其中。公镇日危坐中堂，其邮骑至，直入馆院，公启封视之，应付何司者，立时分派，目击其抄稿钤印毕，即以咨覆。故应付急速，无以留滞，军事得以易蒇。司军事者宜以为法也。

五　国　城

五国城在今白都纳地方。乾隆中，副都统绰克托筑城，掘得宋徽宗所画鹰轴，用紫檀匣盛瘗千余年，墨迹如新。又获古瓷器数千件，因得碑碣，录徽宗晚年日记，尚可得其崖略。云于天会十三年寄迹于此，业经数载。始知金时所谓五国城，即此地也。

礼烈亲王纛

先烈亲王同郑庄亲王征辉发，夜间，大纛顿生光焰，郑王欲凯旋。

先烈王曰："焉知不为破敌之吉兆也？"因整师进，卒灭其国。故今余邸中纛顶，皆悬生铁明镜于其上，有异于他旗之纛，按定制，纛顶皆用铜火焰。盖以志瑞也。

桂 香 东 侍 郎

觉罗香东侍郎桂芳，兴祖直皇帝裔也，为两湖制府图公思义孙。性豪宕。中嘉庆己未进士，上召见，曰："奇才也。"因日见信任，不数年即登九列。家素贫，窭然不名一钱，门生有馈纳者，公曰："以束修贽先生，其谊甚古。然某任司农，尚可充用，不敢拜受其惠。"因封还之。时相有以苟且为政者，公深恶其人，至面责之曰："不意宗臣中有如公之行者，真污蔑带间物矣。"某公恨之次骨，然亦无如公何也。癸酉秋，林清之变，公拟奏稿数条，预以示董蔗林，董曰："公言虽是，恐不能迎合上意。"公正色曰："此何等时，尚以迎合为言耶？"董公为之拜谢乃已。其奏上，上皆嘉纳之。甲戌春，钦命往粤西审办成林案，病寓于武昌，未数日暴卒。上悼惜之，奖以忠鲠有古大臣风焉。先是，公祖制府公，公父观察公恒庆及公身，三世皆没于楚中，亦一异也。

张 若 瀛

张若瀛，文和公之族侄也，以吏员任热河巡检。纯皇帝幸滦阳，有随侍太监某滋扰民间。若瀛抚以善言，太监愈咆哮，乃命缚之，立加大杖数十。方敏悫公时督直省，大诧曰："张某疯矣！"乃立劾之。上察其情，曰："非太监恣行不法，若瀛安敢杖之？其人殊有家风，诚可嘉也。"因立擢为同知，而遣戍其太监。真圣主大度有异于人也。

书 剑 侠 事

余友毕补垣云："粤西永宁州有陈氏者，家巨富。尝饮于州署中，席间有伟丈夫闯然至，衣服鲜美，年甚髫稚，与州牧款洽。陈异其人，讯诸州牧,牧曰:'此所谓李氏子,至州已三载,惟以交纳官吏为事,实未详其世族。'陈有少女,因欲赘李为婿,倩州牧为媒。李慨允之,惟约曰:'每月有数夕,吾应夜出会客,莫相为阻。'陈允之。既赘数月,每夕出,终夜不返,所招徕者皆峨冠奇服,相貌儌丑之辈。陈叟亦颇悔为姻,既已赘之,无如何也。吴中有叶氏子者,少无赖,好剑术,有老妪导之,能以剑为双丸,纳诸口中。又能使人以白刃击其肩背,终无血迹。老妪因曰:'此麻姑避剑法也。'叶拜学其术,因出游于外。时王师征缅甸,有转饷至楚南沅州者,一夕忽失银数百鞘。守吏大惊,因督责胥隶捕缉,终日笞挞。有老胥曰:'银至数百鞘,非一人之所能持,如其伙众多,声应喧沓,何以守者阒然无所闻见? 其中必有异也。'因号泣路旁。叶氏子适至沅,异而问之,老胥告其故。叶怜其老,曰:'吾可为代觅之。'因赴滇、黔物色之,终不得其要领。一日,路之永宁,遇李生于途,诧曰:'此小李将军也,奚以至此?'因问诸路人,曰:'此陈氏赘婿也。'叶氏子遂至陈宅,告楚中失帑之故。陈亦讶曰:'数日前吾婿颇暴富,未审其财物所自,岂即盗官项耶?'叶曰:'夜中令汝女细询之。'陈叟告其女。晚间李生至,入户,见妻色凄然,曰:'此必有异。'因究诘之。女战栗无人色,长跽以谢。李生疑有他故,因拔壁上剑将斩之。叶氏子自窗跃入曰:'不可害良家女,泄其机者为某甲,请斩吾首可也。'李嗒然弃剑曰:'吾兄奚至此? 吾事败矣,不可久居于此。'叶氏子忿然责之曰:'吾侪以义为重,岂可盗官家物,使遗祸于他人以遭天谴也!'李生曰:'诺。兄可速回楚,官帑保无遗失,吾亦弃此而他徙矣。'叶氏子因辞陈叟归,李生亦以其日弃家去,不知所之。是夜沅库得所失鞘,封印如故。叶氏子既归吴中数载,相物色者愈众。叶氏子曰:'布衣而享妖异之名,其祸足以杀身。'因辞其父母,云欲之点苍山学道,至今未归"云。此甲寅秋日告余者。今补垣已殁廿载,未知其事确否? 聊漫录之,以志异云。

洪文襄款客

　洪文襄晚年既谢事,复独居侘傺,有其同乡士人往谒,公拒不见。

士人归旅邸，无聊甚，晚间喧传相国回拜，已至门矣。士人趋出，公降舆握手，故作寒温泛语久之。入则四庭肴馔备陈，珠帘绣幕，华灯辉熠。公延客入首席，陪座者皆一时名士。既而笙管缤纷，伶工毕集。演剧数出，酒数行罢，公起告辞，士人送出，公又辞让，须臾乃登舆去。士人返舍，依然寒灯如豆，破壁颓垣犹如故也。盖公久蓄将略，无所施为，聊借款客以展其怀抱耳。

张文端代作诗

王文简公士祯，诗名重于当时，浮沉粉署，无所施展。张文端公英时值南书房，代为延誉。仁皇帝亦素闻其名，因召渔洋入大内，出题面试之。渔洋诗思本迟滞，加以部曹小臣，乍睹天颜，战栗操觚，竟不能成一字。文端公代作诗草，撮为墨丸，私置案侧，渔洋得以完卷。上笑阅之曰："人言王某诗为丰神妙悟，何以整洁殊似卿笔？"文端公谢曰："王某诗人之笔，定当胜臣多许。"上因命文简改官词林，因之得置高位。渔洋感激文端终身，曰："是日微张某，余几作曳白人矣。"

高　江　村

高江村士奇，华亭人。家甚贫窭，鬻字为活，纳兰太傅明珠爱其才，荐入内庭。仁皇喜其才便捷，凡遇巡狩出猎，皆命江村同禁籞羽林诸将校并马扈从。故江村诗曰："身随翡翠丛中列，队入鹅黄者里行。"盖纪实也。江村性趫巧，遇事先意承志，皆惬圣怀。一日，上猎中马蹶，上不怿。江村闻之，乃故以潴泥污其衣，趋入侍侧。上怪问之，江村曰："臣适落马堕积潴中，衣未及浣也。"上大笑曰："汝辈南人，故懦弱乃尔。适朕马屡蹶，竟未坠骑也。"意乃释然。又上登金山，欲题额，濡毫久之。江村乃拟"江天一览"四字于掌中，趋前磨墨，微露其迹，上如其所拟书之。其迎合皆若此也。

内 院 笔 帖 式

国初海内甫定，督、抚多以汉人充之，凡文移用国书者，皆不省识，每省乃委内院笔帖式数人，代司清字文书。后内三院改为内阁、翰林院、翻书房等署，而督、抚衙门笔帖式仍沿旧衔，未及更正云。

裕 陵 闻 香

刑部侍郎永祚言，其任工部司员时，督办纯皇帝大葬礼事。甫启地宫石门，闻有异香自隧道出，清芬可爱，如是者数日乃已。盖寝宫幽闷日久，山岳秀气所钟灵也。

蒋 文 肃 入 场

蒋文肃赫德，初名元恒，永平滦州人。幼为诸生，善望气术。明天启丁卯，公赴科场，夜间闻明远楼鼓声，惊曰："此颓败之音，其国安能久长？"故不终闱而去。遍游九边，云："王气葱茏，聚于辽、沈，其间必有圣人御世，吾蓄材以待可也。"逾年，文皇帝入关，公杖策军门。上阅其文喜之，因改今名，遂携出塞，不数载以致大拜云。

陈 提 督

乾隆己巳，上命工部侍郎三和修理静漪园别馆。中有复道可通西苑，上几暇之余，尝乘小舆率诸内侍数人，由复道往监工，外庭殊未知也。时陈提督杰为中营千总，日夕危坐宫门侧，督率工匠缔构，初无怠容。上心识其人，谕傅文忠曰："汝中营有伟鬐千总，其人勤朴可任事。"因询其名姓，命文忠保荐之，不数载遂至专阃云。

禄　相　公

　　宗室相国禄康，为诚毅贝勒裔，于宗室中属长行。嘉庆初，辅政数年。继和相既败之后，欲反其政，故持躬清介，驭下宽大，僚属感其小惠，翕然呼为良相。然才具庸劣，无所建白，又不甚识字，于古今政体毫未寓目。其所操持，率皆以市井毁誉为之趋慕，罔识朝廷大体，故一时丛脞成风，每多苟且之政。最可哂者，一日余会公于禁中，蒙公教诲甚笃。余因述其祖德，公赧颜曰：“先世身遭刑戮，安敢计功？”余为之骇然。按诚毅贝勒为显祖幼子，开创时勋劳称最，以病薨于邸，经太祖亲临哭奠，立碑旌功，事具国史。而公所言如此，诚为骇异。因细询之，乃误以褚英贝勒之事归之诚毅，按褚英贝勒为太祖长子，以事赐死。诚所谓数典忘其祖矣。后以故纵舆夫聚赌事，降副都统。复以失察曹伦事，遣戍辽东，侘傺以卒。夫以天潢贵胄，而不学无术至此，安可以当调羹重任也？

亮　总　兵

　　伊尔根觉罗总兵亮禄，以世荫任河南城守尉。嘉庆庚申，川、楚教匪滋事，已逾数载。豫省将校，皆檄调他往，抚军吴公熊光亦率兵堵御卢氏。腹心千里，兵力虚弱，故宝丰、郏县教匪藉以谋逆。时布政马公慧裕护抚篆，省中惟满兵千人而已。马公因命公率满兵同往。马公故书生，未娴军旅，公曰：“吾闻兵贵神速，未闻迟巧。今贼初滋事，率皆乌合之众，易于扑灭，不可使其蔓延日久，有害苍黎也。”乃驱兵疾行，未三日至，贼尚未知觉。公即率公围其堡塞，声言满兵自京中至，数逾十万。贼未知虚实，使侦者探伺。公命树八旗大纛，五色绚烂，并命兵卒以鞭笞马腹，使其腾躁嘶号，声震数里，贼已畏惧。至夜间，公起曰：“此正擒贼时也。”因吹角命士卒喊号进，公首先逾濠，焚其塞堡，士卒益用命，一鼓歼之。回报马公，马公方距鞍危立，战栗不能上马也。及事闻，上大喜，立擢公副将。后任云南开化镇总兵，未逾年卒于任。按宝丰为中原腹心之地,四通八达,无不襟连,微公乘贼之瑕,即时扑灭,倘至盘踞日久,豕突于江、淮、濠、颖之间,则其祸有不可忍言者矣。若公者,谓之社稷之臣可也。

超 勇 王

超勇王成衮札布,额驸襄亲王之长子也。襄亲王光显寺之战,功在社稷事见后卷。王嗣掌定边左副将军印,父子专阃,军中荣之。其族贝勒青滚杂卜,因其兄额林沁多尔济以故纵阿逆故赐死事见前卷,阴煽惑诸喀尔喀蒙古诸藩曰:"元太祖裔无正法理。"欲共谋叛逆。其檄至王所,王大怒曰:"焉有人臣犯法,而其骨肉代为复仇之理? 吾家世笃忠贞,岂可效叛人之谋,自蹈诛夷也?"因首发其谋,复寄札于哲卜尊丹巴胡图克图,令其谕所部知大义,俾勿惑。事闻,纯皇帝嘉之,即命王统师以剿,曰:"大义灭亲,此王茂宏所以仗安东节也。"王率诸喀尔喀藩部兵力为追捕,青滚杂卜计穷,拥兵自卫。王传檄诸部,宣布国家威德,其党皆散,惟余青滚杂卜父子数人,宛延沙漠中,迷失道路,为官兵所擒。上大悦,赐王金、黄带,封其子为世子,以优赉之。王白皙,微髭数茎,不类蒙古世族。知兵法,有元臣木华黎所著之兵法,王世收藏之,暇时拥一编展诵,故用兵多合古法。掌大将军印几四十年,未尝戮一偏卒,曰:"三世为将,道家所忌,吾敢恣意诛戮,贻祸于后人耶?"其弟郡王车克登布以勇捷见称,上尝以霍去病、曹彰比之。

军 营 之 奢

宗室副都统东林,文皇帝第十子韬塞裔也。任侍卫时,从征川、楚教匪凡十余年。其亲为余言者云:"军中縻费甚众,其帑饷半为粮员侵蚀,任其滥行冒销。有建昌道石作瑞,曾侵蚀帑银至五十余万两。然其奢费亦属糜滥,延诸将帅会饮,多在深箐荒蘢间,人迹之所罕至者。其蟹鱼珍羞之属,每品皆用五六两,一席多至三四十品,而赏赐优伶,犒赍仆从之费不与焉。有某阁部初至,石为馈珍珠三斛,蜀锦一万匹,他物称是。故其所侵蚀者,转皆荡尽,至死无羡费,人争快之。军中奢靡之风,实古今之所未有也。"闻明参政亮言,其随明忠毅公端征乌什回部时,军中大帅惟有肉一戴、盐酪数品而已。其事未逾数十年,而其风变易至此,其作俑者可胜诛乎!

李　漱　芳

李侍御漱芳,四川人。巡视中城,有傅文忠公家奴栾大,恃公之权势,招徕无赖辈肆行市衢间,无人敢过而问者。公慨然曰:"傅相以忠谨传家,故能奕祀而保大。其家奴游荡,非公所能知者,不可使其风日滋,反贻累于椒房,其攸关甚巨。"乃命捕大,审得实,立登白简。纯皇大悦,立遣戍栾大,傅公罚锾有差,而擢公为给事中,以旌其直焉。其后以谏匿灾事失实降官,人争惜之。

俄　罗　斯

俄罗斯国在喀尔喀、乌里雅苏台之极北,东西袤长数万里。东接黑龙江,西连安集延、敖罕诸部落。其人黑晰窅目,衣服、食物、语言、文字皆近西洋,与蒙古部落习俗悬绝。其文官皆洋中人为之,武官始参用本国人。其主名察罕汗,女传已七世,生男则为异姓人,生女始为国种。又《蒙古源流》云"元太祖之长子分封绝域,来往数万里事见《元史》,即为俄罗斯之始祖"云,然则彼国亦元裔也,其世系莫可考矣。

熊　志　契

熊文端公赐履,汉阳人。相仁皇帝先后几三十年,忠清刚介,崇尚理学,当时号为贤相。薨时,家无担石,赖族人熊本主丧,始获葬焉。其暮年始生子名志契,公甚钟爱。然志契才智庸劣,幼失怙恃,无人训迪,遂至目不识丁。仁皇念公旧德,召见志契,欲赐科目,因问曰:

"汝所羡慕者何?"志契童呆,因遽曰:"我欲策骞驴游都市中。"上嗟叹曰:"赐履无子矣!"因命归。乾隆甲子,授翰林院孔目,遂命上驷院赐驴一头,以遂其志。后志契以孔目终其身,历官几四十余年,乾隆丙午始卒,年已七十余矣。

阿 文 成 相 度

阿文成公与和相同值军机大臣十数年,既薰莸不相合,乃除召见议政外,毫不与通交接。凡立御阶之侧,公必去和相十数武,愕然独立。和就与言政事,公亦漫应之,终不移故处也。安南国王阮光平至京,遣其臣馈公土仪,公取一二物,使人出曰:"中朝公相问陪臣好。汝国王既诚心朝觐,其优赉厚宠,皆出自皇上体恤远人之意,莫谓中朝公相不识'顺、逆'二字也。"其陪臣汗流浃背,出谓人曰:"此诚宰相语。"公有上赐马,一日脱缰去,圉人入告,公方观书,曰:"觅之。"既获覆命,公徐曰:"好。"仍读书如故。其相度也若此。

蔡 必 昌

蔡太守必昌任四川重庆守,云能过阴间,预知冥中事。福文襄王征廓尔喀时,蔡往谒见。王因问此行休咎,蔡云:"此次行军,蒇事必速,冥中只造册数月。此后不数年,川、楚间当有大劫难至,冥中已造册数年,尚未已也。"王因问册中名姓,蔡怃然曰:"未来事不可预言,依稀记得秋帆制府乃册中首领也。"其言乃甲寅七月望日,洪大令庆祥亲告余者。其时楚中尚无兵燹之事,余责以为妄言休咎。明年果有楚苗之变,其后川、楚教匪蠢动,兵连九载,始得荡平,果如洪令所言云。

按《杂录》中不录鬼怪诡诞之语,以为近日奇异小说过多,有意避其窠臼,惟载此段与费直义公事者费事载后。费事乃余幼闻先人所述,必非荒渺之语。此言实系余闻于未变之先者,故漫记之,以志异云。

四 神 祠

太液池北岸大西天寺中，有四神祠，状貌伟然，甲胄峙立。闻故老云为瓜尔佳直义公_{费英东}、舒穆禄武勋王_{杨古利}、钮钴禄果毅公_{额亦都}、瓜尔佳公_{劳萨}四公之像。孝庄文皇后念其旧勋，故塑像祀于庙中。乾隆戊寅，寺中灾，太监等往扑救，见四像宛转欲动。急扶之出，四神像即似趋行状，不数武已至门外，得以无恙。亦一异也。

苏 相 国

苏相国_{凌阿}，姓他塔拉氏，中庚申举人。晚年与和相联姻，始跻公卿，醒醒守位，无甚表见。任江督时，贪庸异常，每接见属员，曰："皇上厚恩，命余觅棺材本来也。"人皆笑之。其劾杨天相诬盗案事，众皆为杨抱屈。杨正法日，六营合祭，哭报震天，几至激变，赖陈军门_{大用}安抚之始已。其入阁后，龙钟目眊，至不能辨戚友，举动赖人扶掖。瑶华主人_{弘旿}尝笑谓余曰："此活傀儡戏也。"和相赐死后，公即予告，复命守护裕陵，久之乃卒。然其少时充中书舍人，请诸于政事堂中，众皆笑其庸劣，惟鄂文端公曰："诸君莫轻视苏公，其人骨相非凡，将来必坐老夫位也。"人皆以为公一时谑语，后卒践其言，亦一奇也。

杨 诚 斋 军 门

杨诚斋军门_芳，贵州人。少贫窭，读书应试未就，乃充行伍，藉军粮以赡其家。乾隆乙卯，楚苗窃发，毗连黔境，铜仁诸苗亦乘时蠢动。攻铜仁寨时，游击为孙总兵_{清元}，欲弃寨避贼，公奋然曰："芳闻咫地寸土，莫非为天子所守者，奈何委之于贼？"孙壮其言，因与贼战，乃至败绩。时福文襄王督师，命诸将移寨，闻兵败，怒，欲置孙于法。孙叩首曰："非神将之过，皆杨芳一人意也。"王命缚公至，诘曰："汝何人，乃敢抗吾法？"时兵卫森严，堂宇深邃，公大声曰："芳幼读圣贤书，惟知忠孝字。今寨虽小，为天子所畀付，若轻弃，是违君命也，故芳欲一战以扬士气。其胜之与否，自有主之者，非芳之罪。如使芳执殳效命，早裹尸马革矣。"言既终，愀然长啸。王壮其言，命为亲军，日见委任，不数载官至专阃。公与杨时斋军门为布衣交，遂至通谱。公善谋，时斋善战，二公如左右手，不可须臾离者。其守陕安镇，政令宽洽，民感其惠。公尝入陛见，其署篆者暴虐，激变营兵，乱军蒲大芳揭竿而起，然感公旧德，曰："杨夫人在，慎勿杀害也。"因共舁夫人轿，送出南山，共拜叩去。其善驭士卒也如此。

信庄二王生命

信恪郡王如松、庄慎亲王永瑺同年月日生，庄惟后信数刻，时互以兄弟称之。稽其福命，信先庄薨十七年，然其子恭王淳颖以复睿忠王爵故，因赠王为亲王。庄慎王无子，嗣其弟子承袭。信恪王少封公爵，任工部侍郎等官。庄慎王少亦赐公品级，历副都统等官。虽文武少差，而其升转如一，亦一异也。

先悼王善六合枪

先悼王讳椿泰，先良亲王嫡子，幼袭王爵。阔怀大度，抚僚属以宽恕，喜人读书应试，人皆深感其惠。善舞六合枪，手法奇捷，虽十数人挥刃敌之，莫之能御。又善画朱砂判官，尝于端午日刺指血点睛，故每多灵异。余少时尚见一轴，其判俯首视傍侧，如每有所睹，每使人警畏云。

钦训堂博古

宗室辅国公永瑢，号素菊，理密亲王孙也。好收藏古字画书籍，善为甄别真伪，凡经公品题者，百无一失，故收藏家皆首推之。汪文端公尝倩公分别所藏卷轴，公抚摩终日，曰："惟米襄阳一帖近真迹，其余皆伪鼎也。"汪为之勃然变色，公亦不顾也。余幼时拜谒其室，见架上书卷纷披，惜未得一寓目。近闻皆至散佚，殊可惜也。

赵 护 卫

赵护卫名赫绅，其先蒙古人，为余邸僚属。性忠醇，先修王命傅先恭王，凡医药饮食，皆赖以调护。乾隆乙亥春，邸中有护卫双爱者，出境滋事，先人劾之，爱因反噬为奉先人命者，而引护卫为证。时先人与时相不睦，因嗾某尚书欲坐实其事。时尚书据高座，侍郎等左右列，护卫囚服缧绁入。尚书故作怒状，欲护卫引陷先人，加以三木者再。护卫仰天大呼曰："如本王知情，方隐匿之不暇，敢据实以入告乎？皇天后土，实鉴斯情，赫绅虽死，不敢诬王以求活也。"尚书为之气夺。时赵方伯荪英为部郎，因进言曰："绅已老，不可再加以刑，何不以鞫绅者而鞫爱也？"尚书语塞，不得已引爱鞫之。甫加刑，爱即输服，先人之冤始白。而护卫卒以创死。

费武襄公知大体

费武襄公扬古，以戚畹故封伯爵，为抚远大将军，征噶尔丹。既奏凯，众皆欲露布扬功绩，公却之，其奏折惟言兵至某处失迷道路，宛转山径中数日，又于某处败绩，又于某处绝粮数日，皆臣失算之故。赖圣天子洪福，得以无虞。今侥幸成功，实出意外之语。幕客或咎其失体制，公曰："天子深居九重，如见奏功之易若此，必长其好大喜功之志。军中士卒劳瘁，不可不令上闻之，以消异日穷兵黩武之患也。"人皆服其言得体云。

啸亭杂录卷九

宁 王 养 菊

京中向无洋菊,篱边所插黄紫数种,皆薄瓣粗叶,毫无风趣。宁恪王弘皎为怡贤王次子,好与士大夫交,因得南中佳种,以蒿接茎,枝叶茂盛,反有胜于本植。分神品、逸品、幽品、雅品诸名目,凡名类数百种,初无重复者。每当秋塍雨后,五色纷披,王或载酒荒畦,与诸名士酬倡,不减靖节东篱趣也。王又自制精扇,体制雅洁,名东园扇,一时士大夫争购之,以为赏鉴云。

花 老 虎

花军门连布,满洲人。以世职洊至南笼镇总兵官。性质直,与人交有肝胆。少时读书,曾习《左传》,故于战法精妙。乙卯春,方入觐,半道值铜仁红苗杀官吏反,福文襄王以总督进剿,檄留公随营。素稔公勇,令首先解永绥围。公率百余骑长驱直入,破毁苗寨数十。苗人皆乌合众,未见大敌,大惊曰:"天人神兵至耶,何勇健乃尔?"因远相奔溃,永绥之围立解。时公着豹皮战裙,故苗人呼为"花老虎"云。王大军至,令公结一营,当大营前御贼,悉以剿事委之。王日置酒宴会,或杂以歌舞,公则昼夜巡徼,饥不及食,倦不及寝。苗匪既知王持重不战,乃兽骇豕突,或一日数至。公竭力堵御,贼已退,乃敢告王知。如此百昼夜,须发尽白,而旁有忌其功者,互相肘掣,故不及成功。小竹山贼匪叛,黔督勒公保檄公督兵往剿。公御贼山梁上,转战益奋,中鸟枪三,堕入深涧中,诟骂不绝口。贼欲钩出之,乃自力转入岩石中,折颈而死。事定,诸将弁百计出其尸,颅骨皆寸寸断矣。事闻,上震悼,特赐祭葬云。

穆 富 二 将

川、楚教匪窃发,鹿挺兽骇,蔓延三省。一时诸大将多拥兵自卫,任其奔突,惟知掳掠良民以供糇食,故当时呼官兵有"红莲教"之目。惟穆军门_维、富将军_成二将督齐、鲁兵堵御甚严,贼人畏之,群相戒曰:"慎勿犯二眼矗将军。"盖山东旗矗皆绘二太极图云。穆,江南人,少隶山东行伍。征王伦时手毙贼帅,为纯皇帝所喜,每见之即问曰:"穆维尚未升擢耶?"故不数年即至开闑。后以劳瘁卒于军中。富公,满洲人。少充巡捕营将佐,以趫捷称。后擢成都将军。以救援觉罗牧庵参政故,殉于阵,上深惜之。

和 相 善 谑

和相虽位极人臣,然殊乏大臣体度,好言市井谑语,以为嬉笑。尝于乾清宫演礼,诸王大臣多有俊雅者,和相笑曰:"今日如孙武子教演女儿兵矣!"又安南贡金座狮象空其底者,和诧曰:"惜其中空虚,不然,可多得黄金无算也。"为夷官所姗笑,其器量浅隘如此。尝阅《闻见后录》,载章子厚好为市衢之谈,以取媚于神宗之语,可见今古权奸,如出一辙也。

赵 泰 安

赵泰安相国_{国麟},山东人。理学名儒。纯皇帝即位之初,首擢纶扉。公亦以古大臣自期,一时吁咈都俞,朝野传为盛事。后有民人俞长庚父死,延诸大臣往吊唁,谢以重贿。或言公亦偕往,为仲副宪_{永檀}所劾。公力为辨白,其事终无左证。上以其言戆急,殊失大臣之体,乃迁公为工部侍郎。公即日谢病归故里中,十数载始薨云。

自 鸣 葫 芦

康熙中，吾邸辽东庄头某家植蔬菜，篱间结一巨葫芦，中能作音乐之声，献于先修王。修王异之，因进于仁庙。上甚为爱惜，日置养心殿中，后随殉景陵云。

三 杨 将 军

乙卯春，苗匪窃叛，福文襄王率师征之。有神兵数千助阵，苗匪因之败溃。土人云与三杨将军庙相近，王奏于朝，特建祠以祀之。见邸抄。

鸡 公 山

先良亲王南征时，于鸡公山与耿逆接战，时有神兵助顺，中有披发仗剑者，云系真武神助战，王请立庙祀之。见《池北偶谈》。

先良王善知人

先良王率师讨耿逆，凡智勇非常之士，无不为王所识。有拔自行伍间者，姚制府启圣、吴留村兴祚，皆以县令起家，王优待之，不数年洊至封疆大吏。赖征南塔、黄总兵大赖、蓝将军理、杨昭武提，皆由王所赏识，卒至专阃。黄有黑甲，重三百余斤，王凯旋时，黄持以为馈，余少时犹见之。铁光照耀，虽勇趫之夫，着之不行数武，亦可想见将军之勇力矣。

先良王大溪滩之捷

良王进师衢州时，贼将马九玉据大溪滩，又名太极滩，以遏我师。

王率诸将身先用命,贼伏起草莽,短兵相接,转战竟日。王坐古庙侧,指挥三军,纛旗为火枪击穿者数十,二护卫负寺双扉以庇之。王饥进食,典膳者方割肉,为枪所毙,而王谈笑晏如也。我兵踊跃击贼,贼遂大败去,九玉自是敛兵不复出战。随王二内监,闻枪箭声震惧,遂自缢于庙中。王既胜九玉,遂偃旗鼓,一日夜行数百里,夜抵江山县。王曰:"若不乘其锐攻之,使贼有备,旷日持久,非计也。"乃乘月下攻之,其县立下。常山闻警遂降,直抵仙霞岭。岭下有湲溪,贼目金应虎拢其船于对岸,我兵不能渡。王踌躇假寐,梦先烈王抚王背曰:"此岂晏安时耶? 绕滩西上数里,其浅处可涉也。"如是者再。王忪然醒,遂遣将至上流,果觅浅处,遂断流而渡。贼人以为兵从天下,故不战而溃。

先 修 王 善 书

先祖修亲王,自幼秉母妃教,习二王书法,临池精妙。薨时,先恭王尚幼,多至遗佚。余尝睹王所书《多心经》,用《圣教序》笔法,体势遒劲。又其所书《友竹说》、《会心斋言志记》,皆用率更体制,盖效王若霖笔意,遵时尚也。又善绘事,洪大令庆祥家藏王所绘白衣观音像,趺坐正襟,庄严淡素,即王当时赠其祖农部公德元者,惜所传无多焉。

和 真 艾 雅 喀

吉林东北有和真艾雅喀部,其人滨海而居,剪鱼皮为衣裙,以捕鱼为业。去吉林二千余里,即金时所谓海上女真也。其旧俗,父母至六十诞日,即聚宗族会饮,刲其父母躯肉,以供宾客,埋其骨于户枢前,岁时以为祭奠,其乡党始称孝焉。仁皇帝习知其弊,许其世娶宗女,命改正其污习。至今其部落及岁时至吉林纳聘,将军即购买民女乘以红舆代宗女,以厚奁赠之。其部落甚为尊奉,初不计其伪也。

玉　瓮

承光殿南，乾隆十年建石亭以置元代玉瓮。按：《辍耕录》，"黑玉酒瓮，玉有白章，随其形刻为鱼兽出没波涛之状，其大可贮酒三十余石。径四尺五寸，高二尺，围圆一丈五尺。至元二年告成，敕置广寒殿"云。其后屡易朝代，废置某道院中，以为酱瓿。有工部侍郎三和者，善博古物，于道院见之，因贱价赎以归。进上，仍置故处。纯皇御制《玉瓮歌》以纪其事，命廷臣赓和，以郑虎文之诗为最。其词曰："天启圣瑞玉瓮出，惟圣克受昭声歌。臣愚未睹法宫宝，伏读睿藻心为摹。瓮广三尺容五石，随形官突浮圆荷。刻划类铸象鼎物，长风蹴踏万里波。腥涎怪物走蛟蜃，呀呷睒睗腾鼋鼍。阳冰不冶阴火阘，怪变灭没吞江河。伊谁铲削运鬼斧，或巨灵掌吴刚柯。吾思此玉当在璞，魄然万古藏嵯峨。百灵孕含胚太极，润及草木辉岩阿。原为圣役剖凿出，宛转人世袭臼窠。那知德薄不能有，供玩耳目差婩婀。如延津剑泗水鼎，神物终化理不讹。于时恭承陛下圣，万方贡献声猗那。人无遗贤物鲜弃，希世宝肯终烟萝。熊熊龙气光烛夜，乃迹而得归搜罗。转敕内府输朽贯，千金易致驷马驮。陈之广殿重图训，莫如金瓯无倾陂。龙翔凤翥发天唱，四十八人鸣相和。呜呼隐见会有遇，委弃道院岁已多。冬菹实腹泥没足，学士怑吊资吟哦。拂拭偶及光万国，经天不掩同羲娥。甄幽拔隐寄深慨，谁其会者空摩挲。异物且贵况奇士，努力明盛无蹉跎。"

年羹尧之骄

年大将军羹尧受宪皇帝知遇，以平青海功，封一等公，金、黄服饰，三眼花翎，四团龙补。其子年富，封一等男，其家奴魏之耀，赏四品顶戴，实为近世所无。年既承天眷，日渐骄迈，入京日，公卿跪接于广宁门外，年策马过，毫不动容。王公有下马问候者，年颔之而已。至御前，箕坐无人臣礼。上皆优容之，而年犹不悟。至书"夕惕朝乾"为

"朝惕夕乾",语意干指斥,故上决意诛之。籍没日,其家蓄妇女旧包头数箧,云欲作绵甲者。又有刀剑无算。命其交将印于岳威信,时年迟三日始付出。或云其幕客有劝其叛者,年默然久之,夜观天象,浩然长叹曰:"事不谐矣!"始改就臣节。其降为杭州驻防防御时,日坐涌金门侧,鬻薪卖菜者皆不敢出其门,曰"年大将军在也",其余威尚如此,实近日勋臣所未有也。

太 和 门 箭

豫德亲王下江南时,王铎、钱谦益等迎降,王未察其诚伪,命都统舒穆禄谭泰往侦之。公至太和门,门扉为故明旧物,生铁包裹,甚为坚厚。公拔矢射之,洞穿其扉。明人惊骇,以为神力。今其箭犹存。每翠华南幸时,有司饰其楛羽以示威德焉。

王文简公补谥

渔洋先生入仕三十余年,以醇谨称职,仁皇帝甚为优眷。因与理密亲王酬倡,为上所怒,故以他故罢官,没无恤典。纯皇时与沈文悫公谈及近日诗道中衰,无复曩日之盛之语,沈公乘间曰:"因不读王某之诗,盖以其卒无谥法,无所羡慕故也。"上因命同韩文懿菼补谥焉。

莲 筏

万寿寺僧人莲筏,长洲人。为寺中住持十数年。貌清癯,萧然白发,为出世状。颇解禅理,与章嘉国师谈论经典,每至竟日,国师深服其博。莲公背谓人曰:"章嘉经典虽谙熟,然未解阿罗汉道,尚下乘学也。"其诗清新,饶有别趣。与韩旭亭、法祭酒唱和,颇有"虎溪三笑"之风。丁巳春,余至寺,师为款茶,年已七十余,尚轻健如故。未久谢世。闻其圆寂数日前,至郑邸盘旋竟日,曰:"七宝池边已促吾行,不复参谒王矣。"此石琴主人亲告余者,亦彼教中善知识也。

娄　真　人

娄真人_{近垣},江西人。宪皇帝时召入京师,居光明殿。有妖人贾某之鬼为患,真人为之设醮祷祈,立除其祟。又在上前结幡招鹤,颇有左验。上喜之,封"妙应真人"。真人虽嗣道教,颇不喜言炼气修真之法,云此皆妖妄之人借以谋生理耳,焉有真仙肯向红尘中度世也?先恭王延至邸,问其养生术,真人曰:"王今锦衣玉食,即真神仙中人。"席上有烧猪,真人因笑曰:"今日食烧猪,即绝好养生术,又奚必外求哉?"王深服其言,曰:"娄公为真学道者,始能见及此也。"年九十余始仙逝。

戴　学　士

戴学士_梓,字文开,浙江仁和人。少有机悟,自制火器,能击百步外。先良王南征时,公以布衣从军,献连珠火炮法。下江山县有功,王承制授以道员札付。仁皇帝召见,喜其能文,命直南书房,赏学士衔。公善天文算法,与南怀仁诘论,怀仁为之屈,心甚忮刻,因诬公通东洋。上大怒,遣戍黑龙江。后赦还,卒于旅邸,人共惜之。

诗　谶

《朝野杂记》记寇莱公"去海只十里,离家已万山",后果贬谪雷州,以为诗谶。按余友毕补垣_敦尝有诗云"空濛人浸一江烟"之句,后出仕为开化丞,果溺水毙。袁简斋先生丁巳岁寄余札尾云:"恐从此雁少鸿稀,望长安如在天上矣。"余讶以为不祥,后不久果下世。可见落笔之时,机兆已现,不必待蓍龟始先知也。

诗　龛

蒙古法祭酒_{式善},榜名运昌,中式时,纯皇帝曰:"此奇才也。"赐改今名。祭酒居净业湖畔，门对波光，修梧翠竹，饶有湖山之趣。家藏万卷，多世所罕见者。好吟小诗，入韦、柳之室，颇多逸趣。家筑诗龛三间，凡所投赠诗句，皆悬龛中，以志盍簪之谊。任司成时，惟以奖拔后进为务。同汪瑟庵先生选《成均课士录》，其取售者率一时知名之士，海内遂为圭臬。己未春，上疏请旗人屯田塞外事，上以为故违祖制，降官编修，因引疾去官以终。先生慕李西涯之为人，访其墓田，代为葺理，又邀朱石君太傅、谢芗泉侍御等鸠工立祠，岁时祭享焉。先生与余最善，每相见，励以正身明道之词，坐谈终日不倦，实余之畏友也。

韩 贞 文 先 生

韩贞文先生馨，长洲人。少时习字，董香光见而悦之，曰："此子日后必以书法擅名。"年七岁，书"五人之墓"碑碣，人争异之。至国初，隐居不仕，惟以习学禅定为事。晚年披发头陀，作出世装。其弟某有习科名者，先生曰："皇清以义受命，其垂统之谊甚正。然吾侪生于季世，食明之粟已久，不可为失节之妇，以为异日子孙羞也。"其没后，门人私谥曰贞文先生。今大司寇崶即先生玄孙也。

仕 宦 最 速

近年仕宦之速者，阮中丞元中式后，未三年即擢少詹事。桂香东侍郎中式五年间，擢内阁学士。董鄂少司马恩宁中式七年，官至亚卿。卢少司农荫溥居郎官最久，其擢鸿胪寺少卿至兵部侍郎，未及期年。皆宦途之最速者也。

仕 宦 最 久

窦东皋尚书任宗人府府丞二十三年，刘秉权任户部郎中三十二年，吉通政兆熊任通政司正使十四年，吉大司成善任祭酒二十年，皆仕途中之最久者也。

兄弟鼎甲

乾隆乙丑,庄少宗伯存与中探花时,其弟状元公培因寄诗与其兄云"他年若使登科第,始信人间有宋祁"之句。后果中甲戌状元,未久即卒。

神　童

乾隆戊辰,纯皇帝东巡,济南张宦家有童子,年七岁,能默诵《五经》及上御制《乐善堂集》中诗。上大喜,钦赐举人,命后宫遍览之。一时传为神童,不久即卒。

诸葛显圣

嘉庆辛酉,台中丞斐音奏称,川匪阑入汉中时,犯定军山。其间有诸葛忠武侯祠,贼恍惚见侯纶巾羽扇,率神兵数万助战,贼因以败溃去。上命葺祠以报其德,事见邸抄。

线量美人

蒋司农赐棨,为文肃公孙。承先代家世,上颇优眷。侍郎乃附和和相,因与其家人刘全等联为友谊,分庭抗礼,颇自堕其家声。朱文正公曰:"使戟门不趋和相,自守家范,其侍郎固在也。今周旋若此,乃终未能改一官阶,徒自减其声价,甚无谓也。"侍郎颇好声色,以为妇女顾而长者,其交始久。故预制墨线,合其度者方为收用,时谓之线量美人云。

蒜　学　士

翰林学士兴安,满洲人,中庚戌进士。公喜食大蒜,凡烹茶煮药,皆以蒜伴之,曰:"始可以延年却病。"人争笑其迂,呼为"蒜学士"云。

烟　洞　山

兴京永陵前有案山,高数丈。夏秋间,其山洞中尝出白云一缕,翕然岭头,终日不绝,土人呼为烟洞山。实国家发祥之瑞也。

神　树

永陵中,原皇帝享殿侧,有榆树一株,高数十丈,荫庇神殿。其树枝干诘屈若虬龙状,树腰有瘿数百颗,闻土人云:"每帝后上宾时,其瘿自陨一枚,五朝皆然。"实为国家亿万年无疆之兆,宗周卜世之祥,未足比也。

满 洲 跳 神 仪

明堂之制,余已载诸前卷中。凡八旗长白旧族跳神之仪,今书录之,以为文献之征。宗室、王、公家每祀神,一月前于神房敬造旨酒,用黍米糟曲如江南造酒式。前三日,每日朝暮献牲各二,名曰乌云华言引祀也。前一日,敬制糕饵,用黄黍米以椎击碎,然后蒸馈,名曰打糕。每神前各置九盘,以为敬献。其大祀日,五鼓献糕于明堂如仪。俟其使归,主人吉服向西跪,设神幄向东,供糕酒素食,其中设如来、观音、关圣位。巫人用女使吉服舞刀,祝词曰"敬献糕饵,以祈康年"诸词。主人跪击神版,诸护卫击神版及弹弦、筝、月琴以和之,其声呜呜可听。巫言歌毕念祝词,主人敬聆毕,叩首,兴。司香妇敬请如来、观音二神位出,户牖西设几,南向以供奉之。司俎者呼"进牲",牲入,主人跪,家人皆跪。巫者前致词毕,以酒浇牲耳,牲耳瞒,司俎者高声曰:"神已领牲。"主人叩谢。司俎者挥庖人进,刲牲俎,烹毕,及熟荐,选牲内之最精者以为醢,供神位前。主人再拜谒,巫人致辞。主人叩毕,巫以系马吉帛进,巫者祝如仪。主人跪领吉帛付司牧者,叩,兴,

始聚宗人分食胙肉焉。禁令肉不许出户庭中,讳言死丧事。宾至,主
人迎送不出庭门,以志敬焉。暮时供七仙女、长白山神及远祖、始祖,
位西南向。以神幕隐蔽窗牖,以志幽冥之意。其祝词,舞刀、进牲祝
词如朝仪,惟伐铜鼓作渊渊声,祝词声调各异焉。次早设位于庭院神
竿前,位北向,主人吉服如仪。用男巫致词毕,以米酒扬,趋退,主人
叩拜。其牲肉皆刲为俎醢,和稻米以进,名曰祭天还愿焉。再明日,
于神位祈福,供以饼饵,以五色缕供神前。祝辞毕,以缕系主人胸前,
以为受福。凡三日祭乃毕。其长白满洲旧族近兴京域者,其祀典礼
仪皆同,但不于明堂报享焉。惟舒穆禄氏供昊天上帝、如来、菩萨诸
像,又供貂神于神位侧。纳兰氏则供羊、鸡、鱼、鸭诸品,其巫用铜铃
系腰以跳舞之,以铃坠为宜男之兆焉。有蒙古跳神,用羊、酒。辉和
跳神,以一人介胄持弓矢坐墙堵上以为仪,盖其先世有劫祀者,故预
使人防之,因相沿用以为制云。

满洲嫁娶礼仪

满洲氏族,罕有指腹定婚者,皆年及冠笄,男女家始相聘问。男
家主妇至女家问名,相女年貌,意既洽,赠如意或钗钏诸物以为定礼,
名曰小定。择吉日。男家聚宗族戚友同新婿往女家问名,女家亦聚
宗族等迎之。庭中位左右设,男家入趋右位。有年长者致词曰:“某
家男某虽不肖,今已及冠,应聘妇以为继续计。闻尊室女颇贤淑著令
名,愿聘主中馈,以光敝族。”女家致谦词以谢。若是者再,始定婚。
令新婿入拜神位前,及外舅父母如仪。既进茶,女家趋右位,男家据
宾席,或设酒宴以贺。改月择吉,男家下聘,用酒筵、衣服、绸缎、羊鹅
诸物,名曰过礼。女家款待如仪。男家赠银于妇家,令其跳神以志喜
焉。既定婚期,前一日,女家赠妆奁嫁赀视其家之贫富,新婿乘骑往
谢。五鼓,鼓乐娶妇至男家,竟夜笙歌不绝,谓之响房。新妇既至,新
婿用弓矢对舆射之。新妇怀抱宝瓶入,坐向吉方。及吉时,用宗老吉
服致祭庭中,奠羊、酒诸物。宗老以刀割肉,致吉词焉。礼毕,新婿、
新妇登床行合卺礼,男女争坐被上,以为吉兆,因交媾焉。次早五鼓

兴,始拜天地、神像、宗祠,翁姑坐而受礼如仪。其宗族尊卑以次拜
谒。三日或五日妇归宁父母,婿随至其家,宴享如仪。满月期,妇复
归宿女家,数日始返,然后婚礼毕焉。

海超勇公

国家挞伐四夷,开辟新疆二万余里,南驱缅夷,西剪金川,惟赖索
伦轻健之师,风飙电击,耐苦习劳,难撄其锐。其中勇往绝伦以功名
终者,惟海超勇公为巨擘。公讳海兰察,索伦人。幼从征西域,以步
卒射巴雅尔殪之,纯皇帝特赐侍卫。其后每经战阵,以勇力显。生平
惟服阿文成公,任其驱使辱詈,听命惟谨。尝告人曰:"近日大臣中知
兵者,惟阿公一人而已,某安敢不为其下? 其余皆畏懦之夫,使其登
坛秉钺,适足为殃民具耳,某安能为其送死也!"后南征台湾,福文襄
王趋拜下风,公始为之尽力。三日攻破鹿洱港,贼人以为天人从空而
降,自相践踏以毙。后征廓尔喀,回京未匝月,即以病殂,上深悼惜。
后川、楚教匪叛,上浩叹曰:"使海兰察在,此贼不足平也。"公善知兵,
每遇战阵,兵既接,公乃敝衣布帽,骋骑绕自贼队后,观其瑕可乘者
,然后集兵攻之。或以数十余骑阑入贼队,左右射之,使贼队紊乱,我
兵因以致胜。又能枕弓卧地听之,知贼马之众寡,及嗅马矢知敌去之
远近,皆与古人暗合。其长子安禄随征川、楚教匪,殉节川中。其次
子安成,少年白皙,美如冠玉,喜声伎,日游狭巷中。然勇干有父风,
癸酉林清之变,余目睹其杀贼无算焉。其婿岳祥,理藩院郎中,亦以
武力称职,盖幼禀岳氏训也。

伊犁疆域

国家绥定新疆,戡宁西域,设立职官,星罗棋布,因地制宜,开屯
列戍,以为驾驭边氓之计,既善且备。因综其崖略,以见国家武功之
盛焉。伊犁乃准噶尔建庭之地,因之定为将军驻防之所。建惠远、惠
宁二城,设将军一人,参赞大臣一人,领队大臣五人,分统满洲、蒙古、

绿营、索伦、喜伯、厄鲁特、回民诸营,以为边防阨要之区。其漠南去伊犁三千余里,曰乌鲁木齐,设都统一人,副都统一人,提督一人,掌漠南军务。通北去驿路,实为新疆门户重地。其北近哈萨克曰塔尔巴哈台,设参赞大臣一人,领队大臣一人,扼外夷要路。其地西连哈萨克,北界俄罗斯,为二国邮贡要隘。其哈萨克入冬后则迁幕于卡伦内避寒,春夏始驱逐之。实为北门关键也。其山南诸路最要者曰喀什噶尔,设参赞大臣一人,协办大臣一人。其为拔达克山接壤,风俗醇良,土地肥沃,所辖皆二和卓木遗氓,抚绥尤宜得体。其北曰叶尔羌,其西南曰和阗,皆设办事大臣各二人,惟司回民采办玉石,以为贡献。其地富渥,天时和暖,有类内地,非漠北穷荒瓯脱者比也。其南五百余里曰乌什,曰库车,曰阿克苏,皆设办事大臣各一人,为回部心腹之区,绥定保障尤加慎重。其南吐鲁番,设领队大臣一人。其地为古火州,夏时天气炎酷,焦烁千里,人皆避入地窖中,至夜间始出为市,岁以为常。其北曰古城,设领队大臣一人。其城相传为唐李卫公建节之所,温相国福从纪晓岚议,因建城焉。其又南曰巴里坤、哈密,各设办事大臣及营汛诸官,其转通粮饷,开牙设堠,咸如内地焉。

蒙 古 儒 士

敖汉部落为元太祖第四弟某王裔,其台吉额驸彭楚克林沁者,尚简亲王郡主。通文艺,熟习辽、金、元诸代事,尝与裘文达公谈三史事,裘为之瞠目,然以他书卷询之,彭亦不能骤答也。纯皇帝呼之曰敖汉先生,见御制诗注中。彭既习汉俗,不乐居本土,故典宿卫数十年,卒于京邸。

马 太 傅

马太傅齐,富察氏,为文忠公之伯。历仕两朝,居相位者几三十余年。时明、索既败后,公同其弟太尉公武,权重一时,时谚云"二马吃尽天下草"云。公不甚识字,延西宾课子弟学,其师不时至,太傅告僚属曰："所雇先生终不惬人意,他日当买一先生,定当差胜此也。"时人传为笑谈。

孔王祠

定南武壮王祠在阜城门外,春秋遣太常卿祠享,盖顺治辛卯王殉节桂林时所建立也。近日祠宇颓坏,榱桷倾折,丹青垩艧,无人奏请修葺者,盖有岁修祭田为祠官所侵蚀,故不敢揭报,恐破其奸也。履端亲王永瑆有孔王祠长律一首,格调遒劲,故备录之。其诗曰:"王本尼山裔,支分辽水东。风云需际会,草泽见英雄。皮岛才初展,吴桥计渐穷。王先随毛文龙驻皮岛,嗣因吴桥兵败,乃奔我国。天教投上国,时至树宏功。缔造膺皇眷,招徕锡命隆。师仍提旧部,衔独授元戎。我太宗命仍统所部兵马都元帅。袍解丰貂暖,筵张秘殿融。直将心腹待,应竭股肱忠。兵特称天祐,天聪八年,赐王所统兵号天祐兵。恩尤出圣衷。鼓鼙劳乍效,银币赉何丰。是年闰八月从征,由大入口败明兵,恩赐银币。国号承基大,宗王拜爵同。崇德元年,封王为恭顺王。威扬平壤外,声震塞垣中。降将开山海,偏师佐邓冯。贼氛旋拉朽,明业已飘蓬。定鼎邀殊赏,为屏冠上公。自兹频讨乱,所向辄横空。捷屡驰吴楚,铭兼勒华嵩。同豫亲王平定江南等处。定南封更晋,攘外奖宜崇。疆圉偏多事,干城合鞠躬。蛮方琛未献,粤徼道宜通。六月五日,奉命往定广西。远统貔貅往,亲蒙矢石攻。桂林除跋扈,梧野起疲癃。反侧行看尽,功名惜未终。滇池妖复炽,崔泽蘗潜讧。九年,李定国入犯桂林。大帅成孤注,危城倚上穹。来援音杳杳,出战势匆匆。冠裂肝俱碎,袍沾血尽红。肯将身落贼,争觉气如虹。素帛全忠节,丹忱报宣聪。城陷,王自缢死。盟无惭带砺,军竟化沙虫。马革酬专阃,牛眠救考工。烈名标武壮,旷典荷骈蒙。我偶纡吟辔,人来说殡宫。由来能择主,浩叹缅英风。"

绿头牌

定制,凡召见、引见等名次,皆用粉牌书名,雁行以进。王、贝勒用红头牌,公以下皆用绿头牌。缮写姓名籍贯及入仕年岁,出师勋绩诸事,以便上之观览焉。

膳　　牌

凡王公大臣有入朝奏事者,皆书名粉牌以进,待上召见。于用膳时呈进,名曰膳牌焉。

宗　　学

雍正中,特设宗室左、右翼各学,拣王公等专管。岁时钦派大臣考其殿最,以为王公奖罚。左翼在金鱼胡同,右翼在帘子胡同,皆设宗室总管、副管各一人,以司月饷公费等事。三岁考绩,授七品笔帖式,以为奖励。觉罗、八旗各设学一,其总管、副管如宗学之制。满教习用候补笔帖式,汉教习用举人考取,皆月有帑糈,四时特赐衣縑,以御寒暑,其体制实为周备。为天潢者,不思奋志读课,互相砥砺,乃至甘于沦废者,亦可谓徒自暴弃矣。

八 旗 官 学

雍正中,设八旗官学,凡三品。设咸安宫官学,在西华门内,择八旗子弟之尤俊秀者,充补学弟子。月有帑糈,不计岁月,俟入仕后,始除其籍。特派大臣综理其事,其教习皆用进士,或参用举人,非旧制也。其次曰景山官学,在景山内,皆内务府子弟充补。其制与咸安宫同,为内务府总管所辖。其次曰八旗官学,每旗各设学一,择本旗满洲、蒙古、汉军之子弟补充。以十年为期,已满期未及中式者,即除其名,另为挑补。为国子监祭酒所司,亦附于太学之意。其立制非不详备,然近日所司者或以贿进,教习惟图博其进身之阶,不复用心课艺。或有处馆于外,终岁不入学者,其子弟挂名其间,亦图免博士弟子之试。其视太学生以贿进者,相去无几,实有负祖宗之良法也。

张　凤　阳

康熙中,余邸包衣人有大侠张凤阳者,交结戚里言路,专擅六部权势,有郭解、鲁朱家之风。时谚曰:"要做官,问索三;要讲情,问老明;其任之暂与长,问张凤阳。"盖谓伊与明、索二相也。张尝憩于郊,有某中丞骖卒至,呵张起立。张睨视曰:"是何龌龊官,乃敢威焰若是?"未逾月,其中丞即遭白简,一时势焰,人莫之及。纳兰太傅、高江村等款待宾客,凤阳裼裘露顶,忝踞上位,其结交也如此。先良王夙知其行,会先外祖董鄂公见罪于凤阳,凤阳即率其徒入外祖宅,拆毁堂庑,外祖公奔告王。王燕见仁皇帝时,遂免冠奏。上曰:"汝家人可自治之。"王归,呼凤阳至,立毙杖下。未逾时而孝惠章皇后之懿旨至,命免凤阳罪,已无及矣。都人悦,咸感王惠焉。

老　年　科　目

本朝老年中式者,陈检讨维崧举宏博时,年逾五十。丁丑,姜西溟宸英七十三中探花。癸未,王楼村式丹五十九会状,宫恕堂鸿历五十八,查他山慎行五十四。己丑,何端惠世璂五十八;壬辰,胡文良煦五十八;乙未,裴琏七十二;辛丑,陆坡星奎勋五十九:俱入翰林。乾隆丙辰,刘起振八十岁授检讨。己未,沈归愚尚书六十七入翰林。张总宪泰开六十二。癸丑,吴种芝贻咏五十八中会元。嘉庆丙辰,元和王岩八十六中式,未及殿试卒。己巳,山东王服经八十四入翰林。皆熙朝盛事也。

青　年　科　目

国朝年少登第,顺治丁亥,王文靖熙年二十。乙未,伊文端桑阿年十六。戊戌,陈文贞廷敬年二十。康熙癸丑,徐文定元梦年十八,纳兰侍卫成德年十九。己未,李凡壑孚青年十六。辛未,黄昆圃叔琳年二十。庚辰,史文靖贻直年十九。壬辰,舒大成年十八。辛丑,励少司寇宗万年十七。雍正庚戌,嵇文恭璜年二十。乾隆丁巳,德定圃保年十九。
乙丑,梦侍郎麟年十八。戊辰,朱文正珪年十八。壬申,熊恩绂年二
十。甲戌,戈太仆源年十九。丁丑,彭绍升年十八。辛巳,秦司寇承恩
年二十。丙戌,祥布政鼎年二十。甲辰,蒋制府攸铦年十九,文侍郎宁
年十八。丁未,何太守元烺年十九,其弟宁夏守道生年十八,同中式。
嘉庆己未,张侍御麟年十八。

吴 留 村

　　康熙中,先良王奉命南征,一时奇材异能之士,皆经拔擢。吴留
村兴祚,父大圭,绍兴人。明末时负贩辽东,先烈王收为幕客,掌会计
之事,任头等护卫,邸中皆呼为"蛮宰"。公以乙榜知无锡县,有惠政。
因与上官忤,罢官,落拓江、淮间。适遇良王南征,公杖策进谒。王大
喜,立授同知札付,命攻紫琅山,下之,王即承制授太守。时吴逆将韩
大任败走吉安,拥众数万犯汀洲,闽中大震。公启王曰:"此可折简而
招也。"因轻裘率数骑入大任军,叩其垒。大任延入,公长揖毕,仰天
大哭。大任惊问其故,公曰:"吾来生吊将军也,安得不哭? 将军所以
威行海内者,以吴王待将军如心腹之重故也。今托以专阃,深信不
疑,数年之间,未建咫尺之功,屡为官兵所败。铤而走险,深入闽南。
康王拥告捷之师,挟久逸之众,破将军如摧枯拉朽耳。将军兵败身
辱,孤骑南下,吴王杀之如机上骨耳。是其死期已近,安得不使仆预
为吊也!"大任迟回久之,曰:"然则归降康王若何?"公曰:"祚之来,实
为王使以迓将军之师,请公解甲归朝,效命大邦,可保终身之令名
也。"大任悟,乃率众降良王。王大喜曰:"公此行,何异汾阳之见回纥
也!"公历任至两广总督,同姚制府取金门、厦门有功。郑氏既降,其
将蓝理曾受明鲁王将军封号,率三千众据岛不降,公说以大义,理乃
受命。时纳兰相公明珠与公不睦,乃不增理标下粮饷,皆公以私财蓄
之。理感激用命,擒海贼无算。公又奏通洋舶,立十三行,诸番商贾,
粤东至今赖以丰庶焉。其后以事去官,降副都统。仁皇帝北征噶尔
丹,命公转饷。公素知塞外山川,因命运卒走捷径,先达军中。时御

营已绝粮数日,上大喜,谓理密亲王曰:"吾父子有济矣。"因询运粮官名,近臣以公对。上曰:"究竟旧臣,其材可恃也。"因擢福建巡抚。未数月卒。公既感良王恩,岁时修僚属礼甚恭。王建邸时,奉旨命天下督抚佽助,公毫无献纳,王怪之。及邸造成,公适进帘榻古玩诸物,价逾万金,设之庭寝,无不合度,盖公预令人丈量而制办者也。王意释然。虽小节,其敏捷也如此。

敬　一　主　人

敬一主人讳高塞,文皇帝之第七子也。封镇国公,世居盛京。主人善文翰,诗多清警。爱医无闾山幽雅,尝于夏日读书其间,有辽东丹王之风。孙赤厓旸以事戍吉林,主人留于邸中数载,遇赦始归,其爱才也如此。有《寿祺堂集》行世,渔洋《池北偶谈》中曾采其诗句焉。

安　南　四　臣

乾隆己酉,福文襄王既受阮光平降,乃迁安南故王黎维祺宗族入京,入镶黄旗汉军旗分。其陪臣黎佝等四人不肯剃发改服,上怒,置诸狱中。及今上即位,命移居火器营,四臣欢然就道,吟咏不辍。及嘉庆癸亥,农耐国长阮福映灭光平裔,献表称臣。上受其降,改封越南国王,因放四臣归国,亦蛮夷中俊杰之士也。

瞿　圃　状　元

乾隆初,有粤东殿撰以少年擅巍科,扬历中外,颇受上知遇。然不甚通文理。尝读孔子"观射于矍相之圃"之矍为瞿,人皆笑之,呼为"瞿圃状元"云。又有某殿撰任湖北道,丁艰归。会有楚中人貌甚狰狞,挟巨斧于其宅旁,日相窥伺,为其觉察,因递解归。终不知何事以致之,盖有夙怨故也。后居家修池塘,猝中风卒。是日雷雨异常,众皆谓其为雷所击云。

张　状　元

张状元书勋，元和人。少贫窭，奋志读书以求科目。秋间，院中晾粟米，其父命其看视，状元以读书故，其粟为鸡食尽，状元未之觉也。按汉高凤以读书故，其粟为鸡食尽，遭其父责，状元之事其有似也。

权 贵 之 淫 虐

雍正中，某宗室家有西洋椅，于街衢间睹有少艾，即掳归坐其椅上，任意宣淫，其人不能动转也。又有某公爵淫其家婢，不从，以鸡卵塞其阴户致死。乾隆中，某驸马家巨富，尝淫其婢，不从，命裸置雪中僵死。其家挞死女婢无算，皆自墙穴弃尸出，其父母莫敢诘也。后卒以劳瘵死。

魁　制　府

魁制府伦，完颜氏，副将军查弼讷孙也。性勇干，纯皇帝召见，询以家世，公自述战功，口如泻水，因授福建将军。公喜声伎，尝夜宿狭巷，为制府伍拉纳所觉，欲劾之。伍固贪吏，尝纳属员贿，动逾千百，有不纳者，锁锢逼勒。又受洋盗贿，任其劫掠，毫不捕缉，五虎门外，贼艇云集。公慨然曰："夫夜合之欲，情不自禁，乃过之小者。若伍公以天子封疆大吏，举止有同盗贼，贪黩无厌，不知自相愧悔，乃反欲劾人耶？传曰，'无瑕者可以责人'，其不明何若也！"乃抗疏劾伍之贪纵，并闽省库藏亏绌事。上大怒，立置伍于法，以公代其位。伍故某近臣戚畹，故公直名闻于当时。及今上亲政，公丁艰归，以直见知。时勒相公为经略，待满兵甚严肃，故蜚语上闻，命公往代其任。公至营宣谕毕，勒公即就逮，合营诉其冤抑，乞公代奏，公毫不省察，故人心涣散，不复为其所用。嘉陵江之役，一任贼人偷渡，无为其抵御者，公以是获罪赐死。然其刚鲠之气时相发露，非近日模棱诸公所易及也。

伍 弥 相 公

伍弥相国泰，蒙古人。其父以破准夷功，封诚毅伯。公少膺宿卫，任散秩大臣先后几五十余年，以勤慎称。与先恭王交最笃。其后任西安将军。撒拉尔回民叛时，公应调往援，途中遇制府勒尔锦止兵檄文，公慨然曰："夫弈小伎，心无卓见尚不能致胜，况兵家事，乃指麾大将如儿戏，勒公真非知兵者。"乃仍率兵进。时兰州被围甚急，赖公兵先至，军威乃振。后以和相戚畹故，引入政府，阿文成公心甚轻之。及判决事，公素持大体，事无稽迟，文成叹曰："真宰相才也。"反与之结姻焉。班禅额尔德尼来朝，上命公护送，往返数千里，公不与谈，不和南称弟子，惟行宾主之谊。先恭王赴质庄亲王约，同谒班禅于清净化城，公岸然曰："王素守儒道者，奚必随人蹊径至此？"王退告人曰："此行有愧于伍公多矣。"其严正也若此。

窦 东 皋

余幼时闻韩旭亭先生言，当代正人以窦东皋为最。时阅其劾黄梅匿丧奏疏，侃侃正言，心甚钦佩，以为虽范文正、孔道辅无以过之。后入朝，闻成王言，公迂暗不识政体，素恶宋儒书，明道、晦庵诸先生至加以菲言訾之。又以方正学为元恶大憝，致兴靖难之祸，其议论殊为怪诞。又晚年以仕途蹭蹬故，乃拜和相为师，往谒其门，至琢姓名于玉器献之，以博其欢。希上赐紫禁城骑马，日跨胡床于家中，以勤其劳，颇为舆人姗笑。又素善青乌术，以诸城县应出二辅臣，及闻刘文清公以事降黜，大喜过望，置酒欢宴终日，殊乏大臣之度。后闻蒋孝廉棻言亦然，故并录之，以俟考焉。

鲍 海 门

鲍海门先生皋，丹阳人。善诗赋。尝客淮、扬间，时天下殷富，邗上诸大贾富逾王侯，皆延先生为上客，献以金帛，先生额之而已。其诗苍劲，音节铿然，有北地、信阳之风，而丰致过之，故名重一时。其子雅堂之钟以进士补中书舍人，其诗亚其父云。

京 师 园 亭

京师西北隅近海淀，有勺园，为明米万钟所造，结构幽雅。今改集贤院，为六曹卿贰寓直之所。其地多诸王公所筑，以和相十笏园为最，近为成邸所居。又右安门外有尺五庄，为祖氏园亭，近为某部曹所售。一泓清池，茅檐数椽，水木明瑟，地颇雅洁，又名小有余芳，春夏间多为游人宴赏。其南王氏园亭，向颇爽垲，多池馆林木之盛。嘉庆辛酉为水所冲圮，后明太守保售之，力为构葺，修缮未终而太守遽卒。故今池馆尚未黝画，半委于荒烟蔓草之中，殊可惜也。

程 鱼 门

程鱼门编修_{晋芳}，新安人。治盐于淮。时两淮殷富，程氏尤豪侈，多畜声伎狗马，先生独惜惜好儒，罄其赀购书五万卷，招致多闻博学之士，与共讨论。先生不能无用世心，屡试不售。亡何，盐务日折阅，而君舟车仆从之费颇不资，家中落，年已四十余矣。癸未，纯皇帝南巡，先生献赋，授内阁中书。再举辛卯进士，改吏部文选司主事。未几，上开四库馆，诸大臣举先生为纂修官，议叙改翰林院编修，先生大喜过望。先生耽书史，见长几阔案心辄喜，铺卷其上，它事不理。又好周戚友，求者应，不求者或强施之。付会计于家奴，一任盗侵，公不勘诘。以故虽有伏助，如沃雪填海，负券山积，势不能支。乞假赴陕中，将谋之毕中丞_沅为归老计，至冒暑旸，至署，未半月卒，人争惜之。

松 筠 庵

松筠庵在宣武门外向闸，为杨忠愍公故宅。乾隆丁未，胡云庄司寇季堂会诸僚友醵金立祠,绘公像及同事诸公神位。地甚湫隘,有古槐一株,犹忠愍手植,想见当日清贫之状。韩旭亭先生有《过忠愍祠》诗甚佳,盖丁未年初立祠时作也。

赵 忠 愍 公 祠

赵忠愍^撰,云南人。明崇祯间仕至监察御史。巡视南城,城陷时,为流贼所害于白帽胡同。其时党人气盛,公以边远之士,未及攀跻清流,故南中祭享及本朝赐谥时皆未之及。乾隆初,公同乡侍御傅为诤为之表白,始补谥忠愍,立专祠以祀之。在悯忠寺旁,今为云南会馆云。

成 容 若

成容若^德,为纳兰太傅长子。中康熙癸丑进士。时太傅权震当时,而侍卫素嗜丹铅,与诸名士交接,初不干预政事。惟吴汉槎谪戍黑龙江,以顾贞观舍人向侍卫乞怜,故侍卫阅其寄吴小词。词甚凄苦,恻然曰:"都尉'河桥'之作,子荆'楚雨'之吟,并此而三矣! 此事三千六百日中,弟当专任其责,毋烦兄更多言也。"贞观曰:"人生几何,顾以十年期之?"侍卫乃白太傅,援例赦还,一时贤名大著。又刻宋、元、明诸家经解数千卷,名《通志堂九经解》,一时诵焉。

甘 啸 岩

甘啸岩^{运源},襄平人,为忠果公^{文焜}曾孙。少随父司马公游川、楚、滇、黔,西至卫、藏,故诗体浑厚遒劲,有唐人风味。为刘海峰先生弟子,海峰甚赏识之。与先恭王交最笃。先生既屡试不中,益放浪形骸,日酣饮酒肆中,遇舆夫负贩,皆招与饮,曰:"近日公卿皆若侪辈耳,余有何区别焉?"故人多忌之。晚年始仕为英德县象冈司巡检。福文襄王闻其善绘事,欲招致之,命韩桂舲司寇为介绍。先生复书

曰："某虽不肖,岂可以笔墨为羔雁也!"卒不赴召,其耿介也若此。在
余邸时,与韩旭亭先生最笃,曰:"梁园宾客皆充数辈,惟君可当其
选。"其轻傲白眼之习,至老犹如故也。

贾 筠 城

贾筠城虞龙,汉军人。其祖某,任陕西道,以贪黩籍没。孝廉少
年落拓,贫难自立。与朱石君兄弟砥砺为古文学,先恭王见曰:"此
奇才也。"因延致邸中。凡花朝月夕,互相酬唱,皆孝廉之作先成。
坐中使酒骂坐,人皆厌之,独先王识其品。与朱子颖运使为莫逆
交。所作七古,淋漓排宕,直入少陵之室。后赘于马府尹璟第,稍
以自给。以痨瘵终,年未三旬,先恭王甚悼惜之。时邸中有老儒王
功伟富顺,拘方之士,文字迂腐,与孝廉同年生。先恭王尝指王笑
曰:"使汝早代贾筠城死,岂非天下快事!"虽一时谑语,亦可觇孝廉
之学矣。

姚 姬 传 之 正

桐城姚姬传先生鼐,成癸未进士,官至刑部郎中。刘文正公素加
赏识,曰:"近日文人能知政体者,惟姬传一人而已。"公为方灵皋弟
子,故古文学归震川,而精粹过之。其纪事体多模仿庐陵,殊多神逸。
文正薨后,公即请假归里,以教课为生。居乡循古礼,日讲政书于塾
中。有贾人子以重币聘,公力却之,曰:"鲰生虽贫,不能受无义之财
也。"今年八十余,轻健如故,犹著述不休。庚午重赴鹿鸣,赐四品章服。又数年
始卒,论者以品望为桐城第一云。

何 义 门

何义门先生值南书房时,尝夏日裸体坐,仁皇帝骤至,不及避,因
匿坑中。久之不闻玉音,乃作吴语问人曰:"老头子去否?"上大怒,欲

置之法。先生徐曰："先天不老之谓老,首出庶物之谓头,父天母地之谓子,非有心诽谤也。"上大悦,乃舍之。此钱黼堂侍郎樾亲告余者,以南书房侍臣相传为故事云。

先礼烈王骹箭

先礼烈王所遗箭一,镞与笴皆以木为之。镞长今尺六寸,径三寸,围九寸,周围有觚棱者六,宵处穿孔,数亦如之。笴长三尺六寸,括之受弦处,宽可容指,非挽百石弓者,不能发而中之。按《唐六典》:"鸣箭曰骹。"《汉书》亦云:"鸣镝,骹箭也。"字书或作"骱"。吴莱诗"远矣鸣骹箭",皆此物也。世代敬藏于庙,余命王处士嘉喜绘为图,延诸名士题之。其中吴舍人嵩梁、孙太守尔准诗为最,因录之。吴兰雪诗云:"烈王腰间大羽箭,射马射人经百战。耳后劲风啼饿鹘,箭力到处无重围。皂雕翻云虎人立,一洞穿胸鬼神泣。阵前奋胄摧贼锋,雪夜斫垒收奇功。边墙踏破中原定,帝铭彤弓拜家庆。箭传三尺六寸长,百石能开猿臂强。白翎金干不可得,此物摩挲存手泽。王有名马能报恩事见《汪尧峰文集》,作歌我昔贻王孙。千金骏骨市谁买,三脊狼牙幸犹存。愿王宝此功载旌,楛矢贡已来周廷。"孙平叔诗云:"白羽森森开素练,云是烈王腰下箭。心知是画犹胆寒,何况沙场亲眼见。沙场饿鹘叫鸣镝,箭锋所向无坚敌。敌人未识六钧弓,魂陟晴霄飞霹雳。我朝弧矢威八荒,贤王赤手扶天阊。萨尔浒战如昆阳,二十万众走且僵。电闪横驰克勒马,蹴踏明骑如排墙。入关三发歌壮士,定鼎一矢摧天狼。廓清海宇仗神物,肯射草间兔与獐。勋成麟阁铭殊绩,垂竹东房存手泽。狼牙鸭嘴不可得,独此流传有深识。我闻唐代传榆骹,主皮礼射尊周胶。即今金革永不试,楛矢枉自随包茅。文孙七叶慎世守,寓意已比彤弓弨。"

杨　文　勤

杨文勤公锡绂,江阴人。任漕帅二十年,以清介称,纯皇帝甚宠之。其时漕运通畅，旗丁富庶，天庾赖之以济，后共称之。谢芗泉巡南漕归，告余曰："见公所定条例，每项皆有宽饶余利，使人乐于从事，故一时所理井井，久而易行。"其后某公皆加撙节，国课所多无几，而诸事丛脞，至私货载满舱板，而官米以致亏绌迟滞。故老成之见，非浅识者之所能知也。

谢　济　世

谢侍御济世，广西临桂人。中辛丑进士。补谏官三日，劾河督田文镜偏袒知县张球而妄劾黄振国、邵捷春之事。时田督以风励自持，为宪皇帝之所倚任。疏上，上震怒，以公偏庇科目，必有所主使者，因下刑部，严鞫主使之人。公昂首曰："果有其人。"众讯之，公曰："某自幼读孔、孟书，知事上以忠荩，即为孔、孟所主使也。"讯者语塞。狱上，遣戍军营数载。纯皇帝登极，赦还，洊任至湖北督粮道。复与巡抚许容龃龉罢职，人争惜之。

永　相　公

永相公贵，为提督布兰泰子。布历任封疆，以苛虐称，而公以宽大济之。洊至浙江巡抚，有廉声，共以为朱文端公后一人而已。入为礼部尚书。时侍御李公漱芳以劾忠勇公家奴栾大，以直鲠称，复以条奏失职，降礼部主事。会有员外缺，公以李一人引见，无拟陪者。纯皇帝以其违制沽名，谪为副都统，守回疆。时高朴以贪虐，回民恚怨，将激变，公首劾其事。上诧曰："永贵之罪，原不至贬谪，然朕命其西行，适足以发高朴之奸，消祸乱于未萌，似天启朕衷也。"会籍某大臣家，获公尺牍，言万里远行，皆自招罪戾，毫无讪妄之意。并言此地他物皆备，惟缺查糕，望便赐数两诸语。上曰："引罪自咎，古大臣风也。"命驿赐御厨查糕数斤以旌之。会召还，拜协办大学士，未几薨于位。公少时值军机时，与阿文成公齐名，时称"二桂"云。

金 海 住 先 生

　　金海住尚书_甡，中壬戌状元。值上书房，质庄亲王为其弟子。公善时文、应制诗，王善学之，卒以名世。公性直鲠，遇诸皇子有嬉笑者，即面折之。体肥伟，夏日裸体园中，初无忌惮。时禁庭词臣皆有所贡献，公遇万寿节，贡莱石菊花一枚，号曰"东篱寿友"。同事者诮其窭陋，公曰："天子富有四海，何所不备，奚赖吾辈措大所贡献？其所以收纳者，联君臣之情故尔。此物吾所珍惜，故贡诸丹陛，亦野人献芹意耳。"人皆服其诚朴。

英 梦 禅

　　梦禅居士_{英宝}，永相公子也。其兄_{伊江阿}任巡抚，一门赫奕。而居士隐居不仕，有张摄之之风。善绘事，摹倪高士而酷似之。书法俊逸可喜，尤善指头画，识者以为高且园侍郎后一人而已。其兄抚齐时，居士闻其延纳缁流，又交结近侍，慨然曰："夫以封圻大臣，素丝自励，谨避嫌隙，犹恐察访不周，自招罪戾。岂可结交权要，倚冰山为巢窟，其祸不旋踵矣！"中丞果以是败，人皆服其先见云。

海 参 领

　　海参领_秀，满洲人，为褚库巴图鲁裔_{见前卷中}。幼患痘，左鼻壅塞，人多嬉笑。参领耻之，伺其母出，日以佩刀刺鼻孔，血涔涔下，卒通其窍乃已。时方七岁，其父叹曰："此何异符生之刺目也！"洊至正红旗参领，以廉能称。时和相建议，以官厩马散兵丁饲养，会八旗大僚议，人皆应言如响。公独曰："国家所以不惜数百万金钱以为刍牧费者，良以天闲重务，备缓急之用也。今若散给兵丁，虽稍济其生计，倘一旦用之，则恐侵冒者众，徒以繁刑害众，无以济实政也。"和岸然曰："汝是何龌龊官，乃敢抗乃公议耶？"卒如和议。后今上习知其弊，复命立厩饲养,所糜缮葺之费不赀,而公卒已数年矣。玉阆峰侍郎保,文士也,夙与公善,尝曰:"使八旗参领皆如海某,安有疲玩之兵卒哉!"将荐于朝,而公力辞,卒以劳瘵终,论者惜之。

费 直 义 公

费直义公英东,瓜尔佳氏,为苏完部长。国初时,首先归顺,高皇帝任为五大臣,事具国史。闻先恭王言,公病终时,有侍卫某乞假归里。回兴京时,路遇大风霾,某乃下马伏地,见风中火焰烈然,有数百小蛇附风而行。已而见巨蟒,其径如瓮,某慑栗无人色。闻巨蟒作人语呼曰:"汝非某侍卫乎,吾乃费英东之魄,本由翼宿所降生,今事毕归本垣位,汝可归奏聪睿贝勒,慎勿以吾为念也。"语毕,蜿蜒而去,已而风息。侍卫归时,公已薨二日矣。其事虽近怪诞不经,然先恭王亲闻其五世孙哈达哈语者,谅非虚谬,故笔记之,以志降甫骑箕之瑞焉。

汪 参 军

汪参军松,汉军人。少为参领,为李都统燧所赏识,倚如左右手。都统公被谮,公亦罢斥。先恭王延为记室,邸中护卫多骄悍不法,参领于中调护之,颇更旧习。时傅文忠当位,以宽厚博众誉,公独不善其所为,曰:"为台鼎重任,不知身任怨劳以济国事,惟知含垢纳污,以博一时虚誉。吾恐日后必有徇庇之夫假公誉以济其私者,玩愒之风,由此日甚,先朝綦严之法,必因之隳坏矣!"后和相秉政,果以丛脞为风,以阘冗为解事,风俗因之日偷,实自文忠公有以启之也。

韩 大 任

韩大任归降,余已详载。其入觐时,仁皇帝以其为吴逆将,因留为内务府包衣参领。后随佟忠毅公国纲征噶尔丹,官兵已致胜,而伏贼猝发,忠毅公殉于阵。大任惊曰:"吾闻临阵失帅,兵家大罪。吾以叛逆之党，久合诛戮，蒙上恩不死，得延残喘已十载矣。今岂可坐必死之律，白头脱帽，身膺徽缠，复对狱吏乎？以此残躯，贻芳后世可也。"因以花布巾蒙首，驰入贼阵，手刃数十人，然后致死。时吴逆将马保降，命九卿会鞫，有某将军为彼所败，时亦在坐。保昂首曰："某帅慎勿多言，吾虽不识汝面，而熟识汝之背矣。"盖讥其败溃也，某将军为之赧颜。在狱时，必以吴逆所赐袍蒙衣上，曰："吾不忘其旧德。"盖效小说家关帝覆旧袍之故事，亦可谓憨不畏死矣。

赵　勇　略

　　赵勇略良栋，宁夏人。年二十四，以武勇受知于陕甘总督孟乔芳。从英王征陕，授潼关游击。再随大学士洪承畴征云南，迁副将。康熙元年，平西王吴三桂奇公，奏推广罗镇总兵。公知三桂必反，以疾辞。三桂大怒，欲劾诛之，总兵沈应时巽词以解免。随入阙，补天津总兵官。十三年，三桂叛，陕西大震，宁羌、惠安兵变，杀经略、提督，仁皇帝命公征之。议者疑公陕人不可信，公请留家口于都，而己率劲兵前往，上许之。时官兵败散，屯堡荒废，公沿路晓示，招兵归原汛，劾贪墨，募健儿，军威大振。斩首逆熊虎等四人，宁夏平。上疏奏蜀为滇、黔门户，若不先恢复，则滇、黔路不通，请乘胜进兵。上许之。公率兵抵密树关，遇贼，败之，擒其将徐成龙，遂取徽县。过高山深箐数十重，昼夜兼行，抵白水坝，时康熙之十八年除夕也。坝为川江上流，与昭化唇齿，俗号铁门槛。贼防守尤力，沿江立营，为石囷木栅设炮。公下令曰："元旦渡江大吉，违者斩。"黎明，公骑屠马，率麾下五千人，横刀渡江。江浅，为万马腾簸，波涛尽立，呼声震天。贼连发炮，伤数十人，无敢回顾者，贼大惊曰："此老将军令如山，不可抗也。"方半渡，天忽风，吹马如吹舟，顷刻抵岸，斩贼将郭景仪等，获旗帜器械马匹无算，余贼奔窜。追之，再胜于石峡沟，十日而克成都。公入城，秋毫无犯，收金银印二百六十，伪札千，奏缴之。上大喜，手诏褒美，加勇略将军、兵部尚书，总督云贵。公密奏滇、黔倚蜀为捍蔽，今蜀已得，而吴三桂又新死，宜乘机速进。上许之。

当是时，王师征滇，贝子彰泰自贵州进兵滇池，将军赖塔自广西进兵黄草坝，满、汉兵十万余，围城九月未下。米斗四金，月需米六万石。公至军，即向贝子陈三策：其一称我兵匝围太远，自归化寺至碧鸡山东西七十余里，呼调不灵，宜掘里壕相攻逼。其一称欲取内城，先破外护，使贼匹马不可出，方可招降。其一降者宜分别收养，不宜尽发满洲为奴。贝子不悦，以满洲语相驳诘，而公又不解，瞠目抵牾。幸公已奏闻，诏下悉如公策，贝子不得已，与兵二千攻得胜桥。公望见桥头炮台甚密，白昼攻所伤必多，乃伏兵马于南坝两岸，分步兵为三队，营壕墙，墙上多架交枪、子母炮，身披厚绵，持大刀督阵。夜二鼓攻桥，贼尽出死战，其帅郭壮图亲搏战。三进壕墙，而伏兵三起应之，列炬如星，枪炮雨下，贼败走。公夺桥，追至三市街，再败之，天犹未明也。平旦入东南二门，郭壮图自焚，三桂孙世璠自杀，余贼尽降，云南平。

公本秦人，性戆，取蜀时见罪于将军吴丹。丹为明珠侄，珠心忕之，乃授意兵部，故抑公功。公复不平，屡上疏争。珠主使其党人御史龚翔麟劾以大不敬，宜坐斩。上优容之，命乞骸归里。上征噶尔丹时，复幸其邸，问方略，以行叙公功，封一等子。尝谕侍臣曰："赵良栋果良将，惟性褊狭，与人每多龃龉。朕不用，实保全功臣也。"放归数年卒，谥襄忠。乾隆中，纯皇帝念其功，加封其嗣赵曰泌为一等勇略伯云。

拉傅二公

拉忠襄公布敦，姓董鄂氏，以世荫起家，仕至古北口提督。公多巧思，每剪制衣服，修理洋钟表，皆称绝伎。乾隆戊辰，奉命同傅襄烈公清同为驻藏大臣。傅为孝贤纯皇后之兄，性甚忠鲠，其弟文忠公贵，公尚于人前呵叱之。时藏王颇罗鼐新故，其子朱尔墨特札布性凶悍，与准夷勾通，诬其兄某谋逆，手刲其胸，计日举事。二公密劾，上命岳襄勤公钟琪率兵讨之。道里辽远，岳公不时至，而贼逆谋益日炽，二公计曰："语云'千里裹粮，士有饥色'，况兵行万里乎！今贼谋日甚，吾侪若不矫诏诛之，使其羽翼已成，吾二人亦必为其屠害，而岳公不获进讨,非惟徒死无益,而是弃二藏地也。不若先发制人,虽死犹生,亦可使继之者易为功也。"二公因矫诏召朱至楼上宣诏,预去其梯,朱跪拜际,傅公自后挥刀立断其首。贼众围楼数重,二公自知不济,傅襄烈先自刎死,拉忠襄挥泪挟刃跳下楼,杀数十人,肠出,委蛇于地,然后死。事闻,上震悼,封二公为一等伯,建双忠祠于石大人胡同以祀之。

巴　将　军

巴将军赛,为郑献亲王孙。其父武襄公巴尔堪征吴逆时,被创而死。公同抚远大将军傅公尔丹征准夷,傅公兵既溃事见前卷。公力战溃围出,觅傅公不见,以其已被贼害,慨然曰:"余为天子宗臣,今遇危急之秋,不能斩将搴旗以雪国耻,乃以陷师得罪,何面目归见妻孥也?"因复驰入贼垒。有裨将某逃出,须臾,见贼人以矛挑黄带示曰:"汝之宗室已被吾辈戮矣。"事闻,赠公爵,谥襄愍。乾隆中,以其子简恪王嗣献王封,追赠王爵,祀昭忠祠。

曹　学　士

成王言,乾隆中有直上书房者,为内阁学士曹某。性迂鲁,每以帝子皆生深宫,身体柔脆,必须辅以药石,因上疏言"近日诸皇子日习书史,驰骋鞍马,身甚劳瘁,皆宜服六味地黄丸以补肾水之源"等语,为上所斥云。

都　尔　伯　特

都尔伯特汗策凌、亲王策凌乌巴什于乾隆癸酉秋首先投诚,上锡以王爵,优恤奴仆,定其游牧地方,以资生息。策等感上抚字之恩,深入切骨。策凌卒时,谆谆告其长史曰:"天可汗之恩,万世不可负也。"策凌乌巴什投诚时,年最少,至乾隆庚戌年始卒,时西域大定已数十年矣。

啸亭杂录卷十

稗　　史

按：纪晓岚宗伯《滦阳续录》载五火神事，力辨其妄。因思委巷琐谈，虽不足与辨，然使村夫野妇闻之，足使颠倒黑白。如关公释曹，潘美陷杨业，此显然者。近有《承运传》，载朱棣篡逆事，乃以铁、景二公为奸佞。又有《正统传》，以于忠肃为元恶大憝。又本朝佛抚院盲词，以李文襄公之芳为奸臣，包庇其弟。此皆以忠为奸，使人竖发。不知作俑者始自何人，任使流传后世，不加禁止，亦有司之过也。

华 山 道 士

乾隆初年，有京师白云观道士往游西岳，夜宿湘子亭，见一道士，丰颐美髯，望之若仙，年已九十余。与之谈国初事最悉，京师道士怪而问之。其人慨然告曰："吾本满人，少从英王西征，战功最多，荐至参领。后随经略莫洛征王辅臣，洛为辅臣所诱杀，吾侪恐以陷帅获罪，乃隐避此山中，已六十余年矣。"因流涕久之。命道士寄书归，并告其居址里巷、子孙姓字。道士归访其宗，久已徙去，莫知谁何云。

笪 侍 御

笪侍御重光，句容人。居官有直声。尝劾明珠、余国柱二相国，弃官而去，不知所终。有吾邑金氏子，随其舅氏之官甘肃，遇道士于汉龙山，年九十余，作江南语。状貌伟然，颇善书法，自云曾为谏职，以劾权相去官。然自称绣发真人，不言姓字居里，金氏子屡叩之，不告也。后金氏子归告诸士大夫，皆云其状仿佛侍御，然终无佐证也。

南 征 小 校

大兵讨吴逆时,有涿州小校充军以行。校初入伍,无他技,惟善烹饪,故留营中为军士具食。一日,蒸饭初熟,贼劫营入,众军奔溃,校仓皇恐无余粮,因以饭囊系马后。囊蒸马背,马咆哮转入贼队,贼将惊惧,我兵因之转败为胜,大破其众。主将嘉之,拔为队长,后累功至护军参领。李静轩先生少犹见之,其人自具其颠末,初不甚讳云。

查 相 国

查相国郎阿,满洲人。雍正中累任督抚,无所施为,人争鄙之。其童名钮钮,遂呼为"牛丞相"云。然性笃厚,尝置产容城,田中有杨椒山祠,查感其忠,自拨二顷付畀子孙,以为香火赀,而自食其余租。后以罪籍没,其田久无售者。上念其耆旧,因命赐其余产,惟此田存焉。时人以为其一念之善报云。

绿 营 增 世 袭

国初旧制,八旗官员阵亡,赐云骑尉世袭,绿营则仍沿明制,例与难荫,非特旨者不予焉。乾隆甲辰,上谕兵部云:"国家满、汉视为一体,同为殉节之士,岂可功赏之间有所异也?"乃命文臣自大学士及典史,武臣自提督及把总,皆以次赏给世袭,与满臣同之。故川、楚之役,将士争先用命,皆上之厚泽所感也。

蒋 钦

今传奇家演杨椒山写本时,见其旁有鬼哭,初不见于史策。按《明史》,御史蒋钦劾刘瑾时,曾夜闻鬼哭云云,盖即钦事。演剧者以椒山名重,故附会之也。

忠 臣 狎 妓

自古忠臣义士皆不拘于小节，如苏子卿娶胡妇，胡忠简公狎黎女，皆载在史策。近偶阅范文正公、真西山公、欧阳文忠公诸集，皆有赠妓之诗。数公皆所谓天下正人，理学名儒，然而不免于此，可知粉黛乌裙，固无妨于名教也。因偶题诗云："希文正气千秋在，欧九才名天下知。至竟二公集具在，也皆有赠女郎词。"

李 巨 来 夙 慧

李侍郎绂，性聪慧，少时家贫，无赀买书，乃借贷于邻人，每一翻译，无不成诵。偶入城市，街衢铺店名号，皆默识之。后官翰林，库中旧藏有《永乐大典》，公皆读之。同僚取架上所有抽以难公，无不立对，人皆惊骇。后典试江南，闱中卷几万本，公皆披示，铅华纷披，无不中肯，实近世文人所不逮也。

刘 文 定

刘文定公纶，武进人。少时家贫窭，曾至绝食。尝以竹烟筒乞烟草于邻家，邻人诮曰："烟草消食，勿多吸也。"公笑受之。后受知尹文端公，首荐博学宏词。张文和公喜其文颖锐，既读其诗，至"可能相对语关关"句，曰："真奇才也！"因擢第一。后致位宰相。本朝汉阁臣不以科目进者，惟公一人而已。

刘 武 进 相 公

刘武进相公於义，性刚毅，受宪皇知。曾佩征西将军印，屡破准夷，时人荣之。乾隆中，公年已七十余岁，奏事养心殿，踞跪良久，立时误踏衣袂仆倒。公体素肥壮，加以御座高耸，因之暴薨，上甚惜之。

傅文忠公出告人曰："刘相公今死得其所矣！"时人以为笑谈。

权 臣 奢 俭

世之论人者，莫不以奢为骄汰，以俭为美德者。然大臣臧否，自当论其大节，初不在奢与俭也。汾阳王姬妾数十人，寇莱公蜡泪成堆，卒为名臣。秦桧之不着黄衫，王安石之囚首垢面，非不俭朴，然终不免为小人。此史策之尤著者。近日某阁臣历任封圻，簠簋不饬，其家奢汰异常，舆夫皆着毳毻之衣，姬妾买花日费数万钱。尝操演士卒，有司某适馈银五万，某挥散军士，略无吝色。至于和相则赋性吝啬，出入金银，无不持筹握算，亲为称兑。宅中支费，皆由下官承办，不发私财。其家姬妾虽多，皆无赏给，日餐薄粥而已。然二公贪婪，如出一辙，初不以奢俭易其行也。

周 文 恭 公 语

周文恭公_煌任武政时，语旭亭师云："今天下惟川、陕、楚、豫甲兵甚少。其地当中原腹心，道路险阻，一旦有盗贼窃发，恐非有司所能办者。"欲见上陈奏经略，会以病去官，不果行。后川、楚教匪作乱，果以兵势单弱，不及防备，遂使蔓延，九载始定。公言不幸而中也。

滕 乡 勇

滕乡勇_{嘉瓒}，辰州人。苗匪叛时，公同弟兄数人，纠合乡兵，屡破贼寨，苗人惮之，谓曰"滕爷爷"。傅文襄王倚为左右手，甚宠信之。公为之画策，指视苗洞山川险易如指掌间。苗人惮之，闻公兄弟他出，夜中潜兵围宅，全家被害。兄弟甚愤激，请兵于王。会王疾甚，他将忌公勇略，不与一卒，且调撤其乡兵。公乃率兄弟某，支身入苗洞，力杀数十人，遂被害。事闻于朝，上甚惋惜，赠云骑尉，世袭其家云。

九 大 家

满洲氏族，以瓜尔佳氏直义公之后，钮钴禄氏宏毅公之后，舒穆禄氏武勋王之后，纳兰氏金台吉之后，董鄂氏温顺公之后，辉发氏阿兰泰之后，乌喇氏卜占泰之后，伊尔根觉罗氏某之后，马佳氏文襄公之后，为九大家云。凡尚主选婚，以及赏赐功臣奴仆，皆以九族为最云。

文 体

汪钝翁先生有云："昌明博大，盛世之文也；烦促破败，衰世之文也；颠倒纰谬，乱世之文也。后生为文，岂可昧于辞义，悖于经旨，专以新奇可喜，嚣然自命作家？倘亦曾南丰所谓乱道、朱晦翁所谓文中之妖与文中之贼是也。"乃知文章盛衰，关乎世道。今幸值右文之世，而近日学者多以割裂古书，剿袭成语以为博雅，而课士者复多取之，诚亦过矣。惟辛酉科王韩城掌北闱，一洗前人陋习，专以清醇为主，而落第者反警訾不休，亦可笑矣。

权 臣 同 列

自古权臣擅国，必以简默易制之人引为同列，以为事无肘掣，抑且炫己之长。如杨国忠之于韦见素，卢杞之于关播，蔡京之于何执中等，秦桧之于杨愿、段拂，温体仁之于张四知等，无不皆然。惟蔡确与温公共相，严嵩、徐华亭先后同列，后皆为其所制。近日和珅相时，首相为阿文成公，遇事辄相梗轧。后阿公薨，乃引其戚苏公凌阿同相，遂肆无忌惮矣。阁中惟王伟人相公素与之忤，后珅会鞫时，首坐即韩城也。故知古今奸臣，如出一辙，亦势不容已也。

三 王 绝 技

国朝自入关后，日尚儒雅，天潢世胄，无不操觚从事。如红兰主人、敬亭主人，皆屡见渔洋杂著诸书矣。乾隆中，简仪亲王品行端醇，崇尚理学，其刚直可匹薛文清，政治可匹王阳明，殆有过者。慎靖王诗笔清秀，擅名画苑，可与北苑、衡山把臂入林。近日成亲王为今上之兄，端醇儒雅，书法擅长，论者谓国朝自王若霖下一人而已。三王皆以屏藩之贵，涉猎文翰，转非占毕之士所可及者，信所谓天资，非人力也。

书 贾 语

自于、和当权后，朝士习为奔竞，弃置正道。黠者诟訾正人，以文己过。迂者株守考订，訾议宋儒。遂将濂、洛、关、闽之书，束之高阁，无读之者。余尝购求薛文清《读书记》及胡居仁《居业录》诸书于书坊中，贾者云："近二十余年，坊中久不贮此种书，恐其无人市易，徒伤资本耳。"伤哉是言，主文衡者可不省钦！

本朝理学大臣

本朝崇尚正道，康熙、雍正间，理学大臣颇不乏人。如李安溪之方大，熊孝感之严厉，赵恭毅公之鲠直，张文清公之自洁，朱文端公之吏治，田文端公之清廉，杨文定公之事君不苟，孙文定公之名冠当时，李巨来、傅白峰之刚于事上，高文定公、何文惠公之宽于待下，鄂西林之勋业伟然，刘诸城之忠贞素著，以及邵中丞基、胡侍郎煦之儒雅，蔡闻之太傅、傅龙翰敏之笃学，甘庄恪汝来之廉，顾河帅琮之刚，陈海宁、史溧阳之端方，陈桂林、尹文端之政绩，完颜伟、张师载二河帅之治河，杨勤恪公锡绂之治漕，皆扬名于一时，谁谓理学果无益于国也。

满洲二理学之士

近日士大夫皆不尚友宋儒，虽江、浙文士之薮，其仕朝者无一人以理学著。转于八旗之士得二人焉：一为松尚书筠，蒙古人。虽不以科目进，然品行廉能，立朝不苟。和珅当国时，尝与之抗，纯皇笃任之。居家好理学，程、朱之书，终日未尝离手。性孝友，其叔某，虎而冠者也，侵占其田，日相诟詈，虽公官至六卿，而其叔驱使之无异奴隶，尝命手执炊，公笑受之而已。人有代不平者，公曰："伦常在焉，何可非也？"其孝友也如此。其一为唐水部嵩龄，满洲人。成辛巳进士，曾任兖沂道。少时以才能称，老而归于理学，曰："聊足以自忏耳。"理学之书无不具在，余尝借观之，公惊曰："君狂诞之士，而乃肄业及此耶？"盖予素以清狂著也。二公虽官阶、出处不同，然于举世不为之时，尚能笃于伊、洛，非知道之君子不能为也。

古　长　城

自木兰北数百里，有土堆巍然，东至俄罗斯，西抵准夷界。蜿蜒数千里，屯戍墩堠，犹有存者，土人云古长城也。按始皇前未闻筑长城者，岂天地自然之界以限中外耶，抑果疏仡禅通所筑也？然则始皇之见亦为愚矣。

海　道

按《宋史》，徽宗遣马政报书于金，当时云"艰难险阻，始达其国"云云。按金时已据会宁，今盛京诸地，俱为所有。宋时自登州航海，可朝发而夕至，何艰难之有？岂政不识海道，故纡其路与？抑记事家之附会也？

侍卫教场

国朝最重骑射,凡羽林虎贲之士,其退直之暇,尝较射于教场中,即明内操地也。镶黄旗在皇城东北隅,临御河。正黄旗在闻华寺后,正白旗在小南城,即明南内地也。

异姓王

本朝罕有以异姓封王者,国初孔有德、尚可喜、耿仲明以泛海来归,封孔为定南王,耿为靖南王,尚为平南王。吴三桂以请兵功封平西王,扬古利以世臣故追赠武勋王,孙可望来归,封义王,黄芳度以殉节赠忠勇王,然皆不世其爵。惟福康安以征苗薨于军,特赠嘉勇郡王,其子德麟现袭贝勒,盖旷典也。

直恪公厚德

舒直恪公讳超铎,满洲望族也。曾历任西安、凉州、安西、黑龙江诸处将军。纯皇笃任之,尝曰:"满洲世族未忘旧习者,惟某一人而已。"公性直笃,任西安时,其前将军杜赉性贪鄙,屡扣粮饷,至自制饼饵令军士以重价购之。公至三日,立劾其贪,士卒快之。任西安提督,金矿事发,牵连数百人,狱未决,公竟命释之。僚属有请之者,公曰:"金矿窄不容足,安可容数百人? 盗者必获重宝以远扬,奚累及无辜也?"后盗果于他境获之。任黑龙江将军,奏开倭市、许开垦诸疏,夷民便之。有馈参者,公笑曰:"吾日啖数升,自能强健,安用是物为也?"因取小参啖之,曰:"已领命矣。然其味甚苦,无所取也。"人笑其朴,亦可觇其廉矣。

索 家 奴

索相当权时,性贪黩,一时下属多以贿进。然多谋略。三逆叛时，公料理军书，调度将帅，皆中肯要。吴逆患之，乃密遣刺客刺之。公正秉烛治军书，见一修髯伟貌者立其旁，问曰："汝得非吴王刺客乎？"客长跪俯首。公曰："然则取吾头。"客曰："若果害公，早取公首领去，不待公命也。吾至良久，见公批示军机，咸如身至其地，料理军书，竟夕不寐，诚良相也。某虽愚，岂敢刺贤相？"因反接请死，公笑挥之去。次日，乃投公邸中，执奴仆役甚恭，公驱使无不如意。后公下狱，客潜入狱馈饮食。及公伏法，客料理丧殓事毕，痛哭而去，不知所终。按公此事可比张魏公，然张以忠贞立朝，名播后世。公乃苟且不禁，致干国纪，反有负于客所望矣。

王 西 庄 复 明

王光禄鸣盛家居时，目已瞽者数年。后遇高邮医曾某，以金针拨其翳，双目复明。赵瓯北曾以诗传其事云。

山 舟 书 法

梁山舟同书，文庄公子也。官侍读即引疾归。善书法，远近驰名，日本、朝鲜诸国贡使，争以重价购之。论者谓近日善书者：刘石庵相公朴而少姿，王梦楼侍读艳而无骨，翁覃溪规摹三唐，面目仅存，汪时斋谨守家风，典型犹在。惟公兼数人之长，出入苏、米，笔力纵横，浑如天马行空，汪文端、张文敏后一人而已。

勇 健 军

雍正中，西虏未靖，上号召天下壮士，得数千人。其最者，能开二十石弓，以鸣镝射其胸，铿然而返。又能开铁胎弓，及举刀千斤者，号勇健军，命史文靖公司之，屯巴里坤以备不虞。后西夷来朝，始罢此军。故当时盗贼稀少，四海靖谧，论者谓帝善于牢笼勇士，不使其为非也。

车　骑　营

雍正中，上命九卿筹御西夷之策，岳威信公献车营法，其制仿邱濬旧制，稍加损益。凡车广二尺，长五尺，用一夫推辇而四夫护之。五车为伍，二十五车为乘，百车为队，千车为营。行以载糗粮军衣，夜则团聚为营。战时两队居前，专司冲突，三队后以随之，其余五队，则团护元戎，以防贼入劫战，并具图以进。上命满洲护军习之，号车骑营。后北征时，屡以车师取胜。然其制严重，难以连行，和通之败，辙乱旗靡，道路壅塞，士卒多有伤损。论者归咎车战，遂废其营。然此役乃将帅骄慢，误堕贼计，未必皆车骑之咎也。故存其图以待后之用者。

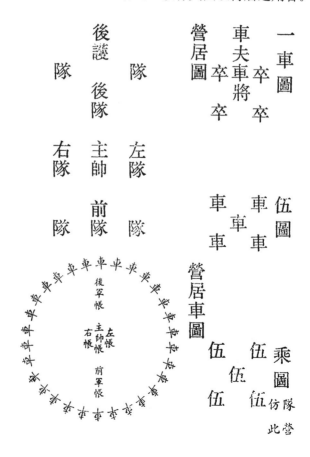

戰圖

```
                              車車車車車車
                            車車          左帥
                          車車        護軍騎卒
                        車車      綠營騎卒　箭
        車車車車車車車車車
 稍隊  車                車
      車      元戎        車
      車    前鋒騎卒      車
      車      後隊        車
      車                  車
      車      右帥        車
      車    護軍騎卒      車
      車    漢軍騎卒　箭  車
      車車車車車車車車車

    車車車車車車

  藤牌漢軍人  鎗手(滿洲)  前隊  鎗手(滿洲)  藤牌漢軍人

    車　車　車　車　車
```

帝王入獄

　　传奇家演帝王未兴时，多有入狱受困苦者。按古今惟汉宣帝少时，以巫蛊系狱，赖丙吉护之以免。光武少时，曾与李轶词讼于严尤。陈宣帝流入西魏，系禁多年，此外更无他帝王系狱也。

宫女四万

　　按开元时，后宫女官多至四万，久禁不放，亦奢汰极矣。按本朝定例，从不拣择天下女子，惟八旗秀女，三年一选，择其幽娴贞静者入后宫，及配近支宗室，其余者任其自相匹配。后宫使令者，皆系内务府包衣下贱之女,亦于二十五岁放出,从无久居禁内者,诚盛德事也。

索明二相博古

索额图、明珠并相时,权势相侔,互相仇轧。后索以事伏法,明为郭制府琇所劾罢,天下快之。然二相皆有绝技。索好古玩,凡汉、唐以来鼎镬盘盂,索相见之,无不立辨真赝,无敢欺者。明相好书画,凡其居处,无不锦卷牙签,充满庭宇,时人有比以邺架者,亦一时之盛也。

宋 人 后 裔

两汉以下,为宋室最为悠久。虽屡遭变迁,其业犹存,即亡国后,其后裔亦未有遭酷毒者。按野史谓元顺帝为天水苗裔,事虽暗昧,未必无因也。近日董鄂冶亭制府考其宗谱,乃知其先为宋英宗越王之裔,后为金人所迁处居董鄂,以地为氏。数百年之后,尚有魏然兴者,何盛德之至也。

三 年 丧

自汉文帝短丧后,历代帝王皆蹈其陋,惟晋武帝、魏孝文、唐德宗、宋孝宗四君绝意行之。然武帝终惑杜预之议,孝文妄尊篡逆之妇,唐德宗空骛虚名,宋孝宗感慕私恩,皆未得其正,故后世亦无述者。惟我纯皇帝孝挚性成,力阻浮议,使千载之陋更于一旦。今上复能继述前美,恪遵先志,实为三代后之第一美谈也。

四 布 衣

乾隆中,上特开四库全书馆,延置群儒。刘文正公荐邵学士晋涵,于文襄公荐余学士_集、周编修_{永年}、戴东原检讨_震于朝。上特授邵等三人编修,戴为庶吉士,皆监修四库书,时人谓之"四布衣"云。

本 朝 从 祀

自明嘉靖间增祀孔庙,两唐诸儒及宋、元、明三代无不具列。本朝罕有继者,惟乾隆初增祀陆稼书阁学一人而已。按国家右文之代,名儒辈出,如名臣汤文正公、李文贞公、孙文定公、杨文定公、朱文端公之崇尚儒道,下者之如李绂、方苞之于理学,顾炎武、胡渭、毛奇龄、朱彝尊、惠栋、任启运、江永、顾栋高等之于穷经,极一时之盛。乃有言职者从未议及,何也?

明非亡于党人

近日訾议理学者,皆云明人徒知讲学,不知大体,以致亡国,何不察之甚也。按明末君主昏庸,貂珰擅政,其国之势,已岌岌不保者数矣。赖臣下克明大义,遇事敢言,以弥缝其过失。不然,如英宗之被虏,武宗之游荡,神宗之昏昧,其政皆足以亡国,而国未遽亡者,未必非诸君子保障之功。迨至魏阉擅政,诛戮贤臣,殆无免者。然后寇势日炽,中原土崩,与东林诸君子何与焉? 及夫唐、桂诸王奔窜海上,其势万无可救者,而诸臣日谋恢复,蹈死如饴,是明人之报主,亦云至矣。而今犹噢咻不已者,何哉?

三 分 书

乾隆中,上既开四库全书馆,分发京师诸处。甲辰春,翠华南幸,念江、浙为艺林之薮,其天府秘本,多有贫士难购办者,因命续录三部,分置扬州大观堂之文汇阁,镇江口金山寺之文宗阁,杭州圣因寺之文澜阁,俾江、浙士子得以就近观摩誊录,实艺林之盛事也。

折　子

自明太祖后,立通政司,凡内外章奏,皆须于其司挂号后,始能达入九重。故权相多以其私人专主其任,凡言路稍有动作,无不先知。故使谠言正论多有泄漏以致被罪者,如严嵩之于赵文华是也。宪皇帝夙知其弊,乃命内外诸臣,凡有紧密事务,改用折奏,专命奏事人员若干,以通喉舌,无不立达御前,初无繆辖。数百年之弊政,于是始革。通政司惟掌文书而已,无曩日之权也。

图　尔　泰

康熙中,有满洲科臣图尔泰者,叶赫巨族也。与明珠同族,初不善其所为。尝劾奏满臣权重,汉之六部九卿奉行文书而已。满人謦咳之下,无敢违者,殊非立政之体。以忤当日权臣,谪黑龙江。公素尚理学,于戍所自置周、程四先生祠,朝夕礼拜。人争笑其迂,亦可以觇其行矣。

朝　鲜　废　君

明人《十六朝小纪》中,曾纪朝鲜王李琮篡弑其叔恽事。朝鲜嗣王力辩其诬,具载于《池北偶谈》中。今《明史》依违其词,亦无明文。然吾邸属有韩氏者,其谱言先世明琏为朝鲜武臣,为恽所任用。后李悰因淫于宫阃,据夺大位,囚恽于某岛中,以石灰曛其目。韩氏尽被族诛,惟其始祖云与其弟霓星夜逃窜,几被擒获,凡三月始至盛京投诚。太宗义其忠于所事,因授轻车都尉世袭云云。则是《小纪》所载,未必尽诬也。

将　军

古有伏波、楼船诸将军名号,未有以将军为官名者。国初四方未定,多有以重臣佩诸将军印将劲旅屯戍者,后遂沿为满人总兵之名号。惟察哈尔、乌鲁木齐及天津水师称都统,余皆称为某处将军,秩一品,视提督上。盛京初名内大臣,后亦改今名云。

世禄品级禄米

本朝沿三代之制,设立勋爵,以待有功。有古世禄之宠,而不畀以权,使功臣之后安享太平,而无败坏决裂之患,实法三代而有胜者焉。初定公、侯、伯名位,历级有九,子、男以下,以国语称之。乾隆初,允御史舒赫德请,改子、男等名号。公位视三公,冠珊瑚,服斗牛补,袭次二十有四,禄米六百石。侯、伯服与公同,侯次二十,伯次十八,禄米四百石。子位视正一品,服麒麟,岁禄三百石,次十六。男位视正二品,次十,禄米二百石。轻车都尉位视正三品,次八,禄米百石。骑都尉位视正四品,次五,禄米五十石。云骑尉视正五品,次三,禄米六十石。凡位八,级二十有一,品位厘然,使功臣之胄有所赡养,较迈汉、唐之制远矣。国初以开创勋者,不论阶次,咸世袭罔替。其顺治九年后封者,始以次为沿革,其间有功业伟然,上特命视开国元臣世袭罔替者,盖异数焉。乾隆中,纯皇特念阵殁殉难诸臣,其后裔官一人,赐曰恩骑尉,位视正七品,世袭罔替,亦旷古未有之泽也。

三　诏

国初世爵,与职任官员无异。每逢恩诏,辄晋其秩,故有以子、男而蹿至公、侯者,爵位未免滥觞。康熙中,议准凡三诏所加者,皆递减至其本封,故近日档案,皆有三诏递减之语,即此者也。三诏者,谓入关、定都及世祖亲政诏也。

岳威信始末

岳威信公佩抚远大将军印以入觐,命提督纪公成斌权其篆。会准夷入寇,掳马驼万余,纪不时奏,乃为总督查郎阿所发,遂褫岳公爵,置纪于法。然尝闻老卒有云:"岳既入朝也,纪以满人强劲,因以驼马命副参领查廪领卒万人驱牧。廪性懦葸,畏边地寒,因以马驼付偏裨,以五十人放牧而已。率众避寒山谷间,日置酒高会,挟娼妓以为乐。会准夷入寇,偏裨报廪,廪笑曰:'鼠盗之辈,不久自散。'因按兵不往。及马驼被掳,廪闻信,乃先弃军去,过曹总兵勍垒,呼曹救之。曹性卞急,因率兵往,为其所败,单骑而奔,赖樊提督建率本标卒追之,转战七昼夜始却其敌。廪见纪公,皆委罪于曹勍。纪笑曰:'满人之勇,固如是耶?'将收缚斩之。会岳公至,纪告其故,岳公惊曰:'君今族矣!满人为国旧人,党类甚众,吾侪汉臣,岂可与之相抗,以干其怒也?'因解廪缚,以善谕之,因皆委罪于曹,斩之以徇,而以捷闻。廪乃恨公入次骨,会查郎阿巡边,故廪戚也,廪因矫控岳公诸不法事,以及纪公掩败为功诸状。查故怒岳公,因诬实其言以闻。上大怒,斩纪公于营,置岳公于诏狱,而廪官固如故也。"呜呼!世宗之于岳公,君臣之际可谓至矣,因诬一满人卑贱者,乃使青蝇之谮为祸若尔,持国柄者可不省欤!

阿文成公用兵

乾隆辛丑夏,撒尔回民叛,上命阿文成公征之。时阿文成公视中牟决口工,未即趋赴,上命和相往摄其篆。和固自负其才,欲于公至前先时驱灭,乃刻期进师,卒为所败。又所调至将帅,俱不为所用,和每发一议,众辄沮之,亦不能难也。及公至,和出迎,公问其失机状,和赧然曰:"将帅皆傲慢不为吾用,公请试之。"公曰:"然则斩耳。"和复问进兵状,公笑不答,令诸将帅于次日晨集辕前。公每呼一将入,辄命和坐其侧,公有所调拨,及命屯戍处,其人辄应如响。如是者数,和坐上甚恚愤。公部署毕,问和曰:"诸将初不见其慢,尚方剑不知诛谁之头也。"和战栗无人色。公乃命和即日衔命归,和于是恨公入次骨,故终身与之龃龉,盖构衅于此也。

义　仆

乾隆乙卯，宜制府绵总督陕甘时，好盘诘私贩，凡回疆屯戍官吏，私往来贩玉者，尽被所获，立正典刑。有故巡抚某，贪吏也，以罪戍边，使其仆李七往来贩玉。事发，李挺身自认，谓主人初不知情。大吏胁以三木，李执辞如初，因论李大辟罪，某夺俸而已。及被刑日，李尚谓人曰："奴代主戮，是其分也。"初无悔心。呜呼！公以宗戚之近，而为商贾之行，乃使其仆衔冤地下。今虽华衮显然，不及死者多矣。

衣　衣　道　人

乾隆初，宗室杜公某任安徽按察使时，有画士年九十余，相貌伟然，自号衣衣道人，杜公善遇之。尝谈及京都，道人言之井井，杜怪问之。道人泫然泪下曰："某本满人，初属某满洲将军，从征吴逆。某将军以军降，某耻为其下，故乘夜潜出，遂流落江湖间，以卖画为活。"因言当日满洲诸将自尚善贝勒一路外，皆怀二心，有欲举襄阳以北降者，赖蔡制府毓荣持之以免。故屯兵岳州城下，八年不战，诸将皆闭营垒拥诸妇女逸乐而已。后幸吴逆冥诛，其党自溃。又闻东西两路屡次奏捷，始不得已进兵。按东路为先良亲王，西路为马文襄公。及贼平后，诸将皆蒙上赏，而东西两路反有以败亡致罪者，良可慨也。杜亦愤懑，故入都后屡举以告人云。

清　宁　宫

国初列圣，皆以俭朴开基。天聪间，虽卜都盛京，然其宫殿制度，率皆草创。清宁宫为列圣后燕寝处，其壁间悬以篝灯，纯皇曾纪以诗。仰见祖宗勤俭之风，譬夫陶复陶穴，可并驾而驱矣。

纯 皇 爱 民

　　纯皇忧勤稼穑，体恤苍黎，每岁分命大吏报其水旱，无不见于翰墨。地方偶有偏灾，即命开启仓廪，蠲免租税，六十年如一日。甘肃大吏以冒赈致罪，后甘省复灾，近臣有以前事言者，上曰："朕宁可冒赈，不使子民有所枵腹也。"后诸词臣有以御制诗录为简册进者，今朱相国珪祗录上纪咏水旱丰歉之作，名《孚惠全书》以进。上大喜，赐以诗扇，告近臣曰："儒者之为，固不同于众也。"

理 藩 院

　　理藩院，古典属国官也，国初建置故上林旧址。初置蒙古尚书一人，侍郎二人，秩视六部同。汉院判一人，秩三品。满、蒙郎中、员外、主事若干人，汉知事四人，主事二人，经历二人。故朱竹垞集中有"赠宋院判"云云，盖漫堂尚书曾任是官也。后康熙中，汉员尽裁去，惟满员独存。司蒙古内、外部落诸务，分司五，曰旗籍前、后司，录勋，宾客，理刑。后改旗籍后司曰柔远，宾客曰王会，录勋曰典属，又特设徕远以司回部，遂析为六。旗籍专掌内四十八部落疆域、袭封、谱族、旗制诸典。故各析部族畛域，勿使侵占。其台吉有分析者，以加其赋，人丁滋蕃满百者，许改官属以督之。其滋畜牛羊诸物，视其土之寒暖可种植者，许其自率蒙古人丁以耕。容留汉人，及以货易土者戒之。诸王公有袭封者，先许以辨其嫡庶，考其德行，然后授以印绶。其弱小者，择族人之忠正者护其印，既冠而后纳之。三岁修其谱牒，辨其贵贱，勿许冒贱为贵，以良为莠。每旗设都统一人，秩二品，副车二人，秩三品，诸王公自选其宰之良者授之，而部臣岁课其政令，有不职者易，暴戾者罪之，并饬其诸王公焉。

　　王会司掌朝贡、会盟、聘享、武备诸政令。藩王凡充补近侍者，岁一朝，余则三岁一朝，各于岁终分班入觐，分其名位，给以廪膳。凡朝，郎官领入大内，位宗室王、公下，朝见如仪，元旦、上元亦如之。岁朝上宴诸藩于紫光阁，郎官领进，自阳泽门入，宴于阶次，奏乐，拜谢如仪。翌日，宗室王公序以享之。将归，辞谢于乾清门，礼臣宴享如仪，赏赉有差。贡则视其土之所宜，黍禾皮币以及牛羊诸物，部臣受贡。翌日，寓其使于署中。俸币则视宗室王公之半，有勋业者加之。各部落有荒馑者，部长捐金以救，乏则告于方伯，请赈于朝。凡使人，许以驿传，视其途而赉之。国有大丧，则集诸藩王奔讣入次，举哀如仪。典属司掌外尼堪四部落，北入瀚海，西绝羌、戎，凡青海、西藏诸土属焉。各分视其畛域，奠其土宇，教以德化，理其政绩，旗制会盟，咸如内藩。屯戍将帅士卒，食其屯用，乏则请饷济之。每岁阅武，本司员二人往视之，其技良者，赉其部长，兵仗弱者，示以罚焉。柔远司掌外盟诸部朝觐、宴享、聘纳诸仪。尼堪诸长四岁一朝，薄海诸长三岁一朝，笃本、西藏诸部长不限以年，五岁请命于朝，许则觐之。贡期，尼堪三岁一贡，西藏间岁一贡。各视土之所宜，尼堪贡马、驼、羊、羯诸物，西藏、青海贡藏香、氆氇、马、驼，其享使颁赉如内藩焉。徕远司掌回部疆土分封、朝会、聘享诸政。嘉峪关外回部有十，曰吐蕃，曰丕占，曰沙兰，曰昆辰，曰鄯颜，曰班，曰武始，曰韩干，曰叶羌，曰和阗，尽统属焉。其旧疆建诸王二，咸如蒙古诸藩，余则置伯克司之。伯克者，回中长吏也，各视秩有差。三年考其政绩，优者褒以币帛，劣者付屯戍大吏治之。户口丁数皆藏其籍，三载更之。回俗以十为数，计一帕得中土五石有奇。钱曰普儿，皆委伯克以司铸焉。田赋以种为则，官田什取其五，次者什二，民田十一，有常赋焉。关税三十取一，皮币二十取一，其畜产余物各视其多寡以征之。岁贡各视土之所宜，厥贡皮币、果蓏、金刀、毛毯，以岁终纳焉。俸币视秩授以田土以代俸薪，长吏三百亩，中士百亩，下士八十亩，丁二十五亩，有其屯戍伯克均其粮以差之。外藩如布鲁特、哈萨克、安集延、爱乌罕诸属国，皆置译使以通其语，朝聘宴享，悉如朝鲜、琉球仪制。理刑司掌蒙古诸刑名，自斩绞外，罪止鞭朴，不及流徙，而以牛马作赎刑焉。罚数维九，牛三马六，递以加之，穷者赀之，富者倍之。

　　猗欤！北人自秦、汉后，匈奴、突厥递雄其部，汉、唐主不能与抗，乃至和亲纳币，含垢忍辱，以求旦夕之安，而寇警边烽，又环然至矣。

至若本朝,威德伟然,毡庐月窟之长,无不匍匐庭除,争为臣仆。故列圣裂土封之,世界其守,作我藩服,朝聘宴享,比隆三代。王者守四夷固如是也,岂汉、唐孱弱之主所能及哉!

八　旗　之　制

我国家以神武开基,龙兴之初,建旗辨色,用饬戎行。始建两翼,其后归附日众,乃析为八。以本部所属者为满洲,蒙古部落而迁入者为蒙古,明人为汉军,合为二十四旗,制度备焉。每旗制,都统一人,副都统二人,参领五人,佐领以百丁为率,无定官,而每以骁骑校一人隶之。镶黄、正黄居都北址,次两白,次两红,次两蓝,皆四周星拱以环禁城。凡城池、衙署、仓库,皆以骁骑马兵守之,各于禁门外置公厅,都统、副都统更番值夜,以备不虞。火灾则各往救之,出境者不预焉。禁城灾则并往视,怠者绌之。皇上巡狩则增街衢之守俗名街堆子。归则撤之。每三岁编审户口,稽其幼壮,除其逃亡,书版藏于户部,其有冒充滥入,以及隐匿不报者,罪其有司焉。阅选秀女,以三年为率,届期户部移文造籍申选,有隐匿不报者罪之。旗人有所逃亡,递申刑部以督捕焉。

大阅士卒,皇上亲御甲胄,巡阅营队,八旗将士,简精蓄锐,集于演所,肃听军令。阵法:汉军火器,左翼四旗以次而东,西上;右翼四旗以次而西,东上。每旗鹿角二十,步卒八十人,引旗四人,长枪手二十。鹿角傍列炮十,鸟枪百,藤牌百,矿夫三十人,御炮车夫百人,纛十,执纛卒三十,小旗二十,负旗将士二十,红旗二十,麾旗二,金五,鼓一,金夫十,海螺五。每旗参领三,散秩官十,骁骑校十。每翼都统二,副都统每旗各一。满洲火器营,左翼四旗在汉军左翼,右翼如之。鸟枪夫百二十人,护军百二十人,总统五人。每旗纛二,执纛四,海螺十,金五,鼓一,委传宣官八人。金下麾旗者扬旗,鼓声大作,鹿角夫前进,分队而立,藤牌卒跳舞作斩虏状,分合如法,三作而退。鼓声一进,鸟枪夫列队而进,枪声齐发,声乱声虚之地,子落者罪之,麾旗者落旗,金声初奏,枪声顿止。俄而擂鼓如前,麾旗者扬旗,枪进如前，如是者九。连环枪作，满洲前锋护军乘马者自两翼出，彼此奔驰，烟雾冲天，三军作冲围状，呼声如哗，盘旋者数，枪止乃已。金声再奏，八旗骁骑卒冲阵而出，海螺画角齐奏，旌旗耀日，队伍整暇，传宣官呼收兵者三，军士咸顿首欢呼，再叩而退。兵部臣告礼成，上还御营。翌日赏赉有差。每岁春秋咸集于仰山洼村在德胜门外十里。简练如仪，惟将士衣素服，不着戎胄以别之。演试火器炮石，岁以春秋，用兵臣奏请，钦命大臣同汉军都统演炮于芦沟桥，八旗以次演之，及牌者有赏，否则罪之。军政五载一举行，有四：一操守，曰廉、平、贪；二才能，曰长、平、短；一骑射，曰优、平、劣；一年岁，曰壮、中、老，以次定赏罚焉。故其纪律详明，守职綦重，仿《周礼·遂人》之制，举而为官，出而为伍，凡力能舞勺者，无不持殳执锐，为王御侮。其较前代养抚市井之徒，而徒糜费国帑，得失不啻倍蓰矣。但承平日久，休养生息，甲兵有额，而生齿浩繁，加以奸宄之徒冒滥其籍，故使闲者日众，不事生业，不无穷匮。虽国家屡有厚赉，难以博济其众。若在朝公卿，有为国家计久远者，宜仿《周礼》寓兵于农之策，开垦塞上闲田，以及京畿旗税官地，使其各事南亩，生有定业。三时务农，暇以讲武，国家若有所调遣，可朝呼而夕至，则其体恤耆旧之制，益昭然从厚矣。

驻　防

古人云："千里持粮，士有饥色。"则知调拨之兵，非惟缓不救急，抑徒糜费国帑，疲劳士卒。故国家驻防之兵，最为良制。尽选虎贲劲旅，屯戍四方，督其操练，严其律令，使四方稍有不靖，自可驱除，不须远方调拨，以误时日。如近日河南宝丰教匪时有不靖，当时河南镇兵皆调拨殆尽，赖开封士卒从马中丞慧裕往相攻讨，立时蕝灭，亦其制之一效也。

吴　廷　桢

吴太史廷桢为诸生时，以诗鸣世，宋漫堂尚书喜之。圣祖南巡，尝迎驾于郊,宋漫堂指以奏曰:"此吴中才子也。"上因命扶上御舟,当面御试,以圣驾巡幸为题,限江韵。吴应声曰:"龙舟彩鹢动旗幢,圣主巡方至越邦。"上问侍臣曰:"舟至何处?"对曰:"已至吴江。"公乃续曰:"民瘼关心忘处所,侍臣传语到吴江。"上笑曰:"即景生情,真才子也。"因钦赐举人。

赐　奠

国家笃念旧臣,凡陪葬福、昭诸陵王公诸功臣,翠华临幸,必赐奠焉,以宠耆旧之臣。先烈王入关后始薨逝,故未陪葬昭陵。乾隆戊戌春,纯皇帝念王首创义举,功冠诸臣,因特行赐奠礼于园寝中,哀恸久之,赐诗以旌其功,实旷典也。

配　享

国家有大勋劳历显中外者,皆行配享太庙礼,盖古纪于旗常之遗意也。西庑功臣为扬武勋王、额宏毅公、费直义公、图昭勋公、图忠义公、马文襄公、蒙古超勇亲王、鄂文端公、张文和公、傅文忠王、福文襄王、兆文襄公诸人。东庑诸王,国初惟以武功郡王等四人配享,盖以其绝嗣故也。雍正中,增祀怡贤亲王。乾隆戊戌,上特念开创诸王功业伟著,未得与斯享,因命增祀礼烈王及睿忠王、郑献王、豫通王、肃武王、克勤毅王诸王于东庑中,亦一时旷典也。

郊　劳

国家厚待功臣,以振士心,凡有将帅凯旋归者,列圣皆行郊劳之礼。康熙中,先良亲王之平耿逆,安和亲王之定两湖,贝子彰泰之滇南,凯旋时,上皆亲幸芦沟桥以郊劳之。乾隆己巳,傅相公_恒平金川归,纯皇特筑坛于黄新庄以旌其功。后兆文襄公_惠平回部归,阿文成公平定两金川归,上亦行是礼云。

拉总宪神力

拉总宪卜敦，董鄂氏，满洲望族也。有勇力，能弯十石弓左右射。善诗文，不加点，顷刻数篇，以及外国番语，无不毕具，真奇人也。性刚直，立朝不苟，尝忤某相国，因远戍西藏。会藏王叛，公殉于难，事见前卷，兹不复载。

呼延碑

乾隆中，大臣收复西域乌鲁木齐，筑城郭时，掘得汉裴岑《破呼延碑》，字体完善，远胜《曹全》、《夏侯》诸拓本。石逾千载，尚未剥落，真奇物也。纪晓岚尚书曾藏一通，罕以示人云。

书　法

余素不善书，人争嗤之，深以为耻。然明王凤洲尚书素不善书，尝自云："吾目有神，吾腕有鬼。"近时纪晓岚尚书、袁简斋太史皆以不善书著名。按《晋史》，武帝疑太子不慧，召东宫官领而以尚书疑事命其判决。贾氏乃命张泓代对，而太子手书以呈，武帝称善。按惠帝愚暗，世所罕见，乃能手书决辞以对，笔画端楷可知。然则善书亦何足贵也。

叶　副　将

叶副将清，临清人。洊至本协副将。王伦之变，公尝抱疾与知州秦公震钧同守其城，凡十余旬。贼人啸聚甚多，昼夜围之。公应时堵御，患痢疾，势甚委顿。秦公尝劝其休息，公曰："吾闻均之死也，与其死疾，宁死于贼。"遂带疾从军。赖大军云集，其城获全。公卒以疾死，上甚怜之。

毕 制 府

毕制府沅,庚辰状元,历任两湖总督。性畏懦,无远略。教匪之始,毕受相国和珅指,不以实入告。致使蔓延日久,九载始靖,人争咎之。姚姬传先生至曰:"戮毕沅之尸,庶足以谢天下。"其受谤也若此。然好儒雅,广集遗书,敬重文士,孙渊如、洪稚存、赵味辛诸名士,多出其幕下。尝岁以万金遍惠贫士,人言宋牧仲后一人,信不虚也。

湖 北 谣

毕公任制府时,满洲王公福宁为巡抚,陈望之淮为布政,三人朋比为奸。毕性迂缓,不以公事为务;福天资阴刻,广纳苞苴;陈则摘人瑕疵,务使下属倾囊解橐以赠,然后得免。时人谣曰"毕不管,福死要,陈倒包"之语。又言毕如蝙蝠,身不动摇,惟吸所过虫蚁;福如狼虎,虽人不免;陈如鼠蠹,钻穴蚀物,人不知之。故激成教匪之变,良有以也。今毕公死后,籍没其产,陈为初颐园所劾罢官,惟福宁尚列仕版,人皆恨之。

八 大 王

苏州阊门外有八大王祠,神像须眉伟然,着本朝衣冠,有风疾者祷之辄愈,俗名"箭风八大王"。云系国初王公,孤舟招抚其土,土人疑为奸细,凿舟毙之。后知其情,因建祠以祀之。按国初下江南时,云屯席卷,所向无前,初未有王公死其地者。或云,盖偏裨之将偶被所害,土人不知,以为王公,建祠以祀。理或然欤?

土 国 宝

土国宝者,明太湖盗也。国初归降,洪文襄公以其人敏捷,因荐授苏州巡抚。性残暴，一时搢绅故老，无不被其害者。又因抗粮案，株连生员数百，尽行斥革，震动一时。后又交通郑氏，欲以地叛，为制府麻文僖公_{勒吉}所知，因搬取其兵马粮饷，尽赴江宁，然后露章劾之。国宝侦知，欲逃，城门已闭，夫妇因缢死钟楼，中外快之。

王　述　庵　书

　　己未夏，吴中有杖责诸生之狱，今得王述庵少司寇《与平恕书》，文甚遒劲，故具载之。书云："违晤经时，伏稔执事兴居安豫。弟以鼎湖大故，匍匐入都，前日始回吴下，备知诸生获罪，深为骇异。诸生寒士居多，求贷于富户，乃事理之常。伊等或以教课为业，或以笔墨为生，无力偿还，亦其常分。赖有父母师保之责，正宜加之怜惜，或代为宽解，或再为分限，俾得从容措缴。即使伊言语粗率，亦何至不能稍贷，乃至朴责寒士，以媚富户，实无情理。此非该令平日与富户结交往来，受其馈赂，即系意存庇奸，为事后得钱之计，情事显然，不待推求而可见。诸生之不平则鸣，有何足怪？惟是时承审之员，非该令平日结纳之上司，即系狼狈为奸之寅好。通臬将赴湖南，不顾其后，而抚军初莅新任，以至四出查拿，牵连数十，掌嘴锁项，凌辱不堪，成何政体？当今律令内，从未有生员借贷不还，遂致责革之条。若以聚众为名，亦当视其应聚与否耳。汉时太学生举幡阙下，见于《汉书》不一，唐之太学生为阳城而聚集，宋之太学生为李纲而聚集，至周朝瑞等为赵汝愚而聚集，史册载之，不一而足，以为美谈。盖凡事必先定其是非，如诸生理屈词穷，纠众以挟制县令，重惩之宜也。若县令先以挟私违制，则人有同心，岂能默尔？一呼百应，吁告上台，以求利断，自无不可。斯时即宜告承审各员，研究富户平日与该令有无交结，何以讨好若此。果无他故，然后科以性情凶暴违制擅责之咎，仍另为该生起限，宽缓清还，诸生自必欣然而散，何至成此大狱，使士民重足而立也？往在京中，那绎堂司空言宜抚军为人仁厚，刘竹轩仓场亦言其老成精细。及昨过苏相见，谦和恭敬，抑然自下，实有古贤臣风范。特其时两司未到，狱案已定，而执事又无一言救正，纵地方官之所欲,恣其蹂躏,此必非抚军之本意也。今者荷蒙皇上垂照如神,洞烛其违例擅责之由,降旨再饬制军研审,制军居心公正,未必谓然。然成事不说,是否覆盆能白,尚未可知。倘执事以系铃者解铃,则日月之更,民皆仰之矣。弟此次进京,仰见皇上典学右文,而王韩城、刘诸城二相国以及石君冢宰、绎堂司空,赞翊熙朝,爱才好士,力持大体,恐承旨之下,于此亦不慊然。弟见数十年来,小省学政,职分本微,奉督抚如上司,与州县相结纳,甚至幸其嚅尔蹴尔之助,婥婀唯诺,殊为可耻。若夫江、浙学差,皆三品以上大员,出膺任使,地分既高,卓然自立。故遇有诸生品行不端者斥之,学业不进,词章不工者,令广文夏楚之,其余则是曰是,非曰非,所以重人才而励廉耻。今执事久以词林雅望,荐受主知,兼旦夕入赞纶扉,惟是扶持士类,主张名教,庶可与石君诸公相见耳。至近来州县所以鱼肉诸生,其意盖在立威。威立而诸生箝口结舌,则庶民何敢出而争控? 是以狱讼之颠倒,征收之加耗,无所不至。比者言路大开,江南漕政,横征重敛,已一一仰叩圣鉴,故制府亦力为振作,今冬定作清漕之局。但州县或有阳奉阴违,倍收多取,恐生监连名讦告,而州县指为哄堂闹事者甚多,未知执事可能究其是否,俟案定而后量加董戒;抑或如此案不科州县之失,而即科诸生之罪? 若使仍助其焰而长其气,则吏治之坏,不知伊于胡底也。弟陈枲三司,且于大理寺、都察院、刑部三法司均为堂上官,所见生监控告之案,不胜枚举,然未见有人因其抗令而右袒之至于此者。弟与缘事诸生,并无门生故旧之雅谊,一至苏州,即知此案已上闻,并荷圣明指摘。所以不辞饶舌者,实以此案追债事轻,关于士气者大,而关于将来漕弊者尤大,且为执事风节所关。凤叨世好,度无肯效忠告之谊者,故忘其愚戆,用布区区。如或以规为瑱,则韩文公之《诤臣论》,欧阳公之《与高若讷》及《与杜祁公论石介书》取而研之,可也。"其文亦真可与韩、欧诸文并传而不朽矣。

世 俗 之 论

世俗鄙夫之论,似是而非,亦有关于风化。岳中丞之廉正,余尝记吴人所作《岳青天歌》以美之矣。今有某散骑见余记,讥之曰:"岳公木偶人耳,受其下属欺罔,不知省察。又更张禺荚报销之政,重使苛扰,闾阎受其灾害,乌得为廉吏哉!"余曰:"子何不察之甚也!夫正人之过,如日月之蚀,非不韬匿其光,然而久之其光华仍照耀于天下也。况自古正人贻笑于后人者,亦复不少,如子产之智尚受绐于校人,黄霸不识鹙鸡,皇甫嵩以董卓为正人,袁粲失计于刘秉,房、杜以萧瑀为俗学,魏元忠荐郭霸,富郑公以王安石为君子,胡安国之附秦桧,真西山有'一锅面'之谣,皆不失为君子,又何独岳公哉?况当时督抚不尚廉而尚才,故使贪婪之风遍于天下,奸民因之摇动,至今流毒未远,反覆思之,实堪切齿。而岳公独能自守,时人颇非笑之,岳公不顾。至今天子力革其弊,天下守臣始稍有自好者,由是其风始革。独是岳公于举世不为之时而慨然为之,亦豪杰之士也。纵使有所过失,诸君子宜代为隐匿之不暇,何况岳公清贞刚介,其过未必若斯之甚。今吾子不备责往日之贪婪者,而责岳公鳃鳃之过,亦见其自比于贪墨之吏,设淫词而助之说也。"某赧颜而退。

嘉庆初年督抚

今上亲政之始,政治维新,一时督抚罔非正人,如岳中丞辈已详载于前。其他大吏,亦皆卓然一时。今因某公之论,故详载之。

长公麟,觉罗氏,中乙未进士。抚吴中时,廉名素著。尝私行街市间以察下吏贤否。首清漕政,下属抗之,公斥其最贪者,力持其议,故吴民至今赖之。尝忤和相,遣戍伊犁数年。今上召入,命为陕甘总督。

陈公大文,会稽人,成辛卯进士。乾隆中历抚两粤,以能吏名。今上初政,首调山东。其省大吏屡非其人,吏治废弛,贪污遍野。公至日,剔清漕务,首劾贪吏三十余员。公性深严,凡下属叩见,皆温颜以对,谈论良久,然后正色申之曰:"汝某政事贪贿若干,予皆悉知,若不速改,余劾章已定草矣。"故下属咸畏之。故哄传曰"山东民不反而官反"之言,亦可觇公之为人矣。

觉罗吉公庆，武功郡王某世孙。性温厚长者。初抚齐、越诸邦，虽无所施为，去后民辄思之。每于署中构屋三间，不采不琢，仅庇风雨。室中惟设长几一、椅十数、宋儒书数册而已。凡判事、见客、起居、饮食，无不于其室中，他屋皆封锁之，其俭朴也如此。

今任两广总督加协办大学士高公书麟，文恪公晋之子也。首擢安徽巡抚，有善政。纯皇帝最喜之，加两江总督。以忤和相故，贬谪西域数载。今上亲政，首擢浙闽总督，再调云贵，劾罢前督富纲，人谓仁者之勇。其弟副宪公广兴，以劾和珅擢官，屡劾大吏。公不喜其所为，尝于上前告之。后调两湖总督，屡奏大捷。尝于炎暑中奔驰山谷间堵剿教匪，不使入境，卒以是构疾薨。上甚悼惜之，以一等男世其家。

汪公志伊，桐城人。以县令起家，累任至福建巡抚，皆以廉著。尝陛见热河，公惟乘一敝车，束襆被于其中，后随二奚奴而已。往来都邑数十，人皆不知其为封疆大吏也。请客惟用二簋，不事口腹。又尝疾天下废讲宋儒，因刊《幼学仪节》之书，皆总括濂、洛之书为之，人争目为怪物。书制府特与之甚契，后易以某制府，情性不适，因引疾去，人争惜之。

台公布，蒙古人。初任户部银库郎中，时和相专权，补者皆以赀进，故任意纵贪，侵盗官项。又勒索运饷，外吏经年累月，不时兑纳。公至日，与员外郎和公德盟诸库神，积弊为之一清，人以为瑞云。后任广西巡抚，粤西储粮亏缺甚多，公调停数年，仓庾充牣，下僚争庆。公性廉明而不外显，尝不喜制府吉公之沽名太甚，与之抵牾。时人有疑之者，余曰："韩、范上殿，争之如虎；蜀、洛二党，讫如寇仇。然均不失为君子，亦可定二公之品矣。"

初公彭龄，莱阳人。初任御史，劾彭参政元瑞兄子冒充吏员事，彭公为之罢官。时言路久闭，无敢与大员忤者，公毅然疏入，人谓之"鸣凤朝阳"云。江西巡抚陈淮性贪婪，又信任南昌令徐午，人争怨之，其民谣曰："江西地方苦，遇见陈老虎。大县要三千，小县一千五。过付是何人，首县名徐午。"公即并其谣劾之，陈为之罢官。任云南巡抚，前抚江兰,虎而冠者,公又劾罢之。逾年以亲老陈情,改补京职。后任巡抚为伊桑阿,任黔抚时即以贪婪著,又冒铜仁苗洞功绩,入境后勒索沿路供用,滋扰下属。公已去任,闻之叹曰:"均为天子大臣,岂可以去官故,即目睹下民受害而弃之不顾?"又露章劾之。上震怒,以手书奖公而赐伊自尽,滇民大悦。

吴公熊光,常熟人。初任军机时,以才能著,纯皇帝与今少司农戴公衢亨特擢卿贰。和相以非己保荐,故改补外吏。今上亲政,首擢河南巡抚。时豫省重遭景安、倭什布之虐,盗贼遍野,民不聊生。公至之日,为之定保甲,聚乡勇,堵御卢氏东境,不容一贼犯边。处之数载,豫省安堵如故,士民赖之。今迁两湖总督。

王公秉韬,汉军人。以县令起家,累迁颍州守。丁巳春,教匪突至光州,去颍州甚近,豫省大吏皆畏葸闭关,任其寇饱扬去。公慨然曰:"均为天子守臣,岂可以疆域故,致遗害于众也!"因同提臣定公柱团结乡勇数千,战于境上。定公故知兵,军容甚整,公复励以忠义之言,助其粮饷,屡破贼垒,贼甚畏之,踉跄而去,豫省赖之以安。朱石君司农,时守皖抚,甚器重之。今上亲政,首荐为奉天府尹,有德政。今任河南道总督。公性方正,不好沽名。长制府麟、汪中丞志伊皆以廉名著,公辄不喜其为人,尝曰:"长三、汪六,皆名过于实者,不足为贵也。"

荆公道乾,介休人。性直朴。为县令时,尝着敝衣冠独步上辕,败絮应手出,人争笑之,不顾也。以朱石君荐,代其为安徽巡抚,虽无所更张,而下属畏之,不敢干以非道,请客惟用五簋,饭脱粟而已。后以疾去官,人争惜之。

阮公元,仪征人。家世任武职,惟公以科甲著,自释褐至卿贰甫五年。好博学,群经诸子,无不通贯,尤精《尔雅》小学诸书。以朱石君荐,任浙江巡抚。前中丞以贪名著,而公易以宽和,下属相庆以为更生。温、台盗贼充斥,公与提臣李长庚设法捕之,其风稍戢。性和蔼而能守正不阿,尝有县令欲谋美缺,以贿干其父某代为之请,公谢曰:"元未仕时,此身本属父母,今承乏为天子大吏,岂可以私犯义?"绝不允其请云。上待之甚厚,每批其折,尝卿之而不名云。

嘉庆初年谏臣

今上即位，首下求言之诏，故一时言官，皆有丰采，指摘朝政，改如转圜。虽期间不无以妄言获咎者，然其补益良多矣，故列名于后。

广公泰，满洲人。下诏时，泰同广兴首先应诏，参劾和珅奸慝诸款。即时伏法，人争快之。

今任内阁学士蒋公攸铦，汉军人。尝劾外省贪吏宜降革者，李奉翰、景安、秦承恩诸人因之先后获罪。外省吏治为之更张，实自攸铦发也。

副宪公瑚图灵阿，宜制府绵子也。性豪迈，不屑小节。今上亲政，公首条关税、盐务诸弊，又请却纳贡献，停止捐纳，一时皆懔其丰采云。

马公履泰，仁和人。今上亲政，履泰首论湖督景安畏缩偷安，老师糜饷之罪，安为之罢职。又论湖北教匪，奸民宜除，难民宜抚诸条，上尽从之。

继公善，满洲人。虽为和相所引，无所依附。时翻译科场，皆近臣子弟借以进身，顶冒传递之弊，繁不胜言。言官以其伤众，无敢言者，但括取文场弊玷渎不休，惟善首论翻译诸弊，场务始严。公后迁太仆卿，八旗士卒畜养马匹，多有冒领其饷，饲者十不二三，出牧时赇番使以金帛，为蒙古所哂。善复犯众怒言之，其弊遂清。满人恨入切骨，至验马日，众误以戴菔塘璐为善，殴之几毙。事闻，首谋者伏诛。今迁盛京礼部侍郎。

张公鹏展，广西人。任御史时，颇为敢言。尝陈奏出师八弊政，皆中窍要。刑部郎中金光悌素便佞，专擅一时，诸堂官多包庇之。后迁光禄少卿，犹恋恋其司职。鹏展劾请离任，其略云："以天子之刑部，而金光悌一人专擅二十余年，其余司官皆出门下。故使比昵为奸，无阻之者，良可慨也。"上遽允其请，人争快之。

和公靖额，满洲人。以翻译起家，而素重文士。满洲举人，旧例三科后始简选小京官。人多缺少，致多壅塞，非历科三十余年，不能入仕，反不若汉人大挑之捷径。靖额深悯之，因陈请同汉人例，一体选授县令。百年弊政，一旦改之，人争颂其德云。

卫公谌，济源人。成辛巳进士，年七十余，始为谏官。福文襄王康安虽屡立战功，然所历封疆，苞苴广进，没后复膺重典，未免滥筋。今上责那绎堂司空谕旨有"福康安历任封圻，簠簋不饬"之语，因备论王贪婪诸状，不宜配享太庙，子孙享其非分之荣。上虽未允其请，一时之公论与之。

周公栻，宁夏人。初论外省大吏，多有参劾属员，"初无劣迹，恐悃逼无华之人，不得上司之欢心，以致被劾者众。请嗣后照大计例，许其付咨引见，则其员之贤否，自难逃圣明洞鉴之中，可使大吏专擅之习，为之稍减"。上允其请。庚申夏，彭芸楣尚书入内，落马昏仆，朱石君司农因以己舆载出。故事，大内无特旨不容车轿出入，栻因劾之，其略云："朱珪无无君之心，而有无君之迹"云云。又温藩司承惠，冒以乡勇功为己功，又依附罪抚秦承恩，致使武关有失，亦附劾之。当时虽奉严旨，未数月，石君舆夫有阑禁门，故殴伤守者，上切责之，尝曰："周栻之言甚正，殊堪嘉也。"

沈公琨，归安人。江苏生员之狱，巡抚宜兴庇护属员，又信任管门家人，致使苞苴日进。特造严刑以讯告者，有"小夹棍"、"头脑箍"诸名目。又于国丧中任意演剧，无所忌惮。琨皆一一陈之，乃罢兴职。逾岁，上欲巡幸盛京，琨复上疏阻之，亦见称一时云。

萧公芝，汉阳人。久淹词馆，及用御史，年已七十余。上疏奏端正风俗反朴还纯，以天道人心启沃上闻。其文洋洋数千言，皆有关于政治，一时翕然称之。

王公宁炜，山东人。尝上疏言"上之用人行政，宜习其素，不可因其有人保举，遽加升用。如金光悌、黎兆登等，非不有人荐用，然考核其实，殊有未称者"云。

游公光绎，福建人。曾上疏言："今大臣未尽和衷，武备未尽整饬，愿效魏玄成《十思疏》以裨治化。"上奖之。后满洲某侍郎因公争愤，上曰："游光绎之言不为无见，殊属可嘉。"后以劾黄公永沛罢职，人争惜之。

苗　氏　妇

　　乾隆戊午春，和相妻死，发殡于朝阳门外，一时王公大臣无不往送，余亦从众而行。比至，车马壅阻，因饭于农家。逆旅苗姓有老妇云："观君容止，必非不智者。今和相骄溢已极，祸不旋踵，奈何趋此势利之途，以自伤其品也？"余赧颜以退。不逾年，和相果败，卒应其妇之言。嗟夫！当和相擅权时，一时贵位无不仰其鼻息，视之如泰山之安，初欲终身以赖之者，乃其智反不若一村妇识也。

舒　太　夫　人

　　满洲旧俗，凡所婚娶，必视其氏族之高下，初不计其一时之贫富。有时感于势利之见，以致以贱凌贵，以高就下，人多耻之。然至感其义行，与之联姻，初不计其品之高下，此古人所难能，于吾外祖母舒太夫人见之。太夫人姓马氏，为文襄公曾孙女，直恪公嫡配也。初感吾邸赵护卫之义，护卫名赫绅，事见前卷。欲为吾表兄某聘其孙女。吾母以其为家君僚属，故为之代辞。太夫人曰："吾虽贵族，然能与忠义之士结为亲谊，其荣多矣！奚必计其族之贵贱也？"卒订其婚。生子某，韶龄已入学。舒氏虽世出名臣，然罕以科第进者，人皆以为太夫人盛德之报云。

纪　晓　岚

　　北方之士，罕以博雅见称于世者，惟晓岚宗伯无书不读，博览一时。所著《四库全书总目》，总汇三千年间典籍，持论简而明，修词淡而雅，人争服之。今年已八十，犹好色不衰，日食肉十数斤，终日不啖一谷粒，真奇人也。

明用度奢费

明代岁入帑金,不过数百万,然其国用十倍于今。九边月饷,半饱私囊,六部耗费,多不可计,其宫殿一切鸠工取材,皆倍于今。乾隆中,重修明长陵,启其寝殿护板,皆以生铜铸之。又康熙中,通沟浍,其沟皆以巨石筑之,其中管粗数尺,皆生铜所铸也。又西什库中尚余宫人鞋数十箱,皆以珠宝饰之,其糜费也若此。故迨至末年,国帑匮乏,致借饷于朝臣,良有以也。而不知者尚造蜚语,言内库财帑丰盈,庄烈帝靳之不赏军士,何其僻也!

噶礼母

康熙中,两江总督噶礼,满洲人。贪婪一时,家资巨万。尝造金丝帐以眠其母。以其母素奉佛,家畜女尼数百。而其母昵其少子,初不喜礼之所为。会礼与张清恪公伯行互相参劾,圣祖初颇右礼,乃置张公诏狱。而吴民素服张公,从行者数千人,争至畅春园代为张公请命。上益厌张之沽名。会问安于孝惠章皇后宫,礼母固后近戚,上遇之,不及避,上因询其子所为,何以与张龃龉故。其母乃言其子贪状,且言张之冤谴。上怫然曰:“其母尚耻其行,其罪不容诛矣!”因置礼于法,而复起用张公。后其母贫窭,以织纴为生,其族之无知者,咸归怨之,时谚曰“噶礼之母,为祸之祖”云。然母亦贤矣哉!

方灵皋之直

方灵皋先生受世宗知,以罪累而致卿贰。性刚戆,遇事辄争。尝与履恭王同判礼部事,王有所过当,公辄怒,拂袖而争。王曰:“秃老子敢若尔!”公曰:“王言如马勃味。”王大怒,入奏,上两罢之。公往谒查相国,其仆恃相公势,不时禀。公大怒曰:“狗子敢尔!”以杖叩其头,血湾湾下。其仆狂走告相公,相公迎见,公云:"君为天子辅臣,理宜谦冲恭敬,款待下僚,岂可纵豪仆以忤天子卿贰,公误多矣!"卒拂然去,查长揖谢之乃已。后复至查邸,其仆望之走曰:"舞杖老翁又来矣!"其惮公若此。公立朝甫一载,政事多有匡裨,尝密荐来相公保、魏尚书廷珍、方敏悫公观承、顾河帅琮、方中丞世俊于朝,后皆卒为名臣。而世人皆以文士待公,初不知其直鲠,故表出之。

青　楼

近日皆以青楼目为娼妓之所。按《南史》,齐武帝兴光楼上施青漆,世人谓之青楼。东昏侯云:"武帝不巧,何不纯用琉璃?"是青楼乃帝王之室,未可以名贱者之居也。

应　制　诗

近日有满洲某制府,初非科目进身,韵语非其所长,自以为善。又好拟和应制诸题目,人争笑之,自不觉也。铁冶亭保尝与戏曰:"兄诗殊胜少陵。"某尚谦谢。冶亭徐曰:"少陵应制之诗,无如此之多也。"

庚子火灾

乾隆庚子,城南火灾,毁焚数千家,延及城楼雉堞,经月乃已。或言火灾之先,有卖菜佣梦一人告曰:"京师当有火灾,汝视某火神庙额字如朱,即其期矣。"某日往视,其守者询知,因暗涂豕血以戏之,次日果有是灾。人皆以为妄言。按《淮南子》云:"历阳有老姁颇行仁义,有两书生过之,告曰:'此国当没于湖。姁视东城门有血,便走上山,勿反顾也。'姁数往视,门吏问之,姁对如其言。东门吏杀鸡血以涂其门,明日姁早往视,便走上山,国没为湖。"然则古即有此事也。

孙　文　靖

孙文靖相公士毅卒时，余尝作四律挽之，或有讥誉非其人者，因焚其稿。近读《东坡集》，见有《挽韩绛诗》三首，备推其人。按绛为王荆公所引，世人呼为护法沙门，初非端士，而苏公褒之如此，可见先辈之忠厚也。嗟夫！文靖虽有交给权要、殒师安南之咎，然其遇事明断，下属震畏。当其时，贪吏如李侍尧辈布满天下，而公独以廉著。每出巡，轻车减从，不择饮食。尝邮传至江西，时余业师程蓉江先生为县令，往谒之，公即呼与对食，惟蔬食数簋而已。又连劾巴延三、富勒浑二满洲贪吏，皆时人之所难能者。余尝比之明周忱、胡宗宪，信非阿谀，反有胜于绛也。

黑　经

喇嘛有咒诅之术，凡蒙古有所争斗，必令其徒诵之，时有验者，名曰"黑经"。然其掌坛番僧往往自毙，盖邪术也。按汉武帝尝命丁夫人祀祠，以诅大宛、匈奴。《北史》，天竺有婆罗僧，善咒诅人，魏太武尝用之。盖即此术之滥觞也。夫以堂堂之国，不能以威德胜人，而欲仗区区之异术以厌其敌，其志亦鄙矣。

苏　州　街

乾隆辛巳，孝圣宪皇后七旬诞辰，纯皇以后素喜江南风景，以年迈不宜远行，因于万寿寺旁造屋，仿江南式样。市廛坊巷，无不毕具，长至数里，以奉銮舆往来游行，俗名曰"苏州街"云。

甘　庄　恪

甘庄恪汝来，吴江人。少任涞水令，有德政。时有御前侍卫某，往放御鹰,蹂躏田苗,公即命锁至庭,大杖数十。大吏闻之,惊曰:"某令疯耶?"因共劾之。圣祖笑曰:"不畏强梁,真民父母也。"因擢其官。后迁至吏部尚书。乾隆初,纯皇坚意复三年丧,诸臣莫详其制。公时任礼部,依据经注,参定大礼,繁俭当理,后皆遵之。后暴薨于署,同事者为相公讷亲,因亲送其丧归。讷先入,见老妪缝纫于庭,讷误以为奴婢,因呼曰:"传语夫人,相公暴薨于署矣。"妇愕然曰:"汝为谁?"讷备告其故,老妇汪然大泣,始知即夫人也。讷因问有余资否,夫人曰:"有。"启囊出银八金,曰:"此志书馆月课俸也。俸本十六金,相公俭,计日以用,此所余半月费也。"讷因感泣,代以衣衾殓之,归奏于上。上亦感动,命内务府代理其丧,入贤良祠。

书光显寺战事

雍正庚戌败军之事,余既详书于前卷矣。今阅先外祖行述,乃知光显寺大捷之事,其谋乃发出于一偏帅,因详书之以志往事。初,富尔丹之既败也,虏势日张,无敢撄其锋者,因阑入喀尔喀界。时超勇亲王策凌远屯他戍,酋帅利其厚赀,欲掳其游牧。其副曰:"彼为盟长,北藩之最强者,若激其怒,以遏吾归,诸颜难生还也。"酋长不从,乃破其寨,掳其妻孥,驱牛羊数万以行,因南犯大青山。当是时,先修亲王屯归化城,顺承郡王屯贺兰山,互相犄角。闻警,先修王调宣、大二镇卒整旅以待。事闻,世宗命大学士马尔赛佩抚远大将军印,一等侯李枏副之,率精卒数万人遏其归路。虏酋知有备,因而南掳,诸蒙古无敢拒者,败亡者数部落。

时超勇王闻警趋归,知其妻孥已被掳,仓卒计无所出。适先外祖舒穆禄直恪公讳绰尔铎,以理藩院侍郎转饷至彼,超勇王因谒之,告其故,且欲奔诉于朝。直恪公笑曰:"余素以豪杰待王,今乃知王直匹夫耳!夫蒙古诸藩以王为最,朝廷方恃以办贼。今虽妻孥失陷,然其劲卒尚存,王若统率诸部,尽力向敌,遏其归路,则可一战成功。然后妻孥可全,疆域可复,朝廷则必旌王之功,厚赍以酬其劳,其收功远矣。今若不顾大计,单骑归朝,诸将帅不明王心,必以王为败绩,收付廷尉,按律定科,吾恐漠北诸部,不复为王有也。"超勇王感激叹曰:"君言良是,男儿一腔血,当为诸颜倒也。"因返旆以向敌。诸颜者,蒙古所谓君也。直恪公复命使谒顺承王,乞出师以相助。超勇王闻之,益用命。其护卫某能日行千里,尝立高峰上拱手作雕立状,贼人不觉。王因命其潜入贼营,悉知其虚实,然后檄调诸部落蒙古兵,得三万人。王曰:"贼众三十万,以一诛十,可以御敌矣。"乃会顺承王,请其屠弱满军以行。顺承王简其精锐付之,超勇王笑曰:"吾所以请王师者,欲以其饵敌也。不然,王师纵强,焉能御彼百战之师哉?"乃易屠弱以行,日行三百里,至光显寺。王笑曰:"其险已为吾据,贼虽百万,可成擒也。"寺左阻河,右山,众请王登山据险,王曰:"贼知吾据要害,若自上游以渡,吾军反不易成功也。"因命诸满军背水而阵,诸蒙古军于河北,而己率劲旅万人伏于山侧,且属诸将曰:"闻胡笳声即率以进。"部署始定,贼众果大至。见我背水军尽满洲卒,其酋笑曰:"前日败亡之余,复敢与斗,囚仆可增额矣。"其副曰:"策凌,人杰也,今吾已破其部落,彼岂甘心于吾? 而吾往来数千里,并未见其御敌,恐彼驻师于此以遏吾归也。"酋笑曰:"彼国之制,从无以外藩将满兵者,彼乌敢在此哉!"因率众越险以进。满师皆披靡,弃甲沿河而走。虏众适追掠间,闻阵作胡笳声,须臾旌旗遍满山谷间,王倏作蒙古语曰:"策凌在此,阻君之行。"因率众从右山下,驰如风雨,王掷帽于地曰:"不破贼,不复冠矣!"其军无不一当百,争先用命,谷中之尸可踏而行也。贼狼狈渡河以逃,河北诸蒙古将闻笳声结队以进,复半渡以击之。虏众大溃,其副战死,酋帅率数百人骑白骆驼阴夜以遁,河水尽为之赤。王从容于马上弹琵琶唱胡曲以归。

先是马尔赛之师屯于乌兰城,以为虏不复经此,因日置酒高会,置军事于不理。李林故马戚,惟其言是用。及诸路捷书至,其军士咸欲出师立功,马屡止之。复闻贼哨骑至,诸将复请命,曰:"吾奉命屯戍于此,未奉命退贼也。"诸将士衔刀斫柱,间有泣者,李林以鞭挥之曰:"守吏紧闭其关,其越出者,吾以军令斩之。"诸将益愤。傅阁峰尚书鼐时以偏裨从军,慷慨言曰:"相公奉命遏贼归路,今逆贼天亡其魄,豕突于此,正男儿杀贼立功时,奈何紧闭其关,任其扬去,坐失机宜也?"因率本部斩关而出。马不得已,始下令追贼,时房已远去矣。适副都统达尔济受先修王节制追至,马误以为房师,因命军士击之,两军互多伤损。然后知之,乃收兵归,托辞为贼行速急,难以追及入告,贼竟得从容去。奏入,世宗大怒,因斩马尔赛于军,李枢长流塞外,超勇王等论功封赏有差。房师归告其主曰:"南朝大有人在,策凌谋勇兼备,未可撄其锋也。"然后房酋始敛兵戢众,微吐和意。上复遣傅阁峰尚书鼐、阿文勤公克敦往谕其间,和议乃成。事详傅阁峰事,兹不复载。越十年,超勇王薨于军,纯皇帝念其勋劳,命配享太庙。蒙古王公以勋劳侑享庙廷者,王一人而已。

嗟夫!当是时诸大将坐拥强兵者,不下十数,莫不养寇自重,不肯御敌。幸而直恪公筹画于前,超勇王奋激于后,乃始摧挫其锋,和议始成。若非马尔赛之闭关纵寇,则其酋可擒,其部可灭,不待夫日后其国内乱,自相败亡,历二十年之久始克收复其土也。

章　嘉　喇　嘛

国家宠幸黄僧,并非崇奉其教以祈福祥也。只以蒙古诸部敬信黄教已久,故以神道设教,藉仗其徒,使其诚心归附,以障藩篱,正《王制》所谓"易其政不易其俗"之道也。然亦有聪慧之士生其间者,如章嘉国师者,西宁人,俗姓张。少聪悟,熟悉佛教经卷,纯皇帝最优待之。性直鲠,上尝以法司案卷令师判决,师合掌曰:"此国之大政,皇上当与大臣讨论,非方外人所敢预也。"又寺与某相国邻,师恶其为人,卒不与之往来。其尤著者,为折服哲敦番僧叛谋之事,故详载之。

乾隆乙亥,阿逆之谋既露事详前卷,诚勇公命喀尔喀亲王额林沁伴之入觐。额中途泄其谋,故纵阿去。上震怒,赐额自缢。故事,元太祖裔从无正法者。诸部蠢动,曰:"成吉斯汗后从无正法之理。"因推其兄哲敦国师为主,势多叵测。师时扈从木兰,上以其事告之,师曰:"皇上勿虑,老僧请折简以消逆谋。"因夜作札,备言"国家抚绥外藩,恩为至厚。今额自作不轨,故上不得已施之于法,乃视蒙古与内臣无异之故,非以此尽疑外藩有异心也。如云元裔即不宜诛,若宗室犯法又若之何？况吾侪方外之人，久已弃骨肉于漠外，安可妄动嗔相，预人家国事也？"遣其徒白姓者日驰数百里，旬日始达其境。哲敦已整师刻日起事，闻白至，严兵以待，坐胡床上，命白匍匐而入。白故善游说，备陈其事颠末，哲敦已折服。更读师札，乃善谕白归，其谋乃解。夫蒙古素称强盛，历代以全力御之尚不能克，师乃以片纸立遏其奸，亦可嘉也。师守戒甚严，晚年病目，能以手扪经典尽识其字，人争异之，亦彼教中笃行之士也。或言师有奇术，因造诸怪诞不经之事以归之，则非余所敢知也。

江阴口谈之诬

国初豫通王下江南时，所至摧朽拉枯，无不立下。惟江阴城守推典史阎公_{应元}为之拒守九十余日，大兵四集然后破之。夫以卑员末秩，能于万不可为之时，乃欲坚守臣节，誓死不降，亦可悯也。乃近日江阴口实谓"阎公守城时，大兵屡为所败，至于三王九将尽被所害"云。按国初并无亲藩陨伤，即满洲诸大将亦未有殉节于江阴者。盖当时偏裨之将偶为所伤，土人欲彰其功，故尔张大其词，初不知阎公之忠在于百折不回，初不计其谋略之疏密也。近日刘圉三《祀阎典史》文亦有云"遂使南顿旧臣，几伤贾复；濠梁诸将，先殒花云"诸语，亦沿其误，故详辨之。

毛文龙之杀

袁崇焕之杀毛文龙，其事甚冤。世儒以崇焕后死可悯，故尔掩饰其过。至谓毛文龙果有谋叛诸状，非深知当日之事者也。文龙守皮岛多年，虽有冒饷、抗据诸状，然其兵马强盛，骁将多出其门。本朝佟、张二将，尽为彼害。使留之以拒大兵，不无少补。崇焕乃不计其大事，冒昧诛之，自失其助。遂使孔定南诸将阴怀二心，反为本朝所用，此明代亡国之机也。岂可因其后日之死，乃遂掩其过也。或曰，毛文龙尝求陈眉公_{继儒}作文，陈邀以重价，毛靳不与，陈深恨之，乃备告董文敏，言毛不法专擅诸状，董信之。崇焕为董门生，任辽抚时尝往谒董，董以陈语告袁，袁故决意杀之。然则明代之亡，亡于善书者手也。

兆　武　毅　公

　　徐英公选将，必用方面大耳，曰"以彼之福，成我之功"。史策争笑其诬。然果有恃其福命而成功者，如耿恭终返玉门之道，浑瑊不荷吐蕃之枷，载在史册。近日如兆武毅公_惠，果其人也。公白氏，孝恭仁皇后族孙。王师定伊犁时，公以偏裨从事。会将军策凌、玉保等先后褫职，命公权护其印。未逾月，四卫特部受阿逆指挥，四部齐叛，欲擒公献于阿逆。公先时知，时所帅惟蒙古兵二千、官军数百而已。诸将震惧，永相国_贵时在其军，曰："均之死也，与其束手待毙，何若全师以归。且战且行，不过逾月可抵边境_{时以乌鲁木齐为镇边}，皇上念战士之苦，未必尽施于法_{先是永将军常以退兵伏法}。纵受斧钺，不昧狐死首丘之义，士卒犹可得而生也。"公尚犹豫，曰："永将军殷鉴不远，不如继班、鄂二公于地下可也。"都统莽阿难，老将也，掀髯笑曰："将军休怯，若以阿难独当殿队，可保诸君生入玉门。"公从其言。莽率本部百人殿队于后，有追兵至，辄为莽所败，夹锋矢间，贼争畏之，曰"无敌修髯将军"。转战数十日，虏贼渐远，公欲屯营休息士卒，莽曰："我兵惟余十日粮，而去边境尚数千里。若使粮尽兵散，强敌追至，何以御之？"因日驰数百里，卒入内境，官兵未损一人。上大喜曰："介子、耿恭，不过如是。"因封公武毅伯，赏赉无算，复命公佩定西将军印往剿回部。

　　时雅将军尔哈善以迟缓致罪，公乃轻骑直入，至阿克苏为贼所困，公因临黑水而阵。先是，鄂参赞_实曾阻公曰："我兵径路生疏，岂可冒险直入？倘敌人夹以攻我，虽欲生还，不可得也。"公不听。至是，鄂公曰："致使全师受困，谁之咎也？若听实言，焉得至此！"公惭甚，因命勇士数十人，各怀羽檄，突围而出，抵阿克苏二人而已。舒文襄公时屯阿克苏，因立命诸将往救。豆提督_斌、高总兵_{天喜}、石都统_{三泰}先后往救,皆没于阵。石为贼获,缚诸高竿命石降,石骂曰:"天朝世臣,安肯屈膝丑虏,以求旦夕之生哉?"大骂不绝。贼因用炮击之,犹闻其厉声云。时粮已绝,鄂公实等先冲围死,军士咸煮鞍革以全其生,悬伏山谷间以救其饥。赖富将军德率偏师自小道入,贼不为备,因得冲队以入,杀贼无算。公复率残兵自内攻之,人各用命,遂解其围,振旅而归。公先后两遭危患,皆死生不容发间,竟得保全其身,归膺高爵,非其福泽丰厚,曷以致此也?

蒋　　生

年大将军羹尧镇西安时,广求天下才士,厚养幕中。蒋孝廉衡应聘而往,年甚爱其才,曰:"下科状头,当属君也。"盖年声势赫濯,诸试官皆不敢违故也。蒋见其自用威福,骄奢已极,因告同舍生曰:"年公德不胜威,其祸立至,吾侪不可久居于此。"其友不听,蒋因作疾发辞归。年以千金为赆,蒋辞不受,因减半与之,乃受而归。未逾时,年以事诛,幕中皆罗其难。年素奢侈,费用不及五百者不登诸簿,故蒋辞千而受百者,此也。

袁子才江赋

袁子才先生性聪慧,滑稽一时。黄文襄公督两江时,袁为属员。黄本恶儒者,谓先生曰:"子号子才,以才子自命欤?"先生曰:"然。"黄曰:"然则命汝顷刻为文可乎?"先生曰:"能。请公命题。"黄厉声曰:"江赋。"复请限字,曰:"一万。"复请限时,曰:"三时。"先生砥墨濡毫,笔不加点,凡奇诞字尽加水旁,须臾而就。公故武夫,因倾倒曰:"汝果名不过实也。"

宪皇用鄂文端

鄂文端任内务府时,宪皇时龙潜藩邸,尝有所请,公拒之曰:"皇子宜毓德春华,不可交结外臣。"上心善其言。及即位,首召公入。其戚友以故嫌故,代为公忧。上见公即谕曰:"汝以郎官之微而敢上拒皇子,其守法甚坚。今任汝为大臣,必不受他人之请托也。"因立授江苏布政使,不十年超登首揆。

硕　制　府

硕制府色,兆文襄公侄也。历任四川总督,有贤声。色白皙寡血色,身颀而长,亭亭如玉树,俗呼曰"泥塑天官"云。

姚　制　府

姚制府启圣,从先良亲王平耿逆有功。《随园文集》载其任南海令,前官有亏空数万,公尽任之,解其囚使去,而已铸十万弹。往谒先良王,王与之语,大奇之,因檄两广有司均其所亏云云。余闻姚氏子云,公为亏空事已罢官,解送归旗,抵扬州,暂寓于两淮商程氏家。次早公起沐面,程氏子窥其貌伟然,语其父曰:"某县令非久在人下者。昨闻其为前官代认亏空罢斥,吾家广蓄资财,何不可借彼以偿国帑,使彼得复其官,他日必获其报也。"其父从之。公因得复官。会先良王南征,公与吴伯成巡抚兴祚旧识,故因吴为介绍以见王,王乃重委任之。及后大用,以十倍偿程氏子,程氏因而致富。与袁记有所抵牾,因笔记之。

施　青　天

施漕帅世纶,有权术。任京兆尹时,金吾帅托公和诸以宠幸冠一时,轿前常拥八驺,施遇诸涂,乃拱立道旁,长揖以俟之。托惊骇下轿问之,施忽厉声曰:"国制非王公不设驺马,吾以为诸王至此,拱立以俟,孰意其为汝也!"欲立劾之,托谢之乃已。同时于襄勤公成龙,二公皆名盛一时,俗呼曰"施青天"云。

钱　南　园

乾隆中,因御史王盖、罗暹春先后劾大臣获咎,故谏官皆缄默无言,转相戒诲。钱南园澧深恶之,曰:"国家设立谏官,原欲拾遗补阙。今诸臣皆素餐尸位,致使豺狼遍野而上不知,安用谏官为哉?"乃陈奏山东巡抚国泰诸贪婪不法及国帑亏空事。上震怒,命刘石庵相公往彼审讯,尽得其实。乃置泰于法,立迁公官为通政副使,时谓之鸣凤朝阳。后以事镌级,再补言官。时和相擅权,朝中自立私寓,不与诸公共坐。公立劾之,谓:"国家所以设立衙署,盖欲诸臣共集一堂,互相商榷。佞者既明目共视,难以挟私;贤者亦集思广议,以济其事。今和珅妄立私寓,不与诸大臣同堂办事,而命诸司员传语其间,即有所私弊,诸大臣不能共知,虽欲参议,无由而得,恐有自作威福揽权之渐。请皇上命珅拆毁其寓,遇事公同办理,无得私自处判。"疏入,上嘉其言,即命公入军机以监之。逾年公暴卒,上甚悼惜之。

荆　州　炮

丙辰冬,贼犯荆州时,屯卒皆远调。兵力甚寡,副都统勒福日夜守之,势甚急。尹太守乃于城中掘得大炮数十,皆康熙甲寅所铸,铜虽锈涩,犹可施用。炮声所至,贼立奔溃,其围遂解。按康熙中顺承王德尔锦守荆州,闻吴逆兵至,踉跄而归,盖当时所铸者,恐以资吴,故埋瘗于地下。何期百余年后,犹为我兵所得用,致使垂破之城,危而复安,亦有天意存也。

稗　史

稗史小说虽皆委巷妄谈,然时亦有所据者。如《水浒》之王伦,《平妖传》之多目神,已见诸欧阳公奏疏及唐介记,王渔洋皆详载《居易录》矣。近有《盛世鸿图》杂剧,演曹彬南征故事,谓南唐有妖道某,能使药迷宋将,自相残杀。语虽怪诞不经,按《北史》,魏冀州沙门法庆以妖词惑众,与李归伪作乱,自号"大乘王"。又合狂药令人服之,父子兄弟不复相识,以杀害为事,后为刺史元遥所破。然亦有所托也。

季　教　谕

韩旭亭师言,江阴有季教谕,性怪诞,语多不经。旭亭师好游览山水,季谓之曰:"君何时遇虎豹,乃作其小餐也。"其乡有耆英会,季曰:"何所谓耆英,谓之'风烛会'可也。"又戏作讨海寇檄。或有谓非宜者,季曰:"人安得缚向菜市口,锋刃过颈,爽如冰霜,以为快也。"按《北史》,刘居士为千牛备身,不遵法度,每大言曰:"男儿要当辫发反缚篷簏上。"乃知古今竟有此怪诞人也。

谢　芗　泉

谢芗泉侍御,性豪宕,尝蓄万金,遨游江、浙间,抛弃殆尽。尝曰:"人生贵适意耳,银钱常物,何足惜也!"与余交最善,尝屡戒余之浮妄躁进,余慑服之。尝曰:"君子之交,可疏而厚,不可倾盖之间,顿称莫逆,其交必不久也。"嘉庆初,和相当权时,其奴隶抗纵无礼,无敢忤者。公巡南城,遇其妾兄某,驰车冲骑从,公立命擒之,杖以巨杖,因焚其毂,人争快之。王给谏钟健希和相意,劾罢公官,管御史世铭笑曰:"今日二公各有所失。"有问之者,答曰:"谢公失官,王公失名。失官之患,不过一身;失名之患,致传千古矣。"今上亲政,复特召为祠部主事。

啸亭续录卷一

纯皇后之贤德

孝贤纯皇后富察氏，文忠公之姊也。性贤淑节俭，上侍孝圣宪皇后，恪尽妇职。正位中宫，十有三载，珠翠等饰，未尝佩戴，惟插通草织绒等花，以为修饰。又以金银线索缉成佩囊，殊为暴殄用物，故岁时进呈纯皇帝荷包，惟以鹿羔氄绒缉为佩囊。仿诸先世关外之制，以寓不忘本之意，纯皇每加敬礼。后从上东巡，崩于德州舟次。纯皇帝深为哀恸，故于文忠父子恩宠异常，实念后之德也。

大 雩

本朝列圣，忧勤民瘼，每于雨泽愆期，必敬谨设坛祈祷。乾隆七年特旨：每岁巳月，择日行常雩礼，如冬至郊坛之制。皇帝躬诣行礼，所用敬衣旗帜皆皂色，以祈甘霖速降。常雩既举，如未得雨，先祈天神、地祇、太岁三坛，次祈社稷。遣官各一人，皆七日一告祭，各官咸斋戒陪祀。如仍不雨，还从神祇等坛祈祷如初。旱甚乃大雩，皇帝躬祷昊天上帝于圜丘，不设卤簿，不除道，不作乐，不设配位，不奠玉，不饮福受胙。三献，乐只用舞童十六人，衣玄衣，为八列，各执羽翳，歌纯皇帝御制《云汉诗》八章。余仪与常雩同，祭后雨足则报祀之。所以感格苍穹，轸念农业，实为自古所未有也。

御 营 制 度

凡列圣每岁秋狝木兰，巡幸直省，除近畿数处建行宫外，其他皆驻跸牙帐，名曰御营，亦崇尚俭朴，兼不忘本之意也。定制，护军统领一人,率其属预往,相度地势广狭,同武备院卿、司幄及工部官设立行营。中建帐殿御幄,缭以黄漆木城,建旌门,覆以黄幕。其外为网城,正南暨东西各设一门,正南建正白,东建镶黄,西建正黄。护军旗各二,东西门侧三。设连帐旌门,领侍卫内大臣率侍卫亲军宿卫。网城门八旗护军统领率官兵宿卫,又外八旗各设帐房,专委官兵禁止喧哗。御营之前,扈从诸臣不得驻宿,东四旗在左翼,西四旗在右翼,均去御营百步。扈从人等各按翼驻宿,皆北上,最前为王公,次大臣侍卫,其次大小官员扈从人等,皆按旗分品秩安立行帐。御前大臣、内府官员人役均驻北面,去行营二里外。前锋营相形势设卡伦于路左右,各竖飞虎旗帜以为侦哨,以禁行人之喧嚣者。其中顿营或一或二,各视途之远近焉。

祫祭捧帛爵用近支王公

乾隆中,纯皇帝念宗庙执事礼,宜尽用近支宗室,骏奔襄赞,以联本支百世敬迓神庥之意。故命岁暮太庙祫祭,凡捧帛执爵诸执事官,皆用圣祖以下宗支诸王公将军充之,特赐花翎以优宠焉。视明代惟使魍魉黄冠数人滥充助祭者,真超越其制多矣。

太庙用王府中太监

乾隆八年,纯皇帝以太庙中司香太监为太常寺召募,悉皆庸悍老稚,宫府所不收留之辈,借以充数,不足以昭诚敬。故命自仁皇帝以下王公府中,各交太监二名,以备庙中司香洒扫。复赏给七品首领一员,以司其属。不惟下联宗室之情,而各王公皆选青年洁净者充之,奔走庙廷,以昭明禋之礼,典甚巨也。

十 五 善 射

国初定制,选王公大臣以及满洲武官中之善射者十五人充禁庭射者,赏戴花翎。凡皇上御射,皆侍其侧,命射则递射之,名十五善射云。

曲宴宗室

每岁元旦及上元日,钦点皇子皇孙等及近支王、贝勒、公,曲宴于乾清宫及奉三无私殿。皆用高椅盛馔,每二人一席,赋诗饮酒,行家人礼焉。

廷臣宴

每岁上元后一日,钦点大学士九卿中之有勋勚者,宴于奉三无私殿,名廷臣宴,其礼一如曲宴宗室礼。蒙古王公皆预是宴,盖以别燕毛行苇之义也。

茶宴

乾隆中,于元旦后三日,钦点王大臣之能诗者,曲宴于重华宫。演剧赐茶,仿柏梁制,皆命联句以纪其盛。复当席御制诗二章,命诸臣和之。后遂以为常礼焉。

山高水长殿看烟火

乾隆初定制,于上元前后五日,观烟火于西苑西南门内之山高水长楼。楼凡五楹,不加丹垩,前平圃数顷,地甚爽垲,远眺西山如髻,出苑墙间,浑如图画。是日申刻,内务府司员设御座于楼门外,凡宗室、外藩王、贝勒、公等及一品武大臣、南书房、上书房、军机大臣以及外国使臣等咸分翼入座。圃前设火树,棚外围以药栏。上入座,赐茶毕,凡各营角伎以及傈㑩兜离之戏,以次入奏毕,上命放瓶花。火树崩湃,插入云霄,洵异观也。膳房大臣跪进果盒,颁赐上方,络绎不绝,凡侍座者咸预焉。次乐部演舞灯伎,鱼龙曼衍,炫曜耳目。伎毕,然后命放烟火,火绳纷绕,奔如飞电,俄闻万爆齐作,轰雷震天,逾刻乃已。上方回宫,诸大臣以次归邸。时已皓月东升,光照如昼,车马驰骤,塞满堤陌,洵升平盛事也。

除夕上元筵宴外藩

国家威德远被,大漠南北诸藩部无不尽隶版图。每年终,诸藩王、贝勒更番入朝,以尽执瑞之礼。上于除夕日宴于保和殿,一二品武臣咸侍座。新岁后三日,宴于紫光阁,上元日宴于正大光明殿,一品文武大臣皆入座礼详前卷内务府定制中,典甚巨也。

大蒙古包宴

乾隆中,廓定新疆,回部、哈萨克、布鲁特诸部长争先入贡,上宴于山高水长殿前及避暑山庄之万树园中,设大黄幄殿,可容千余人。其入座典礼,咸如保和殿之宴,宗室王公皆与焉。上亲赐卮酒,以及新降诸王、贝勒、伯克等,示无外也,俗谓之大蒙古包宴。嘉庆八年,今上以三省教匪告藏,亦循例举行焉。

赐福字

定制,列圣于嘉平朔谒阐福寺归,御建福宫,开笔书福字笺,以迓新禧。凡内廷王公大臣皆遍赐之。翼日,上御乾清宫西暖阁,召赐福字之臣入,跪御案前,上亲挥宸翰,其人自捧之出,以志宠也。其内廷翰林及乾清门侍卫,皆赐双钩福字,盖御笔勒石者也。其余御笔皆封贮乾清宫,于次岁冬间特赐军机大臣、御前大臣数人,谓之赐余福云。

赐荷包灯盏诸物

定制,岁暮时诸王公大臣皆有赐予,御前王大臣皆赐岁岁平安荷包一,灯盏数对及福橘、广柑、辽东鹿尾、猪、鱼诸珍物无算。外廷大臣择其圣眷优隆者,亦赐荷包一,皆佩于貂裘衿领间,泥首宫门前以示宠眷。盖堂廉之间,情意欢洽,浑如家人父子,实一代之美制也。视诸前朝高座深宫,寄耳目于宵小,謦欬之际诛夷立逮者,真不啻霄壤间也。

派吃跳神肉及听戏王大臣

定制,大内于元旦次日及仲春秋朔,行大祭神于坤宁宫,钦派内外藩王、贝勒、辅臣、六部正卿吃祭神肉。上面北坐,诸臣各蟒袍补服入,西向神幄行一叩首礼毕,复向上行一叩首礼,合班席坐,以南为上,盖视御座为尊也。司俎官捧牢入,各实银盘,膳部大臣捧御用俎盘跪进,以髀体为贵。司俎官以臂肩臑骼各盘设诸臣座前,上自用御刀割析,诸臣皆自胾割,遵国俗也。食毕赐茶,各行一叩首礼。上还宫,诸臣以次退出。是晚,各赐糕糍醑齍,各携归邸。至上元日及万寿节,皆召诸臣于同乐园听戏,分翼入座,特赐盘餐肴馔。于礼毕日,各赐锦绮、如意及古玩一二器,以示宠眷焉。

大　戏　节　戏

乾隆初,纯皇帝以海内升平,命张文敏制诸院本进呈,以备乐部演习,凡各节令皆奏演。其时典故如屈子竞渡、子安题阁诸事,无不谱入,谓之月令承应。其于内庭诸喜庆事,奏演祥征瑞应者,谓之《法宫雅奏》。其于万寿令节前后,奏演群仙神道添寿锡禧,以及黄童白叟含哺鼓腹者,谓之《九九大庆》。又演目犍连尊者救母事,析为十本,谓之《劝善金科》,于岁暮奏之,以其鬼魅杂出,以代古人傩祓之意。演唐玄奘西域取经事,谓之《升平宝筏》,于上元前后日奏之。其曲文皆文敏亲制,藻词奇丽,引用内典经卷,大为超妙。其后又命庄恪亲王谱蜀、汉《三国志》典故,谓之《鼎峙春秋》。又谱宋政和间梁山诸盗及宋、金交兵，徽、钦北狩诸事，谓之《忠义璇图》。其词皆出日华游客之手，惟能敷衍成章，又抄袭元、明《水浒义侠》、《西川图》诸院本曲文，远不逮文敏多矣。嘉庆癸酉，上以教匪事，特命罢演诸连台，上元日惟以月令承应代之，其放除声色至矣。

端 午 龙 舟

乾隆初，上于端午日命内侍习竞渡于福海中，皆画船箫鼓，飞龙鹢首，络绎于鲸波怒浪之间。兰桡鼓动，旌旗荡漾，颇有江乡竞渡之意。每召近侍王公观阅，以联上下之情。今上亲政后，亦屡循旧制观之，然每以雨泽愆期，罢演者多矣。

御 前 大 臣

本朝鉴明弊政，不许寺人干预政事，命内务府大臣监之。然内廷事务，每乏统领之人。仁皇习知其弊，特设御前大臣，皆以内廷勋戚诸臣充之。无定员，凡乾清门内之侍卫员诸务，皆命其统辖。每上出宫巡幸，皆命其橐鞬扈从，代宣王言，名位优重，仿两汉大将军之制而亲谊过之。初尚命军机大臣代摄，今上亲政后，特分析其职，而体制尤为厘正。初无王公兼摄者，乾隆中，命喀尔沁固山贝子札尔丰阿兼之，其后蒙古藩臣递摄其职。嘉庆初，上特命睿恭王及定、庄二王兼之，实旷典云。

红 绒 结 顶 冠

国朝定制，皇上燕服，宫中冠红绒结顶冠，凡皇子皇孙皆以是为礼服，甚属尊重。近支王、贝勒得上赐者，许常冠戴，辅臣间有赐者，皆不敢戴。惟张文和公蒙特旨许元旦日冠戴，时以为非常之荣。成王尝戏谓余曰："吾帽冠只值清钱百文，然胜汝辈数百金之顶多矣！"时红宝石顶价甚昂，故王以为戏云。

金 黄 蟒 袍

定制,皇子服金黄蟒袍,诸王特赐者始许服用。乾隆初,诸王蒙赐者过半,实称一时之盛。及其末年,惟定、怡二王特赐之,时以为荣。今上亲政后,惟荣恪郡王蒙赐服焉。

香 色 定 制

古之东宫皆服绛纱袍,盖次明黄一等。国初定制,皇太子朝衣服饰皆用香色,例禁庶人服用。其后储位久虚,渐忘其制。近日庶民习用香色,至于车帏巾帨无不滥用,有司初无禁遏者,亦未习典故故也。

朝 服 龙 团

定制,惟皇上御服朝衣,于腰阑下前后绣龙团各四,诸王以下皆用素缎数则,以为辨别。近日南中所绣朝服衣料,无论品级皆用龙团各四,初无以素褶沾者。余尝购市料服之,成王见而责曰:"君素称守礼者,亦滥为服用耶?"先辈之知定制若此。

四 团 龙 补 褂

旧制,亲王服四正龙补服,郡王服二正二行龙补服。乾隆中,傅文忠公以为与御服无别,乃奏改亲王服二行龙二正龙补服,郡王服四行龙补服,以为定制。诸王有特赐四正龙者,许服用焉。异姓初无赐四团龙者。雍正中,年大将军羹尧特赐四正龙补服,不久即以骄败。乾隆中,傅文忠公以椒房优宠,兆文毅公惠以平定西域功,阿文成公桂以平定两金川功,福文襄王康安以平定台湾功,皆赐四团龙补服。孙文靖以入安南功赐之,未浃旬即以溃兵闻,遂缴还成命焉。惟文忠公每人署办事及其家居,仍用公爵补服,以示谦云。

大 臣 赐 紫

国初,诸勋臣以开创大功赐紫者不乏其人。乾隆中,阁臣则傅文忠恒、福文襄王康安、阿文成桂、和相珅,勋戚则福驸马隆安、福尚书长安、超勇亲王拉旺多尔济、海超勇兰察皆赐紫色舆服。嘉庆中,庆文恪公桂、德继勇楞泰、额威勇尔登保以平定三省教匪功,亦赐紫焉。

宗 室 公 赐 紫

旧制,亲、郡王用金黄舆服,贝勒、贝子用紫色舆服,宗室公与大臣同。乾隆五十二年,特赐宗室镇国公、辅国公紫色舆服,其未入八分公仍旧制云。

赐 朝 马

明制,诸朝臣皆左右长安门步行至午门,从无赐禁门骑马者。故阁臣沈鲤扶病入掖垣,屡至颠仆,为时人所怜云。国朝定制,王、贝勒、贝子皆乘马入禁门,至景运门下骑,诸大臣一仍明制。乾隆中,上念诸臣待漏入直,每遇风雪,徒步数里,甚为颠蹶,因特许诸阁臣乘马入内,以示荣宠。嘉庆己巳,上特旨诸大臣年逾七十者,赐肩舆入直,尤为旷典云。

黄 马 褂 定 制

凡领侍卫内大臣、御前大臣、侍卫、乾清门侍卫、外班侍卫、班领、护军统领、前引十大臣皆服黄马褂。凡巡幸,扈从銮舆以为观瞻。其他文武诸臣,或以大射中侯,或以宣劳中外,上特赐之,以示宠异云。

花翎蓝翎定制

凡领侍卫府官、护军营、前锋营、火器营、銮仪卫，满员五品以上者，皆冠戴孔雀花翎，六品以下者，冠戴鹖羽蓝翎，以为辨别。王府头等护卫，始许冠戴花翎，余皆冠戴蓝翎云。

亲郡王赐三眼花翎

亲、郡王、贝勒为宗臣贵位，向例皆不戴花翎。惟贝子冠三眼孔雀翎，公冠双眼孔雀翎，以为臣僚之冠。乾隆中，顺承勤郡王泰斐英阿以充前锋统领，故向上乞花翎，上曰："花翎乃贝子品制，诸王戴之，反觉失制。"傅文忠代奏："某王年幼，欲戴之以为美观。"上始许之。因并赐皇次孙今封定王者三眼翎，曰："皆朕之孙辈，以为美观可也。"由是亲、郡王屡有蒙恩赐者。嗣后纯皇帝欲定五眼花翎为亲、郡王定制，为和相所阻，未果行云。

双 眼 花 翎

国初勋臣，功绩伟茂，多有赐双眼花翎者。乾隆中，赐双眼花翎者，阁臣为傅文忠公恒、尹文端继善、兆文毅惠、舒文襄赫德、于文襄敏中、阿文成桂、和相珅、福文襄康安、孙文靖士毅，勋臣为富勤勇德、伊将军勒图、海超勇兰察、永制府保、觉罗制府吉庆、和制府琳。嘉庆中得赐者，阁臣为保文恪宁、庆文恪桂、勒相公保，勋臣为明参政亮、额经略尔登保、德继勇楞泰、那制府彦成。惟彭军门承尧、王军门得禄以绿营将佐得双眼花翎之赐，尤为宠遇优隆。以槿之不肖，于九龄时即蒙纯皇帝赐双眼花翎，实为千古荣遇，至今思之，犹感激涕零云。

外 官 赐 花 翎

定制，外任文臣无赐花翎者。乾隆中，方敏恪观承官直隶制府时，圣眷颇优,以古北口大阅故,公特乞赐花翎。上笑曰:"若尔侏儒状,亦爱花翎耶?"因特赐之。嗣后外任督、抚,屡有蒙恩赐者。惟刘文正公督陕时,特赐花翎,公回京时即日缴还,上亦优容,不加厚责也。

赐　奠

国家宠待臣僚,遇有勋绩昭著者,饰终之典,有上亲临赐奠者,亦有特遣皇子、大臣代赐者,代不乏人。惟乾隆戊戌,上念先烈亲王开创功,特往园寝赐奠。嘉庆丙子,今上念朱文正公傅导功,亲往其墓赐奠,皆一时旷典云。

赐陀罗经被

本朝王大臣有薨没者,上特赐陀罗经被。被以白绫为之,刊金字番经于其上,时得赐者以为宠幸。盖即古人赐东园秘器类也。

赐　宅

定制,汉员皆侨寓南城外,地势湫隘,凡赁屋时,皆高其值,京官咸以为苦。又聚集一方,人情谇诼,势所不免。列圣咸知其弊,故汉阁臣多有赐第内城者,如张文和赐第护国寺胡同,蒋文肃廷锡赐第李公桥,裘文达曰修赐第石虎胡同,刘文定纶赐第阜成门大街,刘文正统勋赐第东四牌楼,汪文端由敦赐第汪家胡同,梁文定国治赐第拜斗殿,董太保诰赐第新街口,皆一时之荣遇也。

清字经馆

乾隆壬辰,上以《大藏佛经》有天竺番字、汉文、蒙古诸翻译,然其禅悟深邃,故汉经中咒偈,惟代以翻切,并未译得其秘指,清文句意明畅,反可得其三昧。故设清字经馆于西华门内,命章嘉国师经理其事,达天、莲筏诸僧人助之,考取满誊录、纂修若干员翻译经卷。先后凡十余年,大藏告蒇,然后四体经字始备焉。初贮经板于馆中,后改为实录馆,乃移其板于五凤楼中存贮焉。

石　经

汉灵帝时,立《五经》石碑于白虎观,蔡邕等为之校刊。其碑经魏、晋之乱,尽皆湮没。唐开成中,刻《九经》文于国学,至今传千余年,字皆漫漶失真。又间有明人补刊者,字体恶劣,实无足观。雍正中,有生员蒋衡字湘帆者善书法,立志书《十三经》,十余年乃成,于乾隆初上之。特赐国子监学正,藏其书于大内。乾隆庚戌,上念衡奠经之功,未忍磨灭,乃命刊其书于太学中,乙卯春告成。笔力苍劲,灿然两庑间,士大夫过者,无不摩挲赏鉴焉。

千　叟　宴

康熙癸巳,仁皇帝六旬,开千叟宴于乾清宫,预宴者凡一千九百余人。乾隆乙巳,纯皇帝以五十年开千叟宴于乾清宫,预宴者凡三千九百余人,各赐鸠杖。丙辰春,圣寿跻登九旬,适逢内禅礼成,开千叟宴于皇极殿,六十以上预宴者凡五千九百余人,百岁老民至以十数计,皆赐酒联句。百余年间,圣祖神孙三举盛典,使黄发鲐背者欢饮殿庭,视古虞庠东序养老之典,有过之无不及者,实熙朝之盛事也。

宗　室　宴

乾隆甲子,上宴王公及近支宗室百余人于丰泽园,更其殿名惇叙殿,以示行苇燕毛之意。乾隆壬寅,普宴宗室于乾清宫,凡三千余人,极为一时之盛。嘉庆甲子,今上遵循旧制,复宴近支宗室百余人于惇叙殿,赐酒赋诗。其联句诗为成王所拟书,词翰并妙,抒写一时盛典如绘,非他词臣所拟者之可及也。

北 郊 斋 宫

自明嘉靖中更定祀典，分祀天地，北郊因循未建斋宫。纯皇帝念祀典甚巨，未可二郊异宜，因建北郊斋宫，规模一如南郊，然后二郊之制始备。乾隆己巳，上宿斋宫，以天时暑热，从者多有渴者，因仍旧制斋于内宫，体恤臣僚故也。其后斋宫为更衣别殿，不复驻跸焉。

亲 祷

康熙中，孟夏间久旱，上虔诚祈祷，由乾清门步祷南郊，诸王大臣皆雨缨素服以从。南未至天桥，四野浓云骤合，甘霖立降。乾隆己卯，上因旱，屡祷于三坛、社稷，雨不时降，乃步祷于南郊。次夕，澍雨普被，岁仍大稔，上咏《喜雨诗》以志之。二圣轸念农食惟艰，甘屈万乘之尊为民请命，其于桑林之责，千古若合符节也。

射 布 靶

国家以弧矢定天下，凡八旗士大夫无不习勋弓马，殊有古风。每岁上狩木兰前，将派往扈从王公大臣文武官员等，习射于出入贤良门，上亲阅之以定优劣，其中三矢以上者，优赉有差。今上自甲戌春，命八旗护军、前锋营每旗拣选善射者百人，上亲阅视，其中优者，立为擢升，岁以为常，大有安不忘危之意。然周制有大射、燕射、宾射之别，今每春习射，及秋狝前习射，有古人燕射之意。至于春秋大射之仪，尚未之备。余立朝时，每为言官等言之，初未有入奏者。然此大礼，终必有议及之日也。

文 臣 射 鹿

每岁射布靶时，汉大臣官员有能射者，亦许与及，上每特赐花翎以旌奖之。赵谦士侍郎每岁贯侯，屡为文臣之冠，上甚嘉之。戴文端公衢亭任修撰时，随从木兰，尝射鹿以献，纯皇帝大悦，曾赋天章以记其事焉。惟江畹香中丞丛于习射时，甫弯弓，其鞢崩坏，弓矢尽落于地，上大笑，时谓之"江三丢"云。

奏 事 处

国朝鉴明季科臣纷嚣，每致政务丛脞，特设立奏事处，遴选六部、内务府司员之能书写者为奏事官。十年一为更易，统属于御前大臣。又命御前侍卫一员总统其事，凡外庭章奏，许其传达。盖以其官职卑末，不敢壅滞耳目。至于露奏本章，仍令六科传递，以符旧制，仿周官小臣致命之意也。

奏蒙古事侍卫

旧制，选六班蒙古侍卫中之熟谙蒙古语者，与奏事官同事，专奏外藩王公呈奏事件，国语谓之卓亲辖。盖以其语言气习与之相近，易通晓其意指，亦柔远人之一道也。

常 朝

自后唐明宗改入阁仪为百官五日候起居之制，历代相沿，以为巨典。本朝列圣忧勤政事，凡离宫燕寝，无不披览奏章，召对大臣，堂廉之际，甚为通达。然相沿古制，凡王、公、将军、六曹冗员，无政事之责者，于每月五日朝集于午门前，朝服坐班。上驻跸大内日，王公皆于太和门坐班侍卫，赐茶始散。上驻跸园中时，王公则同百官坐班午门外，科道官轮班察核，不至者立劾之，时谓之"常朝"云。

万 寿 节

本朝万寿节，王公大臣文武职官等咸蟒袍补服，于黎明时排班圆明园之正大光明殿前,三品以下者排班于出入贤良门外。上龙袍珠冠入座,鸿胪官唱排班,引导宣赞,一如大朝仪。上受贺毕,始还宫。如遇上幸木兰时,诸王大臣则齐集午门外遥祝万寿云。

本朝祧庙之制

自商、周时尊契、稷为始祖,历代相沿,各追崇四亲帝号,供奉太庙,而开创之君反居其下。至亲尽庙祧时,太祖始正南向之位,非历有百年,其典不备,如唐之宪、懿,宋之僖、宣,屡经罢复,浑如儿戏,识者讥之。本朝太祖肇基东土,抚有寰区,追崇原皇帝四圣神主,即安奉于太庙后殿。遇四时祭享,遣亲王一人为之摄祭;元旦万寿节日,特遣官致祭;每岁祫祭时,则命觉罗官恭捧四圣神主合祭于太庙中,礼成仍安奉于后殿焉。时享之时,既不预九庙之数,复不压高皇帝南向之尊,实祭典之良制,百世宜遵奉者焉。

荐　　新

《月令》,季春之月,天子始乘舟荐鲔于庙,方氏云:"王必乘舟而后荐新,所以示亲渔也。"今奉先殿每月荐新,仍沿明制。而列圣秋狝木兰,凡亲射之鹿獐,必驿传至京,荐新于奉先殿,即《月令》王亲渔之意也。

射　　牲

古礼,王祭于庙,亲射牲以献。今坤宁宫跳神仪,凡牲入,上迎出户,俟牲进,上随入,跪视庖人执鸾刀以屠割毕,方叩头兴。即古射牲之遗意也。

皇后入庙之制

古制,后先帝崩,则祔祀于庙,设位于其姑下,然遇行祫祭之礼,动多关碍。至明世宗预祧仁宗,以方后入祔,益非法矣。本朝定制,凡后先帝崩时,则奉安神主于奉先殿夹室中,俟大行皇帝崩后,始一同入庙。如孝敬宪皇后、孝贤纯皇后、孝仪纯皇后皆沿是制,有胜于古制多矣。

寿　皇　殿

寿皇殿在景山门内正北,殿凡九室,重檐金楹,一如太庙之制,供奉列圣御容。上遇元旦、岁暮及圣诞、忌辰之日,皆行亲谒礼。凡诸皇子、皇孙及近支亲、郡王,皆从行礼。其旁永思殿,即列圣苫庐地,凡瞻谒日,必于永思殿传膳办事,盖亦示孺慕之意也。

安　佑　宫

安佑宫在圆明园西北隅,朱扉黄甍,一如寝庙之制,内供奉仁皇帝、宪皇帝、纯皇帝三圣神牌。上于临御园中日,行瞻谒礼。每年四月八日,率领诸皇子近侍拜谒,其朔望荐熟彻馔,一如生时礼。皆隶内务府大臣承办,即古原庙之制也。

皇　史　宬

皇史宬在东华门外迤南,与普度寺相近,盖明南内地也。殿庑七楹,扉牖楹楣以石代之,内贮金漆柜数十,盖古人金匮石室之意。凡列圣实录、玉牒、圣训皆藏其中,设旗员年老者八人守之,地甚严密。余于丁卯冬奉迎《纯皇帝实录》,曾一至其地。尝闻徐昆山先生述闻李穆堂侍郎言,其中藏全分《永乐大典》,较今翰苑所贮者多一千余本,盖即姚广孝、解缙所修初本,缮写精工,非隆庆间誊本之所能及。惜是日匆匆瞻礼,不得从容翻绎,未审是书尚存与否也。

皇上日阅实录

列圣于每早盥沐后，即敬阅列朝实录一卷，自巡狩斋戒外，日以为常，虽寒暑不间也。闻觉罗侍读荣昌言，其书皆收贮内阁大库内，每前一日，中书舍人启钥取书，用黄绫袱包裹，外用楠木匣盛贮，次早同奏章送入。一日，寓直者偶忘启钥，同事以为次早可及，遂不获开。五更时，上已遣小内侍索取。余是日承值，乃匆匆启库取书，未及盛匣，上已催促者再矣。亦可觇圣主之勤于法祖也。

喜起庆隆二舞

国家肇兴东土，旧俗所沿，有《喜起》、《庆隆》二舞。凡大燕享，选侍卫之狷捷者十人，咸一品朝服，舞于庭除，歌者豹皮褂、貂帽，用国语奏歌，皆敷陈国家忧勤开创之事。乐工吹箫击鼓以和，舞者应节合拍，颇有古人起舞之意，谓之《喜起舞》。又于庭外丹陛间，作虎豹异兽形，扮八大人骑禺马作逐射状，颇沿古人傩礼之意，谓之《庆隆舞》。列圣追慕祖德，至今除夕、上元筵宴，皆沿用之，以见当时草昧缔构之艰难也。

武　官　乘　轿

旧制，武官一品皆乘轿。纯皇帝以满洲大员皆宜夙习劳勋，不可耽于安逸，故将都统、将军、提督等乘轿之制，尽行裁革。惟领侍卫内大臣例无明文，然向率以诸王大学士兼之，未有单衔者，故皆因循乘轿。惟英诚公阿克栋阿一人初无他官，以家室贫乏，不能豢养舆夫，故独乘车以行。后超勇王拉旺多尔济以足疾，喀尔沁贝勒丹巴多尔故，皆特旨赐轿。继其位者为科尔沁郡王索诺木多布斋、科尔沁贝勒鄂尔哲依图，皆因循坐轿。丙子冬，上特旨罢斥，仍交部严议焉。自是武臣无乘轿者矣。

鹰　狗　处

鹰狗处向在东华门内长街,设总统二人,以侍卫兼之,豢饲御前鹰狗,以备搜狝之用。其牧人皆以世家子弟充之,许其蟒袍纬帽,为执事人中之品最高者。今上壬戌,以其非急务,不宜蓄于禁垣内,因命迁于东安门内长房,其职事为之稍贱,众视为冗员焉。有吾宗宗室琅岩侍卫萨彬图者,素好与文士交,及兼鹰狗总统,因书鹰狗处少卿衔帖,投刺于翰苑家,众争笑之。

上 虞 备 用 处

定制,选八旗大员子弟中之猤捷者为执事人,司上巡狩时扶舆、擎盖、捕鱼、罟雀之事,名曰"上虞备用处"。盖以少年血气偾张,故令习诸劳勘,以备他日干城侍卫之选,实有类汉代羽林之制,而精锐过之,盖善于宠驭近侍之制也。

虎　枪　处

定制,选各营中将校精锐者,演习虎枪之伎,凡巡狩日相导引。上大猎时,其部长率伎勇者十人,入深林密箐中觅虎踪迹。凡猛兽出,其部长排枪以伺。虎跃至,猛健先以枪刺其胸仆之,谓之递头枪,然后群枪林至。其头枪者赏赉优渥,故人思效命焉。纯皇帝定制,凡杀虎时为虎齕毙及被创者,照军营殉难受伤例赐恤焉。

御　枪　处

乾清门侍卫中选火器精熟者数十人为御枪处,巡幸时日相导引。其长服黄缘红马褂,余者皆红缘白马褂,以为辨别。凡上合围时,皆下骑执火器翼列扈从,以防猛兽奔突。上用御火枪击兽时,则争相贰副焉。旧时郊行,免其相从。近自癸酉之变后,凡郊社大祀,皆服蟒袍以扈跸焉。

善 扑 营

定制,选八旗勇士之精练者为角牴之戏,名善扑营,凡大燕享皆呈其伎。或与外部藩角抵者争较优劣,胜者赐茶缯以旌之。纯皇最喜其伎,其中最著名者为大五格、海秀,皆上所能呼名氏。有自士卒拔至大员者,盖以其勇挚有素也。和相当轴时,令巡捕营将士亦选是伎。其后文远皋宁任金吾时,以其贱卒不宜近上前,因奏罢之。人称其识大体云。

向 导 处

定制,凡上巡狩时,预遣大臣率各营将校之深明舆图者,往勘程途,凡御跸、尖营相去几许,及桥梁倾圮道涂芜淬者,皆令有司修葺,名曰"向导处"。先是获是差者,皆为美选,沿路苞苴,肆意征索,稍不满意,则以修治道涂为名,凡坟墓陇亩任其蹂践,有司畏之如虎,罔敢稍拂其意。后纯皇帝知之,将其最暴者惩治数人,然后其风稍敛焉。

蒙 古 医 士

定制,选上三旗士卒之明正骨法者,每旗十人,隶上驷院,名"蒙古医士"。凡禁廷执事人有跌损者,咸命其医治,限以日期报愈,逾期则惩治焉。齐息园侍郎坠马伤,首脑涔涔然,蒙古医士尝以牛脬蒙其首以治之,其创立愈。故时有秘方能立奏效,非岐黄家所能及者。近最著名有觉罗伊桑阿者,以正骨起家,至于巨富。授其徒法,先将笔管戕削数段,令徒包纸摩挲,皆使其节合接如未破者,然后如法接骨,皆奏效焉。

批　本　处

国初，鉴明季秉笔太监专擅弄权之弊，特简满翰林官一员，满内阁侍读一员，满中书舍人六员，在内廷行走，专司批发之责。凡本章，大学士票拟上，经上批览毕，即交该处用清字批示，然后交付内阁学士恭录圣旨发抄。故机宜慎密，从无敢迟滞删改者，实当代之善政，俗谓之"红本"云。该处行走人员皆许挂珠，用红雨襜帽，每遇岁时，内廷赏赐咸预其列，以示荣云。

翻　书　房

崇德初，文皇帝患国人不识汉字，罔知治体，乃命达文成公^海翻译《国语》、《四书》及《三国志》各一部，颁赐耆旧，以为临政规范。及鼎定后，设翻书房于太和门西廊下，拣择旗员中谙习清文者充之，无定员。凡《资治通鉴》、《性理精义》、《古文渊鉴》诸书，皆翻译清文以行。其深文奥义，无烦注释，自能明晰，以为一时之盛。有户曹郎中和素者，翻译绝精，其翻《西厢记》、《金瓶梅》诸书，疏栉字句，咸中綮肯，人皆争诵焉。

上　书　房

本朝鉴往代嫡庶争夺之祸，永不建储，皇子六龄，即入上书房读书。书房在乾清宫左，五楹，面北向，近在禁御，以便上稽察也。雍正中，初建上书房，命鄂文端、张文和二公充总师傅。二公入，诸皇子皆北面揖，二公立受之，实从古帝王乞言之制也。当时师傅，皆极词臣之选，故列圣学问渊博，固皆天纵，亦一时师保训迪力也。定制，卯入申出，攻《五经》、《史》、《汉》、策问、诗赋之学，禁习时艺，恐蹈举业郐陋之习。日课诗赋，虽穷寒盛暑不辍，皆崇笃实之学。其较往代皇子出阁讲读，片刻即归，徒以为饰观者，真不啻霄壤分也。其圆明园书房在勤政殿东,屋凡三进,地宇幽邃,有纯皇帝御书"先天不违"、"中天立极"、"后天不老"三匾额,时呼为"三天"云。

南 书 房

唐、宋优重词林,最为清秘,凡制诰草麻外,一切机务皆与商榷,故其品为高要。明代设翰林院于东长安门外,视之与部院等,坐耗俸资,毫无一事,惟以为入阁之阶。故大拜后,不娴政事,动为胥吏所欺,如周道登不识"情面"二字,郑以伟有"穷于数行"之叹,安问其燮理之道也。本朝自仁庙建立南书房于乾清门右阶下,拣择词臣才品兼优者充之。康熙中谕旨皆其拟进,故高江村之权势赫奕一时。仁庙与诸文士赏花钓鱼,剖析经义,无异同堂师友。故一时卿相如张文和、蒋文肃、厉尚书廷仪、魏尚书廷珍等皆出其间,当代荣之。列圣遵依祖制,宠眷不衰,为木天储材之要地也。

如 意 馆

如意馆在启祥宫南,馆室数楹,凡绘工、文史、及雕琢玉器、裱褙帖轴之诸匠皆在焉。乾隆中,纯皇帝万机之暇,尝幸院中看绘士作画,有用笔草率者,辄手教之,时以为荣。有绘士张宗苍,以山水擅长,仿北宋诸家,无不毕肖。上嘉其艺,特赐工部主事,实为一时之盛。其他如陈孝泳、徐洋辈,皆以文学优长,或赐举人一体会试,或以外郡佐杂升用,亦各视其才具也。

廷 寄

列圣天纵聪明,凡诏谕外吏,剀切机宜,辄中窾要。恐传抄后有所泄漏,反使干臣难以施为,故一时机密事件,皆命军机大臣封缄严密,由驿传递,名曰廷寄。向列封面标军机首揆名姓,自阿文成公没后,纯皇帝嫌涉专擅,命改为军机大臣等寄云。每月兵部将所寄封数,及寄外任何人名目,汇奏一次,盖亦杜大臣有所私请托。实一代之良法,较诸前代纶音未降而舆隶咸闻者,真不啻霄壤之别也。

上 谕 馆

本朝列圣,家法相承,谕旨颁自枢府,或每谕万言,或日颁数旨。纶绋式昭,积累繁富,恐有所遗漏,故特立上谕馆,设主事二人,笔帖式若干人,专司恭录清、汉谕旨。每数月后汇奏一次,交起居注收藏。特简阁臣二人综理其事。真远胜往代惟命词臣视草诰制,又以骈体肤阔,陈陈相因,所谓依样画葫芦者,真无济于实事也。

国 史 馆

国初沿明旧制,惟修列圣实录,附载诸勋臣于内,只履历官阶而已。康熙中,仁皇帝钦定功臣传一百六十余人,名曰《三朝功臣传》,藏于内府。雍正中,修《八旗通志》,诸王公大臣传始备,然惟载丰沛世家,其他中州士族勋业茂著者,仍缺如也。其所取材,皆凭家乘,秉笔词臣,又复视其好恶,任意褒贬。如开国名臣何温顺公和理、费直义公英东等诸传,其文寥寥数则。而如蔡绥远毓荣、苏侍郎拜几至万言,皆剽窃碑版中语也。纯皇帝夙知其弊,于乾隆庚辰,特命开国史馆于东华门内,重简儒臣之通掌故者司之。将旧传尽行删薙,惟遵照实录、档册诸籍所载,详录其人生平功罪,案而不断,以待千古公论,真修史之良法也。后又重修《王公功绩表传》、《恩封王公表》、《蒙古回部王公表传》等书,一遵是例焉。嘉庆庚申,上复命补修列圣本纪及天文、地理诸志乘,儒林、烈女等传附之,一代之史毕具矣。其续录者,以十年为则,陆续修之,以为万祀之计也。

本朝钦定诸书

列圣万几之暇,乙览经史,爰命儒臣选择简编,亲为裁定,颁行儒宫,以为士子仿模规范,实为万目之巨观也。今胪列其目于右。

经部:《易经通注》四卷。《日讲易经解义》十八卷。《御纂周易折中》二十二卷。《御纂周易述义》十卷。《日讲书经解义》十三卷。《钦定书经传说汇纂》二十四卷。《钦定诗经传说汇纂》二十卷。《御纂诗义折中》二十卷。《钦定周官义疏》四十八卷。《钦定仪礼义疏》四十八卷。《钦定礼记义疏》八十二卷。《日讲礼记解义》二十卷。《日讲春秋解义》六十四卷。《钦定春秋传说汇纂》三十八卷。《御纂春秋直解》十六卷。《御注孝经》一卷。《御纂孝经集注》一卷。《日讲四书解义》二十六卷。《御纂律吕正义》五卷。《御纂律吕正义后编》一百二十卷。《御定康熙字典》四十二卷。《钦定西域同文志》二十四卷。《御定音韵阐微》十八卷。《钦定同文统韵》六卷。《钦定叶韵汇辑》五十八卷。《钦定音韵述微》一百六十卷。

史部:《钦定明史》三百六十卷。《御批通鉴辑览》一百二十卷。《御定通鉴纲目三编》四十卷。《开国方略》三十二卷。《御定三逆方略》。《亲征平定朔漠方略》四十八卷。《平定金川方略》三十二卷。《平定准噶尔方略前编》五十四卷、《正编》八十五卷、《续编》三十三卷。《平定两金川方略》一百五十二卷。《临清纪略》十六卷。《兰州纪略》。《石峰堡纪略》。《台湾纪略》。《平定廓尔喀纪略》。《平苗纪略》。《平定三省教匪纪略》。《辛酉工赈纪略》。《太祖高皇帝圣训》四卷。《太宗文皇帝圣训》六卷。《世祖章皇帝圣训》六卷。《圣祖仁皇帝圣训》六十卷。《世宗宪皇帝圣训》三十六卷。《高宗纯皇帝圣训》三百卷。《上谕内阁》一百五十九卷。《硃批谕旨》三百六十卷。《钦定明臣奏议》二十卷。《钦定宗室王公功绩表传》十二卷。《钦定蒙古回部王公表传》六十卷。《钦定八旗满洲氏族通谱》八十卷。《钦定胜朝殉节诸臣录》十二卷。《御定月令辑要》二十四卷。《大清一统志》五百卷。《钦定热河志》八十卷。《钦定日下旧闻考》一百三十卷。《钦定满洲源流考》二十卷。《钦定皇舆西域图志》五十二卷。《皇清职贡图》九卷。《钦定盛京通志》一百卷。《词林典故》八卷。《续词林典故》□卷。《钦定历代职官表》□卷。《钦定大清会典》一百卷。《新定大清会典》□□卷。《大清会典则例》一百八十卷。《新定大清会典则例》一百八十卷。《钦定续文献通考》二百五十二卷。《钦定皇朝文献通考》二百六十二卷。《钦定续通志》一百四十四卷。《钦定皇朝通志》一百卷。《钦定皇朝通典》二百卷。《幸鲁盛典》四十卷。《万寿盛典》一百二十卷。《钦定大清通礼》四十卷。《南巡盛典》一百二十卷。《皇朝礼器图式》二十八卷。《国朝宫史》三十六卷。《续国朝宫史》□□卷。《钦定满洲祭神祭天典礼》六卷。《八旗通志初集》二百五十卷。《八旗通志二集》□□□卷。《大清律例》四十七卷。《钦定天禄琳琅》十卷。《御制详鉴阐要》二十卷。

　　子部：《御撰资政要览》三卷、《后序》一卷。《圣谕广训》一卷。《庭训格言》一卷。《御制人臣儆心录》一卷。《御制日知荟要》一卷。《御定孝经衍义》一百卷。《御定内则衍义》十六卷。《御纂性理精义》十二卷。《御纂朱子全书》六十六卷。《御定执法成宪》八卷。《钦定授时通考》七十八卷。《钦定医宗金鉴》九十卷。《御定历象考成》四十二卷。《御定历象考成后编》十卷。《御定仪象考成》三十二卷。《御制数理精蕴》五十三卷。《御定星历考源》六卷。《钦定协记辨方书》三十六卷。《钦定佩文斋书画谱》一百卷。《秘殿珠林》二十四卷。《石渠宝笈》四十四卷。《续石渠宝笈》□□卷。《钱录》十六卷。《钦定西清古鉴》四十卷。《钦定西清砚谱》二十四卷。《御定古今图书集成》五千二百卷。《钦定渊鉴类函》四百五十卷。《御定骈字类篇》二百四十卷。《御定分类字锦》六十四卷。《御定子史精华》一百六十卷。《御定佩文韵府》四百四十二卷。《御定韵府拾遗》一百十二卷。《御注道德经》二卷。

　　集部：《圣祖仁皇帝初集》四十卷、《二集》五十卷、《三集》五十卷、《四集》三十六卷。《世宗宪皇帝文集》三十卷。《高宗纯皇帝乐善堂全集》三十卷。《御制文初集》三十卷、《二集》四十卷、《余集》二卷。《御制诗初集》四十四卷、《二集》九十四卷、《三集》一百卷、《四集》一百二十卷、《五集》一百四十卷、《余集》□卷。今上皇帝《味余书室集》□□卷。《御制文初集》□□卷。《御制诗初集》□□卷、《二集》□□卷。《御定全唐文》五千卷。《御选古文渊鉴》六十四卷。《御定赋汇》一百四十卷、《外集》□□卷、《补遗》二十二卷。《御定全唐诗》九百卷。《御定佩文斋咏物诗选》四百八十二卷。《御定历代题画诗类》一百二十卷。《御选四朝诗》二百九十二卷。《御定全金诗》七十四卷。《御选唐诗》三十二卷。《御选唐宋文醇》五十卷。《御选唐宋诗醇》四十七卷。《皇清文颖》一百二十四卷、《续皇清文颖》□□卷。《钦定四书文》四十一卷。《御定历代诗余》一百二十卷。《御定词谱》四十卷。《御定曲谱》十四卷。

啸亭续录卷二

韩 旭 亭

旭亭先生寄子尚书公家书，余已载前卷矣。先生少貌岐嶷，目炯如电，喜作峭刻语，使人莫能禁受。尝遇相士云："公之貌如黄阁学孙懋，当早贵，恐不永年耳。"先生深自改易，立功过格以自警，凡利众济人事，皆勉力为之。乾隆庚寅客京邸，尝大病，梦人语曰："汝发愤改过，造化已延汝寿矣。"及病愈，貌和蔼，有识之者云："非复当年形状矣。"老年远游燕、粤、吴、越，身愈轻健，如三四旬人然。甲戌春，寿八十，经上赐匾旌之。越二岁，无病终，实近世之罕见也。忆丙午间，师尝设席余邸，因余性卞急，谆谆相戒，以己身为譬喻，不啻再三。然余终以暴戾致愆，至今思之，深有愧师教也。

张 云 汀

张云汀名宾鹤，浙江余杭人。性豪宕，不羁小节。诗学杜、韩，其七古苍凉劲健，尤入少陵之室。以诗客礼，怡诸邸，与嵩山叔交甚笃。先王喜其才而诮其品，尝曰："使云汀读宋儒一篇书，其怪僻当不至是。"尝与先王饮于清流激湍飞觞醉月之候，裈落于席，人争笑之，而先生不顾也。后以落拓卒于京邸。怡王讷斋主人尝刊其诗以行世，亦甚怜其才也。

黄 雅 林

黄雅林初名俊，字石咸，辽阳人。为明青州太守某后。崇德癸未，大兵破青州，太守殉节，其子孙遂流落，寓籍陪京云。先生学问渊博，矜才使气，医卜艺术之书，无不周览，时时述稗官家言，闻者绝倒。自以其名不雅驯，遂易名颟，以痴者自居，盖俗诮痴呆者，每谓之大头云。亦好奇士也。诗画仿郑板桥，有意矫俗，反使性灵汩没。先恭王甚惜其才华不由正轨，时有诗文就之商榷，先生辄加抨击，酒酣耳热，宾主喧閧，声惊四座，先恭王每以"山精野狐"目之。然平时未尝不嘉其忠告，交谊仍如故也。馆于宁邸时，贝勒永福已袭封，先生督责甚严。时有倨色，先生勃然曰："尔冠则朝廷贵爵，尔身犹吾弟子也。"命免冠重责数十，至踧谢罪乃已，其古道如此。

尤　水　村

尤水村名荫，仪真人。善绘事，诗宗放翁，间有清新之句。弱冠入都，从先恭王之辽、沈，往返数千里。有《出塞诗》一卷，皆苍凉吊古之作，袁简斋太史曾序而行之。先生性放旷，不屑小节。用浓墨作黑竹，琅玕百尺，颇有凌云之势，江乡诸盐客多珍重之，名与王梦楼相埒。晚年寄迹释道，于内典颇精熟。年八十余始卒。

超　勇　亲　王

余向记超勇王光显寺战绩于前卷，今于其嗣王处得王家乘，其功尚有未详处，故补书之。王先世为元太祖第四子后裔，居喀尔喀赛因诺音部。康熙中，准噶尔台吉噶尔丹势强，侵喀尔喀四部，尽为所破。王时弱冠，负祖母单骑叩关降。仁皇帝怜之，置宿卫，授轻车都尉爵，赐第京师，尚纯悫长公主，至洊封郡王。雍正中，遣归游牧。九年，征准噶尔时，王请从征，上从之，命从顺承王驻察汗河。傅尔丹既偾师于和通淖尔见前卷，贼众追蹑，阑入内境。顺承王拥兵不救，王慷慨曰："使虏骑充斥，大军败亡，安用将帅为也？"因率本部卒迎贼于鄂登楚勒。时贼势鸱张，赤帜遍野，王曰："此未可以力争。"因命其部将巴海夜入贼垒以致师，王伏精锐于林莽间。巴海率哨骑奔贼大队，贼众追之，伏起，王吹角于队，我兵无不一当百，转战竟日。贼仓卒遇大敌，不及备,遂为我兵所歼。王阵擒贼首二,皆百战渠魁,贼帅小策零堕骑,裸身跨白驼遁,漠南肃清,时谓北征第一战功云。逾年,复有光显寺之战,王威名镇漠北,虏骑震慑,不敢复南牧矣。

及纯皇帝即位,授王定边左副将军,镇乌里雅苏台。傅阁峰尚书归,定和议见前卷中,上命王会议。虏使哈柳至,强辩士也,谒王于京邸。哈柳诮王曰:"闻王漠北有营帐,奚必居于京邸?"王曰:"国家都于此,我随君而居,即为吾土。喀尔喀乃藩部,若人有园囿然,何足道也。"柳又言:"王幼子思归见前卷,欲传致之。"王慨然曰:"公主所育为吾嫡长,其余孽何足齿及? 汝部纵放归,吾其请于皇上,必戮于宗也。"哈嗒然退。王复面奏纯皇帝曰:"今北虏挟臣子以为重,臣若许之,适足以长其骄心,恐无益于国事。况此不肖子不即殒灭,赧颜偷生,无足存也。"上诏奖之,比之乐羊云。复命王修书答之,和议乃成。庚午,王薨于军,遗表请归祔公主园寝。上惋惜之,命配享太庙及贤良祠,外藩得预侑食者,惟王一人,盖异数也。嘉庆甲戌,礼部尚书成宁以王为外藩,故撤贤良祠神牌于后殿。事闻,今上震怒,立褫成职,盖犹念王之勋也。

其孙拉旺多尔济颇有祖风,尚和静公主。掌宿卫四十年,所领将卒,无不感激用命,以忠醇持躬。和相当权时,诸王大臣尽交其门,而王独与之梗,今上甚为优眷。癸亥春,有陈德之逆,喀喇沁贝勒丹公某已为所刺伤,王以手掬其腕,德莫能支,遂被擒,其勇力可知也。余以罪废时,王面诘某贵臣曰:"礼王何罪,公乃罗织至此? 使宗藩斥革如发蒙振落,吾侪外臣何足道也!"贵臣赧然退。王因于岁首谢病归藩,愤悒而薨。余与王素乏缔交,乃情挚若此,深有感于心也。刘文清公尝比王为金日䃅,余以其谨慎寡过处有类霍大将军,日䃅尚非其匹,实为朝廷重臣也。王薨之夕,有大星陨于西北,讣至,恰如其期,亦一异也。

褚 筠 心

褚筠心先生廷璋,长洲人,为沈文悫公弟子。少时与赵舍人文哲、曹学士仁虎等结社，号"吴门七子"。诗宗盛唐，无宋、元卑靡之习。尝修《西域同文志》，谙习新疆古迹，所作《西域咏古》诸诗，音律尤苍凉合格。先恭王尝曰："近世不为袁、赵所惑者，惟筠心一人而已。"性直鲠，和相秉权时，先生以其非科目中人，不以先辈待之，和相慊然。以考事中之，改官部曹，先生终身不谒铨选，曰："此膝不为权臣屈也。"尝赏鉴余诗文，临归时，余题四律赠行。先生即日挑灯和之，其末作《玉胡蝶》词，尤多规劝，余心感其言。然性纾缓，多为人所愚，任湖南学政归，以宦囊开凶肆，以其利溥，人争笑之，而先生不顾也。

宁秀生有髭

纳兰侍卫宁秀，为太傅明珠曾孙。生时有髭数十茎，罗罗颐下。年弱冠，颜貌苍老，宛如四五十岁人。未三十即下世，其家因之日替，亦一异也。

张汉潮渡汉江

嘉庆戊午夏，教匪张汉潮自秦窜入楚境，势甚猖獗。楚督景安畏懦，远避武昌，贼如风飘豕突，无所抵拦。汉潮欲渡汉江以窥全楚，时汉阳最为富饶，市廛毗连数十里，甲于天下。闻警，商贾惊避，有老贾某祈于关帝庙。会大风骤起，飘泊贼人舟楫，毙于江者如鹜也，汉潮亦落水得拯，因狼狈返秦中，自是不敢东下，逾年乃为明参政亮所擒。当时假使贼得济，蹂躏江、淮，其祸不可问矣。信夫，国祚昌炽，水伯得以默为佑护也。

稗事数则

乾隆末，定王屡摄金吾印信。正阳门外火灾延及民居，王驰救之。有娼家避火，群立巷口，粉白黛绿者数十人，王不识，诧曰："是家女子何若是之多也！"人争笑之。

陈春淑副宪，性鲠直敢言，满朝以怪物目之。广赓虞侍郎尝谓余曰："仕途以我与王暨陈副宪为三怪。"殊为愤懑。余笑曰："吾今日诚为周处矣。"盖狎以广为虎、陈为蛟也。后春淑降官编修，尝路遇余，余降舆立市间，语移时，舆夫皆诧，私语曰："是何侘傺老翁，而王为之谦逊若此？"余闻之，笑谓儳者曰："非轿夫不能道此语也。"

张靖逆秉枢言，乾隆中有某散秩大臣，尝侍班而冠缨忽断，不及缝纫。恐上出见之，乃以下僚启事笔于颈下绘之如缨然，人传为笑柄云。

宗室镇国公永玉尝馈蒸鹅于顺义侯田公国荣，阍人误以蒸鸭告之。田诧曰："吾年已老，从未见此巨鸭也。"后食始知之。

有某公家素贫，得上赐人参票，喜极过望，感激涕零。是日上祀雩坛，某不及伺上回宫，乃于天桥路侧泥首称谢。成王笑曰："自有郊祀以来，从未有在此叩首者，某公此举，恐桥神亦有所惊讶也。"

曹剑亭之劾和相家奴刘全，余已载前卷。或有訾之者曰："公尝狎昵某伶童，后为全所夺，故公衔怨劾之。"后廿余年，花晓亭侍御杰之劾鹾贾查有圻侵冒国课，人复以此语归之。甚矣！不乐成人之美若此。

甘啸岩先生运源，为忠果公曾孙。幼师刘海峰，书画精绝。诗文上宗七子，殊有豪气，为旗籍文士之冠，然不甚工楷书。有某大臣延其书写奏牍，先生以灵飞经法为之，某公大怒，挥之门外，曰："甘某名望若尔，乃其书法尚不如吾部曹胥吏之端楷也。"

哈军门攀龙，为将军元生子。元生随鄂文端公征苗有功，军门子国兴复以勇健著，三世拥旄，时人荣之。公为回属，素禁豕肉。外祖舒直恪公名见上卷任西安将军时，与公甚善，尝请会食。哈公每嫌蒸羊品味不佳，异日庖人潜以猪肉托羊馔，哈食之甚美，褒奖备至，初不觉异味也。

张文和公晚年，颇以谦抑自晦，每遇启事者至，动云"好、好"。一日有阁中胥吏请假，公问何事，曰："适闻父讣信。"公习为常，亦云"好、好"。舍人等皆掩袂笑，而公未觉也。

褚筠心学士于庚寅科同国学士柱典试江西，国故文理庸劣，而不许褚同定一卷,乃自为批阅。同时全阁学_魁与边学士_{继祖}典试浙江,全故疏懒,终日不阅一卷,任边选中。时人谚曰"全亏边继祖,裹住褚廷璋"云。盖北人呼"亏"、"裹"与"魁"、"国"同音也。

成王性滑稽,遇事喜作反语。自言直枢庭时,尝召见,上适阅明参政_亮捷报,命王阅之。王习为常,奏此战惜未护渠首,使张汉潮得擒明亮,始为佳事。上正色曰:"若是则不佳矣。"王始省悟,免冠叩谢出。

赓阁学_泰,满洲人。中己酉孝廉。以资深历显职,面目臃肿,人争厌之。与人言,习语"可不是"三字,人以"赓可不"呼之。宗室辅国公_{晋隆},性滑稽,一日于坐中骤问赓曰:"今日天气甚寒。"赓习以可不应之。又云:"君观某大臣貌可作龙阳否?"赓亦漫应之。为某大臣所责,至跪谢乃已。

明副军_泰,宁夏驻防久。以功绩洊至副都统,人多粗疏。一日带领引见,时明司镶黄旗汉军,其都统为荣恪郡王,王又兼摄领侍卫内大臣。故事,领侍卫府阶最高,故先入殿,明睹王即偕入。定制,一品官皆赐坐,上命之坐,众大臣叩头谢,明亦随之叩坐如仪。为上诧之,明始知误,免冠谢罪,即日罢之。

王　文　靖

王文靖_熙,宛平人,为文简公_{崇简}子。少年登第,章皇帝喜曰:"公辅器也。"然当草创之际,非习国书无以济大事,乃命供奉内廷,上亲为之教习清文,兼习释典。与孙学士_{承恩}、麻文僖公_{勒吉}日侍西清。上登遐时,命公与文僖同撰遗诏,因授顾命。康熙中正首揆。吴逆叛,其子应熊因尚主故留京师,时莫敢言。公首劾之,其疏要语云"不斩应熊,无以寒老贼之胆"云云,仁皇帝乃正应熊之罪,时人快之。公家训曰:"祭墓无以牲牢,惟以蔬果代之。"人有言其过俭者,公曰:"今以宰相祭墓,诚为太俭。然日后子孙侪于庶人时,则易于措办,若敖氏之鬼不至于易馁也。"人服其言。薨之日,都城士民皆往送丧,为之罢市,其感人也如此。

查初白

国初诗人，以王、施、宋、朱为诸名家，查初白慎行继以苏、陆之调，著名当时。其诗句亦颇俊逸峭劲，视西崖、义门诸公自为翘楚。公以晚年入翰林，尝随驾木兰，褒衣襜服行山谷间，仁皇帝望而笑曰：“行者必查某也。”其风度如此。晚年家居，以弟嗣庭狱，缇系入京。宪皇帝阅其诗曰：“查某每饭不忘君，杜甫流也。”因免其罪焉。

先恭王之正

先恭王性刚直，某相国当权时，与余邸为姻戚，先王恶其人，与之绝交。又当时誉鄂文端公相业，先王颇不以为然，曰：“居相位者，当有相度。西林偏袒乡党，非持平天下之道也。”素喜刘文正、裘文达、曹文恪诸公，每训梿必以诸城为式。文恪薨，王亲临其丧。壬戌冬，路过三河旅店，见壁有文达诗，挑灯属和，涔然泪下，其真挚也如此。又善料事，甲午秋，王伦于寿张率党北上，围临清，势甚汹恶。王笑曰：“贼不西走大名，南下淮、扬，而屯坚于城之下，此自败之道也。”逾旬，果为舒文襄公所灭。又石峰堡回民叛时，王曰：“西北用兵，当决水道使其涸守自毙。”后阿文成公果用其计以破贼。当缅甸用兵时，王尝咎其不用火攻。后梿见明参政亮述先王言，公曰：“当时吾尝屡言于文忠叔，奈蛮地匝月无风，难以施行，亦天意耳。”又与先王言不谋合也。

张夫子

明监军张公春，于大凌河被擒，见太宗不屈，上挽弓欲射之。先烈王谏曰：“此人既不惧死，奈何杀之以成其名！”上从之，命达文成厚养之。公独处萧寺中，聚徒课读，一时开创名臣如范忠贞、宁文成辈，皆曾执经受业者也。居数年卒，上厚葬之，时人比之文中子教授河汾诸徒,所以启唐之基也。自古款待胜国忠臣,莫之能及,既能全彼之忠,又不伤我之德,以元世祖之戮文文山,视我文皇殊有愧也。满大臣某入都后,告明臣某曰:"汝国有一张夫子而不知用,反为我国教育英才,诚可惜也。"余尝读明臣奏疏,至有毁公为李陵、卫律者,真所谓颠倒黑白矣。

海 神 祠

瀛台中有海神祠,塑明内官像三人祀之。传即熹宗于南海覆舟时拯帝所溺毙者,帝封三人为河神,因立祠以祀之。按当时正人君子为魏阉所害者,指不胜屈。其辽左、奢安殉死诸公,如王三善、张铨等,亦颇有人。帝罔知怜恤,乃煦煦于溺死之阉珰,亦可谓厚其所薄矣。

佟 昭 毅

佟昭毅公巴笃理,为忠正公养正之族侄,国初时,随忠正来归。从征朝鲜、北京、遵化、大凌河诸战,皆有功。天聪甲戌,为明曹忠果文诏所害,文皇甚惜之,赠三等昭毅伯,世其家。近日大宗永庆是其裔也。因思北周时有斩齐将高敖曹者,周人岁赐其帛,至周亡犹未已。曹忠果乃能摧斩大将,实为明将中难能者,庄烈帝不惟不赏其功,乃反以恇怯论戍,吴兴化甡屡救之不报。赏罚颠倒若此,欲国不亡,乌可得乎!

吴 六 奇

吴六奇,浙人。少负大志,家奇贫,落拓乞食,冬日袒身行市中,英爽如故。查孝廉伊璜奇其人,尝加周恤,公深感之。后仕粤西桂王时尝有功,至总兵官。投诚本朝,随尚平南可喜屡擒海寇有功,洊至提督。孝廉尝以与修伪史故,株连狱中,几不能免死。公特疏为之解救,卒白其冤。因聘查至粤中,厚为赠赆以归。其署中有峻石高数丈,查爱之,摩挲抚惜,因醉题"绉石"。次日遂失石。及抵家,石挺立其庭中,盖吴潜使人运至矣。今越中传为佳话云。

郭 尚 书

郭尚书四海,纳兰氏,为金台吉之后,即明所谓海西部落也。以文荫,康熙间屡任阬仕,尝以宗伯兼摄司寇数年,亦异数也。然闻其多权术,任科道时,有以贿进者,公于夏日皮冠重裘围炉斗室中见之。继乃仍登白简,其人反噬,公诘其谒见时日。其人言衣冠居处状,众以为必无之理,乃脱身事外,亦巧宦之极者也。

赵 恭 毅

赵恭毅申乔登第后,以古道自居,人争厌之。公托疾归,曾买妾媵,其故宦家女,以负债故卖之。公觇知之,慨然曰:"吾奈何乘人之急以污其节,冯商之举不可为之继乎!"乃立送女归家。事渐闻于朝,仁皇帝知之,曰:"此古谊之士也。"公闻命出,洊至公卿,以廉直著。任司寇时,廉邸伶人杀人,欲倩公出其罪,公谢曰:"天子之法,不能为王屈也。"宪皇帝重其人,登极后,屡奖誉之,以为人臣之式云。

费襄庄之杀活佛

费襄庄公之平噶尔丹事见上卷,久炫耀于人耳目。公尝随仁皇帝之番僧寺,番僧之号活佛者,见上颇倨傲,公即挥刃斩之。上尤其行,公曰:"番僧虽尊,亦人臣也。岂可使其倨于君父前,乱我国法!使其果有异术,则臣抽刀时,伊早令伽蓝辈按捺,不延颈待戮矣。"人争服其言。

百 菊 溪 制 府

百菊溪龄,张姓,内务府人。成壬辰进士,馆选编修。尝领署事,阿文成公见曰："公辅器也，异日功名当不在老夫下。"其后官阶蹭蹬，翱翔科道者二十余年。公颇热中觖望，韩旭亭师尝曰："大器晚成，公无须躁进也。"今上亲政后，立擢山东按察使，不数载遂至封疆。公性聪察，遇事敏干，赏识人材，如朱白泉廉使、温臬使_{承志}，皆拔自微员，故人乐为之用，以集大勋。其再任粤东时，百姓匍匐庾岭，以迓其纛，盖恨其来迟也。时海盗充斥，连樯百舰，出没波涛间，人莫敢撄。公任温、朱二公入盗舰中，说匪首张保降，保观望未果。朱觇知其妻郑一嫂颇勇健，保素畏之，乃以赎赉百万馈之曰："百公良吏，非前诱降以邀功者，时不可失也。"温，山右人，故年少美丽，遂潜入郑寝中解衣酣寝，诱郑以荐枕焉。郑氏因慨然曰："同辈中几见有白首贼耶！纵微公至，妾亦解甲降矣。"乃说保曰："吾所以赘汝者，以汝有丈夫气也。今察之，非知时事者。向来海上诸雄，所以能肆掠者，盖因督臣懦弱，不敢卒撄其锋。今百公健吏，反前所为，必欲尽殄灭其党类以报天子。今不及早稽首军门，则其兵朝暮下，汝辈俨如齑粉，妾不欲同君尽也，请自今始，断其缡袂，各行其志可也。"保畏惧，因同郑降。公复督率将帅攻乌、石二匪，炮石骤发，二匪艇皆倾糜，海水为之色赤，粤东洋匪尽歼，实海上第一功也。事闻，加公宫保衔，赐双眼花翎，朱、温诸公赏赉有差。公貌岐嶷，面如削瓜，虽谈笑间而凛然有忿状，使人望生畏心。初任封疆，以廉直自矢，下民以包龙图比之。逮夫名誉既彰，乃顿改初节，搜求苞苴，动以巨万。闻其为江南制府时，每出巡阅，后车数十乘，征收珍错海物，至数百桶之多，他物称是。又以重贿交结权要，侦探秘旨，然后傅会迎合，故人莫敢撄其锋锐。初颐园大司马素不直公所为，因巡察江南时露疏劾之。上命重臣往查亏帑，公左右阻挠，初卒以不实罢职，人颇不满公所为也。尝为御史吴云参劾，终莫能害。丙子冬，以劳瘵死，上下诏褒宠之。继之讳灾为松相公所劾，始罢其奠醊焉。

李　仲　昭

李御史_{仲昭}，番禺人。少生海隅，洞知盐策利弊。长芦盐课有易称之弊，每引浮数百斤，以致壅滞难消，动损国课。又有鹾贾查氏，富逾王侯，交结要津，人莫敢撄，故鹾政日见疲弊。公补官旬日，即露章劾之，枚举其弊。上大怒，命留京王大臣审讯，咸皆引服，查有圻论戍，其余降革有差，人争快之。未逾年，公卒以调取文卷故，为台长所劾，罢归。其中奥援未易知也。

李鸿宾<small>海疆之祸，鸿宾为两广总督时贪而纵之，致令该夷肆行无忌。养痈贻患，实自鸿宾始也。</small>

李御史鸿<small>宾</small>，新建人。成辛酉进士，馆选，改官御史。时值林清之变，公上数疏，皆言朝廷利弊，洞中窾要。上嘉其直言，立擢河东副总河，汉员升迁之速未有及者，公亦感激用命。其年运河淤壅，微山湖蓄水尽涸，粮艘壅滞，公立率下属疏瀹，上流湖水通畅，船只得以济运，实近年之罕见者。逾年，丁母艰归。

勒相公

勒相公保，温相国福之子也。温以木果木偾事。公统师时，尽反父政，待绿营士卒颇优厚。与文士论交谊，如石殿撰韫玉、石太守作瑞辈皆收罗门下。马军门瑜、忠壮公弟、镇将国锐为全子，公皆与之论世谊，故人皆乐为之用。惟满兵切恨入骨，己未之役，几受青蝇之害，赖继起者偾事，公乃复拥旄旆。与额经略等先后杀贼，川、楚教匪为之尽歼，公之力也。公短小精悍，善诙谐饮酒，赏赉颇丰，遇人投其所好，抗卑得宜，人喜与之交。在军中不喜谈兵，嬉笑如常日，而寄心膂于将帅，使其各尽所长。又力持坚壁清野之策，故贼入无所掳掠以底败亡。入阁后益敛锋芒，日事饮宴以取要人之欢。遇知大体者，亦加礼貌，实多智士也。然数任封圻，箐篚不饰，在蜀数年，民不堪命，致有"蜀督赋"之谣，见胡柏坪之弹章。又性卞急，责奴隶多酷虐，有致毙者。所使令皆优伶，致喜怒为若辈所操，亦嗜声色之过也。

金 司 寇

金司寇光悌，安徽含山人。性溪刻，外貌刚果，心实阴险。任刑部司员时，惟以酷虐为政，济其贪婪。阿文成公为其所绐，以为豪吏，颇任信之。和相理部务时，立斥其柄，人争快之。嘉庆初，和既偾事，公卿交章荐之，金亦广为交结，使众延誉于朝，张通政鹏展曾露章劾之，不能伤也。洊至江西巡抚，入为司寇。既持大柄，倚胥吏为耳目，任意周内罪名，有赍金币贿者，虽入大辟，立为昭雪，否则酷虐犹如故也。故使司员朋比为奸，文成公所贻良法，更改无余，至今犹为烈也。有市贾冀姓者，其妻私御车人，随之逃匿，为冀某所侦获。因以重贿赂金，金援奴奸主妻律，皆拟斩决。诸大臣欲调停其说，金曰："泰山可移，此案不可改也。"濡毫立定其谳，二人皆戮于市。未浃月，其子暴卒，金于途中遇鬼，连称悔之无及，于舆中泥首者再。舁之归，尸已僵矣。后事闻于朝，上曰："光悌信死晚矣。"因屡举其事以诫刑官焉。

许 壮 烈

许壮烈世亨，成都人。先世回民。公以行伍起家，征金川时，以功洊至专阃。阿文成公颇器之，曰："武臣中识大义者，惟许某一人而已。"任广西提督。会安南国王黎维祁为其邻清化王阮光平所逐，叩关请兵。其时孙文靖公士毅为广督，自负将才，主意用兵。公曰："蛮夷相攻，王者不治。一旦兵连祸结，未易已也。"孙不听其言，乃率领两广诸镇兵伐之。阮光平初不意王师至，又所率兵寡，因回清化调兵。孙公遽以大捷闻。入黎城，据其王宫，饮酒赋诗，不以贼为意。公谏曰："吾兵深入重地，自应慎重。况光平未战遽退，恐有不测，宜及其未至，振旅入关，上计也。"孙曰："介胄之士，尔何知也。"及光平复率师至，维祁骤弃国走，贼势汹涌，孙茫然失措，欲以身殉。公叩马谏曰："公为大臣，若有所伤，有关国体。世亨一介武夫，受上知遇，位至拥旄，以身殉国可也。"因令诸将护孙公入关，独率数百人赴敌，尽殁焉。光平遂尾追文靖至富良江，将及我师。总兵尚公维升，平南王裔也，少年勇锐，因率兵御之。转战竟日，尚手戮数十人，甲尽殷焉。以后援不及，因抚剑叹曰："丈夫死绥，志也。然不死大敌，而亡于小丑，未果尽吾之勇，聊以洗先世之耻可也。"因自刎死。孙公遂撤江桥，狼狈率残卒入关。总兵张朝龙、李化龙亦先后死焉，所有辎重甲仗，尽为敌获。事闻，纯皇帝以公为知大体，甚加惋惜，封壮烈伯，祀昭忠祠。其子军门公文谟以侍卫擢至福建提督，川、楚之役，亦以勇健世其家焉。

张　总　兵

张总兵芝元，川中人。少为小校，隶宋总兵元俊麾下，宋抚恤甚厚，公感其德。后宋公以枉获罪，侘傺而卒，其二子皆遣戍，公复随明参政亮征大金川。有番僧某为贼侦，凡军中事无不泄漏，公进言明将军曰："军中机宜动为贼觉，兵家大忌也。今番僧某受我封号，乃阴为贼谍，非剪除之，则贼无灭日矣。"明公韪其言。会大风雪，乃命公率数十人故为出差状，投宿寺中。公故通番语，自取囊中脯鲊，与僧寮煮酒痛饮，情甚欢洽，番僧皆醉饱眠去。公出寺聚柴焚之，风火酷烈，番僧辈皆爇死，贼谍乃断。后公屡立战功，洊至参将。丙申春，金川平，凯旋时，公书宋总兵战状，抱一册哭陈军门。阿文成公讯之，公曰："非宋公，芝元无以致此，敢不报其大德？况宋公所以获罪者，乃触怒阃帅，罗织其愆，天子不知其功也。故今陈其战绩，乞公转奏于朝，若犹以功微罪重，则赏罚出自朝廷，芝元心无憾矣！"文成公笑曰："壮士也。"因代为奏闻。邀恩赦其子归，人皆以为宋公知人，公能报德云。辛亥冬，廓尔喀再乱，抢掳札什伦布。公率数百屠卒，转战山崖中。时大雪弥漫，山谷皆平，而公手挥大刀指挥，番卒皆感激用命，卒御贼归巢。孙文靖公曰："达赖喇嘛之杵，转不如张总阃之刀灵也。"时人传为笑谈。公以劳瘁卒，傅文襄王奏于朝，上甚悼惜之。

成　知　州

成州牧_善，满洲人。以笔帖式洊至冀州知州。时甘肃道员蒋全迪以冒赈伏法，子孙皆遣戍，其妻孥流离失所，尝觅食直隶。至州界，其妻病旅店中，因卖其媳为奴。公买其媳归，成婚日，怜其娜袅羞涩，询知其家世，慨然曰："等为外吏，岂可幸其患难辱及家室，安知吾子孙辈他日不至此也！"因立遣还，并厚赠赍囊，送其妻媳归籍。士人争颂其德焉。

刘　文　清　语

乾隆末，和相当权，最尚奢华，凡翰苑部曹名辈，无不美丽自喜，衣褂袍褶，式皆内裁。其衣冠敝陋、恓恓无华者，人皆视为弃物。时刘文清公故为敝衣恶服，徜徉班联中，曰："吾自视衣冠体貌，无一相宜者，乃能备位政府，不致陨越者何也？寄语郎署诸公，亦可以醒豁矣。"时人争服其言。

佛　典　属

蒙古典属_{佛尔卿额}，顺义王俺答裔也。其祖_{锡拉}被掳至，隶上驷院牧马。仁皇帝于内苑阅马，见其竟日无怠容，曰："此金日䃅俦也。"因擢侍卫。宪皇帝御极，廉亲王允禩等觊觎大位，拉公首发逆谋。宪皇帝悦之，擢内大臣，其子孙皆膺肬仕。公其长孙也，年十六即擢宿卫。尝擎盖于马上假寐，误惊御骑。纯皇帝恶之，以贵臣子不即责。徜徉禁闼三十余年，未逾一级。公性滑稽，作谑语。时上最喜赞礼郎，多有至大位者，公曰："蜩蝉辈亦足贵耶？某虽不肖，实能揣摩其调，秋娘纵老，犹可献倚门技也。"因与擢其选。上大喜曰："尔亦能作是耶？"立擢鸿胪卿。未逾年，授副都统。时和相擅权，旨未下时，有贺之者。公告人曰："余之升擢，犹弈者反着其子，尚未定也。"人争笑之。今上时，洊至理藩院尚书。公素不信佛，谓世无轮回事。病革时，呼子孙环列榻前，众以为有遗嘱。公忽张目曰："此时目前尚无一鬼至，是终无鬼矣！寄语世人，莫信浮屠说也。"语罢瞑目逝，是临终尚作笑柄也。

刘凤诰

刘少保_{凤诰}，江西人，中己酉探花。殿试日，天已昏黑，公文尚未就，众监试大臣欲逐之出。常宗伯青曰："此生书法极秀劲，可给烛使终篇。"榜发，擢高第。公于常公终身执弟子礼，人争与之。公性豪宕，少假馆蒋司马_{元益}宅，蒋公喜其俊雅，欲纳为婿。久之，公尝使酒詈仆夫，蒋公曰："非大器也。"因善遣之。洊至吏部侍郎。与修《高宗实录》告成，加太子少保，近日贰卿加宫衔者，惟公一人，人争羡之。督学浙江，以严酷驭士子，为言官所劾，谪戍黑龙江。时将军有贺表命公代撰，表至，上谓近臣曰："此刘凤诰笔也。其文愈佳于昔，可谓穷苦始工也。"未久，放归田里。按北魏时，高聪以罪遣戍瀛洲，代州牧为奏章，魏孝文帝曰："北州乏文士，此必高聪之笔。"古今事时相同若此。

德尚书

德尚书_瑛，姓通颜觉罗氏，满洲望族也。年六十余，始擢太常寺卿。又二十年洊至户部尚书，已八十余矣。与朱文正、王文端等作五老会，时人荣之。公貌清癯，性俭朴廉洁，位至司徒，家不能具驷马，人比之公孙弘。以其刚毅胜之。尝入直枢庭，其下属告人曰："其他费不具论，即四时衣冠之赀，我公即未能具也。"其清贫也若此。后以失察胥吏罢官。至今年九十余，身犹健云。

帽头毡帽

余少时，见士大夫燕居皆冠便帽。其制如暖帽而窄其檐，其上用红片锦或石青色，缘以卧云如葵花式，顶用红绒结顶，后垂红缨尺余，无老少贵贱皆冠之。惟老翁夏日畏早凉，用青缎缝纫衬凉帽下，如今帽头状，初不以为燕服也。至于毡帽，尚沿明式，皆农夫市贩之服，人皆贱之，近十余年盛行。帽头蟠金线组绣，其上至有用明珠宝石嵌者，如古弁制，惟顶用红绒结顶，稍异古耳。士大夫皆冠之。至春秋间徜徉市衢，欲求一红缨缀冠者，未易见也。至毡帽则以细毯为之，檐用紫黑色，或有缀金线蟠龙以为饰者，非复往日粗野之制，为士大夫冬日之燕服。往日便帽之制，不复睹矣。

明 参 政

明参政亮金川、孝感诸战功，已详前录矣。其少时，尚履懿亲王郡主，夫妇勃溪，王颇厌之。王母定太妃薨，奉移之东陵，秋间道路积潦，舁夫皆惮行。公时襄事，因以巨杖击舁夫，自先行泥淖中，舁夫乃娓娓从命往。行数日，队仗整肃，如行军焉。王大喜曰："诚吾佳婿也，他日可为名将。"是公少时，举止已不凡矣。又公入闱乡试，纯皇帝偶问傅文忠公曰："汝家有与试者无？"文忠以公对。上曰："世家子奚必与文士争名？"因擢蓝翎侍卫，命从征西域。公甫出闱，即匆匆就道，亦一异也。公虽以武功显，然娴文墨，吟小诗，善写墨竹，故屡历文阶，人不以为过也。

刘 清

本朝用人不以资格，故朱衣客以道员用总兵官，见渔洋《池北偶谈》。然皆国初开创之际，近百余年未见以文员改武者。刘松斋清以县吏起家，著"青天"名，屡征川、楚、山东教匪，皆有战功。公性粗率，喜嗜樗蒲，于文吏坐使酒骂座，喜与士卒共饮谑，初乏方面之威仪。又以挥霍贫乏故，颇有簠簋不饬之举。屡遭踬蹶，今上悉知其人，因功高宽贷之。丙子秋，以山东盐运使改登州总兵官，公大喜过望，曰："老臣得以尽其职矣！"命下之日，举朝咸以上用人得宜，因材器使云。

小　说

自金圣叹好批小说，以为其文法毕具，逼肖龙门，故世之续编者汗牛充栋，牛鬼蛇神，至士大夫家几上，无不陈《水浒传》、《金瓶梅》以为把玩。余以小说初无一佳者，其他庸劣者无足论。即以前二书论之，《水浒传》官阶地里虽皆本之宋代，然桃花山既为鲁达由代郡之汴京路，何以三山聚义时，反在青州？北京之汴，不过数程，杨志奚急行数十日尚未至，又纡至山东郓城何也？此皆地理未明之故。一百八人原难铺排，然亦必各见圭角，始为著书体裁，如太史公《汉兴诸王侯》是也。今于鲁达、林冲详为铺叙，至卢俊义、关胜辈乃天罡著名者，反皆草率成章，初无一见长处。又于马麟、蒋敬等四五人层见叠出，初不能辨其眉目。太史公之笔固如是乎？至三打祝家庄后，文字益加卑鄙，直与续传无异，此善读书人必能辨别者。《金瓶梅》其淫亵不待言，至叙宋代事，除《水浒》所有外，俱不能得其要领。以宋、明二代官名羼乱其间，最属可笑。是人尚未见商辂《宋元通鉴》者，无论宋、金正史，弇州山人何至谫陋若此，必为赝作无疑也。世人于古今经史略不过目，而津津于淫邪庸鄙之书称赞不已，甚无谓也。

考　据　之　难

本朝诸儒，皆擅考据之学，如毛西河、顾炎武、朱竹垞诸公，实能洞彻经史，考订鸿博。其后任翼圣、江永、惠栋等，亦能祖述渊源，为后学津梁，不愧其名。至袁简斋太史、赵瓯北观察，诗文秀雅苍劲，为一代大家。至于考据，皆非所长。《随园随笔》中载宋太宗高梁之败，中辽人弩箭以崩，虽本王铚《默记》，然太宗自幽州败归后二十余年始崩，弩箭之毒焉能若是之久？况《默记》所载狄武襄跋扈，韩魏公擅权，至以司马温公之劾王广渊乃授执政之指，直与胡纮之劾真、魏可同传矣，其蹐驳不一而足，奚足据为典要？至赵瓯北《檐曝杂记》，以汤若望、南怀仁至乾隆中犹存，其言直同呓语。未审老叟何以昏愦若此,亦著述中一笑柄也。

明人论先烈王

尝读全谢山《鲒埼亭集》,载明人夏吏部允彝言曰:"东国乃能恪遵成命,推让其弟。又能为之扞御边圉,举止与圣贤何异,其国焉得不兴?"盖谓先烈王让国事也。其时传闻异辞,尚不知先王拥戴文皇出于至诚,高皇帝初无成命也。董崇如与友人书云:"东国部主虽老,其子某雄鸷非常,才略不出暴霄公之下,将来边警尚未已也。"是二人为明臣仆,乃推尊烈王至此,当时神武英略,洵可知矣。

定　　数

《太平广记》载:唐张文瓘居中书数年,未能食一堂餐,以为命蹇。余自乙丑袭封,至乙亥十载间,凡朝廷大燕会及内廷听戏等嘉礼,皆未曾预。己巳今上五旬万寿,余适丁内艰,不得与逢盛典。自今思之,曷胜垂涎,感叹其命之蹇,应与文瓘同也。

海超勇盗马

海超勇公兰察,从征西域、金川、台湾诸战功,超封五等,为近日武臣之冠。值内廷时,与蒙古巴林郡王巴图相善。二人皆有骏骥,扈跸木兰,王欲以己马易公骑,公不许,王曰:"余夜间使人盗去,公勿瞋也。"公笑应之曰:"大佳。"王果使人晚间往窃,见骏马独立荒原龁草,因潜捕之。前土窟中一健夫执马缰伏其内,盖公预为之备也,因大呼曰:"寄语汝王,吾公行当窃王马矣。"使者归告,王命防闲严密。夜半忽闻帐外大呼"盗马者乘马去矣!"俄而万帐齐呼捉贼,如山岳崩势,王马皆惊逸出栈,及追转,而名骏已失。盖公潜至王帐后使从者群呼,及防者出视,而公乘马行矣。事虽猥琐,亦一兵机也。次早二人相见,欢饮竟日,王卒以马赠公,盖深服其智也。按《太平广记》柴绍弟盗马事，与公正同。古今豪杰，皆未可绳以法度也。

郭汾阳逼娶妾

尝读《剑侠传》昆仑奴盗红绡事，其人曰"当朝一品，再造社稷"语，实为郭令公无疑义。按红绡曰"家本良家，为主君逼娶为妾，至今心犹耿耿，故愿随崔生潜逃"诸语，事虽出于稗官家，不足深稽，可见当时法网之宽，故人乐为尽力。虽如汾阳谨慎，尚有小德出入之举，而世人并未以为非。岂若后世人情嚣悍，虽行如曾、史，稍有不当，则浮议蜂起，利害随之，其功业安得建树也！

元 裔 之 多

自古胜国之裔，以元裔为最优。顺帝之嫡支虽为额森所灭，喀尔喀四部落，乃元太祖第四子塔斯之裔，族牒昭然。其他科尔沁、巴林、奈曼、敖汉诸部落，皆元太祖昆弟之胄，今悉列为藩封。又回部中尚有元裔。按《元史》，其长子封于绝域，去中国万余里，其地似今俄罗斯。然则元之世泽延长，较诸江干乞食三王同戮者，不可同日语矣。按蒙古藩封中，惟喀尔沁、土默特二部落姓乌梁哈，为元大将阿尤后，今杜陵郡王邸中尚存谱牒，嗣王曾命余为序，故知之甚详。今元裔薄之曰，系汉人王姓篡窃其地，非蒙古裔者，诬蔑之谈也。

本朝待外国得体

列圣柔远绥邦，抚安华夏，皆得操纵之道。喀尔喀四部落及杜尔伯特、土尔扈特等归降时，皆不去其汗名，盖以其地处遐荒，不足与较。今既仍其名号，异日即稍有梗化，亦不有伤国体。所谓蛮夷相攻，王者不治，较诸前代争款市之名，受吾祖之绐者，其得失信何如也。又俄罗斯国未通贡表，故彼此关会不用诏旨，惟令理藩院行文于其玛玉斯衙门，如有司咨牒之状，实得中国驭夷大体，胜于富郑公之争多矣。使宋室于契丹早行此制,乌有燕云连兵之祸哉!

二 逆 少 子

阿逆叛时,其妻子为舒文襄公所擒事见前卷。其少子某,年甫周晬,纯皇帝怜之,命永锢监中。年至四十,尚未出狱,不识牛马之形状。嘉庆甲子、乙丑间始卒,狱中皆推为祭酒焉。又回部霍集占之子某,赐傅文忠宅为奴。文襄王委任之,招揽事权,颇为殷富。回部王公辑瑞至者,叩拜其门,某坐受之,主仆之礼俨如也。

谙 达

国朝定制,凡皇子六龄入学时,遴选八旗武员弓马、国语娴熟者数人,更番入卫,教授皇子骑射,名曰"谙达",体制稍杀于师傅,盖古保氏之遗。按,明顺义王俺答即为小王子之保氏,故众相沿称之,初非其名。明人不知,甘受其绐,亦弇陋之一端也。近皆选东三省人充补,虽其弓马纯习,然人率皆举止犷野,众素轻之。朱文正公晚年信道,自言曾拜纯阳为师,命柳仙侦察,即世所谓柳魅者。公敬礼视吕祖稍杀,时皆以为荒谬。成王忽曰:"然则为朱先生之柳谙达矣。"众皆粲然。

荣 恪 郡 王

王讳绵亿,荣纯亲王子也。纯王少时,国语骑射娴习,为纯皇帝所钟爱,欲立储位。纯王早薨,王少失怙恃,溺于声色,身体孱弱,至中年无日不病,或对人终日不复接谈。今上令王乾清门行走,以习劳勚,然其疾终不愈也。性聪敏,善书法,诵古今经史,出口如瓶泻水。余尝以《荀子》、《淮南鸿烈解》诸书询之,王背诵娴熟,然亦未见王常读书也。遇大节侃侃不苟。癸酉之变,王时扈从,闻警,或犹泄泄然,王泫然出涕曰:"上为吾辈何人,即以亲谊论之,犹当代分其忧,况万乘之尊乎?"因进谏,请上速回京中,以静人心。上首肯之,即日回銮,因重视王,曰:"朕侄辈惟绵亿有骨肉情也。"宠眷日优。王逾年即以劳瘵薨,上悼惜之。

陈　寿　山

陈处士松,字寿山,天长人。性豪宕,善绘事。少游楚,不遇。入京,客余邸中。先恭王甚喜其人,日与寿山谈,置其画不论可也。先生绘事,少师板桥诸派,故颇为人所訾议。然善画松,尝于夕照寺壁间画大松数株,枝干长数十尺,夏日观之,谡谡有声,如身立深山中,人争爱之。以先生终身笔墨,惟此为最云。淹蹇以终,年未五十。其妻孥流落客邸,先恭王厚为恤养,至今犹存。年已八十余,萧萧白发,亦可悯也。

顾　星　桥

顾太守宗泰,长洲人。少为诸生时,喜声望,筑月满楼招延宾客,饮酒赋诗无暇日。为沈文悫公弟子,故诗笔清隽,尚沿正宗。强仕后,始登甲第,偃蹇粉署廿余年,壮志不为稍衰。客余邸,与余最善。有诗赋相商榷,先生必为忠告,亦淳朴之士也。然性喜躁进,以巧宦自目。序余诗稿,书官阶至三十余字,旭亭师笑曰:"今世兼摄事者,自和相下即星桥欤!"其热中也如此。晚年负债山集,一麾出守,众债帅日集,其门如市,卒乘夅栈车潜逃出京,人争以为笑柄。至粤东后,以结习致罪,制府劾免其官。归吴门后,贫苦益甚,寄食友人以卒。先生初以文悫致通声气,及文悫被论后,先生惟恐牵连,逢人告曰:"沈公非我之师。"亦稍为背德矣。

本朝富民之多

本朝轻薄徭税,休养生息百有余年,故海内殷富,素封之家,比户相望，实有胜于前代。京师如米贾祝氏，自明代起家，富逾王侯。其家屋宇至千余间，园亭瑰丽，人游十日，未竟其居。宛平查氏、盛氏，其富丽亦相仿。然二族喜交结士大夫以为干进之阶，故屡为言官弹劾，致兴狱讼，不及祝氏退藏于密也。怀柔郝氏，膏腴万顷，喜施济贫乏，人呼为"郝善人"。纯皇帝尝驻跸其家，进奉上方水陆珍错至百余品，其他王公近侍以及舆台奴隶，皆供食馔，一日之餐，费至十余万云。王氏初为市贩弄童，后以市帛起家，筑室万间，招集优伶，耽于声色。近日其家已中落，然闻其子弟云，器皿变置犹足食五十载，其他可知矣。亦皆极一时之盛也。

麻 状 元

本朝顺治壬辰，始许满洲子弟廷试，与民籍另置一榜。头场四书文二道，二场论一道而已。麻文僖公尔吉中廷试首名，人争呼为"麻状元"，今其宅犹存，人呼为"状元街"云。其后停试，至癸丑复开科，即与民籍贡士同榜，如今制云。

王 文 肃

王文肃公安国，性刚毅，操守廉洁，虽屡历肮仕，其贫窭如故也。每早登朝，家不举火，偕幼子同舆往，公入内堂餐，市饼饵数枚，令其子坐舆中食之，充饥而已。履懿王与之善，尝饫助之，公辞不受，曰："忝在九列，不敢与王有所交结也。"其子侍御念孙以弹和相著声望。喜讲水利，屡任河员，卒以河决罢官。今少宗伯引之乃公孙也。

陈 文 肃

本朝汉阁臣率以耆儒硕德，始获登庸。故历黄扉，无不白发骎骎者。惟文肃大受以大考受上知，其参政时，去释褐甫十载，人争羡之。公性刚峭，岐嶷伟貌。善吏事，历任封圻，以廉敏称职，诸下属畏如神明，莫敢欺诈。然多溪刻，恩怨分明，睚眦之仇必报。有道员明公福者，伊文端公之孙也，为公门生，任粤东粮储道。公之两粤制府时，明公适丁艰归，遇诸水程，明公具刺谒公。公适假寐，阍人不时通，明公慨然扬帆去。及禀，欲见之而明已行，公心恚其事。至粤中摭拾明浮收粮米案劾之，明因致大辟。后数十年，其子辉祖卒以贪婪伏诛，众皆以为公苛刻之报云。

王 功 伟

王功伟富顺，汉军人。性迂拘，学问弇陋，除《四子书》、时文外，他书籍莫睹也。然直朴，颇明大义，见有人受奴隶欺者，必从旁证之，屡遭人怨詈，先生不顾也。自以为善陶、猗之术，屡开市店，资财为人绐尽，而先生自以为倍获，人前津津道之，其志终不衰也。以致落魄，布衣敝袍尚不能给，训课蒙童以为糊口计。绳床土锉，终日书声喧聒不已，而先生不以为厌也。尝病眩晕，恒恐毙于道途，每出行必小纸书其姓名居址以防颠仆。余笑谓曰："昔刘伶荷锸自随，今先生之骸骨，惟以不归于田庐是虞，何其不达也若此！"先生亦无以对也。后卒以贫困终。

啸亭续录卷三

明 史 稿

向闻王横云《明史稿》笔法精善，有胜于馆臣改录者。近日读之，其大端与《明史》无甚出入，其不及史馆定者有数端焉。惠宗逊国事，本在疑似之间，今王本力断为无，凡涉逊国之事皆为删削，不及史臣留程济一传以存疑也。永乐以藩臣夺国，今古大变，王本于燕多恕辞，是以成败论人，殊非直笔。然则吴濞、刘安辈亦足褒耶？不及史臣厚责之为愈。至于李廷机与沈榷、沈一贯，毕自严与陈新甲同传，未免鸾枭并栖，殊无分晰，不如史臣之分传也。周、温二相为戕削国脉之人，乃不入奸臣传，而以顾秉谦龌龊辈当之，亦未及史臣本也。其他谬戾处不可胜纪，后史臣皆为改正，盖首创者难工，继述者易善也。惟三王本纪较史本为详，然其事迹今已见《钦定通鉴辑览》，亦无庸赘叙。至于奏牍多于辞令，奇迹罕于庸行，则二史病处相同，殊有愧于龙门，惟视宋、元二史为差胜也。

晓 屏 相 公

邹晓屏参政炳泰，无锡人。登科后不登权要之门，徜徉词馆者三十年，以资深得跻卿贰。好古书画，收藏甚富。尝得《化度碑》宋拓本，至质衿褥以易归。曾告余曰："他人以如山金帛，乃易赝物满架阁，不及余数金之真也。"立朝不苟，浐至冢宰。与胡合庵图理争兵部铨选事，直言侃侃，胡莫能夺，卒以见谪。余是日遇公于九松山古寺中，公历言胡变法故，曰："吾年已及衰，尚恋恋此位何为？当以去就争之，不可使朝廷之法自我坏也。"余钦服其言，以为有古大臣风。上亦重其品望，诞日赐内府梨园部曲以荣之。然性多疑忌，苛待下属。尝于政事堂谓铨选部君曰："汝部中皆卖法之人,何面目入此堂也。"以致激怒阖部司员,皆欲挂冠去,赖同事者劝谕乃止。故僚属嗟怨,不以实告。兼京兆数载,致延林清之变,而公尚不知也。是日踉跄入朝,履声橐橐然,向人语曰:"事出仓皇,我亦无法措置。"昏然坐军机处阶上,默无一语,众皆笑之。卒以是免官。归时囊无赀装,至卖书画以行。闻法时帆言,公所著《午风堂丛谈》,皆载近日士大夫嘉言懿行,颇为富溢。近所刊本皆割裂故书为之,实无足取也。公善吟诗,体裁正宗,颇有随州、青丘遗趣,实近日公卿辈所罕能也。

和相见县令

右安门外野寺僧人言,和相权盛时,凡入都谒选,争以谒见为荣。有山东历城某令入都,求见和一面,以夸耀于同寅,以二千金赂其阍者,于和相归邸时,长跽门前,自呈手版。和相于舆中呵曰:"县令是何虫豸,亦来叩见耶!"时传以为笑柄。

质庄王义犬

质庄王尝畜小犬名蘋婆,颇驯顺解识人意。王薨,犬不食,三日毙,亦一异也。

伊总宪

近日宗室中淊列卿贰者,多不称其职任,如禄相公、宜中丞其彰明较著者。继起为伊总宪冲阿,为豫良王犹子,以资深致大员,初无所表见于世。甲戌秋,任总宪甫数十日,忽奏检拾无名揭帖,有滑县民某首告京师有林清逆党,欲于万寿节起事,阑入神武门之语,举朝骇然。至期阒无其事,人多疑之。穆司马彰阿告余曰:"吾侪家长称觥之期,其子弟仆长尚预戒同事勿以不详事见知。今万寿令节,伊公以惑乱人语入告，何其舛也！”余首肯其言。又闻中城副指挥史作霖梦蛟言：“前伊公已至公署，园中并无应奏事件，若预为引避者，次早即有揭帖之事。又其宅隐僻，甫为总宪，何以讦者即详其居址官职，殊堪骇惑。”或云伊素好左道，尝引扶鸾邪术之人寓其宅中，其迹隐秘，莫可详也。以是见谪乌里雅苏台将军，人心大快。未逾年，复以奥援授理藩院尚书，初不惬公论也。

胡桂画

内府伶官胡桂善绘事，仿董北苑、黄鹤山樵诸家酷肖。尝作《长城雪霁图》，见纯皇帝御制诗中。其子九思亦善绘事，通书翰，拜法时帆祭酒为师。客质邸，以文墨自娱。尝作小诗，清隽可喜，较之时帆，实入室弟子也。

关槐

关司马槐，浙江人。家巨富，以赀为中书，夤缘成进士，初未尝能文翰也。拜傅额驸隆安为师，自相夸耀，人争鄙之。亦自以为能绘事，凡岁时贡画数百幅，以供内庭糊壁，复馈遗诸内侍，故其值房中槐画为多。时中书盛公敦崇亦善绘事，故人诮之曰：“关花盛树岁朝胡。”盖二人所长也。晚年跛足，尚复恋栈。尝同余召见乾清宫，槐蹩躠上阶，成司马书谓余曰：“吾若有其家赀，早罢官归去，尚复阻后进之路何为也。”槐乃以贫窭自居，冬日服单襜衣，室不举火。谢芗泉侍御往拜之，延之坐土锉上，窗不糊纸，寒威凛然。谢笑曰：“余虽年迈，然不以此残躯陪君为冻饿鬼也。”而槐初不怍然，但谢贫乏而已。

图文襄公厚德

图文襄公平察哈尔、川、陕战功，余已详载前卷矣。幼时闻先外祖母舒太夫人言_{太夫人为公曾孙女}："公掌刑曹时,与姚端恪公同定律例,将明代酷法尽皆删除。奏释死囚长枷匣床,以免狱卒凌虐。又毁明代镇抚司酷刑,如吕公绦、红绣鞋诸虐具,以免后人效法。当时翕然颂德。至今马、姚二氏簪缨不替,有所由来,汝小子其勖诸!"今余以虐刑治强暴,致罹刑网,静思罪愆,真有愧先外祖母慈训也。

刘　全　母

和相家奴刘全,幼时为人执鞭,家甚贫乏,至冬月着单衫,縠縠有声。和相揽权时,甚为倚任,屋宇深邃至百余间,曾为曹剑亭所弹劾。士大夫不肖者争与之结姻眷,有萼山、楚滨之风。其母甚贤慧,及全富时,其母必日索腐豉下餐,曰:"昔日思此而不易得,今虽豪富,敢忘旧日景况耶。"故全受禀母教,罔敢干犯国法。其子某甚不肖,致有南郊私毙人命事,以遭刑诛,而全母卒以善终。

王　西　庄　之　贪

王西庄未第时,尝馆富室家,每入宅时必双手作搂物状。人问之,曰:"欲将其财旺气搂入己怀也。"及仕宦后,秦诿楚诿,多所干没。人问之曰:"先生学问富有,而乃贪吝不已,不畏后世之名节乎?"公曰:"贪鄙不过一时之嘲,学问乃千古之业。余自信文名可以传世,至百年后,口碑已没而著作常存,吾之道德文章,犹自在也。"故所著书多慷慨激昂语,盖自掩贪陋也。

铁　冶　亭　尚　书

余束发与冶亭尚书交,已廿余年,喜其诗才俊逸,议论今古是非,侃侃正论,以为有古大臣风范。后闻其历任督抚,以傲戾称,考核下属,往往因苞苴多寡定其优劣。又祖庇科目,颇蹈明人恶习。乃因王伸汉之狱,谪贬西域。召用未逾年,又以在西域时滥毙人命,致遭戍吉林，颇诧其言行不符乃至若是。后闻人言，当癸酉秋林清之变时，公独召对，尽述阉宦不轨之谋，又发十七日夜之事_{见前卷}，故上从其言，搜捕逆党颇急。太监杨进忠造刀逆谋，又为其门生御史陆泌、曹恩绎所劾发，致阉宦恨之切齿，造诸蜚语上闻。适遇西域之咎，重遭重谴。公尝选八旗诸耆旧诗数十卷，颇为繁富。任齐抚时进呈，上御制序以宠之，赐名曰《熙朝雅颂集》，颁行天下。

玉阆峰侍郎

冶亭弟阆峰司马玉保，诗才敏捷过于其兄，品高雅不趋声闻。纯皇帝时，恶八旗词林学问窳陋，特亲试之，擢公兄弟二人，众以轼辙、郊祁比之。公学淹博，尝读武经诸书，自以为知兵。台湾之役，傅文襄王、海超勇公膺上赏，公以蓝鹿洲《平台纪略》示余曰："昔廷珍以七日擒巨寇，甫荫一轻车都尉。今二公竭天下之力以成其功，不及蓝氏多矣。"川、楚教匪叛时，公欲请缨自荐，为人尼止。上知其才，欲擢为晋抚。有公邻某公，先以赀贿和相，因荐其资格较玉某为深。上从和言，故公有诗曰"春风先已入邻家"之句。其家复遭妇道不职，终日勃溪，因郁郁成疾，寄居冶亭园庭以没，人争惜之。

蒋元亭侍郎

蒋元亭侍郎予蒲，少司空元益子也。父子同居九列，时人荣之。公好讲辟谷术，朱文正公引为室弟子。又以释迦、柱下之道异致同功，故合释、道二学著书立说，时人颇以为恬静。然躁进取，急于名利，凡要津当道，无不交接，其人稍蹉跎，即厌弃如敝屣。尝与其徒某于秘室谈道，有听之者，皆容成御女之术及奔竞要津秘箓耳。毕子筠孝廉深恶之，曰："元亭之倡邪说，与川、楚教匪何异？况假元漠之言以为终南捷径，何其舛也！"余以毕子为知言。后卒以师事僧人王树勋为石御史_{承藻}所劾罢，郁郁归去，久之乃死。

熊铅山司寇

熊铅山司寇_枚，江西人。少中戊子解元。屡任封疆，以懦弱名，下吏多揶揄之，年六十余始登九列。壬戌科主会试总裁，于闱中拟墨，文字荒疏，不堪入目，有"文王亦人耳"之句，为罷罷子传为笑柄。纪晓岚批其文曰："中有一团浑穆之气。"亦讥其不中轨也。公以江西名隽自居，晚年文字何以荒谬至此也。

陆大司马

陆司马_{宗楷}，少年科目，居大司成任垂三十年。纯皇帝召见，怜其衰老，数年中立擢大司马。尝问之曰："卿年迟暮，自揣精力尚能衡文柄乎？"公对曰："臣任司成时，日课国学生，乃自文章堆中匍匐出者，殊不以为苦也。"上笑颔之。

彭氏科目之盛

余素恶扶乩之事，以为假鬼神以惑众，为王者所必诛，故律置之重典，良有以也。然姑苏彭氏设文昌神乩坛，南畇先生以孝友称，其孙大司马公复中元魁，祖孙状元，世所希见。司马之子_{绍观、绍升、绍咸}，其孙_{希郑、希洛、希曾}，其曾孙_{蕴辉}皆成进士。今司寇公_{希濂}复登九列。科目之盛，为当代之冠，岂真获梓潼之佑耶，抑别有所致之也？

鲍双五侍郎

鲍双五侍郎_{桂星}，虽以妄言失职，然其人性伉爽。未第时，为涞水方氏主计臣，出入百万，计无遗策，方氏赖之以富。为中州学政，督课士子最勤，五更时即朝服坐堂皇，校阅文字。以河南士风多堕陋，故命题多以典故考诘，以诱士子勉于学问诵读。其叙中州试牍有云：

"士子夤陋不已,必至有怀挟代倩之弊,而国法随之矣。"语虽激烈,亦见其苦心也。癸酉秋,任湖北学政时,闻林清乱,慷慨就道,数日急驱至京。时滑县道梗,公主仆数人直摩贼垒而过,尝曰:"吾既以身许国,岂可畏祸纡行,以干名义也!"途中上疏调剂兵食,语多裨益,上采行之。故滑县之成功较速,公之策居多。公为余之畏友,丁卯冬,余邸既遭回禄,公每劝宜急修葺,以存国体,至丙夜修书,洋洋数千语以责之。又余挟优过其寓,公拒不纳,其严厉也若此。

陶珏卿

余素狎优伶,屡为吴春麓侍御、鲍双五司空所斥,心甚惭恧。若辈迎欢卖笑,虽其常态,然亦有深知大义者。如陶珏卿,名双喜,江都人。貌虽齐李、蔡,然性多伉爽,才敏捷,颇可人意。侍母最孝,凡所得缠头,任母荡费,惟恐不得其欢。余每放言妄论,伊必阻止曰:"此招祸之媒也。"卒应其言。伊于奉母外,其所蓄资财,多周济贫窭。曰:"同为世人,何忍见其流离也!"后余以暴戾致愆,乃株连及珏卿。入狱数旬,日夜长号思母,闻者哀之,因以瘐死。亦若辈中之翘楚也。

庆丹年相公语

丹年相公,三世调梅,古今罕睹。性平和,居枢府数十年,初无过失,举趾不离寸跬,人比之王岐公。忆其初赐双眼花翎时,缓步出神武门,风度安翔,众誉之曰:"世罕见此和平风度,所以载厚福也。"癸酉秋,林清之乱,公年垂八十,抱疾于邸,踉跄坐肩舆入内,昏然坐顺贞门阶下,终日无所指挥。人有告其变者,尚从容曰:"此语自何所闻,若辈安敢如此横逆!"人争笑之。卒以是致仕归。逾二年薨于邸,谥文恪。

姚姬传先生

先恭王善持衡天下士。乙亥夏,朱子颖南游,携姚姬传诗至邸,先恭王曰："此文房、冬郎之笔，异日诗坛宿秀也。"不十年，先生成进士，改官刑部郎中，持法严正，刘文正公甚倚任之。会文正公薨，先生乃移疾归里，掌文教者四十余年。古文遒劲简炼类归震川，而雅淡过之。年八十余，庚午重赴鹿鸣，赐四品章服。又数年始卒，论者以其品望为桐城第一流云。

杨 升 庵 诗

尝读《杨升庵集·海估引》云："海估帆乘鲸浪飞，绡宫夜取万珠玑。翻身惊起蛟龙睡，血污青泠竟不归。偃月堂空罢舞尘，靖安坊冷怨佳人。芙蓉莲子随他去，不及当年石季伦。"乃讥夏文愍之词。盖桂洲居相位时，亦复贪婪倨傲，原非贤佐，不过为分宜所陷，死非其罪，人多悯之。今《鸣凤记》演河套剧，居然黄发老臣，可与葛氏、姚、宋并列者，亦未免过褒也。

福 文 襄 王 夫 人

福文襄王夫人，姓阿颜觉罗氏，总督明公山女也。性爽伉，遇事多决断，配文襄王廿余年，封疆案牍，尝为佐理。安南国王阮光平既归降，纯皇帝欲其来朝以贳其罪，而阮畏天朝法，不敢亲至，文襄王忧之。夫人曰："此相公祸福关头，使光平不亲至，何以归报君命？"因呼使臣吴俊入署，隔帝与之商榷，久之曰："吾侪虽裙钗辈，敢以此头保光平不死，务须招其至粤，以彰君德。"吴故善辞令，驰入安南，力说光平，以夫人辞告之，光平始入觐。纯皇帝大悦，颇优赉之以归，夫人之力也。文襄王薨后，夫人持家数十年，以严厉称，闺门整肃，人争慕之。

明 太 傅 家 法

余尝育奴子英魁，为纳兰氏之旧仆，言明太傅珠于康熙中既为郭华野所劾，曰："勋名既不获树立，长持保家之道可也。"因广置田产，市贾奴仆,厚加赏赉,按口賙以银米,冬季赐以绵布诸物,使其家给充足,无事外求。立主家长,司理家务,奴隶有不法者,许主家者立毙杖下。所逐出之奴皆无容之者,曰:"伊于明府尚不能存,何况他处也。"故其下爱戴,罔敢不法。其后田产丰盈,日进斗金,子孙历世富豪。至成公安时,以倨傲和相故,撄于法网,乃籍没其产,有天府所未有者,良可惜也。因思权奸保家,其才故有过人者,所以能历百年而不败也。

蔡葛山相公

蔡文端公新,文恪公世远侄也。文恪为纯皇帝藩邸旧学,故上待公尤厚。公性端悫,理学传世,为安溪正脉,故虽以过失屡遭上严旨,而敬礼犹如故也。为上书房总师三十余年,诸皇子皆敬惮之。乙巳春,予告归里,诸皇子赋诗送行,时人比之疏傅。庚戌秋,入京祝嘏,上谓和相等曰:"今岁王会图慎勿使蔡新见之,恐其谏章即至也。"其为上所重至此。余幼闻先恭王言:"尝自滦阳返,遇公于途,公立降舆。先王止之,公曰:'某非为王降舆也。'乃正襟北面,恭请圣安毕,然后相见。"其大节不苟如此。年九十余始薨于家,实升平人瑞也。

王 鸿 绪

王尚书鸿绪之左祖廉王,余已详载矣见前卷。近读其《明史稿》,于永乐篡逆及姚广孝、茹瑺诸传,每多恕辞,而于惠帝则指摘无完肤状。盖其心有所阴蓄,不觉流露于书,故古人不使奸人著史以此。王司徒之言,未可厚非也。

朱文正宅湫隘

《涑水纪闻》载宋臣杨砺为真宗东宫官,即位,拜枢密副使。病甚,帝幸其第,所居在隘巷中,辇不能进,帝因降辇步至其第,慰劳甚至。按朱文公薨时,上亲往吊,门不容御舆入,上步至其灵前,哭之甚哀。古今圣君贤臣，如出一辙也。

性情之偏

余性情偏急，尝为质恪郡王所箴曰："兄至众叛亲离时，始信弟言之不谬也。"余尝以为过激之谈，今终以暴戾致怨，深悔不从其语。然古以郭汾阳盛德，卒因暴怒杖死判官张谭；陈执中为宋相，以无道虐死婢子三人，迎儿年方十二，累行笞挞，穷冬髀缚，绝其饭食，挛囚至死，为赵清献所劾；汉相魏相以挞毙婢子故，为赵广汉所究治，皆历见诸史册。诸公皆当世名卿贤相，其过失如此之甚，终未以此罢斥。何况惩治强暴，法虽苛刻，究未致毙，乃使先王封爵自余而失，深有所愧耻也。

古史笔多缘饰

余素怪前代正人君子名节隆重，指不胜屈，近时人材寥寥，何古今之不相及若此。尝与毕子筼孝廉谈及，子筼曰："君泥诸史册语，故视古今异宜。不知本朝人才之盛，为前代所不及。先朝无论已，即以目下人才论，如王文端之持正，朱文正之博雅，松相公之高谈理学，岳少保起、蒋励堂攸铦之廉名素著，戴文端、百菊溪之才锋敏捷，庆丹年相公、董太保之和平谦让，额经略、德将军之战功克捷，杨军门遇春之宣劳西北，王提督得禄之扬誉东南，李壮烈长庚、穆忠果克登布之忠节，强忠烈克捷、李太守毓星之死事，汪瑟庵廷珍、吴山尊鼒、鲍双五桂星之文学，拟之前代人才，有过之无不及者。使史笔有所润饰，皆一代名臣也。"余韪其言。近读王文正笔记，丁鹤相言："古今所谓忠臣孝子，皆未足深信，乃史笔缘饰，欲为后代美谈耳。"言虽出于奸邪，未必无因而发也。

报应之爽

宋时，章惇少时，私人之妾，为人所掩。逾垣而出，误践妪妇，为妇所讼，赎铜乃免。其后为政苛虐，卒有岭南之行。近有某相公，少时貌甚美丽,尝奸于大姓宅,其仆愤极,欲刺杀之,幸误中帽乃免。其后高朗令终,为一代之贤臣。吁,亦异矣!

盗贼之讹

《闻见录》载:相传黄巢不死时溥之诛,乃自髡为僧。张全义见于洛南禅寺,号雪窦禅师,有《自题小照》诗云:"犹忆当年草上飞,铁衣脱尽挂僧衣。天津桥上无人识,独倚阑干看落晖。"纪晓岚《滦阳续录》亦辩魏阉不死阜城,乃假缢貌似者代之。袁简斋又言李闯不死九宫山,为某寺和尚,曾有见其遗像者云。余按黄巢、阉、闯罪恶通天,虽醢诛之未尽人快,奈何转为隐讳,务以考终归之,未审执笔者是何心也!又雍正中,平恪郡王北征时,有僧人赠王剑,祷书"闯"字,群亦以为李逆不死。余以必系贼人遗物,为愚蠢僧人所获,献之以邀厚赉耳,未必李逆果成佛也。惟明惠帝世以为出亡,又唐王被擒后,有言脱逃至五指山为僧之语,乃遗民未忘故主之意,无论真伪,犹有取焉。

舒文襄公末节

余舅氏舒文襄公,少任御史时,极言天下利弊,当时号为"铁汉"。后内任金吾,外掌军旅,皆以刚直见称,故刘文正公力挽为相。及居首揆,锋芒日敛,殊蹈模棱之习。王伦之役,复逞军威,多杀无辜。又上疏言禁民间私蓄火器,为言官所纠,比以秦皇销兵云。然川、楚之役,初有欲招抚者,以致贼人蔓延日炽,反不如公之除莠务尽之善。又火器之烈,自古所无,自明中叶始入中国,赖本朝化治升平,故犹未尽其害。若六朝、五代之际,使有是器,以烈焰攻城邑,吾民鲜孑遗矣。盖公之智虑深远,亦未可厚非也。

年大将军先兆

年大将军赐第在宣武门内右隅,其额书"邦家之光"。及年骄汰日甚，有识之士过其第哂曰："可改书'败家之先'。"盖以字形相似也。未逾时，年果偾事。

朱文正公之直

朱文正公在讲帷时，以羽翼今上故，忤某贵臣。后其舆人殴伤官兵，某贵臣因嗾护军统领某重劾之，以泄前愤。赖上优待公，惟治其舆人罪。然谓侍臣曰："师傅所当优礼者，至其舆人务须以法治也。"后未逾时，贵臣即获罪，侘傺以终。统领家以中菁之私，杀伤其子，统领亦以他事劾免。蒋香杜孝廉笑谓余曰："朱相公果能驱使黄巾力士阴谴伊二家耶！"余曰："即使朱公真有其术，以伊素日品行，亦必不为。其天报之不爽耳。"蒋以余言为然。

夜谈随录

有满洲县令和邦额著《夜谈随录》行世，皆鬼怪不经之事，效《聊斋志异》之辙，文笔粗犷，殊不及也。其中有记与狐为友者云："与若辈为友，终为所害。"用意已属狂谬。至陆生楠之事，直为悖逆之词，指斥不法。乃敢公然行世，初无所论劾者，亦侥幸之至矣。

松相之谪

松相公自癸酉秋出镇伊犁，又复三载，丙子秋始归朝任御前大臣，以直鲠称。丁丑夏，畿辅亢旱，上下诏求言。公上疏谏阻东巡，上以其故违祖制，应置重典，念其平日廉直，以二品衔谪为察哈尔都统。其疏云："臣某跪奏，为恭读朱笔谕旨，惶恐焦急，敬沥微忱事。窃臣昨日仰蒙召见，命阅御制《望雨省愆说》毕，臣随赴军机处，众官公同捧读之下，万分惭悚，踟蹰不安。兹因顺天府所属缺雨，以致我皇上引咎自责，宵旰忧勤，天时稍释。深戒臣工因循疲玩，复谕及癸酉九月之变，诚如圣谕，旱象甚可畏也。如臣忝列首撰，仅知趋走为勤，实有应得之愆。若徒以虚言塞责，不惟辜恩负职，亦恐天理难容。因念皇上于来年诣盛京，恭谒列祖陵寝以告成平，典礼攸关，固不宜缓。又以连年河流顺轨，漕运迅速，各直省普庆丰收，原可举行巨典。唯今夏亢旱尤甚，上天昭示，独在三辅之区，臣愚以为皇上展敬之诚，已荷列祖列宗在天昭格。伏思十七年臣奉差奉天，查勘陵寝工程，沿途曾见旗民，颇形艰窘，是以于十九年春间由新疆曾经恭折奏请皇上缓诣盛京，荷蒙谕允。自去年八月臣入都之后，日侍天颜，屡蒙谕及二十三年恭谒祖宗陵寝，彼时臣以连年雨旸时若，收成丰稔，固应举行斯典。今乃三辅旱象已成，或系祖宗眷佑，昭示景象，暂停举行以为苏息岐幽父老之意未可知也。臣不揣冒昧，恭折密陈，是否有当，伏乞睿鉴。臣无任惶恐惭悚之至，谨奏。"

诗　文　涩　体

宋子京诗文瑰丽，与兄颉颃。其《新唐书》好用僻字涩句，以矜其博，使人读之，胸臆间格格不纳，殊不爽朗。近日朱笥河学士诗文亦然。余尝谓法时帆祭酒云："读《新唐书》及《朱笥河集》，如人害噎膈症，实难舒畅也。"法公为之大笑。

服　饰　沿　革

国初尚沿明制，套褂有用红绿组绣者，先良亲王有月白绣花褂，先恭王少时犹及见之。今吉服用绀，素服用青，无他色矣。花样，康熙朝有"富贵不断"、"江山万代"、"历元五福"诸名目。又有暗纹蟒服，如宫制蟒袍而却组绣者，余少时犹服之。袍褂皆用密线缝纫，行列如绘，谓之实行，袖间皆用熨折如线，满名为"赫特赫"。今惟蟒袍尚用之，他服则无矣。又燕居无着行衣者，自傅文忠征金川归，喜其便捷，名"得胜褂"，今无论男女燕服皆着之矣。色料初尚天蓝，乾隆中尚玫瑰紫，末年福文襄王好着深绛色，人争效之，谓之"福色"。近年尚泥金色，又尚浅灰色。夏日纱服皆尚棕色，无贵贱皆服之。褒服初尚白色,近日尚玉色。又有油绿色,国初皆衣之,尚沿前代绿袍之义。纯皇帝恶其黤然近青色,禁之,近世无知者矣。近日优伶辈皆用青色倭缎、漳绒等缘衣边间,如古深衣然,以为美饰。奴隶辈皆以红白鹿革为背子,士大夫尚无服者,皆一时所尚之不同也。

余少时见士大夫燕居,皆冠便帽,其制如暖帽而窄其檐,上用红片锦或石青色,缘以卧云如葵花式,顶用红绒结顶,后垂红缦尺余,无老少贵贱皆冠之。惟老翁夏日畏早凉,用青缎缝纫衬凉帽下,如今帽头状,初不以为燕服。至于毡帽,尚沿明式,皆农夫市贩之服,人皆贱之。近十余年盛行。帽头蟠金线组绣,其上至有用明珠宝石嵌者,如古弁制,惟顶用红绒结顶,稍异古耳。士大夫皆冠之。春秋间徜徉市衢,欲求一红缨缀冠者未易见。至毡帽则以细毯为之,檐用紫黑色,或有缀金线蟠龙为饰者,非复往日朴素,为士大夫冬日之燕服。往日便帽之制,不复睹矣。

贵　臣　之　训

定例,坤宁宫祭神胙肉,皆赐侍卫分食,以代朝餐,盖古散福之意。有贵臣领侍卫者,因训其属曰:"居家以俭为要,君等朝餐既食胙肉,归家慎勿奢华,晚间惟以糟鱼、酱鸭啖粥可也。"某侍卫应曰:"侍卫家贫,不能购此珍物。"某公乃语塞。其生长富贵,不知间巷之艰难若此,可知"何不食肉糜"之言,洵非虚也。又诫同族少年曰:"在外慎勿胡乱行走。"少年性黠,因故为不解状,某公赧颜良久曰:"所谓嫖妓等事是矣。"少年曰:"我辈外间皆名宿娼也。"一堂哄然。

明　相　国

丁丑夏,松相公以久旱策免,拜明参政为首揆。公于乾隆丙子、丁丑间即从征西域,久拥旌节,董太保居政府廿余年,视公犹为后进。年已大耋,乃登台席,自渭滨钓璜之后,实为再见。信升平人瑞也。按宋乔行简,亦八十余始入政府,不久即免,未足称也。

安　　三

明太傅擅权时，其巨仆名安图，最为豪横。士大夫与之交接，有楚滨、萼山之风。其子孙居津门，世为醝商，家乃巨富。近日登入仕版，有外典州牧、不肖宗室至有与其连姻眷者，亦数典忘其祖矣。

明春二公论战

人臣死绥，古今通谊，然必有济于国，始为可贵。若如赵括、邱福之徒，非不舆尸殉死，不为世所重也。闻明相公言，木果木之战，海超勇公实预其事。甫交绥，海公即大呼曰："军气颓败，此溃师之兆也。吾马首欲东，诸君努力冲围，悉会师于美诺可也。"因策马归，故身不预难，其后卒以灭敌，盖留身有待也。春将军宁亦世代拥旄者，言对敌如角抵然，稍觉势异，即放手再与之扑，不然必颠仆矣。自古如邺、鄢之役，九节度之败，皆师老之故也。二公皆久经军旅者，其置论乃如是，此与杨存中舍淮守江之论相似，非亲身经历者，必以其言为懦矣。

朱检讨题词

朱检讨天保谏立东宫事，余已载之矣。近于崇效寺观拙庵和尚红杏图小照，康熙中词林如王渔洋、朱竹垞辈，率皆题咏。公题七绝一首，诗亦隽逸可喜，乃知其别字鹤田也。因匆匆阅看，未得抄录其诗，心殊觉怅惘也。

谲　　谏

圣祖既废理邸，揆叙、王鸿绪辈恐其复立招祸，因造诸蜚语以闻。仁皇帝怒，欲置王于重典，众莫敢谏。领侍卫内大臣娄公德纳，仁皇近侍也，年已耄，善解人主意。时上自畅春园还宫，欲明颁诏旨。公先日燕见,曰:"闻护军统领某得暴疾,肉尽消瘦,已骨立矣。"某公素以体胖著者,次早上入宫,某统领佩刀侍神武门,丰伟如故。上诘公,公笑曰:"可知人言未可信也。体之丰瘠乃现于外者,尚讹传至此,何况暗昧事哉!"上首肯其言,立罢其诏云。

流 俗 之 言

《避暑录话》载,宋时流俗言甚喜而不可致者云"如获燕王头",盖当时以取燕为急务也。雍正中,尝与准夷构兵,里巷鄙自矜伐者必曰:"汝擒得策王至耶,何自夸张若此!"盖谓策旺拉布坦也。余少时闻老妪妇犹言及之,可见准夷鸱张一时,非纯皇帝之神武,安能剪灭其国,夷为郡县? 其威德胜于宋代,不啻霄壤之别矣。

置岁不用闰法

宋沈括《梦溪笔谈》载置岁法,言"每岁以十二气为一年,更不用十二月,直以立春为孟春之一日,惊蛰为仲春之一日,岁岁齐尽,永无闰余。如此则四时之气常正,岁政不相凌夺,日月五星亦自从之。如此则算术岂不简易端平,上符天运,无补缀之劳"云。按泰西之法,本以日纪岁,初无置闰之法,入中国后始增置闰之条。括当时声教不通,乃其论与西法暗合,亦精于算律矣。

牧 庵 相 国

牧庵相公长麟,景祖翼皇帝裔也。成乙未进士,以部曹洊至督抚。性聪敏,历任封圻,以廉明称。任吴抚时,擒获强暴,禁止奢侈,尝私行市井间访察民隐,每就食于面馆,吴人传为美谈。抚晋时,和相觊觎上公之爵,因市人董二诬告逆匪王伦潜匿晋省某家,和相因公陛见至京,握手宫门柳下,嘱托再三曰:"无论其真伪,务坐为逆党,吾与公偕得上赏矣。"公至晋访之,皆无实据,某实董仇家,故欲倾陷。公慨然曰:"吾发垂白,奈何灭人九族以媚权相也?"因坐董二以诬告,大忤和相意。后因闽中事牵连,谪戍西域,盖为之报复也。今上亲政后召入,历任闽、陕诸制府。后以母老入都参知政事,以目眚致仕,久之乃卒。余尝与公直宿禁中,问其私行,余以节钺大员,小民皆所熟识,恐无济于实事。公曰:"吴中风俗狙诈,故欲其知吾私行以警众也。"余服其言。公赤皙,修髯伟貌,言语隽雅,坐谈竟日,使人忘倦,人亦乐与之交。然性好奢华,置私宅数千厦,毗连街巷。铁冶亭冢宰尝规之,公曰:"吾久历外任,亦知置宅过多,但日后使此巷人知有长制府之名足矣。"亦善为拒谏也。任司寇时,比昵某尚书,故治广赓虞侍郎之狱颇急,又误判巫蛊事致伤多人,颇为人口实云。

李赓芸之死

李公赓芸,江苏奉贤人。成庚戌进士,历任郡县,以廉能称。屡登荐牍,时以为天下清官第一。累迁至闽藩,时汪公志伊为闽制府。汪故老吏,以布粟起家,矫为廉洁,尝刊《小学规范》诸书行世,李公素轻之。尝乘新轿入督府,汪公训之曰:"奢者必贪。君初为方面大员,慎勿美于服饰,蹈往昔窠臼也。"公愤然曰:"芸虽不肖,为天子大吏,稍饰舆服,诚不为过,实耻效布被脱粟之平津侯以欺罔朝廷也。"汪公心衔其语。会有改教县令朱履中讦公受其陋规,及其仆黄元索诈赇钱数百元,皆系相沿旧规,汪公乃露章劾之。命福州守涂以辀罗织其狱,涂希汪意,私具状逼公画诺。公不服,以辀拍案厉声诟之,日夜锻炼不休。公怫然入寓,怀冤状自缢死。事闻,上命侍郎熙公昌、王公引之往鞫其狱,闽中士大夫争伏钦差寓门,以鸣公冤。汪公不得已引疾致仕,熙、王二公乃力反其狱。事闻,上震怒,褫汪公及巡抚王绍兰职,涂以辀以迎合故,遣戍黑龙江,复命荷校三月于戍所,公冤乃白。闽中乡绅复建公祠于省中,春秋胙脔,以报其德云。余向不识汪公,素闻其廉名,心甚折服。辛未夏,会汪于静明园柳荫下,听其谈吐矫饰,颇不惬意,然震其名,亦未敢加轻薄。又闻王河帅秉韬云:"长三、汪六皆矫名之士，未足为贵。"心尝疑之。复遇牧庵参政于朝，悉知其人，于汪公终有所惑。不意终身之名，败于末路，亦可以戒仕途之矫诈者矣。

刑 部 郎 官

乾隆末，福文襄王征廓尔喀时，有刑部郎中某以荐擢召见。上问福康安、海兰察二人外间声名如何，某应声曰："外间咸服二人将略，比古罗成、敬德也。"上笑遣之出。阿文成公悔之，告于人曰："老夫以某相貌丰伟，故登荐牍，孰意为熟谙小说人也。"人传为笑柄云。

阿 尔 稗 画

舒穆禄武勋王之侄都统公谭泰，以武勇闻。大兵下江南时，曾射江宁太平门，洞穿其扉，人服公勇。后坐事诛。其孙少冢宰公阿尔稗，幼育溧阳相公家，精于绘事，盖谭公与陈相比昵故也。曾以画虎著名，赏鉴家宝之，以比僧繇龙云。又绘《西域贡狮图》，见纪文达《滦阳消夏录》中。今于秀峰主人庭上见公画鹰，怒目炯裂，劲翮锋棱，有风云扶抟之势，信非他人所可及也。

煤 驼 御 史

宪皇帝时，求谏甚切，凡满、汉科道皆令轮班奏事，如旷职者，立加罢斥。有满洲御史某，奏禁卖煤人毋许横骑驼背，以防颠越，上斥其官。时传以为笑柄，谓之"煤驼御史"云。

国 朝 诗 别 裁 集

沈归愚宗伯选《国朝诗别裁集》进呈御览，纯皇帝以其去取纰缪，令内廷词臣更为删定行世。然其中犹有未及改者，如闺秀毕著《纪事诗》，乃崇德癸未饶余亲王伐明，自蓟州入边，其父战死，故诗有蓟邱语，非死流寇难也。当其时海宇未一，不妨属词愤激。归愚选入，已为失于检阅，而内廷诸公仍其纰缪，此与商辂《续纲目》滁州之战，书明太祖为贼兵同一笑柄。又黄子云诗，以舒穆禄少宰阿尔稗为元人。盖野鸿未登朝籍，故引证或有所错误，而词臣辈亦沿其失，何其舛也。

吴　制　府

吴公达善任楚督时，擒捕江洋大盗甚夥，已载之前卷矣。近闻其乡人言，有童子窃葱数茎，为肆人告发，公即请王命诛之，人皆以为过当。公曰："数岁童子即凶残若是，俟其成立，为大盗无疑义矣！"其嗜杀也若此。又闻其父为西安驻防，家甚富，尝牟利于主算者，主算者算尽锱铢，其父犹以为未足。主算者艴然曰："然则一本万利，莫读书若也。"其父恍然悦服，因延名师，督课严肃。故公昆仲者以科第起家，至今为巨族云。

胡　合　庵

胡合庵太宰任楚抚时，有下僚进谒，以事为公训责。下僚请罪，自称"糊涂、该死"者再。公以犯其嫌名，因曰："糊涂又复无礼，此所以宜责也。"其人始悟。人传为笑柄云。

昼　晦

戊寅春，雨泽稀少，狂风日起。浴佛日，余结伴游万寿寺，时天气晴和，热甚，着单衣犹觉挥汗。午后黑云由东南来，风沙霾暗，余即驱车归。甫入室，犹未解衣，天顿昏黑，室中燃烛始能辨物。至逾时顷，火云四起，天渐明朗而暴风愈甚，竟夕乃已，亦一异也。闻市廛车马沸喧,路人皆不敢行。有老妪伛偻为风吹毙者,又有遗失幼孩者,一时传为谈柄云。

孙文正取四城

尝读孙征君《夏峰集》中《孙高阳相公行状》,载崇祯庚午收复永平四城,颇多伟绩,以为谀墓之文,例多溢美。近读《八旗通志》,乃知当时文皇帝虽东归,所留守者皆一时勇将,谋士如图雄勇公赖、图果毅公尔格、范文肃公文程及劳萨、叶臣等,俱在围中。高阳能以新集乌合之兵力撄其锋,使诸名将弃城远去,实一时之奇捷,较之韩蕲王大仪镇、岳武穆朱仙镇之功,有过之无不及者。明庄烈帝乃视为泛常,仅荫一锦衣指挥,其后因凌河之役,立加罢斥,真赏不酬功矣。然则亡国非不幸也。

法时帆谑语

某司空督学中州时,好出搭题以防剿袭之弊,致经文多割裂,法时帆学士心恶其行。其后某复督学楚中,往辞法公,公多所奖誉,某心喜悦。及临行时,时帆送至中庭曰:“楚中有一故交,代为诿谇可乎?”某询其姓氏,时帆曰:“孔、孟二夫子著述已千载,请公慎勿将其文再行割裂也。”闻者抚掌。

睿忠王致史阁部书

纯皇帝尝阅《睿忠王传》,以其致明史忠正公书未经具载回札,因命将内阁库中所贮原稿补行载入,以备传世。真大圣人之用心,初不分畛域也。尝闻法时帆言,忠王致书乃李舒章雯捉刀,答书为侯朝宗方域之笔也。二公皆当时文章巨手,故致书察时明理,答书义正词严,不惟颉颃一时,洵足以传千古,亦有赖忠王、阁部二人之名节昭著故也。

洛　　翰

高皇帝创业之初,有洛翰者,本刘姓,中原人。以佣至辽,初给事于建州,颇勤俭有勇力,高皇帝赏识,拔为侍卫。觉罗龙某叛时,阴夜怀刃入高皇帐,公觉,以手格之,四指皆落,卒卫上以出。后犹能执锐御敌,高皇帝嘉之,倚为左右手。卒于起义之前,故不得预五大臣之列,今其裔隶内府。闻先恭王言,王若霖太史曾为公作行状,手书镌以行世,惜未睹其本也。

侍卫结衔之误

国朝定制,凡御前朝夕侍侧者,名御前侍卫,其次曰乾清门侍卫,无论王、公、武大臣、侍卫等皆充之。其六班值宿者,统名领侍卫府侍卫,以分等级。近日武进士改充侍卫者,其门榜皆书御前侍卫,相沿成习,实为僭妄。余为散秩大臣时,曾屡向侍卫处主事等言之,令其回堂饬禁,彼皆以为不急之务,未即更正,不知实为紊乱官阶也。近读钱辛楣詹事所作《许提督成麟神道碑》,亦误书为御前侍卫。公为当代考据名家,乃亦未谙本朝典故,何也?

魏柏乡相公

国初名臣二魏公,世人多以蔚州为巨擘。今观二公家乘,蔚州初为冯铨所重,虽云座主,究系比昵匪人。后又以海昌株连罢官。及复召后,以撤藩事请诛明、米二公,乃蹈袁盎故辙。又以地震请诛索相以应灾咎,亦有违宋景之心。至吴逆叛时,首建招抚之策,有“七旬苗格”之语。虽曰持重,几误国事,尤非大臣之所用心。至柏乡相公居谏垣时,首劾张缙彦为明庄烈复仇,其后屡劾刘正宗、陈之遴诸阁臣,为章皇帝所引重。至请罢吴三桂居滇南一疏,尤为预测奸谋。其要语曰“滇、黔、蜀、粤地方边远,今将满兵遽撤,恐一旦有变,有鞭长莫及之虞。再荆、襄为天下腹心，请设满兵驻防，以一重臣督之。无事控制边区，以消奸宄窥测之心，有事驱除，以通四方水陆之道"之语，尤为卓识。使当时用其言，可无三逆同叛之祸，其相业胜蔚州多矣。

乾隆初年督抚

纯皇帝初政时，擢用满洲诸臣为封疆大吏，皆极一时之盛。若简仪亲王、尹文端公、黄文襄公等，事已具载矣。其他如那公苏图以武臣起家，历任七省制军，蠲日家无担石。其抚苗一疏，议论宏远，预识末年红苗之乱，尤为卓见。吴春麓侍御尝读其疏，谓余曰："那公初无赫赫名，乃能深虑至此，反胜黔督名将多矣。"时黔督为张公广泗，以知兵著也。马公尔泰为费直义后裔，任两江、闽省诸制府，亦以廉谨称职。策公楞为果毅公裔，性刚毅，颇为僚属所怨，然识见明敏，卒为世重。雅公尔图明医理，尝侍孝圣宪皇后医药，为纯皇帝所倚重。其任河南抚时，亦以廉洁著。其请罢祀田制府文镜一疏，世多称之。傅公德清贞刚介，素谈程、朱之学，为徐文定、杨文定二公所赏识。任豫抚时，前抚臣王士俊以苛酷为民所怨，公下车时，立更其制，欢声遍野，有"三月鲁治"之称。去任时，万民挽车泣送，拥塞闾巷。实皆干城桢干之选，不负上委任之专也。

元初人物之盛

余以三代下之人品醇正，可继美商、周者，惟东汉及元初而已。却特氏起自沙漠，一时所用将相，如耶律文正、杨中令惟中之相业，许文正、窦学士默、姚文宪枢之文学，刘太保秉中之谋画，商孟阳挺、郝伯常经之刚直，廉中书兄弟之忠鲠，史丞相天泽、伯右相颜之战功，张都统宏范、李统制恒、阿太尉尤之勇略，率皆拔出一时者。较诸褒、鄂、房、杜，功业相似而醇茂过之，岂赵中令、曹武惠所能企及？萧、曹、徐、常辈之机诈龌龊者，更无论矣。其后渐染漓俗，尊用国人，致使至元仁政颓败而丧亡随之，亦自贻伊戚也。

李　御　史

乾隆初,李御史慎修,德州人。身躯伛偻而敢言直谏。上于上元夜赐诸王公大臣观火戏,公尝谏阻之,以为玩物丧志。上喜吟诗,公亦谏,恐以摛翰有妨政治。上韪其言,见《御制诗注》中。上尝召见,曰:"是何渺丈夫,乃能直言若此?"公奏曰:"臣面陋心善。"上大笑。又当时以钱贵故,诸大臣议变法制,公上疏阻之。历举前代之政,洋洋万言,已预料近日钱价涌贵之弊矣。

满洲跳神仪合于禘祭

余考满洲跳神仪,书前卷矣。近闻宗老云:"其南向陪祀正中位,为祀始祖之莫知名者。"故俗呼神位为"祖宗版",良有以也。按古董子云:"禘者,禘其所自出也。"禘礼上溯远祖,旁及毁庙,与今满洲所祀者殊多相似。然则跳神礼仪,实沿古明堂之旧制,益有征矣。

自　鸣　钟

近日泰西氏所造自鸣钟表,制造奇邪,来自粤东,士大夫争购,家置一座以为玩具。纯皇帝恶其淫巧,尝禁其入贡,然至今未能尽绝也。按《唐书·天文志》云:"浑天铜仪,立木人二于地平,其一上置鼓以候刻,刻至一刻,则自击之;其一前置钟以候辰,辰至一辰,亦自击之。皆于柜中各施轮轴钩键,关钥交错相持,置于武成殿前以示百官。"然其制作,亦有所仿矣。

史　书　氏　族

魏收作《北魏书》,所有名公巨卿,皆以氏族类序,世系厘然。至其人无足载者，亦必书其官爵，有类谱牒，诚非史例。然拓跋一代氏族，赖兹以传，今人犹可溯其门第。金、元二代修史者昧于是例，故其传记踳驳，多所遗落，致有苏不台一人二传之误，见讥于后。当时若用魏氏之例，乌能羼乱至是哉！后之修史者所宜知也。

转 庵 和 尚

近读吴留村遗稿《与转庵和尚书》，实有裨于史官，故详载其事。和尚俗姓孙，名旭，余姚人。尝中顺治丁酉武乙科。家甚豪富，君喜施予，乡人咸感其惠。有盗邱甲聚不逞者数百人，肆为闾阎之害，邑令不敢撄。君慨然曰："目睹邻里受害而不为之救援，非夫也。"因选强弓利矢，命壮丁负鞴，夜攻其巢，咸射杀之，独邱甲潜逃，隐恨刺骨。时海禁森严，君素慕郑延平知兵，尝谓人曰："今之人豪，惟海上郑公。"盖用明太祖奖王保保语。邱甲挟蜚语讼诸邑中，邑令亦与君素有嫌隙，因诬君通海上，置诸狱中。君素勇健，夜毁梏逾垣出，匿某上舍家。久之，亡走滇南。会吴逆叛，伪将军韩大任招致帐下，甚为赏鉴，曰："真奇男子也。"会大任屡寇萍乡，为安亲王军所阻，吴逆促其师期，大任爽然曰："吾竭力以事吴王，何相迫若是之急？"君闻其语，大悦，曰："此丈夫报国时也。"因说大任曰："将军之事吴王至矣，为之辟地攻城，战无不克，数月之间招徕数郡，未闻王有尺素之词为之奖誉。今一旦偶愆师期，即肆意辱骂，俨然以奴隶待之。今天下兵戈方始，其慢士已如此，逮夫大业既成，吾恐君家钟室之祸，复有见于今也。"韩为之色沮。会先良王遣姚制府往招抚，大任迟疑未决，君复进曰："今大清恢复闽、越，事业已成，吴王之败在于目睫，将军何尚作儿女之态，致贻机宜也？"大任乃从招抚。先良王承制表授道衔，君慨然曰："吾本朝廷赤子，不幸陷于非罪，不得已逃诸贼薮。今得返归乡井，复为盛世之氓，吾志已伸，敢以缧囚之躯有污章甫之荣也哉！"因辞职不受。久之，剃发为僧，居杭州侣云庵，号转庵和尚。年八十余始逝，亦近代奇人也。

王 奋 威

惠定宇《精华录注》载：王奋威_{进宝}之下保宁，贼将据邑不降，公披襟曰："何不射我？"贼众愕然。公因说以顺逆，贼人开关延入，井里不惊，曰："此仁义将军也。"近阅《唐书》马北平之下长春宫，贼亦引弓不射，王知有降意，因令其西拜朝廷，贼人因斩李怀光以降。古今名将之相同也若此。

佛言须弥山

佛经言须弥山高数万由旬，日月绕山周行，为其山影所蔽，遂分昼夜。其言与欧罗巴之术不同。然泰西之法，因天度地以分度数，今南北两极实有征验，非佛氏荒诞可比。盖经文盛于六朝，其时何承天辈皆言盖天之术，故阇黎辈剿袭其说，未必果出于佛言也。贝勒存斋主人_{永瑆}言："今日之翻译经典，即如南人学习国语，只能仿佛大概。至其曲转微妙处，终有一间未达者。"真有识之言也。

和 相 后 裔

和致斋当权时，赫奕一时，其赐死后，门楣衰替。其子丰绅_{殷德}，号天爵，善小诗，俊逸可喜。尚和孝公主，初赐贝子品级，因父获罪，降散秩大臣。中年慕道，与方士辈讲养生术，余每嬉侮之。卒以是致喘疾，号数旬死，年未交不惑也。相公弟制府_{和琳}，有子名丰绅_{伊绵}，号存谷，初袭宣勇公，嗣降袭其祖荫一等轻车都尉。善堪舆，贵家争延致之，间有验者。以抑郁故，饮醇酒近妇人，卒以劳瘵终，去其弟没未数年也。惟余一幼子，年甫四龄云。

名 臣 论 识

余幼读邱文庄言，以海运为必不可复，可省国家经费无算。后见陈瑄十议，乃知明成祖原欲复海运，以其害多利少，乃罢其役。又向以当复肉刑，若以髡治罔上，以刵治军律，以剕治盗，以劓治贪，可岁免死百余人。尝执此论与韩桂舲司寇辩诘，韩莫能答。近读宋臣《杜纯传》，王安石时欲复肉刑，先议以剕减盗死罪，纯论曰："利欲所在，势莫能遏。今以死惧之，岁犯刑者犹不减千人。若以剕代死，罪人知不死，犯者益众，是诱民为非也。"安石乃罢其议。可见古人见识宏远，非吾辈所及也。

汤义仍制曲

汤若士"四梦"，其词隽秀典雅，久已脍炙人口矣。近读《唐书》，始知明皇东巡，陕州守进百宝牙盘及彩舫献伎，乃韦坚事；吐蕃信唐间谍，诛杀悉啰啰丞相，乃萧嵩事。皆载在正史。若士取材于兹，托为卢生梦中事迹，以真为幻，亦可喜也。

以 羊 运 粮

乾隆末，廓尔喀用兵时，和制府琳督粮饷。以久战荒徼，艰于转运，公乃命驱羊负米，以济军食，人服其智。按《金史》，承安中北边准卜叛，命丞相襄征之。贼人遁，路既辽远，金患乏食之虞，完颜安国曰："人得一羊，可食十余日，不如驱羊以追之。"襄从其言，遂擒贼首，固先有行之者矣。

历代笔记小说大观总目

汉魏六朝

西京杂记(外五种) 〔汉〕刘歆 等撰 王根林 校点

博物志(外七种) 〔晋〕张华 等撰 王根林 等校点

拾遗记(外三种) 〔前秦〕王嘉 等撰 王根林 等校点

搜神记·搜神后记 〔晋〕干宝 陶潜 撰 曹光甫 王根林 校点

世说新语 〔南朝宋〕刘义庆 撰 〔梁〕刘孝标注 王根林 标点

唐五代

朝野佥载·云溪友议 〔唐〕张鷟 范摅 撰 恒鹤 阳羡生 校点

教坊记(外七种) 〔唐〕崔令钦 等撰 曹中孚 等校点

大唐新语(外五种) 〔唐〕刘肃 等撰 恒鹤 等校点

玄怪录·续玄怪录 〔唐〕牛僧孺 李复言 撰 田松青 校点

次柳氏旧闻(外七种) 〔唐〕李德裕 等撰 丁如明 等校点

酉阳杂俎 〔唐〕段成式 撰 曹中孚 校点

宣室志·裴铏传奇 〔唐〕张读 裴铏 撰 萧逸 田松青 校点

唐摭言 〔五代〕王定保 撰 阳羡生 校点

开元天宝遗事(外七种) 〔五代〕王仁裕 等撰 丁如明 等校点

北梦琐言 〔五代〕孙光宪 撰 林艾园 校点

宋元

清异录·江淮异人录 〔宋〕陶毂 吴淑 撰 孔一 校点

稽神录·睽车志 〔宋〕徐铉 郭彖 撰 傅成 李梦生 校点

贾氏谭录·涑水记闻 〔宋〕张洎 司马光 撰 孔一 王根林 校点

南部新书·茅亭客话 〔宋〕钱易 黄休复 撰 尚成 李梦生 校点

杨文公谈苑·后山谈丛 〔宋〕杨亿口述、黄鉴笔录、宋庠整理 陈
　师道 撰 李裕民 李伟国 校点

归田录(外五种) 〔宋〕欧阳修 等撰 韩谷 等校点

春明退朝录(外四种) 〔宋〕宋敏求 等撰 尚成 等校点

青琐高议 〔宋〕刘斧 撰 施林良 校点

渑水燕谈录·西塘集耆旧续闻 〔宋〕王辟之 陈鹄 撰 韩谷 郑世刚
　校点

梦溪笔谈 〔宋〕沈括 撰 施适 校点

麈史·侯鲭录 〔宋〕王得臣 赵令畤 撰 俞宗宪 傅成 校点

湘山野录 续录·玉壶清话 〔宋〕文莹 撰 黄益元 校点

青箱杂记·春渚纪闻 〔宋〕吴处厚 何薳 撰 尚成 钟振振 校点

邵氏闻见录·邵氏闻见后录 〔宋〕邵伯温 邵博 撰 王根林 校点

冷斋夜话·梁溪漫志 〔宋〕惠洪 费衮 撰 李保民 金圆 校点

容斋随笔 〔宋〕洪迈 撰 穆公 校点

萍洲可谈·老学庵笔记 〔宋〕朱彧 陆游 撰 李伟国 高克勤 校点

石林燕语·避暑录话 〔宋〕叶梦得 撰 田松青 徐时仪 校点

东轩笔录·嬾真子录 〔宋〕魏泰 马永卿 撰 田松青 校点

中吴纪闻·曲洧旧闻 〔宋〕龚明之 朱弁 撰 孙菊园 王根林 校点

铁围山丛谈·独醒杂志 〔宋〕蔡絛 曾敏行 撰 李梦生 朱杰人 校点

挥麈录 〔宋〕王明清 撰 田松青 校点

投辖录·玉照新志 〔宋〕王明清 撰 朱菊如 汪新森 校点

鸡肋编·贵耳集 〔宋〕庄绰 张端义 撰 李保民 校点

宾退录·却扫编 〔宋〕赵与时 徐度 撰 傅成 尚成 校点

桯史·默记 〔宋〕岳珂 王铚 撰 黄益元 孔一 校点

燕翼诒谋录·墨庄漫录 〔宋〕王栐 张邦基 撰 孔一 丁如明 校点

枫窗小牍·清波杂志 〔宋〕袁褧 周煇 撰 尚成 秦克 校点

四朝闻见录·随隐漫录 〔宋〕叶绍翁 陈世崇 撰 尚成 郭明道 校点

鹤林玉露 〔宋〕罗大经 撰 孙雪霄 校点

困学纪闻 〔宋〕王应麟 撰 栾保群 田松青 校点

齐东野语 〔宋〕周密 撰 黄益元 校点

癸辛杂识 〔宋〕周密 撰 王根林 校点

归潜志·乐郊私语 〔金〕刘祁 〔元〕姚桐寿 撰 黄益元 李梦生
    校点

山居新语·至正直记 〔元〕杨瑀 孔齐 撰 李梦生 庄葳 郭群一
    校点

南村辍耕录 〔元〕陶宗仪 撰 李梦生 校点

明代

草木子(外三种) 〔明〕叶子奇 等撰 吴东昆 等校点

双槐岁钞 〔明〕黄瑜 撰 王岚 校点

菽园杂记 〔明〕陆容 撰 李健莉 校点

庚巳编·今言类编 〔明〕陆粲 郑晓 撰 马镛 杨晓波 校点

四友斋丛说 〔明〕何良俊 撰 李剑雄 校点

客座赘语 〔明〕顾起元 撰 孔一 校点

五杂组 〔明〕谢肇淛 撰 傅成 校点

万历野获编 〔明〕沈德符 撰 杨万里 校点

涌幢小品 〔明〕朱国祯 撰 王根林 校点

清代

筠廊偶笔 二笔·在园杂志 〔清〕宋荦 刘廷玑 撰 蒋文仙 吴法源
    校点

虞初新志 〔清〕张潮 辑 王根林 校点

坚瓠集 〔清〕褚人获 辑撰 李梦生 校点

柳南随笔 续笔 〔清〕王应奎 撰 以柔 校点

子不语 〔清〕袁枚 撰 申孟 甘林 校点

阅微草堂笔记 〔清〕纪昀 撰 汪贤度 校点

茶余客话 〔清〕阮葵生 撰 李保民 校点

檐曝杂记·秦淮画舫录 〔清〕赵翼 捧花生 撰 曹光甫 赵丽琰 校点

履园丛话 〔清〕钱泳 撰 孟斐 校点

归田琐记 〔清〕梁章钜 撰 阳羡生 校点

浪迹丛谈 续谈 三谈 〔清〕梁章钜 撰 吴蒙 校点

啸亭杂录 续录 〔清〕昭梿 撰 冬青 校点

竹叶亭杂记·今世说 〔清〕姚元之 王晫 撰 曹光甫 陈大康 校点

冷庐杂识 〔清〕陆以湉 撰 冬青 校点

两般秋雨盦随笔 〔清〕梁绍壬 撰 庄葳 校点